国家文化产业资金支持媒体融合重大项目

教育专业基础课教材新系

文学作品阅读与欣赏

Wenxue Zuopin Yuedu Yu Xinshang

（第五版）

乔正康 编著

东北财经大学出版社 | 大连
Dongbei University of Finance & Economics Press

图书在版编目（CIP）数据

文学作品阅读与欣赏 / 乔正康编著. —5版. —大连：东北财经大学出版社，2022.8

（高等职业教育专业基础课教材新系）

ISBN 978-7-5654-4557-6

Ⅰ. 文… Ⅱ. 乔… Ⅲ. 世界文学-文学欣赏-高等职业教育-教材 Ⅳ. I106

中国版本图书馆CIP数据核字（2022）第132818号

东北财经大学出版社出版

（大连市黑石礁尖山街217号 邮政编码 116025）

网 址：http：//www.dufep.cn

读者信箱：dufep@dufe.edu.cn

大连永盛印业有限公司印刷 东北财经大学出版社发行

幅面尺寸：185mm×260mm 字数：335千字 印张：16.75

2022年8月第5版 2022年8月第1次印刷

责任编辑：魏 巍 田玉海 责任校对：齐 月

封面设计：冀贵收 版式设计：原 皓

定价：40.00元

教学支持 售后服务 联系电话：（0411）84710309

如有印装质量问题，请联系营销部：（0411）84710711

富媒体智能型教材出版说明

“财经高等职业教育富媒体智能型教材开发系统工程”入选国家新闻出版广电总局新闻出版改革发展项目库，并获得文化产业专项资金支持，是“国家文化产业资金支持媒体融合重大项目”。项目以“融通”“融合”“共建”“共享”为特色，是东北财经大学出版社积极落实国家推动传统媒体与新媒体融合发展的重要举措之一。

“财济书院”智能教学互动平台是该工程项目建设成果之一。该平台通过系统、合理的架构设计，将教学资源与教学应用集成于一体，具有教学内容多元呈现、课堂教学实时交互、测试考评个性设置、用户学情高效分析等核心功能，是高校开展信息化教学的有力支撑和应用保障。

富媒体智能型教材是该工程项目建设成果之二。该类教材是我社供给侧结构性改革探索性策划的创新型产品，是一种新形态立体化教材。富媒体智能型教材秉持严谨的教学设计思想和先进的教材设计理念，为财经职业教育教与学、课程与教材的融通奠定了基础，较好地避免了传统教学模式和单一纸质教材容易出现的“两张皮”现象，有助于教学质量的提高和教学效果的提升。

从教材资源的呈现形式来说，富媒体智能型教材实现了传统纸质教材与数字技术的融合，通过二维码建立链接，将VR、微课、视频、动画、音频、图文和试题库等富媒体资源丰富呈现给用户；从教材内容的选取整合来说，其实现了职业教育与产业发展的融合，不仅注重专业教学内容与职业能力培养的有效对接，而且很好地解决了部分专业课程学与训、训与评的难题；从教材的教学使用过程来说，其实现了线下自主与线上互动的融合，学生可以在有网络支持的任何地方自主完成预习、巩固、复习等，教师可以在教学中灵活使用随堂点名、作业布置及批改、自测及组卷考试、成绩统计分析等平台辅助教学工具。

富媒体智能型教材设计新颖，一书一码，使用便捷。使用富媒体智能型教材的师生首先下载“财济书院”App或者进入“财济书院”（www.idufep.com）平台完成注册，然后登录“财济书院”输入教材封四学习卡中的激活码建立或找到班级和课程对应教材，就可以开启个性化教与学之旅。

“重塑教学空间，回归教学本源！”“财济书院”平台不仅仅是出版社提供教学资源和服务的平台，更是出版社为作者和广大院校创设的一个自主选择和自主探究的教与学的空间，作者和广大院校师生既是这个空间的使用者和消费者，也是这个空间的创造者和建设者，在这里，出版社、作者、院校共建资源，共享回报，共创未来。

最后，感谢各位作者为支持项目建设所付出的辛劳和智慧，也欢迎广大院校在教学中积极使用富媒体智能型教材和“财济书院”平台，东北财经大学出版社愿意也必将陪伴广大职业教育工作者走向更加光明而美好的职教发展新阶段。

东北财经大学出版社

第五版前言

根据高等职业教育加强人文教育的要求，本次修订着重传承中华优秀传统文化、道德修养和外国优秀文化，陶冶学生的爱国精神和提高语言文字应用能力。本次修订编写体例不变，仍以文学史为经，以各时期著名作家的诗歌、散文、戏剧、小说作品为纬，共选编了119篇（首），另在诗歌部分后附录了一个楹联单元。

为适应线上教学形式的发展和师生的要求，本次修订新设了“思政探究”、“作品赏析”和“作者简介”二维码内容。具体来说，本版教材具有以下特点：

1.线上线下相结合，将所选119篇（首）作品中的28篇移入二维码中，既压缩了篇幅，也方便学生阅读。

2.增补“思政探究”17篇，针对社会热点问题进行分析，不仅强化了文学作品的思想政治教育意义，而且有助于提高学生的道德修养。

3.增补“作品赏析”16篇，赏析了一些有重大影响的作家作品的思想内容、艺术特色，讲解了诗词格律的基本知识，体现了本教材阅读与欣赏并重的特色，既为教师提供了参考资料，也为学生深入研读指明了方向。

本次修订参考了很多新的研究成果和前人的文史资料，不能一一列举；东北财经大学出版社魏巍编辑也给予了不少帮助，在此一并表示感谢！

乔正康

2022年6月

目　录

第一部分　诗　歌

第四部分 小 说

数字资源目录

第一部分　诗歌

第一单元　先秦诗歌

学习目标

1. 了解《诗经》《楚辞》的基本知识。

2. 理解《诗经》《楚辞》分别作为我国文学创作的现实主义与浪漫主义之源对后世的影响。

3. 理解屈原创作《楚辞》的时代背景及其与楚文化的关系。

4. 掌握《伐檀》《鹿鸣》《涉江》的思想内容和艺术特色。

5. 培养学生的爱国主义精神。

1.诗　经

伐　檀[1]

坎坎[2]伐檀兮[3]，置之河之干[4]兮。河水清且涟[5]猗[6]。不稼不穑[7]，胡取禾三百廛[8]兮？不狩[9]不猎，胡瞻尔庭[10]有县貆[11]兮？彼君子兮，不素餐兮[12]！

坎坎伐辐[13]兮，置之河之侧兮。河水清且直[14]猗。不稼不穑，胡取禾三百亿[15]兮？不狩不猎，胡瞻尔庭有县特[16]兮？彼君子兮，不素食兮！

坎坎伐轮兮，置之河之漘[17]兮。河水清且沦[18]猗。不稼不穑，胡取禾三百囷[19]兮？不狩不猎，胡瞻尔庭有县鹑[20]兮？彼君子兮，不素飧[21]兮！

鹿　鸣[22]

呦呦鹿鸣[23]，食野之苹[24]。我有嘉宾[25]，鼓瑟吹笙[26]。吹笙鼓簧[27]，承筐是将[28]。人之好我[29]，示我周行[30]。

呦呦鹿鸣，食野之蒿。我有嘉宾，德音孔昭[31]。视民不恌[32]，君子是则是效[33]。我

---

① 本篇选自《诗经·魏风》。“伐檀”，篇名。《诗经》里的诗，通常拿开头一句里的两个字作为全诗的题目。檀，檀树，木质坚实，古代用作制造车子的材料。

② ［坎（kǎn）坎］砍树的声音。

③ ［兮（xī）］助词，用来舒缓语气，相当于“啊”。

④ ［干］岸。

⑤ ［涟］水面被风吹起的波纹。

⑥ ［猗（yī）］助词，与“兮”作用相同。

⑦ ［不稼（jià）不穑（sè）］不种不收。稼，播种。穑，收获。稼、穑，泛指农业劳动。

⑧ ［三百廛（chán）］三百，表示多，不是实数。廛，本意是古代一户人家所占的房地，约一亩半，此处通“缠”，即“捆”。

⑨ ［狩（shòu）］打猎。

⑩ ［庭］院子。

⑪ ［县（xuán）貆（huán）］挂着的貆，县同“悬”。貆，幼小的貉（hé），又称貉（háo）子，皮可制裘。

⑫ ［彼君子兮，不素餐兮］那些大人先生们呵，可不白吃饭啊！这是讽刺和斥责不劳而获的剥削阶级的话。彼，那。君子，西周春秋时对贵族的通称，这里指靠剥削而生活的统治者。素餐，白吃，指不劳而食。下文“素食”“素飧（sūn）”意思相同。

⑬ ［辐］车轮中间的辐条，这里指制辐的木材。下文“伐轮”的“轮”用法相同。

⑭ ［直］平。这里形容水波不兴。

⑮ ［亿］同“纟意”，通“束”。

⑯ ［特］三岁的兽，泛指小兽。

⑰ ［漘（chún）］水边。

⑱ ［沦］细小的波纹。这里形容水波细小。

⑲ ［囷（qūn）］束，一说圆形的仓或囤。

⑳ ［鹑（chún）］鸟名，就是鹌（ān）鹑。

㉑ ［飧（sūn）］熟食，这里指吃饭。

㉒ 本篇选自《诗经·小雅》。

㉓ ［呦呦（yōu）］鹿鸣声。

㉔ ［苹］植物名，即蒿，俗称“艾蒿”，初生时嫩绿可食。

㉕ ［嘉宾］贵客，好客人。对宾客的尊称。

㉖ ［鼓瑟（sè）］鼓，弹奏；瑟，古代弦乐器，和琴相似。

㉗ ［吹笙鼓簧］笙，古代管乐器。鼓簧，鼓，吹动；簧是笙中用以发声的振动物。

㉘ ［承筐是将］承，奉；将，送。此句是指嘉宾以筐中礼品献与我。

㉙ ［好我］是说客人爱护我。

㉚ ［示我周行（háng）］给我指示大道。姚际恒《诗经通论》：“犹云指我途路耳。”

㉛ ［德音孔昭］德音，好的话语，高明的言论；孔昭，彰明，显扬；孔，甚，大。

㉜ ［视民不恌（tiāo）］视，古示字；恌，一作佻，偷懒，浅薄。全句意思是教化民众不要偷懒浅薄，苟且马虎。

㉝ ［是则是效］则，榜样，楷模；效，模仿，学习。

有旨酒[1]，嘉宾式燕以敖[2]。

呦呦鹿鸣，食野之芩[3]。我有嘉宾，鼓瑟鼓琴。鼓瑟鼓琴，和乐且湛[4]。我有旨酒，以燕乐嘉宾之心。

作品赏析 1-1

《鹿鸣》浅析

2. 楚　辞

作者简介 1-1

屈原

涉　江[5]

余幼好此奇服[6]兮，年既老而不衰[7]。带长铗之陆离兮，冠切云之崔嵬[8]，被明月[9]兮珮宝璐[10]。世溷浊[11]而莫余知兮，吾方高驰[12]而不顾。驾青虬[13]兮骖白螭[14]，吾与重华[15]游兮瑶之圃[16]。登昆仑兮食玉英[17]，与天地兮比寿，与日月兮齐光。哀南夷[18]之莫吾知兮，旦[19]余济乎江湘[20]。

作品赏析 1-2

乘鄂渚而反顾兮，欸秋冬之绪风[21]。步余马兮山皋[22]，邸[23]余车兮方林[24]。乘舲船余上沅兮，齐吴榜以击汰[25]。船容与[26]而不进兮，淹[27]回水[28]而疑滞[29]。朝发枉陼[30]兮，夕宿辰阳[31]。苟余心其端直[32]兮，虽僻远之何伤？

我国第一位伟大浪漫主义诗人——屈原

入溆浦余儃佪兮[33]，迷不知吾所如[34]。深林杳以冥冥兮，乃猨狖[35]之所居；山峻高

---

① ［旨酒］美酒。
② ［式燕以敖］式，发语词；燕，通“宴”；敖，通“遨”，游逛欢愉。
③ ［芩（qín）］植物名。一说禾本科芦苇属植物。
④ ［湛］此指欢乐长久。
⑤ 选自《楚辞章句》。此书为西汉刘向辑，东汉王逸注，其中大部分为屈原作品，有《离骚》《九歌》《远游》《九章》《天问》等。本篇为《九章》之一。
⑥ ［奇服］奇特的服饰。
⑦ ［衰］弱、减。
⑧ ［带长铗之陆离兮，冠切云之崔嵬］即带陆离之长铗，冠崔嵬之切云。带着长长的宝剑，戴着高高耸起的切云冠。铗，剑把。陆离，长的样子。冠，戴帽子。切云，帽子名。崔嵬，高耸的样子。
⑨ ［被明月］被，佩带。明月，夜光珠。
⑩ ［珮宝璐］佩带美玉。珮，同“佩”。璐，美玉。
⑪ ［溷（hùn）浊］混浊。
⑫ ［高驰］奔驰。
⑬ ［青虬（qiú）］青龙。虬，传说中有角的龙。
⑭ ［白螭（chī）］白龙。螭，传说中一种无角的龙。
⑮ ［重华］舜帝的名字。
⑯ ［瑶之圃］美玉铺砌的园圃。这里是指装饰华丽的仙宫。瑶，美玉。
⑰ ［玉英］玉树的花。一说玉的精华。这里是指非人间的精美食品。
⑱ ［南夷］指楚国人。
⑲ ［旦］清晨。
⑳ ［济乎江湘］济，渡。江，指长江。湘，指洞庭湖和湘江。
㉑ ［乘鄂渚而反顾兮，欸（āi）秋冬之绪风］在鄂渚登岸回头遥望来路，对着秋冬残风叹息。乘，登。鄂渚，地名，今湖北省鄂城。欸，叹。绪，残余的。
㉒ ［山皋（gāo）］水边的高地。
㉓ ［邸（dǐ）］止，停留。同“抵”。
㉔ ［方林］地名。
㉕ ［乘舲（líng）船余上沅兮，齐吴榜以击汰（tài）］坐船向沅水的上游前进，（船夫们）一齐举桨划水。舲，有窗的船。上，溯流而上。沅，沅水，流经现在湖南省，入洞庭湖。齐，并举。吴榜，大桨。吴，大。击汰，以桨划水。汰，水波。
㉖ ［容与］缓慢的样子。
㉗ ［淹］停留。
㉘ ［回水］回旋的水流。
㉙ ［疑滞］疑，同“凝”。疑滞，滞留不进。
㉚ ［枉陼（zhǔ）］地名。今湖南省常德市南。
㉛ ［辰阳］地名。今湖南省辰溪西。
㉜ ［端直］正直。
㉝ ［入溆浦余儃（chán）佪兮］进入溆浦，我又迟疑起来。溆浦，溆水（今湖南省溆浦县）沿岸。儃佪，无所适从而徘徊的样子。
㉞ ［所如］去的地方。如，往。
㉟ ［猨狖（yòu）］猨，即猿。狖，黑色的长尾猿。

思政探究 1-1

屈原投江殉国是消极的吗？

而蔽日兮，下幽晦以多雨；霰雪纷其无垠兮，云霏霏其承宇[①]。哀吾生之无乐兮，幽独处乎山中。吾不能变心以从俗兮，固将愁苦而终穷[②]。

接舆髡首[③]兮，桑扈蠃行[④]。忠不必用兮，贤不必以[⑤]。伍子逢殃[⑥]兮，比干菹醢[⑦]。与前世而皆然兮，吾又何怨乎今之人？余将董道[⑧]而不豫[⑨]兮，固将重昏[⑩]而终身。

乱[⑪]曰：鸾鸟凤皇[⑫]，日以远兮。燕雀乌鹊[⑬]，巢堂坛兮。露申辛夷[⑭]，死林薄[⑮]兮。腥臊并御[⑯]，芳不得薄[⑰]兮。阴阳易位[⑱]，时不当[⑲]兮。怀信侘傺[⑳]，忽[㉑]乎吾将行兮。

第一单元小结

1.先秦文学的成就集中在诗歌和散文创作两方面。诗歌创作的巨大成就一是《诗经》，一是《楚辞》。《诗经》《楚辞》是我国有文字记载的最早的现实主义和浪漫主义创作之源。不论是中原地区还是楚文化地区，早在《诗经》和《楚辞》之前就有民间口头创作。《诗经》中的十五国“风”，大多是口头传唱、集体创作的成果。《楚辞》的创作也是如此，屈原的《九歌》就是对楚地民歌收集、整理、加工后的再创作。

2.《诗经》是我国古代第一部诗歌总集，收录了距今3 000多年至2 500多年（西周初至春秋中叶）500多年间的诗歌305篇。先秦时代通称“诗”，孔子称为《诗三百》。汉代以后被奉为儒家经典，才称为《诗经》，它的内容极其丰富，分风、雅、颂三类。

“风”是民歌，反映了劳动人民在服役（如《伐檀》《七月》）、爱情（如《蒹葭》《静女》）、征战（如《无衣》《采薇》）中的生活和情感，较多的是对统治阶级的憎恶和嘲讽，对自由、爱情的歌颂。这种饥者歌其食、劳者咏其事的现实主义创作方法，开创了我国现实主义的创作先河，对后世文学创作影响极大。“雅”分“大雅”和“小雅”，是贵族文人的作品，内容亦很丰富。“颂”分周颂、商颂、鲁颂，是对三国开国之君的歌颂和对历史的形象记载。对“雅”和“颂”不应一概否定。上古

---

① ［霰（xiàn）雪纷其无垠兮，云霏（fēi）霏其承宇］大雪纷飞，无边无际，浓云密布，与天连成一片。霰，细微的冰粒。霏霏，云气浓重的样子。承，承接，相连。宇，指天宇。其，助词，无义。

② ［终穷］穷困到底。

③ ［接舆髡（kūn）首］接舆剪光了头发。接舆，春秋时楚国的隐士，人称“楚狂”。他剪光了头发，表示坚决不与统治者合作。髡首，剪去头发。

④ ［桑扈蠃（luǒ）行］桑扈赤裸着身体走路。桑扈，古代隐士。蠃，裸的异体字。

⑤ ［以］用，任用。

⑥ ［伍子逢殃］伍子胥遭到灾祸。伍子，伍子胥，春秋时吴国大臣，劝谏吴王夫差杀被俘的越王勾践，夫差不听，反而令其自杀。

⑦ ［比干菹醢（zūhǎi）］比干惨遭残杀。比干，纣王的叔父，官少师。相传因屡次进谏纣王而被纣王所杀。菹醢，这里是指古代杀人剁其骨肉为肉酱的酷刑。

⑧ ［董道］坚守正道。董，正，动词。

⑨ ［豫］犹豫。

⑩ ［重昏］一再陷于黑暗环境之中。

⑪ ［乱］乐曲的最后一章。辞赋里最后总括全篇要旨的一段也称乱。有人认为，“乱”应是“辞”。

⑫ ［鸾鸟凤皇］比喻贤士忠臣。凤皇，同“凤凰”。

⑬ ［燕雀乌鹊］比喻奸佞小人。

⑭ ［露申辛夷］芳香植物。露申，或作露甲，即瑞香花。辛夷，一名木笔，初春开花。

⑮ ［林薄］草木杂生的地方。

⑯ ［腥臊并御］比喻奸佞小人都被进用。腥臊，恶臭。御，进用。

⑰ ［薄］靠近。

⑱ ［阴阳易位］阴阳变换了位置。比喻反常的社会情况。

⑲ ［时不当］生不逢时。

⑳ ［怀信侘傺（chàchì）］心怀忠诚却失意惆怅。信，忠诚。侘傺，失意的样子。

㉑ ［忽］飘忽，迅速。

时代的统治者不同于后世奴隶社会、封建社会的帝王，他们大多是劳动吃苦在先、打仗身先士卒、勇猛有德的人，在生活中被发现并推举成为部落首领，对他们的歌颂与后世文人对帝王的阿谀奉承不一样。在“大雅”和“小雅”中，有不少反映统治阶级内部生活矛盾、政治斗争的内容，多具认识作用；而对于美好道德情操的讴歌，如《鹿鸣》中崇尚相互学习高尚道德情操和以高尚道德情操为友谊基础，以及《蓼莪》中对父母的感恩至孝之情，则不仅具有认识作用，还是当代进行道德教育的重要参考资料。

3.《诗经》的高度艺术成就，主要表现在熟练地使用赋、比、兴的表现手法上，开创了中国诗歌比兴寄托、含蓄蕴藉的诗风，直至今日，仍然起着巨大的作用。“赋”是铺陈、铺叙，如《伐檀》《鹿鸣》各三段（古代称三章），反复歌咏，事尽其理，情感充沛。“比”是比喻、比拟，如《硕鼠》用鼠比喻剥削者，《硕人》用玉比喻人，用柔荑比喻手。“兴”是“先言他物，以引起所咏之辞”，如《鹿鸣》用“呦呦鹿鸣，食野之苹”引出作者设宴招待嘉宾；《关雎》以雎鸠鸟的求偶鸣声引起作者对美好爱情的追求。

4.屈原、宋玉等创作的作品带有鲜明的楚地文化色彩，“书楚语，作楚声，纪楚地，名楚物”，是楚文化孕育出的浪漫主义瑰宝。它们是作家个人的创作，比之于《诗经》的集体创作，发展到了更高的阶段。屈原等人的作品更加浪漫、奔放，艺术上亦更加细腻、精致，既为楚声，又融入了北方文化的精髓。屈原的作品《离骚》《天问》等规模宏大，《九歌》《九章》等风格奇特，他是我国文学史上第一位伟大的浪漫主义诗人。

5.《楚辞》又称“骚体”，既与屈原的《离骚》（为其代表作品）分不开，又与楚国巫风盛行、举国上下载歌载舞以娱神鬼的做法分不开。在《楚辞》的《九歌》中，几乎分不清哪些是人，哪些是神。那些鬼、神都具有人的感情，诗词间充满着幻想、神奇的浪漫主义色彩。

《楚辞》中“香草”“美人”的比兴手法，既继承了《诗经》，又发展了它。《楚辞》冲破了四言诗的格式，句式长短自由，篇章长而严密，辞采绚丽多姿，可以称为中国文学史上的第一次诗体解放。

6.先秦诗歌，《诗经》与《楚辞》双峰并峙，是中国文学史上现实主义与浪漫主义的两座丰碑，“风骚”成为中国文学作品的代名词，“祖同风骚”成为历代作家、诗人追求的理想，说明其对中国文学创作的影响是巨大而又深远的。

小贴士·延伸阅读篇目

1.诗经：《豳风·七月》《魏风·硕鼠》《秦风·蒹葭》《周南·关雎》《秦风·无衣》《魏风·氓》《小雅·采薇》《小雅·蓼莪》；2.楚辞：《离骚》《怀沙》《橘颂》《九歌·湘夫人》；宋玉：《招魂》《九辩》。

第二单元　秦汉诗歌

学习目标

1. 了解汉乐府以叙事为主的特色。

2. 理解《孔雀东南飞》反映的社会生活内容和刘兰芝这个女性艺术形象具有的社会意义和现实意义。

3. 了解“古诗十九首”的艺术特色及其对五言诗的影响。

4. 理解“古诗十九首”创作的时代背景，《行行重行行》的思想内容。

5. 掌握刘兰芝、焦仲卿和焦母三个人的性格特征及其所具有的典型意义。

6. 培养学生的家国情怀。

1.汉乐府

孔雀东南飞（并序）[①]

汉末建安中[②]，庐江[③]府小吏[④]焦仲卿妻刘氏，为仲卿母所遣[⑤]，自誓不嫁。其家逼之，乃投水而死。仲卿闻之，亦自缢[⑥]于庭树。时人伤之，为诗云尔[⑦]。

孔雀东南飞，五里一徘徊[⑧]。

“十三能织素[⑨]，十四学裁衣，十五弹箜篌[⑩]，十六诵诗书[⑪]。十七为君妇，心中常苦悲。君既为府吏，守节情不移[⑫]，贱妾[⑬]留空房，相见常日稀。鸡鸣入机织，夜夜不得息。三日断[⑭]五匹，大人故嫌迟[⑮]。非为织作迟，君家妇难为[⑯]！妾不堪驱使，徒留无所施[⑰]，便可白公姥[⑱]，及时相遣归。”

府吏得闻之，堂上启[⑲]阿母：“儿已薄禄相[⑳]，幸复得此妇，结发同枕席，黄泉共为友[㉑]。共事二三年，始尔未为久[㉒]，女行无偏斜，何意致不厚[㉓]？”

阿母谓府吏：“何乃太区区[㉔]！此妇无礼节，举动自专由[㉕]。吾意久怀忿[㉖]，汝岂得自由[㉗]！东家有贤女，自名秦罗敷，可怜体无比[㉘]，阿母为汝求。便可速遣之，遣去慎莫留[㉙]！”

府吏长跪告：“伏惟启阿母[㉚]，今若遣此妇，终老不复取[㉛]！”

---

① 选自南朝宋代徐陵编《玉台新咏》卷一，原题为《古诗为焦仲卿妻作》，这里沿用后人常用的题目。这是我国古代最长的叙事诗，作者不详。
② [建安中] 建安年间（196—220年）。建安，汉献帝年号。
③ [庐江] 汉代郡名，在现在安徽潜山一带。
④ [府小吏] 太守衙门里的小官吏。
⑤ [遣] 休。女子被夫家赶回娘家。
⑥ [缢（yì）] 吊死。
⑦ [时人伤之，为诗云尔] 当时的人哀悼他们，写了这样一首诗。云尔，句末的语气助词。
⑧ [孔雀东南飞，五里一徘徊] 孔雀向东南飞，每飞五里，就流连一阵。徘徊，流连往复。汉代诗常以鸿鹄徘徊比喻夫妇离别，此诗开头也有这个意思。用这两句诗引起下边的故事，古代民歌中常用这种“兴”法。
⑨ [十三能织素] 十三岁就能织精美的白绢。这一段话是仲卿妻对仲卿说的。
⑩ [箜篌（kōnghóu）] 古代的一种弦乐器，23弦或25弦，分卧式、竖式两种。
⑪ [诗书] 原指《诗经》和《尚书》，这里泛指一般经书。
⑫ [守节情不移] 遵守府里的规则，专心不移。
⑬ [贱妾] 仲卿妻自称。妾，封建社会里妇女谦卑的自称。
⑭ [断]（织成一匹）截下来。
⑮ [大人故嫌迟] 婆婆总是嫌我织得慢。大人，好像现在说的“老人家”，指婆婆。故，总是，老是。
⑯ [非为织作迟，君家妇难为]（其实）并不是织得慢，你家的媳妇难做啊！
⑰ [妾不堪驱使，徒留无所施] 意思是，我既然担当不了你家使唤，白白地留着也没有什么用。不堪，不能胜任。驱使，使唤。施，用。
⑱ [便可白公姥（mǔ）] 你就可以禀告婆婆。白，告诉，禀告。公姥，公公婆婆，这里专指婆婆。
⑲ [启] 告诉，禀告。
⑳ [儿已薄禄相] 我已经没有做高官、享厚禄的福相。古人迷信，往往从一个人的相貌来推断他的命运。
㉑ [结发同枕席，黄泉共为友] 年少时结为夫妇，相亲相爱地过活，死后在地下，也相依为伴。结发，古时候的人到了一定的年龄（一般是男子20岁，女子15岁）把头发结起来，算是到了成年，可以结婚了。黄泉，黄土下的泉水，指人死后埋葬的地方。
㉒ [共事二三年，始尔未为久]（我们）在一起过日子不过两三年，（婚姻生活）才开头，还不算很久。尔，助词。
㉓ [女行无偏斜，何意致不厚] 这个女子的行为并没有什么不正当，哪里想到会招来（母亲）不满意呢？何意，孰料。致，招致，招来。
㉔ [区区] 愚拙、凡庸。
㉕ [举动自专由] 一举一动完全凭（她）自己的意思。
㉖ [吾意久怀忿] 我早就憋了一肚子气。忿，怒。
㉗ [自由] 自作主张。
㉘ [可怜体无比] 姿态可爱无比。可怜，可爱。体，姿态。
㉙ [遣去慎莫留] 打发（她）走，千万不要留（她）。慎莫，务必不要。
㉚ [伏惟启阿母] 启禀母亲。伏惟，下级对上级或晚辈对长辈说话表示恭敬的套词。
㉛ [终老不复取] 终身不再娶妻。取，这里的意义同“娶”。

阿母得闻之，槌床[①]便大怒："小子无所畏，何敢助妇语！吾已失恩义，会不相从许[②]！"

府吏默无声，再拜还入户[③]，举言谓新妇，哽咽不能语[④]："我自不驱卿[⑤]，逼迫有阿母。卿但暂还家，吾今且报府[⑥]。不久当归还，还必相迎取[⑦]。以此下心意[⑧]，慎勿违吾语。"

新妇谓府吏："勿复重纷纭[⑨]。往昔初阳岁[⑩]，谢家来贵门[⑪]。奉事循公姥，进止敢自专[⑫]？昼夜勤作息[⑬]，伶俜萦苦辛[⑭]。谓言[⑮]无罪过，供养卒大恩[⑯]；仍更被驱遣，何言复来还！妾有绣腰襦[⑰]，葳蕤自生光[⑱]；红罗复斗帐，四角垂香囊[⑲]；箱帘六七十，绿碧青丝绳[⑳]，物物各自异，种种在其中。人贱物亦鄙，不足迎后人[㉑]，留待作遗施[㉒]，于今无会因[㉓]。时时为安慰，久久莫相忘！"

鸡鸣外欲曙，新妇起严妆[㉔]。著我绣夹裙，事事四五通[㉕]。足下蹑丝履，头上玳瑁光[㉖]。腰若流纨素，耳著明月珰[㉗]。指如削葱根，口如含朱丹[㉘]。纤纤作细步，精妙世无双。

上堂拜阿母，阿母怒不止。"昔作女儿时[㉙]，生小出野里[㉚]，本自无教训，兼愧贵家子[㉛]。受母钱帛[㉜]多，不堪母驱使。今日还家去，念母劳家里[㉝]。"却与小姑别[㉞]，泪

---

① ［槌床］用拳头敲着坐具。在古代，坐具叫"床"，小的只能坐一个人。
② ［吾已失恩义，会不相从许］我（对她）已经没有恩情了，当然不能答应你的要求。会，应当。
③ ［再拜还入户］对母亲拜了两拜，回到自己房里。
④ ［举言谓新妇，哽咽不能语］张嘴对妻子说话，却哭得连话也说不成。举言，发言。新妇，是汉代末年对已嫁妇女的通称。哽咽，因悲伤过度而气塞不能发声。
⑤ ［卿］这里是丈夫对妻子的爱称。
⑥ ［报府］赴府，到庐江太守府里去办事。
⑦ ［迎取］迎接你回家。
⑧ ［以此下心意］为了这个，你就受些委屈吧。下心意，有耐心受委屈的意思。
⑨ ［勿复重（chóng）纷纭］不要再添麻烦吧。也就是说，不必再提接回来的话了。
⑩ ［初阳岁］冬至以后，立春以前。
⑪ ［谢家来贵门］离开自己的家，嫁到你府上来。谢，辞别。
⑫ ［奉事循公姥，进止敢自专］一切行事都顺着公婆的意思，一举一动，哪里敢自作主张？
⑬ ［勤作息］勤劳地工作。作息，原意是工作和休息，这里只是工作的意思。
⑭ ［伶俜（pīng）萦（yíng）苦辛］孤孤单单，受尽辛苦折磨。伶俜，孤单的样子。萦，缠绕。
⑮ ［谓言］总以为。
⑯ ［供养卒大恩］终生侍奉公婆，报答大恩。卒，尽、终。
⑰ ［绣腰襦］绣花的齐腰短袄。
⑱ ［葳蕤（wēiruí）自生光］（袄上的刺绣）繁多艳丽，自然发出光彩。葳蕤，繁盛的样子。这里形容刺绣的花叶繁多而美丽。
⑲ ［红罗复斗帐，四角垂香囊］双层红色纱罗做的小帐子，四角挂着香袋。复，双层。斗帐，帐子像倒置的斗的样子，所以称为"斗帐"。
⑳ ［箱帘六七十，绿碧青丝绳］盛衣物的箱子有六七十只，都用碧绿的青丝绳捆着。帘，通"奁（lián）"。六七十，形容多。
㉑ ［不足迎后人］不配送给后来的人。后人，指府吏将来再娶的妻子。
㉒ ［留待作遗（wèi）施］留着送人时用吧。遗施，赠送，施与。
㉓ ［于今无会因］从此没有再见面的机会了。
㉔ ［严妆］盛妆，仔细地梳妆打扮。以下几句描述她小心打扮。
㉕ ［事事四五通］每穿戴一件衣饰，都更换四五次。通，遍。
㉖ ［足下蹑丝履，头上玳瑁（dàimào）光］脚上穿着绸鞋，头上戴着闪闪发光的玳瑁首饰。蹑，穿（鞋）。玳瑁，一种海龟，甲壳黄黑色，有黑斑，有光泽，可制装饰品。
㉗ ［腰若流纨素，耳著明月珰（dāng）］腰束纨素的带子，光彩像水流一样晃动，耳朵上戴着用明月珠做的耳坠。纨素，洁白的绸子。流，是说纨素的光像水流动。著，戴。珰，耳坠。
㉘ ［指如削葱根，口如含朱丹］手指白嫩纤细，像削尖的葱根；嘴唇红润，像含着朱砂。葱根，葱白。朱丹，朱砂。
㉙ ［昔作女儿时］以下八句是刘兰芝对焦母说的。
㉚ ［生小出野里］从小生长在乡间。
㉛ ［兼愧贵家子］同您家少爷结婚，更感到惭愧。
㉜ ［钱帛］指聘礼。
㉝ ［念母劳家里］记挂婆婆在家里操劳。
㉞ ［却与小姑别］退出来再同小姑告别。却，动词，退出来。小姑，丈夫的妹妹。

落连珠子[①]。"新妇初来时，小姑始扶床[②]；今日被驱遣，小姑如我长。勤心养公姥，好自相扶将[③]。初七及下九[④]，嬉戏莫相忘。"出门登车去，涕落百余行。

府吏马在前，新妇车在后，隐隐何甸甸[⑤]，俱会大道口。下马入车中，低头共耳语："誓不相隔卿，且暂还家去；吾今且赴府，不久当还归。誓天不相负[⑥]！"

新妇谓府吏："感君区区[⑦]怀！君既若见录[⑧]，不久望君来。君当作磐石[⑨]，妾当作蒲苇，蒲苇纫[⑩]如丝，磐石无转移。我有亲父兄[⑪]，性行[⑫]暴如雷，恐不任我意，逆以煎我怀[⑬]。"举手长劳劳[⑭]，二情同依依。

入门上家堂，进退无颜仪[⑮]。阿母大拊掌[⑯]，不图子自归[⑰]："十三教汝织，十四能裁衣，十五弹箜篌，十六知礼仪，十七遣汝嫁，谓言无誓违[⑱]。汝今何罪过，不迎而自归？"兰芝惭阿母[⑲]："儿实无罪过。"阿母大悲摧[⑳]。

还家十余日，县令遣媒来。云有第三郎[㉑]，窈窕世无双，年始十八九，便言多令才[㉒]。

阿母谓阿女："汝可去应之[㉓]。"

阿女含泪答："兰芝初还时，府吏见丁宁[㉔]，结誓不别离。今日违情义，恐此事非奇[㉕]。自可断来信，徐徐更谓之[㉖]。"

阿母白媒人："贫贱有此女，始适还家门[㉗]。不堪[㉘]吏人妇，岂合令郎君？幸可广问讯[㉙]，不得便相许。"

---

① ［泪落连珠子］眼泪像连串的珠子般落下来。

② ［始扶床］刚能扶着床走。按"新妇初来时，小姑始扶床；今日被驱遣，小姑如我长"，兰芝在焦家只有二三年，小姑不可能长得这么快。这是夸张写法，极言日子过得快。

③ ［好自相扶将］好好服侍老人家。扶将，这里是服侍的意思。

④ ［初七及下九］七月七日和每月的十九日。初七，指农历七月七日，旧时妇女在这天晚上供祭织女、乞巧（用针作各种游戏）。下九，古人以农历每月的二十九为上九，初九为中九，十九为下九。在汉代，每月十九日是妇女欢聚的日子。

⑤ ［隐隐何甸甸］隐隐、甸甸，都是车声。何，何等。

⑥ ［誓天不相负］指天发誓，绝不会对不起你。以上五句，是仲卿对兰芝说的。

⑦ ［区区］这里是真情挚意的意思，与上文"何乃太区区"的"区区"不同。

⑧ ［君既若见录］你既然如此记着我。录，记。

⑨ ［磐石］厚而大的石头。

⑩ ［纫］通"韧"，柔软而结实。

⑪ ［亲父兄］即同胞兄。

⑫ ［性行］性情。

⑬ ［逆以煎我怀］想到将来，我心里如煎熬一般。逆，逆料，想到将来。

⑭ ［举手长劳劳］举手告别，忧伤不止。劳劳，忧愁伤感的样子。

⑮ ［进退无颜仪］上前退后都觉得没脸面。意思是说，不论怎样都觉得惭愧。仪，容貌。

⑯ ［拊掌］拍手。这里表示惊异。

⑰ ［不图子自归］想不到女儿自己回来了。意思是，没料到女儿竟被驱遣回家。古代女子出嫁以后，一定要母家得到婆家的同意，派人迎接，才能回母家。下文"不迎而自归"，也是按这种规矩说的责备的话。子，女。

⑱ ［谓言无誓违］总以为你不会有什么过失。誓，似应作"諐"。諐，古"愆"字，愆违，过失。

⑲ ［兰芝惭阿母］兰芝很惭愧地对母亲说。

⑳ ［悲摧］悲痛。摧，伤心、断肠。

㉑ ［云有第三郎］（媒人）说，县令家有个三少爷。

㉒ ［便（biàn）言多令才］口才很好，又多才能。便言，很会说话。便，敏捷。令，美好。

㉓ ［应之］答应他。

㉔ ［见丁宁］见，指代我，见丁宁，即叮咛我。这种用法较常见，如"见察""见恕"。丁宁，嘱咐，也写作"叮咛"。

㉕ ［恐此事非奇］恐怕这事这样做不合适。奇，似应为"宜"。非奇，不宜。

㉖ ［自可断来信，徐徐更谓之］可以回绝来做媒的人，以后慢慢再谈吧。断，回绝。信，使者，指媒人。之，它，指再嫁的事。

㉗ ［始适还家门］刚出嫁不久就被休回娘家。适，出嫁。

㉘ ［不堪］这里是"不能做"的意思。

㉙ ［幸可广问讯］意思是，希望你多方面打听打听。

媒人去数日，寻遣丞请还，说有兰家女，承籍有宦官[①]。云有第五郎，娇逸[②]未有婚。遣丞为媒人，主簿通语言[③]。直说太守家，有此令郎君，既欲结大义[④]，故遣来贵门。

阿母谢媒人："女子先有誓，老姥岂敢言！"

阿兄得闻之，怅然心中烦，举言谓阿妹："作计何不量[⑤]！先嫁得府吏，后嫁得郎君，否泰如天地[⑥]，足以荣汝身。不嫁义郎体，其往欲何云[⑦]？"

兰芝仰头答："理实如兄言。谢家事夫婿，中道还兄门[⑧]。处分适兄意[⑨]，那得自任专！虽与府吏要[⑩]，渠会永无缘[⑪]。登即相许和[⑫]，便可作婚姻。"

媒人下床去[⑬]，诺诺复尔尔[⑭]。还部白府君[⑮]："下官[⑯]奉使命，言谈大有缘[⑰]。"府君得闻之，心中大欢喜。视历复开书，便利此月内[⑱]，六合[⑲]正相应[⑳]。良吉[㉑]三十日，今已二十七，卿可去成婚[㉒]。交语速装束，络绎如浮云[㉓]。青雀白鹄舫，四角龙子幡[㉔]，婀娜[㉕]随风转。金车玉作轮，踯躅青骢马[㉖]，流苏金镂鞍[㉗]。赍[㉘]钱三百万，皆用青丝穿。杂彩[㉙]三百匹，交广市鲑珍[㉚]。从人[㉛]四五百，郁郁登郡门[㉜]。

阿母谓阿女："适[㉝]得府君书，明日来迎汝。何不作衣裳？莫令事不举[㉞]！"

阿女默无声，手巾掩口啼，泪落便如泻。移我琉璃榻[㉟]，出置前窗下。左手持刀

---

① ［媒人去数日……承籍有宦官］这里可能有文字脱漏或错误，因此这四句没法解释清楚。有人认为"说有兰家女，承籍有宦官"两句当在"阿母谢媒人"之后，是阿母辞谢媒人的话。意思是有兰家之女，出身于做官人家，可配太守之子，而自己的女儿出身微贱，不能相配。但这两句后边，恐仍有脱漏之句。寻，接着，不久。丞，郡丞，辅助太守的官。宦官，就是官宦，做官的人。

② ［娇逸］娇美文雅。

③ ［遣丞为媒人，主簿通语言］请郡丞去做媒人，（这是）主簿传达（太守）的话。主簿，太守的属官。

④ ［结大义］指结为婚姻。

⑤ ［作计何不量］（你）打这样的主意，多么缺乏考虑啊！量，思量，考虑。

⑥ ［否（pǐ）泰如天地］运气的好坏，相差像天上地下一样。否，坏运气。泰，好运气。

⑦ ［不嫁义郎体，其往欲何云］这样仁义的人都不嫁，往后（你）打算怎么样呢？义郎，仁义的郎君，指太守的儿子。其往，其后，将来。

⑧ ［中道还兄门］半中间又回到哥哥家里。

⑨ ［处分适兄意］怎样处理，完全照哥哥的主意吧。适，适合，依照。

⑩ ［要（yāo）］约。

⑪ ［渠会永无缘］同他（指府吏）永远没机会见面了。渠，他。

⑫ ［登即相许和］立刻就答应这门亲事吧。登，立刻。许和，应许。

⑬ ［下床去］从座位上起来走了。

⑭ ［诺诺复尔尔］连声说"是，是，就这样办，就这样办"。尔尔，如此。

⑮ ［还部白府君］回到府里报告太守。部，府署。府君，太守。

⑯ ［下官］郡丞自称。

⑰ ［言谈大有缘］说起（这门亲事）来，他们（两人）大有缘分。

⑱ ［视历复开书，便利此月内］反复翻看历书，婚期定在这个月内就很吉利。

⑲ ［六合］古时候迷信的人，结婚要选好日子，要年、月、日的干支（干，天干，甲、乙、丙、丁……支，地支，子、丑、寅、卯……年、月、日的干支合起来共六个字，例如甲子年，乙丑月，丙寅日）都相适合，这叫"六合"。

⑳ ［相应］合适。

㉑ ［良吉］"良辰吉日"的简称。

㉒ ［卿可去成婚］这是太守叫郡丞去刘家订好结婚日期。

㉓ ［交语速装束，络绎如浮云］大家纷纷传告"赶快收拾，准备吧"，人来人往，像天上的浮云一样接连不断。交语，互相传告。络绎，接连不断。

㉔ ［青雀白鹄舫，四角龙子幡］画着青雀、白鹄的船，四角挂着龙子幡。舫，船。龙子幡，旗帜名。

㉕ ［婀娜］这里是轻轻飘动的样子。

㉖ ［踯躅（zhízhú）青骢马］毛色青白相杂的马缓缓地走。踯躅，原意是缓慢不进。

㉗ ［流苏金镂鞍］马鞍上面有镂刻的金饰，周围垂着缨子。流苏，下垂的缨子，是用五彩羽毛或丝线做的。

㉘ ［赍（jī）］本意为怀抱着、带着，这里是"带着……赠送"的意思。

㉙ ［杂彩］各色绸子。

㉚ ［交广市鲑（xié）珍］从交州、广州（现在广西、广东一带）采办的山珍海味。鲑，这里是鱼类菜肴的总称。珍，美味。

㉛ ［从人］仆人。

㉜ ［郁郁登郡门］热热闹闹地走到庐江郡门。郁郁，繁盛的样子。

㉝ ［适］刚才。

㉞ ［莫令事不举］别让婚事办得不像样！不举，原意是"不成"。

㉟ ［琉璃榻］镶嵌着琉璃的榻。琉璃，一种半透明的类似玻璃的东西。榻，坐具，即上文的"床"。

尺，右手执绫罗。朝成绣夹裙，晚成单罗衫。晻晻日欲暝[①]，愁思出门啼。

府吏闻此变，因求假暂归。未至二三里，摧藏马悲哀[②]。新妇识马声，蹑履相逢迎。怅然遥相望，知是故人来。举手拍马鞍，嗟叹使心伤："自君别我后，人事不可量[③]。果不如先愿，又非君所详[④]。我有亲父母[⑤]，逼迫兼弟兄[⑥]，以我应他人，君还何所望！"

府吏谓新妇："贺卿得高迁！磐石方且厚，可以卒千年；蒲苇一时纫，便作旦夕间[⑦]。卿当日胜贵[⑧]，吾独向黄泉！"

新妇谓府吏："何意出此言！同是被逼迫，君尔妾亦然[⑨]。黄泉下相见，勿违今日言！"执手分道去，各各还家门。生人作死别，恨恨那可论[⑩]？念与世间辞，千万不复全[⑪]！

府吏还家去，上堂拜阿母："今日大风寒，寒风摧树木，严霜结庭兰[⑫]。儿今日冥冥[⑬]，令母在后单[⑭]。故作不良计[⑮]，勿复怨鬼神！命如南山石，四体康且直[⑯]！"

阿母得闻之，零泪应声落："汝是大家子，仕宦于台阁[⑰]，慎勿为妇死，贵贱情何薄[⑱]！东家有贤女，窈窕艳城郭[⑲]，阿母为汝求，便复在旦夕。"

府吏再拜还，长叹空房中，作计乃尔立[⑳]。转头向户里，渐见愁煎迫。

其日牛马嘶[㉑]，新妇入青庐[㉒]。奄奄黄昏后[㉓]，寂寂人定初[㉔]。"我命绝今日，魂去尸长留！"揽裙脱丝履，举身赴清池。

府吏闻此事，心知长别离，徘徊庭树下，自挂东南枝。

两家求合葬，合葬华山傍[㉕]。东西植松柏，左右种梧桐。枝枝相覆盖，叶叶相交通。中有双飞鸟，自名为鸳鸯。仰头相向鸣，夜夜达五更。行人驻足[㉖]听，寡妇起彷

---

① [晻晻（yǎnyǎn）日欲暝] 阴沉沉地，天快晚了。晻，昏暗。暝，日暮。

② [未至二三里，摧藏（zàng）马悲哀] 还没到（刘家，大约相隔）二三里地，人伤心，马也哀鸣。摧藏，摧折心肝，伤心。藏，就是"脏"，脏腑。一说，摧藏就是"悽怆"。

③ [不可量] 料想不到。

④ [详] 详知。

⑤ [父母] 这里指母。

⑥ [逼迫兼弟兄] 逼迫我的还有哥哥。弟兄，这里指兄。

⑦ [便作旦夕间] 就只能保持很短的时间。旦夕，形容时间短。

⑧ [卿当日胜贵] 你将会一天比一天富贵起来。

⑨ [君尔妾亦然] 你这样，我也这样。尔、然，都是"这样"的意思。

⑩ [恨恨那可论] 心里的愤恨哪里说得尽呢？恨恨，愤恨到极点。

⑪ [念与世间辞，千万不复全] 想到他们将要永远离开人世，无论如何不能再保全了。这两句和前面两句，都是作者叙述的话。

⑫ [严霜结庭兰] 院子里的兰花上结满了浓霜。

⑬ [儿今日冥冥] 你的儿子将不久于人世。日冥冥，原意是日暮，这里拿太阳下山来比喻生命的终结。

⑭ [令母在后单] 使得母亲今后很孤单。

⑮ [故作不良计] 我是有意作这不好的打算（指自杀）。故，故意。

⑯ [命如南山石，四体康且直]（愿您的）寿命像南山的石头一样久长，（愿您的）身体永远健康。四体，这里指身体。直，意思是身子骨硬朗。

⑰ [仕宦于台阁] 意思是在大官府任官职。仕宦，任官职。台阁，原指尚书台，这里泛指大的官府。

⑱ [贵贱情何薄]（你和她）贵贱不同，（离弃了她）哪里就算薄情呢！贵，指仲卿。贱，指兰芝。何薄，何薄之有。

⑲ [窈窕艳城郭]（她的）美丽在这城内外是出名的。郭，外城。

⑳ [作计乃尔立]（自杀的）主意就这样打定了。乃尔，就这样。

㉑ [其日牛马嘶]（结婚）这一天牛马乱叫的时候。嘶，马叫。

㉒ [新妇入青庐] 新妇进了青布篷帐。新妇，指兰芝。青庐，用青布搭成的篷帐，举行婚礼的地方，东汉至唐有这种风俗。

㉓ [奄奄黄昏后] 天黑了以后。奄奄，暗沉沉的。古时候计算时间以地支分为十二时辰。黄昏，十二时辰之一，是戌（xū）时（相当于现在的19时至21时）。

㉔ [寂寂人定初] 静悄悄的，人们开始安歇了。人定，是亥时（相当于现在的21时至23时），这里指夜深人静的时候。

㉕ [合葬华山傍] 一起葬在华山旁边。合葬，（把两人）合葬在一个坟墓里。华山，庐江境内的一座小山。

㉖ [驻足] 停步。

徨[①]。多谢后世人，戒之慎勿忘[②]！

2. 古诗十九首

行行重行行

行行重行行[③]，与君生别离[④]。相去万余里，各在天一涯[⑤]。道路阻且长[⑥]，会面安可知？胡马依北风，越鸟巢南枝[⑦]。相去日已远[⑧]，衣带日已缓[⑨]。浮云蔽白日[⑩]，游子不顾反[⑪]。思君令人老，岁月忽已晚。弃捐勿复道，努力加餐饭[⑫]。

第二单元小结

1. 秦朝时间很短，秦始皇焚书坑儒，思想统治十分严酷，所以几无诗歌作品可言。汉代诗歌有所发展，其代表作品是乐府民歌和文人创作的“古诗十九首”。

2. 汉乐府直接继承了《诗经》的创作传统，其诗歌也是在民间歌谣基础上经记录加工而成的。据《汉书·艺文志》记载，自汉武帝时就成立了采集民歌的官署——乐府，用以“观风俗，知厚薄”，而这些民歌“皆感于哀乐，缘事而发”。其记载的西汉民歌即有138篇，而现存东、西两汉的全部乐府民歌不过40首左右。乐府民歌，除《孔雀东南飞》外，还有《陌上桑》《上邪》《东门行》《孤儿行》《十五从军征》等，都是脍炙人口的名篇。《陌上桑》叙述采桑女机智勇敢拒绝太守调戏的情节，《上邪》反映了青年男女忠于爱情的誓言，《东门行》叙述了汉代人民对残酷剥削压迫的觉醒和斗争，《孤儿行》则反映了商人家庭内部的矛盾，《十五从军征》描绘了一名十五岁从军的战士年老归家时家破人亡的惨剧……可以说乐府民歌全面而深刻地反映了汉代社会生活的方方面面，这与《诗经》相同。不同的是，乐府民歌以叙事为特色，《孔雀东南飞》是我国古代诗歌中篇幅最长、艺术成就最高的叙事诗。

乐府民歌的叙事，往往能通过对戏剧性情节的铺叙，对人物语言、性格的刻画，塑造出特定环境中既有个性又有共性的典型人物形象。刘兰芝就是中国封建社会一个

---

① ［寡妇起彷徨］寡妇（听见了）从床上起来，心里很不安定。
② ［多谢后世人，戒之慎勿忘］这是作者在忠告后人，要从这个故事里吸取教训。谢，告诉。
③ ［行行重行行］不停地愈走愈远。行行，行而不止。
④ ［生别离］《楚辞·九歌·少司命》有“悲莫悲兮生别离”的诗句，此句暗示了“悲莫悲”的意思。
⑤ ［天一涯］天一方。
⑥ ［阻且长］艰险而又漫长。阻，艰险。且，又。
⑦ 胡马越鸟两句托物寓意，意思说胡马、越鸟尚且如此，难道游子就不思恋故土？胡马，胡地之马，北方所产。依，依恋。越鸟，南方之鸟。越，南方为越之地，包括现在的两广、福建等地。巢南枝，在向南的枝条上筑巢。巢，作动词用，筑巢。
⑧ ［远］指时间久远。
⑨ ［衣带日已缓］人瘦了，衣带也一天比一天宽松。缓，宽松。相去两句是套用古乐府歌辞：“离家日以远，衣带日趋缓。”但古辞是离者口吻，此诗是居者口吻。
⑩ ［白日］指未归的丈夫。浮云蔽日是设想丈夫另有新欢。一说“浮云”喻奸佞小人，“白日”喻“明君”，则此诗反映的就是乱世不得意的士大夫聊以自慰的思想感情。
⑪ ［反］同“返”，回来。
⑫ ［弃捐勿复道，努力加餐饭］别再提这件事了，还是努力加餐保养身体吧。这是思妇无可奈何、自我宽慰的想法。弃捐，丢开。复，再。道，谈说。

既聪明美丽、温柔贤淑、任劳任怨、孝顺父母，又敢于与命运相争甚至不惜以死相抗的妇女形象，从后世的李娃、杜十娘、窦娥、杜丽娘、祝英台等艺术形象身上，都可或多或少地看到她的影子。焦仲卿热爱妻子，但无力改变专横挑剔的母亲的意志，有其懦弱的一面，但他知道刘兰芝跳水自杀后亦自缢殉情，实现诺言，表现了对爱情的坚贞、对封建礼教的反抗。他值得同情，形象也是光彩照人的，与后世的梁山伯、柳梦梅等艺术形象相比，自有其特色之处。焦母和刘兰芝的哥哥是封建礼教的化身，他们专横跋扈、独断专行，是逼死这对年轻夫妻的刽子手。焦母形象的阴影，直至今天仍然在中国大地的某些角落存在。所以这首长诗既有认识意义，又有现实意义。

3.“古诗十九首”是一组古诗，非一人一时之作，大多写作于东汉末至建安初这几十年之中，因其风格韵味略同，南朝梁代昭明太子编《文选》时将其题为古诗，后人以“古诗十九首”名之。东汉末至建安初这几十年充斥着战乱、黑暗、动荡，民不聊生，知识分子也彷徨失意，离愁悲苦，《行行重行行》《迢迢牵牛星》生动地描写了这些感情。也有个别篇章如《青青陵上柏》表现了诗人安于贫贱、达观自遣的人生态度。“古诗十九首”善用比兴的手法、含蓄的语言表达出深刻的思想感情，从一个侧面反映了那个社会的黑暗和苦难。

在艺术形式上，这些古诗多用五言写成，历来受到高度评价，南朝文论家刘勰在《文心雕龙》中提到这些古诗是“五言之冠冕”，说明它们是文人创作五言诗成熟的标志。

小贴士·延伸阅读篇目

1. 汉乐府：《十五从军征》《陌上桑》《战城南》《孤儿行》《上邪》；2. 古诗十九首：《迢迢牵牛星》《回车驾言迈》《青青陵上柏》。

第三单元　魏晋南北朝诗歌

学习目标

1. 了解三曹（曹操、曹丕、曹植）的诗歌创作和“建安七子”“建安风骨”“左思风力”的内涵。

2. 了解山水诗的兴起及代表作家谢朓的艺术成就。

3. 了解南北朝民歌的不同内容与创作风格。

4. 掌握曹操、曹丕诗歌的思想内容及艺术特色。

5. 全面掌握陶渊明诗歌的思想内容及艺术特色。

6. 培养学生高尚的道德情操。

作者简介 1-2

曹操

1.曹　操

短歌行[1]

对酒当[2]歌，人生几何[3]？譬如朝露[4]，去日[5]苦多。慨当以慷[6]，忧思[7]难忘。何以[8]解忧？唯有杜康[9]。青青子衿，悠悠我心[10]。但为君故[11]，沉吟[12]至今。呦呦鹿鸣，食野之苹。我有嘉宾，鼓瑟吹笙[13]。明明如月，何时可掇[14]？忧从中[15]来，不可断绝。越陌度阡[16]，枉用相存[17]。契阔[18]谈宴，心念旧恩[19]。月明星稀，乌鹊南飞。绕树三匝[20]，何枝可依？山不厌高，水不厌深[21]。周公吐哺[22]，天下归心[23]。

作者简介 1-3

曹植

2.曹　植

白马篇[24]

白马饰金羁[25]，连翩[26]西北驰。借问谁家子，幽并游侠儿。少小去乡邑，扬声沙漠垂[27]。宿昔秉良弓[28]，楛矢何参差[29]。控弦破左的[30]，右发摧月支[31]。仰手接飞猱[32]，俯身

---

①　《短歌行》属《相和歌·平调曲》。乐府又有《长歌行》。长歌、短歌是指曲调长短而言。行，古代歌曲的一种体裁。这大概是用于宴会的歌辞。

②　［当］应当。

③　［几何］多少。这句是感叹人生短暂。

④　［朝露］早晨的露水，太阳一出就干，比喻人生短促。

⑤　［去日］过去的日子。

⑥　［慨当以慷］是“慷慨”的间隔用法。这里形容歌声激越。

⑦　［忧思］忧国忧民的心思。

⑧　［何以］用何。以，用。

⑨　［杜康］相传是最早造酒的人，一说黄帝时人，一说周时人。这里作为酒的代称。

⑩　［青青子衿（jīn），悠悠我心］衿，衣领。青衿是周代学子的服装。悠悠，长远的样子，形容思念之情。青青两句用《诗经·子衿》成句，借以表示对贤才的渴慕。

⑪　［但为君故］但，只。君，指思慕的贤才。故，缘故。

⑫　［沉吟］深沉的吟咏，思念。

⑬　呦呦四句用《诗经·小雅·鹿鸣》成句，表达礼遇贤才的心情。

⑭　这两句是说：皎洁的月亮，什么时候停止它的运行呢？掇，同“辍”，停止。

⑮　［中］内心。

⑯　［越陌度阡］指客人远道而来。陌、阡是田间的小路。东西方向的叫陌，南北方向的叫阡。

⑰　［枉用相存］屈驾你来探望。枉，枉驾，屈驾。存，问候。

⑱　［契阔］契，投合。阔，疏远。这里是偏义复词，偏用“阔”的意思，指久别。

⑲　［旧恩］往日的情谊。

⑳　［匝（zā）］周遍，环绕一圈。

㉑　［山不厌高，水不厌深］比喻招纳贤才，多多益善。

㉒　［周公吐哺］传说周公惟恐失天下之士，常常吃饭时停下来接待贤才。哺，咀嚼食物。这句是用周公的典故，表示要虚心对待贤者。

㉓　［归心］民心归附。

㉔　本篇一作《游侠篇》，属《杂曲歌辞·齐瑟行》。无古辞，以首二字命名，是曹植自己创造的乐府新题。作品热情赞美边塞游侠儿武艺高超、勇敢机智和忠勇爱国的精神，显示自己的政治抱负。

㉕　［羁（jī）］马笼头。

㉖　［连翩］也作“联翩”，本指鸟飞，这里是奔跑不停的意思。

㉗　借问四句设为问答，交代游侠儿的来历。幽并，幽州、并州，今河北、山西和陕西的一部分地区。历史上幽并之民以“好气任侠”著称。去，离开。扬声，扬名。垂，同“陲”，边塞。

㉘　［宿昔秉良弓］宿昔，这里是经常的意思。秉，持。

㉙　［楛（hù）矢何参差］楛矢，用楛木做箭杆的箭。参差，长短不齐。

㉚　［控弦破左的］控弦，拉弓。左的，左方的射击目标。的，箭靶。

㉛　［右发摧月支］摧，射裂，摧毁。月支，一种箭靶的名称。

㉜　［仰手接飞猱（náo）］接，迎射。猱，一种矮小的猿猴，攀援树木，轻捷如飞，称作“飞猱”。

散马蹄[1]。狡捷[2]过猴猿，勇剽若豹螭[3]。边城多警急，胡虏数迁移[4]。羽檄[5]从北来，厉马[6]登高堤。长驱蹈[7]匈奴，左顾陵鲜卑[8]。弃身[9]锋刃端，性命安可怀[10]？父母且不顾，何言子与妻？名编壮士籍[11]，不得中顾[12]私。捐躯赴国难，视死忽如归。

作品赏析 1-3
曹植和他的诗歌

3. 陶　潜

作者简介 1-4
陶潜

归园田居[13]

少无适俗韵[14]，性本爱丘山[15]。误落尘网[16]中，一去三十年[17]。羁鸟[18]恋旧林，池鱼思故渊。开荒南野际，守拙[19]归园田。方宅十余亩[20]，草屋八九间。

榆柳荫[21]后檐，桃李罗[22]堂前。暧暧远人村[23]，依依墟里烟[24]。狗吠深巷中，鸡鸣桑树颠。户庭无尘杂[25]，虚室有余闲[26]。久在樊笼里，复得返自然[27]。

---

① ［俯身散马蹄］散，摧毁。马蹄，箭靶的名称。
② ［狡捷］灵巧敏捷。
③ ［勇剽（piāo）若豹螭（chī）］剽，行动轻捷。螭，古代传说中的一种龙。
④ ［胡虏数迁移］胡虏，指北方匈奴鲜卑军队，一作“虏骑”。数迁移，指匈奴、鲜卑不止一次地入侵。
⑤ ［羽檄（xí）］檄是用于讨伐或征召的文书。遇到紧急情况，则加插羽毛，所以叫“羽檄”。
⑥ ［厉马］催马，策马。
⑦ ［蹈］踩，踏。
⑧ ［左顾陵鲜卑］左顾，回顾。陵，压倒，这里也是踩或踏的意思。鲜卑，古代北方的一个民族，汉末开始强盛。
⑨ ［弃身］舍身的意思。
⑩ ［怀］顾惜。
⑪ ［籍］名册。
⑫ ［中顾］内心顾念。
⑬ 《归园田居》共五首，这里选的是第一首。
⑭ ［少无适俗韵］从小就没有适应世俗的气质性格。韵，气质、性格、情趣。
⑮ ［丘山］这里泛指山林。
⑯ ［尘网］尘世，指庸俗污浊的官场犹如罗网。
⑰ ［一去三十年］陶渊明自太元十八年（393年）初做江州祭酒，到义熙元年（405年）辞去彭泽令归田，是13个年头。这里的“三十年”是夸大的说法。
⑱ ［羁鸟］关在笼子里的鸟。羁，束缚。
⑲ ［守拙］安守本分。这里指清贫自守。
⑳ ［方宅十余亩］住宅周围有土地十余亩。方，四旁，周围。宅，住宅。
㉑ ［荫］遮蔽。
㉒ ［罗］排列。
㉓ ［暧（ài）暧远人村］远处的村庄隐约可见。暧暧，模糊不清的样子。
㉔ ［依依墟里烟］村里的炊烟依稀可辨。依依，隐约可见的样子。墟里，村落。
㉕ ［户庭无尘杂］门庭没有尘俗那些乱糟糟的事。户庭，门庭。
㉖ ［虚室有余闲］住在陈设简陋的屋子里觉得清闲。虚室，空空的屋子，简陋，没有什么陈设。余闲，闲暇。
㉗ ［久在樊笼里，复得返自然］长久关在樊笼里，如今又回到大自然里来了。樊，篱笆。樊笼，比喻使人受拘束的尘世。返自然，指归耕园田。

作者简介1-5

谢朓

4. 谢　朓

晚登三山还望京邑[1]

灞涘望长安[2]，河阳视京县[3]。白日丽飞甍，参差皆可见[4]。余霞散成绮，澄江静如练[5]。喧鸟覆春洲[6]，杂英满芳甸[7]。去矣方滞淫[8]，怀哉罢欢宴[9]。佳期怅何许，泪下如流霰。有情知望乡，谁能鬒不变[10]？

5. 南北朝民歌

木兰诗[11]

唧唧复唧唧[12]，木兰当户织。不闻机杼声，唯闻女叹息。问女何所思，问女何所忆。女亦无所思，女亦无所忆。昨夜见军帖[13]，可汗[14]大点兵，军书十二卷，卷卷有爷名。阿爷无大儿，木兰无长兄，愿为市[15]鞍马，从此替爷征。

东市买骏马，西市买鞍鞯[16]，南市买辔头，北市买长鞭。旦辞爷娘去，暮宿黄河边。不闻爷娘唤女声，但闻黄河流水鸣溅溅[17]。旦辞黄河去，暮至黑山头。不闻爷娘唤女声，但闻燕山胡骑鸣啾啾。

万里赴戎机，关山度若飞。朔气传金柝[18]，寒光照铁衣。将军百战死，壮士十年归。

归来见天子，天子坐明堂。策勋十二转[19]，赏赐百千强。可汗问所欲，木兰不用

---

① 本篇写晚登三山所见京邑的壮丽和大自然的美景，并由此而引起的思乡之情。三山，在今南京市西南长江南岸。还望，回头望。京邑，指建康（今南京市）。

② ［灞涘（sì）望长安］灞，指灞水，源出陕西省蓝田县，流经长安。涘，水边。汉末王粲《七哀诗》有“南登灞陵岸，回首望长安”两句。

③ ［河阳视京县］河阳，古县名，在今河南省孟县西。京县，京都。西晋潘岳《河阳县》诗有“引领望京室”的句子。灞涘两句是以古人的望京都来比喻自己的远眺建康。

④ 这两句是说：阳光照耀着京都的建筑，高下不齐似飞翼一般的屋檐历历可见。丽，明丽，作动词用。飞甍（méng），飞耸的屋檐。甍，屋脊。参差，高下不齐的样子。

⑤ 这两句是说：天空中的余霞像一片片锦缎，清澈的江水如同白绸子。绮，锦缎。澄江，清澈的江水。练，白绸子。

⑥ ［喧鸟覆春洲］覆，覆盖。洲，江中的小洲。这句指鸟之多。

⑦ ［杂英满芳甸］杂英，各种各样的花。英，花。甸，郊野。这句指花之繁。

⑧ 这句是说：要离开京邑了，因依恋不舍，所以在此稍作停留。方，将。滞淫，淹留。

⑨ 这句是说：此地（指三山）虽风景颇佳，但由于怀念京邑，故停止了欢宴。怀哉，想念的意思。哉，语气助词。罢，停止。

⑩ 这四句是说：怅恨还乡无期，泪下如霰；怀着望乡之情，谁能不忧伤得白了头发呢？佳期，指还乡国（京都）的日期。怅，恨。何许，何时。霰，雪珠。鬒（zhěn），黑发。

⑪ 有些版本作木兰辞。本篇选自《乐府诗选》。

⑫ ［唧唧］叹息声。

⑬ ［军帖］征兵的文书。

⑭ ［可汗］北方少数民族君主的称呼。

⑮ ［市］这里是动词，买的意思，与下文东市、西市的“市”不同。

⑯ ［鞯（jiān）］马鞍的垫子。

⑰ ［溅溅］此指流水声。

⑱ ［金柝（tuò）］军中用的铜器，像锅，有三只脚，容量相当于斗。白天做炊具，夜里可用来打更报时，又称“刁斗”。

⑲ ［策勋十二转］策勋，记功；指勋位分为若干等，每升一等为一转。本诗中几处“十二”为夸张的约数，非实指。

尚书郎[①]，愿驰千里足[②]，送儿还故乡。

爷娘闻女来，出郭相扶将；阿妹闻姊来，当户理红妆；小弟闻姊来，磨刀霍霍向猪羊。开我东阁门，坐我西阁床，脱我战时袍，著我旧时裳。当窗理云鬓，对镜帖花黄[③]。出门看火伴[④]，火伴皆惊惶。同行十二年，不知木兰是女郎。

雄兔脚扑朔[⑤]，雌兔眼迷离[⑥]；双兔傍地走，安能辨我是雄雌？

思政探究 1-2

如何评价木兰代父从军的行为？

第三单元小结

1. 以曹操、曹丕、曹植和建安七子（孔融、陈琳、王粲、徐幹、阮瑀、应玚、刘桢）为代表的一批诗人描写社会动乱的现实，抒发建功立业的抱负，继承《诗经》、乐府民歌的现实主义传统，形成“慷慨任气”的时代风格，在诗歌史上被称为“建安风骨”。建安诗歌作家众多，浓墨重彩，是本时期光辉灿烂的一页。建安诗歌使五言诗的创作更加繁荣坚实，而曹丕的《燕歌行》则开创了七言诗的新体制。女诗人蔡琰的五言诗《悲愤诗》和骚体《胡笳十八拍》（也有人认为系伪作）以强烈的感情描写了时代的灾难和个人的悲愤，也是本时期诗歌的一抹亮色。西晋太康年间虽有一大批作家，其中陆机的名气很大，但他们重在雕章琢句，内容不太充实，独左思的咏史诗情调高亢，笔力矫健，钟嵘在《诗品》中称之为“左思风力”，给予了很高的评价。与之近似的诗人有刘琨。

2. 魏晋南北朝时期，政权更替频繁，外部战乱频起，统治者内部排挤、杀戮异己。这种险恶恐怖的社会现象，造成官宦士大夫不敢谈论政治，大多隐晦自己的政治观点或纵情声色，推崇及时行乐的生活态度。这一时期文人很多，且形成不少风格各异的文学流派。他们追求文字的美感，讲究创新，所以当时的文学从现象上看相当繁荣，对后世影响也颇大。例如，阮籍《咏怀诗》隐晦曲折，嗟生忧时，“三张”（张载、张协、张亢）、“二陆”（陆机、陆云）、潘岳等一批文学家致力于文字雕琢，郭璞、孙绰、许洵等创作“玄言诗”，以老庄哲学入诗，枯燥难懂。晋、宋之际，以谢灵运为代表的诗人全力描写山水景物的美丽，开创了我国山水诗的先河，他的侄儿谢朓进一步发展了他的诗歌特点，而且讲究声律，创作了不少情景交融、清新美丽、音律和谐的诗歌。

3. 陶渊明是中国文学史上第一个大量描写田园生活的诗人。他是东晋名将陶侃的后代。虽家境清贫，却不屑为五斗米折腰侍奉权贵，半生躬耕田园，过着清苦质朴的生活，并讴歌人生的理想。他的诗平淡自然，却蕴含着深厚的哲理和生活情趣。如他的代表作《饮酒》，“结庐在人境，而无车马喧。问君何能尔？心远地自偏。采菊东篱下，悠然见南山。山气日夕佳，飞鸟相与还。此中有真意，欲辩已忘言。”但陶渊明并没有忘记人间的苦难与斗争。他在《读山海经》组诗中亦常有“金刚怒目”式的语

---

① ［木兰不用尚书郎］不用，不愿；尚书郎，朝廷尚书机关的侍郎。
② ［千里足］指可日行千里的马、骆驼等，也是夸张的说法，反映木兰归心似箭。
③ ［帖花黄］南北朝时女子在额间涂上黄色，以此为美。
④ ［火伴］即伙伴，军中同伴。
⑤ ［扑朔］跳跃的样子。
⑥ ［迷离］眯眼的样子。

言，表现了诗人性格的另一面。陶渊明被称为“平淡之宗”，他的诗歌的美学价值及其对后世山水田园诗人的影响是巨大的。

4. 北朝文人多尚模仿，唯有由南朝来到北方又被迫在北朝为官的庾信，因为思想、生活发生巨大变化，故国之思洋溢文字之间。他的《咏怀》二十七首写他怀念故国和屈身事敌的悲苦心情，情真意切，苍凉悲壮，兼有南方的秀美和北方的刚健。他的一些五言诗对仗工整，讲究声律，对唐代五言格律诗的形成有较大影响。

5. 南北朝的乐府民歌很兴盛，南朝民歌（如《子夜吴歌》等）多为情歌，体制短小，善用双关隐语和口语，格调清新自然，缠绵婉转；北朝民歌内容广泛，尚武精神表现明显，《木兰诗》是最杰出的代表作品。即使写爱情，也泼辣直率，如著名的《李波小妹歌》等。

小贴士 · 延伸阅读篇目

1. 曹操：《龟虽寿》《蒿里行》《观沧海》；2. 曹丕：《燕歌行》；3. 曹植：《赠白马王彪》《七哀诗》；4. 阮籍：《咏怀诗》；5. 蔡琰：《胡笳十八拍》；6. 陶渊明：《饮酒》《读山海经》；7. 谢灵运：《登江中孤屿》；8. 左思：《咏史诗》；9. 庾信：《枯树赋》；10. 南朝民歌：《子夜歌》《读曲歌》《西洲曲》；11. 北朝民歌：《企喻歌》《敕勒歌》《李波小妹歌》。

第四单元　隋唐五代诗歌

学习目标

1. 了解唐诗繁荣的盛况和本单元所选八位著名诗人的诗歌风格及创作特点。

2. 理解“盛唐气象”对唐诗创作的巨大影响。

3. 掌握李白、杜甫、白居易、杜牧的创作成就及艺术特色。

4. 了解唐代其他著名诗人及其作品。

5. 掌握生活经历对李煜词风的影响。

6. 培养学生的家国情怀，使学生坚定文化自信。

作者简介 1-6

张若虚

1.张若虚

春江花月夜[①]

春江潮水连海平，海上明月共潮生[②]。滟滟随波千万里，何处春江无月明[③]。江流宛转绕芳甸，月照花林皆似霰[④]。空里流霜不觉飞，汀上白沙看不见[⑤]。江天一色无纤尘，皎皎空中孤月轮[⑥]。江畔何人初见月，江月何年初照人[⑦]？人生代代无穷已，江月年年只相似[⑧]。不知江月待何人，但见长江送流水[⑨]。白云一片去悠悠，青枫浦上不胜愁[⑩]。谁家今夜扁舟子？何处相思明月楼[⑪]？可怜楼上月徘徊，应照离人妆镜台[⑫]。玉户帘中卷不去，捣衣砧上拂还来[⑬]。此时相望不相闻，愿逐月华流照君[⑭]。鸿雁长飞光不度，鱼龙潜跃水成文[⑮]。昨夜闲潭梦落花，可怜春半不还家[⑯]。江水流春去欲尽，江潭落月复西斜[⑰]。斜月沉沉藏海雾，碣石潇湘无限路[⑱]。不知乘月几人归，落月摇情满江树[⑲]。

作品赏析 1-4

《春江花月夜》浅析

① 《春江花月夜》为乐府古题。

② 首两句写江潮与大海连成一片，一轮明月随着海潮涌升的壮观景象。连海平，江潮滚滚，与大海连成一片。共潮生，一轮明月从海上升起，好像是从海潮中涌动而出。

③ 这两句是说：月光照耀千里春江，千里江面一片波光闪烁。滟滟（yànyàn），水波闪烁发光的样子。

④ 这两句写江流环绕芳甸、月光笼罩花林的景象。芳甸（diàn），花草丛生的原野。霰（xiàn），细密的雪珠。

⑤ 这两句是说：月光像流霜下泻，月色与江畔白沙浑然一片。流霜，比喻月光自上而下地照射。古人以为霜与雪一样是从空中飘落的，故有此喻。汀（tīng），水中或水边的平地，这里指江畔沙滩。白沙看不见，白色的月光与白沙连成一片，分不清彼此，故云。

⑥ 这两句是说：江天一色，澄明净洁，只有那一轮孤月高悬中天。纤尘，细小的尘埃。皎皎（jiǎojiǎo），明亮的样子。孤月轮，一轮孤月。

⑦ 这两句是遥想人与月的最初因缘。不知是谁最早见到月光？不知月光何时开始照临人间？

⑧ 这两句是说：人生短暂，却代代无穷，江月永恒，却年年相似。穷，尽。已，止。

⑨ 这两句的大意是说：明月永照人间，不知它究竟是在期待什么；而年复一年，见到的只是那日夜奔腾的长江，送走了流水，也送走了光阴。但，只。

⑩ 这两句写离别的情景。游子像天上的白云一样，渐渐远去，只留下思妇在离别地点不胜忧愁。去，离去。悠悠，白云缓缓飘行而去的样子。青枫浦，一名双枫浦，在今湖南浏阳市南浏水中。这里泛指离别地点。胜，尽。

⑪ 这两句的大意是说：人间处处有游子，处处有思妇，处处有两地相思。扁（piān）舟子，乘小船在江湖上飘零的人，指游子。扁舟，小船。明月楼，明月照耀下的闺楼，泛指思妇住处。

⑫ 这两句以月影移动、光照梳妆台，暗示思妇望月思人、对镜伤怀。徘徊，指月影移动。妆镜台，妇女梳妆台。

⑬ 这两句写月光帘卷不去，手拂还来，暗示相思之情难以排遣。玉户帘，思妇居室的窗帘、门帘。开启户帘，意在望月思人，放下户帘，意在排解思念，但无论怎样，都卷不去思妇心头的离愁。捣衣砧（zhēn），捣衣用的垫石。捣衣制衣是为了寄给游子征夫，故历来诗人多以捣衣寓写离别相思之情。

⑭ 这两句是说：思妇不得游子音信，痴想追逐着月光一起流到游子身边。月华，月光。君，指游子。

⑮ 这两句写相思之情无法传送。鸿雁长飞光不度，鸿雁可以传书，能够飞得很远，但也无法飞渡月光到达你的身边。光不度，不能飞渡月光。一说，不能随月光飞渡。度，通"渡"，飞渡。鱼龙潜跃水成文，鱼龙可以传书，能够潜游到远处，但也无法游到你的身边，而只能在水面上激起阵阵波纹。潜跃，潜游跃动。文，通"纹"，波纹。

⑯ 这两句是说：春花已开始凋谢，游子仍不得还家。闲潭梦落花，梦见花落闲潭，暗示春将归去。闲潭，幽静的潭水。

⑰ 这两句是说：江水天天流走春光，落月夜夜空自西斜。江水流春，春光随江水流逝。落月，即将西沉的残月。落月复西斜，落月又西斜。月西斜，谓夜将尽。全句暗示羁旅江潭的游子，不知又度过了多少个望月思归的难眠之夜。

⑱ 这两句以斜月渐渐沉入茫茫的海雾，暗示希望渺茫，团圆无望，以碣石、潇湘相距遥远，暗示离人远隔，相见极难。藏海雾，斜月沉入茫茫海雾之中。碣石，山名，在今河北昌黎县，早已沉入海中。潇湘，水名，在今湖南。碣石潇湘，泛指天南地北。无限路，极言离人相距之远。

⑲ 这两句是说：游子浪迹天涯，有几人能乘着月光回家？只有那即将西沉的残月的余晖，浸透离情，洒满江边的树林。乘月，乘着月光。摇情，激动的、没着没落的感情。

2. 王　维

作者简介 1-7

王维

山居秋暝①

空山新雨后②，天气晚来秋。明月松间照，清泉石上流。竹喧归浣女③，莲动下渔舟④。随意春芳歇，王孙自可留⑤。

3. 李　白

作者简介 1-8

李白

梦游天姥吟留别⑥

海客谈瀛洲，烟涛微茫信难求⑦；越人⑧语天姥，云霞明灭⑨或可睹。天姥连天向天横⑩，势拔五岳掩赤城⑪。天台一万八千丈⑫，对此欲倒东南倾⑬。

我欲因之⑭梦吴越，一夜飞度镜湖⑮月。湖月照我影，送我至剡溪⑯。谢公⑰宿处今尚在，渌⑱水荡漾清⑲猿啼。脚着谢公屐⑳，身登青云梯㉑。半壁见海日㉒，空中闻天

思政探究 1-3

为“诗仙守墓”，一诺千年！

---

① 此诗是王维后期作品。山居，山中的住所，指辋川别墅。暝（míng），晚。

② ［空山新雨后］空山，幽静的山。新雨后，刚下过雨。

③ ［竹喧归浣（huàn）女］竹喧，竹林中笑语喧哗，也指竹子枝叶相碰发出的声音。浣女，水边洗衣服的女子。浣，洗。

④ ［莲动下渔舟］莲动，荷在摆动。下渔舟，打鱼船顺流而下。

⑤ ［随意春芳歇，王孙自可留］《楚辞·招隐士》：“王孙游兮不归，春草生兮萋萋。”“王孙兮归来，山中兮不可久留。”这里反用其意。随意，任凭。春芳，春天的花草。歇，凋谢枯萎。王孙，贵族子弟的通称，这里诗人借指自己。留，居。

⑥ 选自《李太白全集》。唐玄宗天宝三年（744年），李白在长安受到权贵的排挤，被流放出京。第二年，他将由东鲁（现在山东省）南游吴越，写了这首描绘梦中游历天姥（mǔ）山的诗，留给在东鲁的朋友，所以题为《梦游天姥吟留别》，也作《梦游天姥山别东鲁诸公》。天姥山，在浙江省新昌县东面。传说登山的人能听到仙人天姥唱歌的声音，山因此得名。

⑦ ［海客谈瀛洲，烟涛微茫信难求］航海的人谈起瀛洲，（大海）烟波渺茫，（瀛洲）实在难以找到。瀛洲，古代传说东海中有三座仙山，叫蓬莱、方丈、瀛洲。烟涛，波涛渺茫，远看像烟雾笼罩的样子。微茫，景象模糊不清。

⑧ ［越人］指浙江省一带的人。

⑨ ［云霞明灭］云霞忽明忽暗。

⑩ ［向天横］遮断天空。横，遮断。

⑪ ［势拔五岳掩赤城］山势高过五岳，遮蔽了赤城。拔，超出。五岳，东岳泰山，西岳华山，中岳嵩山，北岳恒山，南岳衡山。赤城，和下文的“天台”都是山名，在现在浙江省天台县北部。

⑫ ［一万八千丈］一作“四万八千丈”。

⑬ ［对此欲倒东南倾］对着（天姥）这座山，（天台山）就好像要向东南面倒下去似的。意思是天台山和天姥山相比，就显得低了。

⑭ ［因之］因，依据。之，指代前段越人的话。

⑮ ［镜湖］又名鉴湖，在浙江省绍兴县南。

⑯ ［剡（shàn）溪］水名，在浙江省嵊（shèng）州南。

⑰ ［谢公］指南朝宋诗人谢灵运。谢灵运喜欢游山。他游天姥山时，曾在剡溪住宿。

⑱ ［渌（lù）］清。

⑲ ［清］这里是凄清的意思。

⑳ ［谢公屐（jī）］谢灵运（穿的那种）木屐。《南史·谢灵运传》记载：谢灵运游山，必到幽深高峻的地方。他备有一种特制的木屐，屐底装有活动的齿。上山时去掉前齿，下山时去掉后齿。木屐，以木板作底，上面有带子，形状像拖鞋。

㉑ ［青云梯］指上入云霄的山路。

㉒ ［半壁见海日］（上到）半山腰就看到从海上升起的太阳。

经典选读1-1

高适：燕歌行

鸡[1]。千岩万转路不定，迷花倚石忽已暝[2]。熊咆龙吟殷岩泉[3]，慄深林兮惊层巅[4]。云青青[5]兮欲雨，水澹澹兮生烟。列缺[6]霹雳，丘峦崩摧。洞天石扉，訇然中开[7]。青冥[8]浩荡不见底，日月照耀金银台[9]。霓为衣兮风为马，云之君[10]兮纷纷而来下。虎鼓瑟兮鸾回车[11]，仙之人兮列如麻。忽魂悸以魄动，恍[12]惊起而长嗟。惟觉时[13]之枕席，失向来之烟霞[14]。

世间行乐亦如此，古来万事东流水。别君去兮何时还？且放白鹿青崖间，须行即骑访名山[15]。安能摧眉折腰事权贵[16]，使我不得开心颜！

作者简介1-9

杜甫

4.杜　甫

茅屋为秋风所破歌[17]

八月秋高[18]风怒号，卷我屋上三重茅[19]。茅飞渡江洒[20]江郊，高者挂罥[21]长[22]林梢，下者飘转沉塘坳[23]。

南村群童欺我老无力，忍能对面为盗贼[24]。公然抱茅入竹[25]去，唇焦口燥呼不得[26]，归来倚杖自叹息。

俄顷[27]风定云墨色，秋天漠漠[28]向昏黑[29]。布衾[30]多年冷似铁，娇儿恶卧踏里裂[31]。床头屋漏无干处，雨脚[32]如麻未断绝。自经丧乱[33]少睡眠，长夜沾湿何由彻[34]！

---

① ［天鸡］古代传说，大地的东南有桃都山，山上有棵大树叫桃都，树枝蔓延三千里。树上栖有天鸡。每当太阳初升，照到这棵树上，天鸡就叫起来，天下的鸡也都跟着它叫。

② ［迷花倚石忽已暝］迷恋着花，依倚着石，不觉天色已经晚了。暝，天黑、夜晚。

③ ［熊咆龙吟殷（yǐn）岩泉］熊在怒吼，龙在长鸣，像雷鸣般的声音，震响在岩石和泉水之间。殷，形容雷声震动很大。

④ ［慄深林兮惊层巅］使深林战栗，使层巅震惊。

⑤ ［青青］黑沉沉的。

⑥ ［列缺］指闪电。列，通“裂”，分裂。缺，指云的缝隙。电光从云中决裂而出，故称“列缺”。

⑦ ［洞天石扉（fēi），訇（hōng）然中开］仙府的石门，訇的一声从中间打开。洞天，仙人居住的洞府。扉，门扇。訇然，形容声音很大。扉，全唐诗为“扇”。

⑧ ［青冥］天空。

⑨ ［金银台］金银筑成的宫阙，指神仙居住的地方。

⑩ ［云之君］云里的神仙。

⑪ ［鸾回车］鸾鸟驾着车。鸾，传说中的神鸟。回，运转、运行。

⑫ ［恍］恍然，猛然醒来的样子。

⑬ ［觉时］醒时。

⑭ ［失向来之烟霞］刚才（梦中）所见的烟雾云霞消失了。向来，原来。烟霞，指前面所写的仙境。

⑮ ［且放白鹿青崖间，须行即骑访名山］意谓将归隐名山，学道求仙。白鹿，传说中仙人的坐骑。

⑯ ［摧眉折腰］低着眉头，弯着腰，意谓委屈自己，小心伺候别人。

⑰ 选自《杜少陵集详注》。安史之乱，杜甫流寓成都，在浣花溪筑草堂。这首诗作于公元761年（肃宗上元二年），当时安史之乱还未平定。诗中的茅屋即指成都草堂。

⑱ ［秋高］秋深。

⑲ ［三重（chóng）茅］几层茅草。三，表示多数。

⑳ ［洒］散落。这里的“江”，指草堂前的浣花溪，唐时是能通航的。

㉑ ［罥（juàn）］挂着，挂住。

㉒ ［长（cháng）］高。

㉓ ［沉塘坳］沉塘，深塘。坳，水边地。

㉔ ［忍能对面为盗贼］竟忍心这样当面做“贼”。

㉕ ［竹］竹林。

㉖ ［唇焦口燥呼不得］意思是喊得唇焦口干也没有效果。

㉗ ［俄顷］一会儿。

㉘ ［漠漠］灰蒙蒙的。

㉙ ［向昏黑］渐渐黑下来。向，渐近。

㉚ ［衾（qīn）］被子。

㉛ ［娇儿恶卧踏里裂］孩子睡相不好，把被里蹬破了。

㉜ ［雨脚］指像线条似的密集的雨点。

㉝ ［丧乱］战乱，指公元755年爆发的安史之乱。

㉞ ［何由彻］如何挨到天亮。彻，彻晓、到天亮。

安得[1]广厦千万间，大庇天下寒[2]士俱欢颜，风雨不动安如山？呜呼！何时眼前突兀[3]见此屋，吾庐独破受冻死亦足！

5.白居易

作者简介1-10

白居易

琵琶行（并序）[4]

元和十年[5]，予左迁[6]九江郡[7]司马[8]。明年秋，送客湓浦口[9]，闻舟中夜弹琵琶者，听其音，铮铮然有京都声[10]。问其人，本长安倡女[11]，尝学琵琶于穆、曹二善才[12]，年长色衰，委身[13]为贾人[14]妇。遂命酒[15]，使快[16]弹数曲。曲罢悯然[17]，自叙少小时欢乐事，今漂沦[18]憔悴，转徙于江湖间。予出官[19]二年，恬然[20]自安，感斯人言，是夕始觉有迁谪意。因为[21]长句[22]，歌[23]以赠之，凡六百一十六言[24]，命[25]曰《琵琶行》。

浔阳江头[26]夜送客，枫叶荻[27]花秋瑟瑟[28]。主人[29]下马客在船，举酒欲饮无管弦[30]。醉不成欢惨[31]将别，别时茫茫江浸月。忽闻水上琵琶声，主人忘归客不发。

寻声暗问[32]弹者谁？琵琶声停欲语迟[33]。移船相近邀相见，添酒回灯[34]重开宴。千呼万唤始出来，犹抱琵琶半遮面。转轴拨弦[35]三两声，未成曲调先有情。弦弦掩抑[36]声

---

①［安得］如何能得到。
②［寒］贫寒。
③［突兀］高耸的样子。这里形容屋的高大。
④ 选自《白氏长庆集》。行，古诗的一种体裁。
⑤［元和十年］公元815年。元和，唐宪宗的年号。
⑥［左迁］贬官，降职。白居易任谏官时，因为屡次上书批评朝政，触怒了皇帝，被贬为江州司马。
⑦［九江郡］隋置，唐代叫江州或浔阳郡，治所在现在江西九江。
⑧［司马］州刺史的副官，当时实际上是闲职。
⑨［湓（pén）浦口］湓江流入长江的地方，在现在九江西面。湓浦，又叫湓江，源出江西瑞昌清湓山。
⑩［京都声］指唐代京城长安流行的乐曲声调。
⑪［倡女］歌女。
⑫［善才］又作"善财"。据唐代段安节《琵琶录》记载，唐代元和年间，曹保的儿子曹善才精通琵琶，后人用"善才"称琵琶师。
⑬［委身］托身。这里是嫁的意思。
⑭［贾（gǔ）人］商人，此特指行商。
⑮［命酒］叫（手下人）摆酒。
⑯［快］畅快。
⑰［悯然］忧郁的样子。
⑱［漂沦］漂泊沦落。
⑲［出官］（京官）外调。
⑳［恬然］淡泊宁静的样子。
㉑［为］创作。
㉒［长句］指七言诗。唐代的习惯说法。
㉓［歌］作歌，即《琵琶行》。
㉔［言］字。
㉕［命］命名、题名。
㉖［江头］江边。
㉗［荻（dí）］多年生草本植物，形状像芦苇，生长在水边。
㉘［瑟瑟］这里形容微风吹动的声音。
㉙［主人］白居易自指。
㉚［管弦］指音乐。管，箫、笛之类的管乐。弦，琴、瑟、琵琶之类的弦乐。
㉛［惨］悲，伤。
㉜［暗问］让从者悄悄打听。
㉝［欲语迟］要回答，又有些迟疑。
㉞［回灯］把灯芯捻大一些。
㉟［转轴拨弦］这里是调弦校音的动作。
㊱［掩抑］低沉抑郁。

声思[①]，似诉平生不得志。低眉信手[②]续续[③]弹，说尽心中无限事。轻拢慢捻抹复挑[④]，初为《霓裳》[⑤]后《六幺》[⑥]。大弦[⑦]嘈嘈[⑧]如急雨，小弦[⑨]切切[⑩]如私语。嘈嘈切切错杂弹，大珠小珠落玉盘[⑪]。间关莺语花底滑[⑫]，幽咽[⑬]泉流冰下难[⑭]。冰泉冷涩弦凝绝[⑮]，凝绝不通声暂歇。别有幽愁暗恨生，此时无声胜有声。银瓶乍破水浆迸，铁骑突出刀枪鸣[⑯]。曲终收拨当心画[⑰]，四弦一声[⑱]如裂帛。东船西舫悄无言，唯见江心秋月白。

沉吟[⑲]放拨插弦中，整顿衣裳起敛容[⑳]。自言本是京城女，家在虾蟆陵[㉑]下住。十三学得琵琶成，名属教坊第一部[㉒]。曲罢曾教善才服，妆成每被秋娘[㉓]妒。五陵年少[㉔]争缠头[㉕]，一曲红绡不知数[㉖]。钿头银篦[㉗]击节碎[㉘]，血色罗裙翻酒污[㉙]。今年欢笑复明年，秋月春风等闲度。弟走从军阿姨死，暮去朝来颜色故[㉚]。门前冷落鞍马稀，老大[㉛]嫁作商人妇。商人重利轻别离，前月浮梁[㉜]买茶去。去来[㉝]江口守空船，绕船月明江水寒。夜深忽梦少年事，梦啼妆泪红阑干[㉞]。

我闻琵琶已叹息，又闻此语重唧唧[㉟]。同是天涯沦落人，相逢何必曾相识！我从去年辞帝京，谪居卧病浔阳城。浔阳地僻无音乐，终岁不闻丝竹声。住近湓江地低湿，黄芦苦竹绕宅生。其间旦暮闻何物？杜鹃啼血[㊱]猿哀鸣。春江花朝秋月夜，往往

---

① ［思］悲，伤。

② ［信手］随手。

③ ［续续］连续。

④ ［轻拢慢捻抹复挑］轻轻地拢，慢慢地捻，一会儿抹，一会儿挑。拢，叩弦。捻，揉弦。抹，顺手下拨。挑，反手回拨。这四者都是弹琵琶的指法。前两者用左手，后两者用右手。

⑤ ［《霓裳》］就是《霓裳羽衣曲》，唐代乐曲名，相传为唐玄宗所制。

⑥ ［《六幺（yāo）》］也是当时有名的曲子。

⑦ ［大弦］指琵琶四根弦中最粗的弦。

⑧ ［嘈嘈］形容声音粗重、低沉。

⑨ ［小弦］指琵琶上最细的弦。

⑩ ［切切］形容声音轻细。

⑪ ［大珠小珠落玉盘］这是比喻乐声的清脆圆润。

⑫ ［间关莺语花底滑］像黄莺在花下啼叫一样婉转流利。间关，形容鸟声婉转。

⑬ ［幽咽］低泣声，这里形容遏塞不畅的水流声。

⑭ ［冰下难］用泉流冰下阻塞难通来形容乐声由流畅变为冷涩。冰下难，一作“水下滩”。

⑮ ［冰泉冷涩弦凝绝］像泉水又冷又涩不能畅流，弦似乎凝结不动了。这是形容弦声愈来愈低沉，以至停顿。

⑯ ［银瓶乍破水浆迸，铁骑突出刀枪鸣］这是形容琵琶声在沉咽、暂歇后，忽然又迸发出激越、雄壮的乐音。银瓶，汲水器。乍，突然。迸，溅射。铁骑，带甲的骑兵。

⑰ ［曲终收拨当心画］乐曲终了，用拨子对着琵琶中心划一下。这是弹奏琵琶到一曲结束时的常用手法。拨，拨子，弹奏弦乐所用的工具。

⑱ ［四弦一声］四根弦同时发声。

⑲ ［沉吟］迟疑的样子。

⑳ ［敛容］正容，显出庄重的脸色。

㉑ ［虾（há）蟆陵］在长安城东南。

㉒ ［教坊第一部］教坊，唐代官办管领音乐杂技、教练歌舞的机构；第一部，第一等的意思。

㉓ ［秋娘］唐代歌伎常用的名字，这里用为善歌貌美的歌伎的通称。

㉔ ［五陵年少］指京城富贵人家的子弟。五陵，长安附近汉代五个皇帝的陵墓，富贵人家多聚居在这一带。

㉕ ［争缠头］争，争着送的意思。缠头，古代送给歌伎舞女的锦帛。

㉖ ［一曲红绡不知数］（弹完）一首曲子，（所得的）红绡不计其数。绡，一种丝织品，也就是“缠头”。

㉗ ［钿（diàn）头银篦］上端镶着金花的银钗。钿，金花。篦，通“鎞”。

㉘ ［击节碎］（随着音节）打拍子敲碎了。节，节拍。

㉙ ［翻酒污］泼翻了酒被沾污。

㉚ ［颜色故］这里是容貌衰老的意思。

㉛ ［老大］年纪大了。

㉜ ［浮梁］地名，在现在江西景德镇北面。

㉝ ［去来］走了以后。来，助词，无义。

㉞ ［梦啼妆泪红阑干］在梦中啼哭，搽了胭脂粉的脸上流满了一道道红色（的泪痕）。妆，这里指脸上的胭脂粉。阑干，纵横错乱的样子。

㉟ ［唧唧］叹息声。

㊱ ［杜鹃啼血］传说杜鹃鸟啼叫时，嘴里会流出血来，这是形容杜鹃啼声的悲切。

取酒还独倾[1]。岂无山歌与村笛，呕哑[2]嘲哳[3]难为听[4]。今夜闻君琵琶语[5]，如听仙乐耳暂[6]明。莫辞更坐弹一曲，为君翻作[7]《琵琶行》。

感我此言良久立，却坐[8]促弦[9]弦转[10]急。凄凄不似向前声，满座重闻皆掩泣[11]。座中泣下谁最多？江州司马青衫[12]湿。

经典选读 1-2

元稹：遣悲怀

6. 杜　牧

作者简介 1-11

杜牧

过华清宫[13]

长安回望绣成堆[14]，山顶千门次第开[15]。
一骑红尘妃子笑[16]，无人知是荔枝来。

7. 李商隐

作者简介 1-12

李商隐

无　题[17]

作品赏析 1-5

李商隐和他的《无题》诗

相见时难别亦难[18]，东风无力百花残[19]。
春蚕到死丝方尽，蜡炬成灰泪始干[20]。
晓镜但愁云鬓改，夜吟应觉月光寒[21]。
蓬山此去无多路，青鸟殷勤为探看[22]。

---

① ［独倾］独自饮酒。

② ［呕哑（ōuyā）］拟声词，形容单调的乐声。

③ ［嘲哳（zhāozhā］也作“啁哳”，形容声音繁杂。

④ ［难为听］难听，听不下去。

⑤ ［琵琶语］指琵琶上弹出的曲调。

⑥ ［暂］忽然，一下子。

⑦ ［翻作］写作。翻，按曲改编歌词。

⑧ ［却坐］退回（原处）坐下。

⑨ ［促弦］把弦拧紧。促，紧、迫。

⑩ ［转］变。

⑪ ［掩泣］掩面哭泣。下文“泣下”的“泣”，是“眼泪”的意思。

⑫ ［青衫］黑色青衣，唐代官职低的服色为青黑色。后人常用“司马青衫”形容悲伤凄切。

⑬ ［华清宫］在陕西省临潼县南骊山上，是唐玄宗、杨贵妃的游乐之地。

⑭ ［长安回望绣成堆］回望，回首远望。绣成堆，骊山有东、西绣岭，唐玄宗时于山上广种树木花卉，远望宛如锦绣成簇。

⑮ ［山顶千门次第开］千门，指华清宫门户之多。次第，一个接一个地。

⑯ ［一骑（jì）红尘妃子笑］一骑，一人一马。红尘，指马蹄飞扬起来的尘土。妃子，指杨贵妃。

⑰ 李商隐的一部分诗自署“无题”。这些诗多数意义比较隐晦，其中或写爱情，或有政治寄托。本篇旧注家多说有政治寓意，现在多数人认为是一首爱情诗。

⑱ ［相见时难别亦难］这句是循环见义：因相见难得，故别离更加难舍难分；因别离难舍难分，预想今后相见则更难得。二“难”字含义不同，上一“难”指难得，下一“难”指难舍难分。

⑲ ［东风无力百花残］东风软和乏力，百花零落凋残，当此暮春时节遭逢离别，更觉触景伤情。

⑳ ［春蚕到死丝方尽，蜡炬成灰泪始干］比喻对爱人至死不渝的思念和无穷无尽的别恨。丝，与“思”谐音。泪，蜡烛燃烧所滴下的油脂似泪，称为“蜡泪”，常用以比喻人的眼泪。

㉑ ［晓镜但愁云鬓改，夜吟应觉月光寒］这两句转而想象对方的情况。诗人想象爱人晨起照镜，只担心因相思之苦而容颜憔悴；凉夜吟诗，也应因心情悲愁而觉得月色凄寒。但愁、应觉，表明这两句是悬想猜测之辞。云鬓改，意谓年华易逝，容颜憔悴。云鬓是形容青年女子鬓发丰美如云。

㉒ ［蓬山此去无多路，青鸟殷勤为探看］爱人住处虽近在咫尺，但相见的希望却十分微茫，只有请神话中的使者青鸟为我向她殷勤致意。蓬山，即蓬莱山，与方丈、瀛洲同为传说中的海上三神山。这里借指爱人居所。青鸟，神话中的三足鸟，西王母的使者，传说能为人传递消息。

作者简介1-13

李煜

8. 李　煜

浪淘沙令[1]·帘外雨潺潺

帘外雨潺潺[2]，春意阑珊[3]。罗衾不耐五更寒[4]。梦里不知身是客，一饷贪欢[5]。独自莫凭栏[6]，无限江山[7]。别时容易见时难[8]。流水落花春去也[9]，天上人间[10]！

思政探究1-4

怎样评价李煜和他的词?

第四单元小结

1. 隋代短暂，诗歌作者寥寥，隋炀帝的艳诗不足道，唯杨素的一些诗歌尚有可观之处。唐初几十年间仍受南朝宫体诗的影响，直至王勃、杨炯、卢照邻、骆宾王（合称“初唐四杰”）及沈佺期、宋之问、陈子昂，诗风才逐渐有所变化。陈子昂在诗歌理论和创作实践上都大力提倡革新，主张继承“风雅兴寄”和“汉魏风骨”，起了巨大作用。

唐玄宗当政的开元、天宝年间约半个世纪，史称盛唐。这个时期，是我国封建社会的鼎盛期，经济空前繁荣，国力空前强盛，对外文化交流空前频繁，加上科举考试的影响，知识分子几乎无人不作诗。这个时期诗人多，诗歌数量多，内容无所不包，风格多样，形式兼备，不但有古风、乐府、歌行，还有五言、七言格律诗（近体）等，是我国古代诗歌辉煌灿烂的全盛时期。仅收入《全唐诗》的，就有2 300多个诗人的近50 000首诗歌。这是世界文学史上独一无二的诗歌繁荣景象。后人“诗到盛唐，已达顶峰”的慨叹是有根据的。本单元所选的几位著名诗人是唐诗银河系中的佼佼者，他们的诗各具特色。

2. 唐代诗人中双峰并峙的是李白和杜甫，可称为古代诗歌中的“双子星座”。李白是自屈原之后最伟大的浪漫主义诗人，他的诗大量是古风、民歌体，但创作的近体诗亦多上乘之作。他性格豪迈，感情强烈，想象力丰富，词语奔放，风格多样，被称为“诗仙”。杜甫的诗歌堪称“诗史”，广阔而深刻地反映了安史之乱前后的社会现实，他有着感时、忠君、爱民的情怀，且充分发扬了自《诗经》以来的现实主义创作精神，他抒情、叙事、写景兼工，古体、近体兼擅，把现实主义诗歌推向了更加成熟的阶段。

---

① ［浪淘沙令］词牌名，又称卖花声、过龙门等，起源于唐代教坊乐曲。
② ［潺潺］雨声。
③ ［阑珊］衰落、消残。
④ ［罗衾不耐五更寒］罗衾，绫罗被子；不耐，受不住。
⑤ ［一饷］同“一晌”，片刻。此句意为：梦中竟忘记了身居异地，作客（暗指做了俘虏）他乡，贪恋着片刻欢乐。
⑥ ［凭栏］靠着栏杆。莫，一作暮。
⑦ ［江山］指南唐旧河山。
⑧ 这句是说：离开自己的江山容易，想再见（回去）就很难了。
⑨ 这句比喻帝王生活一去不返，像水流逝、花凋零一样。
⑩ 这句是说：与故国的关系，像天上、人间阻隔，永无再见的可能了。暗指自己的生活，从天上跌到了人间。

作品赏析1-6

浅谈近体诗的格律

3.中唐时期诗人辈出，从各个方面继续探索发掘，风格流派颇多，其中元稹、白居易的新乐府，“（孟）郊寒（贾）岛瘦”的愁苦悠闲，李贺的奇特谲诡，刘禹锡、柳宗元的另辟蹊径，都自有一番天地，各有其独特的成就。

4.晚唐诗人中以杜牧、李商隐最为著名。杜牧，人称“小杜”，咏史、感怀、抒情、写景无不擅长；李商隐长于七律，深刻绵远，其写爱情兼寓政治党派斗争的“无题”诗音调华美，迷离莫测，尤为人所称道。

5.唐代城市经济繁荣，音乐艺术由宫廷走向民间，“教坊乐曲”十分流行，一些民歌和近体诗被合乐歌唱的同时，在形式上也被按歌唱的要求增字、减字、摊破等，形成长短句的曲子词。这样，一种新的诗歌形式——词出现了。清光绪年间发现的“敦煌曲子词”中保存了160多首创作于唐、五代的词和民歌。

6.五代时诗的创作并不少，名家亦有，但词更著名。五代词创作中心一在西蜀，代表人物是温庭筠，《花间集》就是这一派的词集。一在南唐，代表人物是李煜。李煜词分前后两期，前期做风流太平天子，写的是宫廷生活、贵族爱情；后期是宋之系囚，极写亡国破家之痛，语言自然真切，意境深沉广阔，描写“愁”与“恨”，有极强的艺术概括力和感染力。在词从“诗余”发展为独立的诗歌形式的过程中，李煜功不可没。

小贴士·延伸阅读篇目

1.王勃：《送杜少府之任蜀州》；2.陈子昂：《登幽州台歌》；3.孟浩然：《宿建德江》《春晓》；4.王维：《使至塞上》《终南山》《鸟鸣涧》；5.岑参：《走马川行奉送出师西征》；6.王昌龄：《从军行》《出塞》；7.李白：《宣州谢朓楼饯别校书叔云》《望天门山》《丁都护歌》《登金陵凤凰台》；8.杜甫：《兵车行》《三吏》《春望》《咏怀古迹五首》《登高》《蜀相》；9.白居易：《卖炭翁》《长恨歌》《钱塘湖春行》；10.元稹：《田家词》《春晓》；11.刘禹锡：《西塞山怀古》《乌衣巷》；12.孟郊：《游子吟》；13.贾岛：《寻隐者不遇》；14.李贺：《苏小小墓》《雁门太守行》；15.李商隐：《无题·昨夜星辰昨夜风》《贾生》《登乐游原》；16.杜牧：《过华清宫绝句三首》《江南春》《山行》；17.韦庄：《台城》；18.李煜：《虞美人》《清平乐》；19.敦煌曲子词：《望江南·天上月》《菩萨蛮·枕前发尽千般愿》。

第五单元　宋辽金诗歌

学习目标

1. 了解词在宋代的发展概况和其婉约、豪放两种主流风格的代表作家与作品。

2. 了解宋、金诗歌在表现内容和表现手法上与唐诗的区别。

3. 理解两宋不同流派诗词创作跟作者社会生活及时代背景的关系。

4. 掌握所选的苏轼、陆游、辛弃疾、文天祥等人的作品的思想内容和艺术特色。

5. 培养学生的爱国精神。

作者简介1-14

范仲淹

1.范仲淹

渔家傲

经典选读1-3

柳永：雨霖铃

塞下秋来风景异[1]，衡阳雁去无留意[2]。四面边声连角起[3]。千嶂[4]里，长烟落日[5]孤城闭。

浊酒一杯家万里[6]，燕然未勒[7]归无计。羌管[8]悠悠霜满地。人不寐[9]，将军白发征夫[10]泪。

作者简介1-15

王安石

2.王安石

桂枝香·金陵怀古[11]

登临送目[12]，正故国[13]晚秋，天气初肃。千里澄江似练[14]，翠峰如簇[15]。征帆去棹[16]残阳里，背西风，酒旗斜矗。彩舟云淡，星河鹭起[17]，画图难足[18]。

念往昔，豪华竞逐[19]。叹门外楼头[20]，悲恨相续[21]。千古凭高[22]对此，漫嗟荣辱[23]。六朝旧事随流水，但寒烟衰草凝绿。至今商女[24]，时时犹唱，《后庭》遗曲[25]。

---

① ［塞（sài）下秋来风景异］塞下，边疆的防守线上。风景异，景象荒凉，天气寒冷，和南方不同。

② 这句是说：连大雁也不愿意留下，要飞向衡阳去（古代人相传：北雁南飞，到衡阳为止）。衡阳，今属湖南省。

③ ［四面边声连角起］边声，泛指边地的笛声、马声等。角，古代军队里吹的乐器。这句是说：军乐吹动的时候，四面八方各种边声都跟随着响起来了。

④ ［嶂（zhànɡ）］像屏风一样的山峰。

⑤ ［长烟落日］写傍晚的景象。长烟，连天的雾气、暮霭。

⑥ 这句是说：端起一杯浊酒来喝，解解愁闷，却想到家园远在万里之外。

⑦ ［燕（yān）然未勒］抗敌的大功还没有完成。燕然，山名，就是现在的杭爱山。公元89年，东汉的将军窦宪打垮了匈奴，乘胜追击，登上燕然山，立了纪功碑。勒，在碑上刻字。

⑧ ［羌（qiānɡ）管悠（yōu）悠霜满地］羌管，笛子。相传笛子是羌（我国古代西北方的一个民族）地出产的。悠悠，形容声音在空中飘扬不定。

⑨ ［不寐（mèi）］睡不着。

⑩ ［将军白发征夫泪］将军，作者自称。征夫，远征的士兵。

⑪ 选自《宋词三百首笺注》。桂枝香，词牌名。金陵怀古，词题。

⑫ ［登临送目］登山临水，举目望远。

⑬ ［故国］旧时的都城，指金陵。

⑭ ［千里澄江似练］形容长江像一匹长长的白绢。语出谢朓《晚登三山还望京邑》："余霞散成绮，澄江静如练。"澄江，清澈的长江。练，白色的绢。

⑮ ［如簇（cù）］这里指群峰好像丛聚在一起。簇，丛聚。一说，簇，小竹，指群峰像小竹尖一样排列。

⑯ ［去棹（zhào）］停船。棹，划船的一种工具，形似桨，也可引申为船。

⑰ ［星河鹭起］白鹭从水中沙洲上飞起。星河，指长江。

⑱ ［画图难足］用图画也难以完美地表现它。

⑲ ［豪华竞逐］（六朝的达官富人）都争着显示自己的豪华富贵。

⑳ ［门外楼头］形容亡国惨剧。语出杜牧《台城曲》："门外韩擒虎，楼头张丽华。"说的是隋大将韩擒虎已带兵来到金陵朱雀门（南门）外，陈后主跟他的宠妃张丽华还在结绮阁寻欢作乐。

㉑ ［悲恨相续］指亡国悲剧连续发生。

㉒ ［凭高］登高。这是说作者登上高处远望。

㉓ ［漫嗟荣辱］空叹什么荣耀耻辱。这是作者的感叹。

㉔ ［商女］歌女。

㉕ ［《后庭》遗曲］指陈后主所作《玉树后庭花》歌，后人都视为亡国之音。

3.苏　轼

作者简介 1-16

苏轼

念奴娇·赤壁怀古[1]

大江[2]东去，浪淘尽，千古风流人物。故垒[3]西边，人道是：三国周郎赤壁[4]。乱石穿空，惊涛拍岸，卷起千堆雪[5]。江山如画，一时多少豪杰。

遥想公瑾当年，小乔[6]初嫁了，雄姿英发[7]。羽扇纶巾[8]，谈笑间[9]，樯橹[10]灰飞烟灭。故国神游[11]，多情应笑我，早生华发[12]。人生如梦，一尊[13]还酹[14]江月。

作品赏析 1-7

理解苏东坡，欣赏苏东坡

水调歌头[15]

丙辰[16]中秋，欢饮达旦，大醉，作此篇，兼怀子由[17]。

明月几时有？把酒问青天[18]。不知天上宫阙[19]，今夕是何年[20]。我欲乘风归去[21]，又恐琼楼玉宇[22]，高处不胜[23]寒。起舞弄清影，何似在人间[24]！

转朱阁，低绮户，照无眠[25]。不应有恨，何事长向别时圆[26]？人有悲欢离合，月有阴晴圆缺，此事古难全。但愿人长久，千里共婵娟[27]。

思政探究 1-5

千里送信，只求一字

经典选读 1-4

李清照：声声慢

---

① 选自《东坡乐府》。这首词是苏轼贬官为黄州（现在湖北省黄冈市）团练副使时游赤壁所作。这时他47岁。赤壁，苏轼所游的赤壁，在黄冈城外的赤鼻矶，而三国古战场的赤壁，一般认为在现在湖北省蒲圻（qí）县。

② ［大江］长江。

③ ［故垒］黄州古老的城堡，作者推测，可能是古战场的陈迹。

④ ［人道是：三国周郎赤壁］人们说（那）是三国时候周瑜（作战的）赤壁。周郎，周瑜，字公瑾，开始为吴将时年仅24岁，吴中称他为“周郎”。

⑤ ［雪］这里比喻浪花。

⑥ ［小乔］乔玄的小女儿，嫁给周瑜。

⑦ ［英发］英姿勃发，形容周瑜的气概。

⑧ ［羽扇纶（guān）巾］（手握）羽扇，（头戴）纶巾，这是古时儒将的装束，形容周瑜态度从容闲雅。纶巾，青丝帛的头巾。

⑨ ［谈笑间］谈笑之间，形容指挥若定。

⑩ ［樯橹］这里指曹操的水军。

⑪ ［故国神游］神游于故国。这里想象当年周瑜破曹的情景。故国，旧国，这里指旧地。

⑫ ［多情应笑我，早生华发］应笑自己多情善感，头发早斑白了。华发，花白的头发。

⑬ ［尊］通“樽”。

⑭ ［酹（lèi）］（古人祭奠）把酒洒在地上。这里指洒酒酬月，寄托自己的感情。

⑮ ［水调歌头］词牌名。

⑯ ［丙辰］宋神宗熙宁九年（1076年）。

⑰ ［兼怀子由］作者之弟苏辙，字子由，时在济南。

⑱ ［明月几时有？把酒问青天］我手持酒杯发问：这青天之上，从何时起才有明月？李白《把酒问月》：“青天明月来几时？我今停杯一问之。”

⑲ ［天上宫阙］指想象中的月宫。

⑳ ［今夕是何年］意为既然不知明月几时才有，故亦不知现在天上为何年。托名牛僧孺所作《周秦行纪》有诗：“香风引到大罗天，月地云阶拜洞仙。共道人间惆怅事，不知今夕是何年。”

㉑ ［我欲乘风归去］指像神仙一样驾风回到月宫中去。《列子》：“列子乘风而归。”

㉒ ［琼楼玉宇］指月中神仙居住的楼观。《大业拾遗记》：“瞿乾祐于江岸玩月。或问：‘此中何有？’瞿笑曰：‘可随我观之。’俄见月规半天，琼楼玉宇灿然。”

㉓ ［不胜（shèng）］受不住。

㉔ ［起舞弄清影，何似在人间］饮酒起舞、与影嬉戏，这种人间生活，天上哪里比得上呢？李白《月下独酌》之一：“我歌月徘徊，我舞影零乱。”

㉕ ［转朱阁，低绮（qǐ）户，照无眠］写月渐西下。转朱阁，月亮转过华丽的楼阁。低绮户，低于镂花的门窗。“低”作动词。无眠，不眠之人，指作者自己。

㉖ ［不应有恨，何事长向别时圆］月亮该不会对人有恨吧，可为什么它老是在人们离别的时候圆了呢？何事，为什么。长向，常常在。

㉗ ［千里共婵娟］千里，极言兄弟相隔遥远。共，作动词用。婵娟，本形容形态之美好，这里指代月亮。谢庄《月赋》：“美人迈兮音尘阙，隔千里兮共明月。”许浑《怀江南同志》：“唯应洞庭月，万里共婵娟。”

作者简介1-17

张孝祥

作品赏析1-8

张孝祥和他的《念奴娇·过洞庭》

4.张孝祥

念奴娇·过洞庭

洞庭青草[①]，近中秋，更无一点风色。玉鉴琼田[②]三万顷，著我扁舟一叶[③]。素月分辉，明河共影，表里俱澄澈[④]。悠然心会，妙处难与君说。应念岭表经年[⑤]，孤光自照，肝胆皆冰雪[⑥]。短发萧骚襟袖冷[⑦]，稳泛沧浪[⑧]空阔。尽挹西江[⑨]，细斟北斗[⑩]，万象为宾客[⑪]。扣舷[⑫]独啸，不知今夕何夕[⑬]。

作者简介1-18

陆游

5.陆　游

书　愤[⑭]

早岁那知世事艰[⑮]，中原北望气如山。楼船夜雪瓜洲渡[⑯]，铁马秋风大散关[⑰]。塞上长城空自许[⑱]，镜中衰鬓已先斑。出师一表真名世[⑲]，千载谁堪伯仲[⑳]间！

---

① ［洞庭青草］洞庭、青草，皆为湖名。洞庭湖在湖南岳阳之西。青草湖在洞庭湖之南，为湘水所汇，湖中多青草，故名之。二湖相连，总称洞庭湖。

② ［玉鉴琼田］形容月光下的湖水皎洁平匀。玉鉴，玉镜。琼，《说文·玉部》训为赤色玉，后泛指美玉，且用作形容词，状洁白。此处即状月光下湖水之白。

③ ［著我扁舟一叶］著，附着。扁舟一叶，宋苏轼《前赤壁赋》："驾一叶之扁舟。"

④ 这三句是说：明亮洁白的月亮将光辉洒入湖，月影与天河的倒影共映湖中，上上下下一片清澄明亮。

⑤ ［应念岭表经年］岭表，五岭之外，指现在的广东和广西一带。经年，过了一年。作者曾知静江府，兼广南西路经略安抚使，时间在一年以上，故曰"岭表经年"。

⑥ 这两句是说：自己所作所为无可指责，正如莹洁的月光照彻通体透亮，心地光明磊落，操守玉洁冰清。孤光，指自己光明的心胸。

⑦ 这句是说：自己头发短而稀少，衣襟袖口间充满凉意。萧骚，萧条凄凉的样子。

⑧ ［沧浪］青苍色的水，这里指辽阔的湖水。

⑨ ［尽挹（yì）西江］挹，用勺子舀水。西江，西来的大江（指长江），洞庭湖水在岳阳东北泻入长江。

⑩ ［细斟北斗］连上句，意思说：我尽挹大江之水以为酒，用北斗星当作酒器来低斟浅酌。《楚辞·九歌·东君》："援北斗兮酌桂浆。"

⑪ 这句是说：以天地万物为宾客，与之共饮。

⑫ ［扣舷（xián）］（因兴来）敲打着船沿。苏轼《前赤壁赋》："扣舷而歌之。"舷，船边、船沿。啸，撮口发出长而清越的声音。

⑬ ［不知今夕何夕］赞叹如此良夜。《诗·唐风·绸缪》："今夕何夕，见此良人。"即谓今夕不同寻常，有惊喜庆幸之意。

⑭ 这首七律诗作于宋孝宗淳熙十三年（1186年）春天，当时陆游闲住在山阴（今浙江绍兴）故乡。

⑮ ［世事艰］指抗金大计不断遭到投降派的阻挠、破坏，自身屡受排挤、打击。

⑯ ［楼船夜雪瓜洲渡］楼船，高大的战船。瓜洲，即瓜洲镇，在今江苏省邗江县南长江边，与镇江隔江相对，是当时的江防要地。此句记载了宋军抗击金兵的史实。宋高宗绍兴三十一年（1161年）十一月，金主完颜亮引兵南侵，宋将刘锜、虞允文等在瓜洲采石一带据守。由于金人内讧，完颜亮被杀，金兵才溃退。宋人把这次战事看成己方的大捷，常引以为豪。

⑰ ［铁马秋风大散关］铁马秋风，形容宋军军容盛壮。铁马，披着铁甲的战马。大散关，在今陕西省宝鸡市西南，是当时南宋与金的西边界关。这一句概括了陆游过去的主要经历。孝宗乾道八年（1172年），陆游入四川宣抚使王炎军幕。在南郑（今陕西省汉中市）驻地，积极协助王炎谋划进兵长安的大计，在大散关一带与金兵接战。但这年九月，王炎被调进京，大计落空。这段经历，陆游常常既引以为豪，又引以为憾。

⑱ ［塞上长城空自许］意思是为国捍边扬威的愿望落了空。塞上长城，南朝刘宋名将檀道济曾自许"万里长城"；唐代名将李责力也曾被唐太宗喻为长城。这里作者把自己比作能抵御入侵之敌的万里长城。

⑲ ［出师一表真名世］出师一表，诸葛亮在建兴五年（227年）三月出兵伐魏前，写了一篇《出师表》，表明自己为国"鞠躬尽瘁"的决心。名世，名传后世。

⑳ ［伯仲］原指兄弟间长幼次序，引申为衡量比较人物等差之词。这里则有相提并论、并驾齐驱的意思。唐杜甫《咏怀古迹》之五用"伯仲之间见伊吕"之句，赞颂诸葛亮。

6. 辛弃疾

作者简介1-19
辛弃疾

永遇乐·京口北固亭怀古[1]

千古江山，英雄无觅孙仲谋处[2]。舞榭歌台[3]，风流[4]总被雨打风吹去[5]。斜阳草树[6]，寻常巷陌[7]，人道寄奴曾住[8]。想当年：金戈铁马[9]，气吞万里如虎[10]。

元嘉草草[11]，封狼居胥[12]，赢得仓皇北顾[13]。四十三年[14]，望中犹记，烽火扬州路[15]。可堪[16]回首，佛狸祠[17]下，一片神鸦社鼓[18]！凭谁问：廉颇[19]老矣，尚能饭否[20]？

7. 文天祥

作者简介1-20
文天祥

正气歌（并序）

予囚北庭[21]，坐一土室。空广八尺，深可四寻[22]。单扉[23]低小，白间短窄[24]，污下

---

① ［京口北固亭怀古］永遇乐，词牌名。京口北固亭怀古，词题。京口，今江苏省镇江市。北固亭，在镇江北面、长江边的北固山上。怀古，怀念古代的人物和事迹，借以表达自己的思想感情。

② ［英雄无觅（mì）孙仲谋处］觅，寻找。孙仲谋，孙权的字。孙权是三国时期（220—280年）吴国的皇帝。京口曾是吴国的京城。这一句说：江山是永久存在的，像孙权那样的英雄人物却找不到了。

③ ［舞榭（xiè）歌台］歌舞楼台。榭，台上的房屋。

④ ［风流］指的是繁华景象和英雄事迹的流风余韵。

⑤ 这一句说：那时候的一切繁华景象和英雄事业，都受到风吹雨打，随着时间的流逝而消失了。

⑥ 这句是说：偏西了的太阳照在草木杂乱的荒凉地方。

⑦ ［寻常巷陌（mò）］普通人家住的街巷。

⑧ ［寄奴］南朝宋武帝刘裕（420—422年在位）的小名。他曾经统率大军北伐，和侵占中原地区的鲜卑族作战，取得辉煌胜利。这句是说：人家说刘裕曾经在这里住过。

⑨ ［金戈铁马］金戈，金属制成的武器。铁马，披着铁甲的战马。这句是说兵强马壮、刀枪锋利。

⑩ ［气吞万里如虎］万里，指广大中原地区。这一句是说，回想那时候，刘裕的大军兵强马壮，威势就像猛虎一样，简直要把盘踞中原的敌人生吞下去。

⑪ ［元嘉草草］元嘉，南朝宋文帝刘义隆（刘裕的儿子）的年号（424—453年）。草草，草率，马虎。

⑫ ［封狼居胥（xū）］封，在山上筑坛祭神。狼居胥，山名，在今内蒙古自治区。汉武帝时（公元前121年），大将霍去病打败了匈奴，一直追击到狼居胥山，在山上筑坛祭神，庆祝胜利。这里借来说刘义隆在公元450年派遣王玄谟统率军队北伐的事情。

⑬ ［赢得仓皇北顾］赢得，落得。仓皇，手忙脚乱。北顾，宋文帝北伐失败后，曾登台北顾，写了“北顾涕交流”的诗句。这一句是说，宋文帝好大喜功，草草用兵，落得个狼狈逃归的下场（作者这番话是用来提醒当时的宰相韩侂胄：没有充分的准备不可以轻率北伐）。

⑭ ［四十三年］从作者渡江南来那一年（1162年）算起，到写这首词的时候（1204年），整整四十三年。

⑮ ［烽火扬州路］烽火，战火。扬州，今属江苏省。这一句是说，四十三年了，现在瞭望长江北岸的扬州，还记得那时候遍地燃烧着战火（这是指1161年金主完颜亮发动对南宋的战争，当时金兵曾经占领扬州一带）。

⑯ ［可堪］哪堪，哪里忍受得了。

⑰ ［佛（bì）狸祠］在今江苏省六合县东南面的瓜步山上。450年，北魏太武帝拓跋焘追击王玄谟的军队时，在那里建造的行宫。佛狸，其实是狴狸，狐狸的一种，这里是拓跋焘的小名。

⑱ ［一片神鸦社鼓］神鸦，飞集在庙里吃剩余祭品的乌鸦。社鼓，祭神时打的鼓。这一句说，过去的事情真是不堪回想，现在庙里一片乌鸦争食和打鼓祭神的声音，香火竟是那么旺盛（这是对南宋统治者长期不能收复中原表示不满）。

⑲ ［廉颇］战国时赵国的名将，因为被人陷害，跑到魏国去。后来，秦国攻打赵国，赵王派使者去探望他，看是不是还能替赵国出力。他当着使者的面，吃了许多酒饭表示自己并不老。但因使者回去说了坏话，结果没有再用他。

⑳ 这一句是说，靠谁来问：老廉颇饭量还好吗？（作者用廉颇来自比，表示愿意替国家出力，只恨得不到朝廷的重视）。

㉑ ［北庭］汉朝时候，北匈奴所住的地方叫北庭，这里指元朝的大都（今北京）。

㉒ ［寻］古时的长度单位，相当于八尺。

㉓ ［扉（fēi）］门。

㉔ ［白间短窄］白间，本来指窗边涂白，这里指不施油漆的窗户。短窄，矮小狭窄。

而幽暗。当此夏日，诸气萃然[①]：雨潦[②]四集，浮动床几，时则为水气[③]。涂泥半朝[④]，蒸沤历澜[⑤]，时则为土气。乍晴暴热，风道四塞[⑥]，时则为日气。檐阴薪爨[⑦]，助长炎虐[⑧]，时则为火气。仓腐寄顿[⑨]，陈陈逼人[⑩]，时则为米气。骈肩杂遝[⑪]，腥臊汗垢[⑫]，时则为人气。或圊溷浮尸[⑬]，或腐鼠杂出[⑭]，时则为秽气。叠是数气[⑮]，当之者鲜不为厉[⑯]，而予以孱弱俯仰其间[⑰]，于兹[⑱]二年矣，幸而无恙，是殆有养致然尔[⑲]，然亦安知[⑳]所养何哉？孟子曰："我善养吾浩然之气[㉑]。"彼气有七，吾气有一，以一敌七，吾何患焉！况浩然者，乃天地之正气也。作《正气歌》一首。

天地有正气[㉒]，杂然赋流形[㉓]。下则为河岳[㉔]，上则为日星。于人曰浩然[㉕]，沛乎塞苍冥[㉖]。皇路当清夷[㉗]，含和吐明庭[㉘]。时穷节乃见[㉙]，一一垂丹青[㉚]。在齐太史简[㉛]，在

---

① ［萃然］集聚。
② ［潦（lǎo）］雨水。
③ ［时则为水气］这时就形成水气。
④ ［涂泥半朝］污泥在太阳升起以后，有的书引此句"朝"作"乾"。
⑤ ［蒸沤（òu）历澜］被太阳蒸晒得糜烂发酵。蒸沤，太阳蒸晒和水长时间地浸泡。历澜，形容污泥发酵以后糜烂的样子。
⑥ ［风道四塞］四面都没有风来。
⑦ ［檐阴薪爨（cuàn）］在屋檐下烧柴煮饭。
⑧ ［助长炎虐］助长炎热的威虐。
⑨ ［仓腐寄顿］仓中腐烂的粮食（发出难闻的气味）。寄顿，东西堆积。顿，贮。
⑩ ［陈陈逼人］一阵一阵地扑人。陈陈，同"阵阵"。
⑪ ［骈（pián）肩杂遝（tà）］许多人肩并着肩杂乱地挤在一起。骈，两物相并。杂遝，人多拥挤、杂乱的样子。
⑫ ［腥臊（sāo）汗垢］人身上发出的汗液和污垢的腥臊气味。
⑬ ［或圊（qīng）溷（hùn）浮尸］圊溷，厕所。浮尸，漂浮着动物的尸体。
⑭ ［杂出］这里出现，那里出现。
⑮ ［叠是数气］这几种恶气汇合到一块儿。
⑯ ［当之者鲜（xiǎn）不为厉］当之者，遭遇到的人。鲜，少。厉，疾病。
⑰ ［予以孱（chán）弱俯仰其间］我以虚弱的身体，生活在这样的环境里。俯仰，低头和仰头，这里指生活。
⑱ ［于兹］到现在。
⑲ ［是殆有养致然尔］这大概是因为素日有修养才能达到这样（指经过两年还能活着）啊。
⑳ ［然亦安知］《文山先生全集》作"然尔亦安知"，上文"致然"下无"尔"字，今从旧选本。
㉑ ［我善养吾浩然之气］我善于培养我的至大至刚的浩然之气。这句话见《孟子·公孙丑上》。
㉒ ［天地有正气］天地之间有一种正气。
㉓ ［杂然赋流形］这里、那里分别地散给了各种物体。杂然，错杂地。赋，给予。流形，各种物体。
㉔ ［下则为河岳］在地下正气就形成大河和高山。
㉕ ［于人曰浩然］在人身上就叫作浩然之气。浩然之气，至大至刚之气。
㉖ ［沛乎塞苍冥］沛乎，盛大的样子。苍冥，天，这里是说天地之间。苍，青色。冥，高远之处。以上几句，本于苏轼《潮州韩文公庙碑》："孟子曰'我善养吾浩然之气'。是气也，寓于寻常之中，而塞乎天地之间……不待生而存，不随死而亡……故在天为星辰，在地为河岳。"
㉗ ［皇路当清夷］皇路，王道，就是国家的政局。清夷，清明、太平。
㉘ ［含和吐明庭］意思是，（具有正气的人）从容地向国君贡献策略，进献忠言。含和，内藏的温和之气。吐，吐出。明庭，圣明的朝廷。汉朝班固的《东都赋》有"咸含和而吐气"之语。
㉙ ［时穷节乃见］时穷，到了危急的关头。节，气节。见，表现出来。
㉚ ［一一垂丹青］一个一个地名垂史册。垂丹青，本来的意思是被画师描绘下来。丹和青都是绘画所用的颜料。《汉书·苏武传》："竹帛所载，丹青所画。"
㉛ ［在齐太史简］在齐国有（不怕死的）太史官写的史册。春秋时候，齐国的大夫崔杼把国君齐庄公杀了。一个正直的不怕死的太史就在史册上写道："崔杼弑其君。"崔杼很生气，把这个太史杀了。太史的两个弟弟仍然这样写，也都被杀。后来太史的另一个弟弟还是这样写，崔杼没有办法，只好不管了。太史，史官名。简，竹片。古代没有纸，记事就写在竹简上。

晋董狐笔[①]。在秦张良椎[②]，在汉苏武节[③]。为严将军头[④]，为嵇侍中血[⑤]。为张睢阳齿[⑥]，为颜常山舌[⑦]。或为辽东帽[⑧]，清操厉冰雪[⑨]；或为《出师表》[⑩]，鬼神泣壮烈；或为渡江楫[⑪]，慷慨吞胡羯[⑫]；或为击贼笏[⑬]，逆竖[⑭]头破裂。是气所旁薄[⑮]，凛烈[⑯]万古存。当其贯日月，生死安足论[⑰]！地维[⑱]赖以立，天柱赖以尊[⑲]，三纲实系命[⑳]，道义为之根[㉑]。

嗟予遘阳九[㉒]，隶也实不力[㉓]，楚囚缨其冠[㉔]，传车送穷北[㉕]。鼎镬甘如饴[㉖]，求之不可得。阴房阒鬼火[㉗]，春院闷天黑[㉘]。牛骥同一皂[㉙]，鸡栖凤凰食[㉚]。一朝蒙雾露，

---

① ［董狐笔］董狐，春秋时候晋国的太史。笔，史笔。晋灵公要杀赵盾，赵盾逃走了。不久赵穿杀死晋灵公，赵盾又回来了。董狐在史册上写道："赵盾弑其君。"赵盾不同意，董狐说："子为正卿，亡不越境，反不讨贼，非子而谁？"（这是说，赵盾是晋国的正卿，逃亡还没有离开国境，回来又不办赵穿的罪，那就应该负"弑君"的罪名。如果已经逃入他国，那么弑君事件发生在他离国之后，还可以免掉"弑君"之名）孔子说："董狐，古之良史也，书法不隐。"

② ［张良椎］张良的祖父和父亲，先后任过韩国五个国君的国相。秦始皇灭韩以后，张良一心要替韩国报仇。后来找到一位大力士，预备了一个大铁椎，趁秦始皇经过博浪沙（在现在河南省原阳县境内）的时候，大力士突然持椎出击，但是没有击中秦始皇。秦始皇追索行刺的人，张良逃到下邳，隐姓埋名藏匿起来。

③ ［苏武节］汉武帝时，苏武奉命出使匈奴。匈奴逼迫他投降，他坚决拒绝。匈奴把他流放到北海（现在西伯利亚的贝加尔湖），让他在那里牧雄羊，告诉他雄羊生了小羊才准他回国。苏武拿着从汉朝带去的节在那里牧羊，永不离手，后来节旄都掉光了。他在匈奴住了十九年，始终没有屈服。节，古时出使外国的官员所持的信物。

④ ［严将军头］严将军，就是严颜。他是三国时候刘璋手下的将领，任巴郡太守。后来被张飞捕获，要他投降。他说："我州但有断头将军，无降将军。"张飞大怒，叫人把他拉去砍头。他神色不变地说："砍头便砍头，何怒耶？"张飞深受感动，把他释放了。

⑤ ［嵇侍中血］嵇侍中，就是嵇绍。晋惠帝时，嵇绍任侍中。皇室内部发生斗争，嵇绍跟随惠帝在汤阴（现在河南省汤阴县）作战，惠帝的侍卫都被击溃，只有嵇绍用身体掩护着惠帝，因此就在惠帝身边为敌人所杀，血溅到惠帝的衣服上。事情平定以后，有人要给惠帝洗那血衣。惠帝说："此嵇侍中血，勿去！"

⑥ ［张睢阳齿］张睢阳，就是张巡。安禄山造反，张巡在极端困难的情况下坚守睢阳。每次上阵作战，他大声呼喊，常常把牙齿咬碎。城破以后，敌人用刀撬开他的嘴，看见他的牙齿只剩下三四个。

⑦ ［颜常山舌］颜常山，就是颜杲（gǎo）卿。安禄山造反时，他任常山（现在河北省正定县）太守。安禄山派兵攻常山，颜杲卿于城破后被俘。安禄山责问他，他骂不绝口，后来他的舌头被敌人钩断，不屈而死。

⑧ ［辽东帽］三国时候魏国北海（现在山东省益都县、寿光县一带）人管宁，因天下大乱，渡海隐居辽东（现在辽宁省东南部），不肯在魏国作官。魏文帝即位，他渡海回到家乡，仍然拒绝朝廷的征召。他常戴着皂（zào，黑色）帽，穿着布制短衣。

⑨ ［清操厉冰雪］（管宁那）清高的操守，就像冰雪一样纯洁。厉，引申为超过。

⑩ ［《出师表》］诸葛亮在建兴五年（227年）出师伐魏，曾上给后主刘禅《出师表》。表中诚恳地告诫后主要亲贤臣，远小人，坚定地表示自己要根据刘备的嘱托，完成复兴汉室的大事业。又有《后出师表》，表中有"鞠躬尽瘁，死而后已"的话。

⑪ ［渡江楫（jí）］东晋爱国将领祖逖，受任为奋威将军、豫州刺史。他率众渡江北上的时候，以楫击水，发誓要恢复中原。辞色壮烈，众皆慨叹。后来收复了黄河以南的失地。楫，船桨。

⑫ ［慷慨吞胡羯（jié）］慷慨之气，足以压倒敌人。羯，古代北方少数民族，是匈奴的别部。这里的胡羯指的是当时占据着中原地区的少数民族。

⑬ ［击贼笏］这是唐朝段秀实的故事。唐德宗时朱泚谋反，段秀实以象笏击泚，后为朱泚党徒所害。

⑭ ［逆竖］叛逆的贼臣，指朱泚。

⑮ ［是气所旁薄］这股正气所充塞的地方，这里指的是上边所说的那些忠烈人物。文天祥认为历史上的忠烈之士就是正气之所聚。旁薄，也写作"磅礴"，意思是充塞。

⑯ ［凛烈］庄严可敬的样子。

⑰ ［当其贯日月，生死安足论（lùn）］当这股正气直贯日月的时候，生死问题还算得了什么。

⑱ ［地维］地的四角有四根柱子。维，隅，角。古人认为天圆地方。

⑲ ［尊］高，这里是说高高地耸立。"地维""天柱"两语，是说天和地都依靠正气的支持。

⑳ ［三纲实系命］三纲实在依靠正气来维持。三纲，封建社会所说的"君为臣纲，父为子纲，夫为妻纲"。纲，本义是拴网的大绳。所谓君为臣纲，就是说国君是臣子的主宰者（支配者）。

㉑ ［道义为之根］正气是道德和真理的根本。

㉒ ［嗟予遘（gòu）阳九］可叹我碰上了厄运。嗟，表示感叹的词。遘，遭逢。阳九，意思是厄运。这是从前迷信的说法。

㉓ ［隶也实不力］隶，古代对下等人的称谓，这里是作者的谦称。

㉔ ［楚囚缨其冠］意思是，自己成了囚犯。楚囚，作者自喻。缨，把帽子系在面颊之下的帽带。这里作动词用。

㉕ ［传（zhuàn）车送穷北］传车，驿站上的车辆。穷北，荒远的北方，指元朝的大都。

㉖ ［鼎镬（huò）甘如饴（yí）］残酷的鼎镬之刑，对我来说就像糖一样甜。鼎镬，大锅。这里指的是古代把活人放在鼎镬里煮死的酷刑。饴，麦芽糖，糖浆。

㉗ ［阴房阒（qù）鬼火］阴暗的牢房里寂静地闪着青青的鬼火。此语出于杜甫《玉华宫》诗的"阴房鬼火青"。阴房，阴暗的房子。阒，寂静的样子。

㉘ ［春院闷（bì）天黑］春天的庭院被黑暗紧紧地锁闭着。此语出于杜甫《大云寺赞公房》诗的"天黑闭春院"。闷，隐秘。

㉙ ［牛骥（jì）同一皂］平凡的人和杰出的人在一块儿。牛，喻平凡的人。骥，骏马，比喻杰出之士。皂，马槽。汉朝邹阳的《狱中上梁王书》说："今使不羁之士，与牛骥同皂。"

㉚ ［鸡栖凤凰食］凤凰在鸡窝里饮食。

思政探究 1-6

“师范”与“正气”

分作沟中瘠①。如此再寒暑②，百沴自辟易③。嗟哉沮洳场④，为我安乐国。岂有他缪巧⑤，阴阳不能贼⑥。顾此耿耿在⑦，仰视浮云白⑧。悠悠我心悲，苍天曷有极⑨！哲人日已远⑩，典刑在夙昔⑪。风檐展书读⑫，古道照颜色⑬！

第五单元小结

1.宋、辽、金时期，民族矛盾、阶级矛盾尖锐复杂，两宋统治阶级内部的矛盾与斗争此起彼伏，党争不断；宋代知识分子受必须通过科举考试才能进入仕途的影响热衷文学创作，生活又比较优裕，颇有闲情逸致，所以宋代的文人、武士皆能写作。大量的诗词创作，一方面洋溢着要求抗敌、收复失土的爱国主义精神；一方面又多反映仕途凶险，潜心佛道，无奈的旷达，内心的悲苦等内容。各种内容、风格的作品丰富多彩，文坛十分繁荣，人才辈出。本单元所选诗歌虽然不多，但从这几首诗歌中亦大致可以窥见宋诗“以文字为诗（散文化），以议论为诗，以才学为诗”的特点。这是宋代诗人不受唐诗藩篱，追求变化，另辟蹊径的结果。宋诗是我国诗歌史上略低于唐诗的承前启后的又一高峰。北宋的王禹偁、梅尧臣、苏舜钦、欧阳修、王安石、苏轼、黄庭坚，南宋的陈与义、杨万里、范成大、陆游、文天祥等都有佳作，苏轼与陆游则是两宋时期成就最高的诗人。辽无文学名家可言，金的元好问是成就较高的诗人。

作品赏析 1-9

词的特点与格律简介

2.在南、北宋多姿多彩的词坛上，占主流的是婉约、豪放两派词人的创作。前者的代表人物是晏殊、晏几道、柳永、李清照、姜夔、周邦彦等；后者的代表人物是苏轼、陆游、岳飞、张孝祥、辛弃疾等。但婉约、豪放是就大的方面而言的，辛弃疾、陆游也有婉约的词，李清照也有豪放的词。苏轼则各体兼擅。有些文学家不同时期的作品风格迥异，这正是其人生多变、感情复杂的反映。阅读、欣赏某一文学家的作品时，要全面分析，从各个角度审视，避免片面性，这是很重要的。

3.所选的几位文学家生活在不同时期，有着不同的生活环境，其政治遭遇、哲学思想、审美视角亦不同。正因为如此，才显示了本时期诗词作品的千姿百态，其认识意义、审美价值对后世的影响不亚于隋唐时代的诗歌。

---

① ［一朝蒙雾露，分（fèn）作沟中瘠］一天受到雾露的侵袭（因而染病），自己觉得应当成为沟壑中的弃尸。分，应分，意思是，推测起来应当。瘠，腐肉。这里说的“蒙雾露”，也就是序文中所说的“诸气萃然”“当之者鲜不为厉”。

② ［再寒暑］过了两年。

③ ［百沴（lì）自辟易］恶毒疫气自然避开了。百沴，一切病毒。辟易，退避。这就是序文中所说的“而予以孱弱俯仰其间，于兹二年矣，幸而无恙，是殆有养致然尔”。

④ ［嗟哉沮洳场］沮洳，低湿之地。场，地方。

⑤ ［岂有他缪（miù）巧］我哪里有什么其他的智谋机巧。

⑥ ［阴阳不能贼］（只不过因为具有正气）那些邪气（阴阳之气）是伤害不了我的。贼，伤害。

⑦ ［顾此耿耿在］只要自己的忠心不失。顾，但。耿耿，心忧的样子。

⑧ ［仰视浮云白］意思是，视富贵如浮云。这是说不能投降敌人以取富贵。《论语·述而》篇：“不义而富且贵，于我如浮云。”

⑨ ［悠悠我心悲，苍天曷有极］我那怀着忧思的心很是悲伤，就像那无尽的苍天一样。《诗经·泉水》：“我心悠悠。”悠悠，忧思。《诗经·鸨羽》：“悠悠苍天，曷其有极。”这个“悠悠”是形容“远”。

⑩ ［哲人］指齐太史等。

⑪ ［典刑在夙昔］哲人的模范事迹从很早就存在着。典刑，今作典型，本来是“常法”的意思，这里是“楷模”“模范”的意思。夙昔，以前。

⑫ ［风檐展书读］风檐，屋檐之下。展书读，展开那些跟上述忠烈事迹有关的书来看。

⑬ ［古道照颜色］古道，古人所走的正道，指古人的气节。照颜色，在我的面前照耀着。颜色，指颜面。

小贴士·延伸阅读篇目

1.王禹偁：《对雪》《村行》；2.梅尧臣：《鲁山山行》；3.苏舜钦：《吾闻》；4.欧阳修：《秋声赋》《戏答元珍》《踏莎行·候馆梅残》；5.王安石：《明妃曲二首》《泊船瓜洲》；6.晏殊：《浣溪沙·一曲新词酒一杯》；7.晏几道：《临江仙·梦后楼台高锁》；8.柳永：《鹤冲天》《八声甘州》；9.范仲淹：《苏幕遮·碧云天》；10.苏轼：《游金山寺》《食荔枝二首》《饮湖上初晴后雨》；11.黄庭坚：《寄黄几复》《清平乐·春归何处》；12.秦观：《鹊桥仙·纤云弄巧》《鹧鸪天·枝上流莺和泪闻》；13.周邦彦：《瑞龙吟》；14.李清照：《点绛唇·蹴罢秋千》《渔家傲》《一剪梅》《醉花阴》《夏日绝句》；15.陆游：《关山月》《游山西村》《示儿》《诉衷情·当年万里觅封侯》《钗头凤》；16.杨万里：《初入淮河》；17.元好问：《癸巳五月三日北渡三首》；18.辛弃疾：《破阵子·醉里挑灯看剑》《清平乐·村居》《青玉案·元夕》；19.岳飞：《满江红》；20.姜夔：《翠楼吟》《点绛唇·燕雁无心》；21.文天祥：《过零丁洋》；22.董解元：《西厢记诸宫调·小亭送别》。

第六单元　元明清诗歌

学习目标

1. 了解元、明、清时期诗歌体裁的多样性（诗、词、曲、民谣兼备）及其思想内容的广泛性。

2. 理解民族矛盾、阶级矛盾尖锐复杂的社会现实对作家的作品思想和艺术风格形成的影响。

3. 掌握元代散曲的特点，掌握清代爱国诗人作品的思想内容的认识意义、审美意义和艺术特色。

4. 培养学生的审美意识。

作者简介1-21

赵孟頫

1.赵孟頫

岳鄂王墓[1]

思政探究1-7

跪在杭州岳坟前的是哪四个人？

鄂王坟上草离离[2]，秋日荒凉石兽[3]危。南渡君臣轻社稷，中原父老望旌旗[4]。英雄已死嗟何及，天下中分遂不支[5]。莫向西湖歌此曲，水光山色不胜悲。

2.王　冕

墨　梅[6]

作者简介1-22

王冕

我家洗砚池[7]头树，朵朵花开淡墨痕[8]。
不要人夸好颜色，只留清气满乾坤[9]！

3.刘时中

作者简介1-23

刘时中

［端正好］上高监司（套数）（节选）

众生灵遭磨障[10]，正值着时岁饥荒。谢恩光，极济皆无恙[11]，编做本词儿唱。

（滚绣球）

去年时正插秧，天反常。那里取若时雨[12]降？旱魃[13]生四野灾伤。谷不登[14]，麦不长，因此万民失望，一日日物价高涨。十分料钞加三倒[15]，一斗粗粮折四量[16]。煞[17]是凄凉。

---

① 此诗写作时间不详。鄂王，指南宋民族英雄岳飞。岳飞于宋高宗绍兴十一年被高宗授意秦桧所害，宁宗时追封为鄂王。

② ［离离］繁茂的样子。

③ ［石兽］墓前各种石雕的兽类。

④ ［旌旗］本指军旗，这里是指南宋北伐军。

⑤ 这句是说：岳飞一死，南北对峙的局面未能支撑多久，南宋最后终于灭亡了。

⑥ ［墨梅］水墨画的梅花，不着色。诗是作者咏自己的作品。诗的前两句写他的墨梅作品来源于现实生活，是千锤百炼画出来的。后两句说他画梅花并不着眼于形似，而追求神似。神似就是表达出对象内在的精神气质，形似就是简单模仿事物的外形。求神似是我国绘画中一个传统的美学观点。这首诗的动人之处就在这里。

⑦ ［洗砚池］传说会稽（jī）山下有晋朝大书法家王羲之的洗砚池，由于经常洗笔砚，把小池塘的水都染黑了。王冕称他家有洗砚池，含义是自己像王羲之那样勤学苦练。

⑧ ［淡墨痕］形容墨梅的笔意，轻轻点染。

⑨ ［只留清气满乾坤］清气，语义双关，以梅花的清香和气质比喻画家的人品和节操。乾坤，指天地，人间。这两句是说：我画的梅花并不希望人们夸它的颜色漂亮，只是要把它的高尚气质留在人间。

⑩ ［磨障］同“魔障”，指灾害，困难，磨难。

⑪ ［谢恩光，极济皆无恙］谢恩光，感谢（高监司的）恩德；极济，接济，以物帮助；无恙，无灾病。

⑫ ［那里取若时雨降］那里，哪里；取，得到；若时雨，及时雨。

⑬ ［旱魃］传说中的旱神。

⑭ ［谷不登］登，成熟，丰收。

⑮ ［料钞加三倒］料钞，元初发行的以丝料为本的钞票。加三倒，指兑换时要加三成。

⑯ ［折四量］打四折。

⑰ ［煞］实在。

（倘秀才）

殷实户欺心不良，停塌户[①]瞒天不当，吞象心肠[②]歹伎俩。谷中添秕屑，米内插粗糠，怎指望他儿孙久长！

（滚绣球）

甑[③]生尘老弱疾，米如珠少壮荒。有金银那里每[④]典当？尽枵腹[⑤]高卧斜阳。剥榆树餐，挑野菜尝。吃黄不老[⑥]胜如熊掌，蕨根粉以代糇粮[⑦]。鹅肠苦菜连根煮，荻笋芦蒿带叶噇[⑧]，则[⑨]留下杞柳株樟。

（倘秀才）

或是捶麻柘[⑩]稠调豆浆，或是煮麦麸稀和细糠，他每早合掌擎拳谢上苍[⑪]，一个个黄如经纸[⑫]，一个个瘦似豺狼，填街卧巷。

（滚绣球）

偷宰了些阔角牛[⑬]，盗砍了些大叶桑。遭时疫无棺活葬[⑭]，贱卖了些家业田庄。嫡亲儿共女，等闲参与商，痛分离是何情况！乳哺儿没人要撇入长江。那里取厨中剩饭杯中酒？看了些河里孩儿岸上娘，不由我不哽咽悲伤！

……

（货郎）

见饿莩[⑮]成行街上，乞丐拦门斗抢。便财主每也怀金鹄立待其亡[⑯]。感谢这监司主张，似汲黯[⑰]开仓。批星带月[⑱]热中肠，济与粜[⑲]亲临发放。见孤孀疾病无皈向[⑳]，差医煮粥分厢巷[㉑]。更把赃输钱分例米，多般儿区处的最优长[㉒]。众饥民共仰，似枯木逢春，萌芽再长。

---

① ［停塌户］指屯粮户。塌，元代塌仓，犹堆栈。
② ［吞象心肠］“人心不足蛇吞象”，指贪心不足。
③ ［甑］饭锅。
④ ［每］语助词。这句是说即使有钱也买不到粮食。
⑤ ［枵（xiāo）腹］空肚子。
⑥ ［黄不老］一种野菜。
⑦ ［蕨根粉以代糇粮］蕨，草本植物，茎叶嫩时可食，根可磨粉。糇粮，干粮。
⑧ ［荻笋芦蒿带叶噇（chuáng）］荻笋芦蒿，芦苇嫩茎及抽芯部分。噇，大口吞咽。
⑨ ［则］只。
⑩ ［捶麻柘］捶击麻秆、柘枝，榨汁当豆浆喝。
⑪ ［他每早合掌擎拳谢上苍］他每，他们。擎拳，举拳。上苍，上天。
⑫ ［黄如经纸］像写经书的黄纸一样。
⑬ ［阔角牛］老牛。元代禁杀耕牛，饥民偷杀老牛。
⑭ ［活葬］指时疫流行，有时病人未死即匆匆埋葬。
⑮ ［饿莩（piǎo）］饿死的尸体。
⑯ ［财主每也怀金鹄立待其亡］财主每，财主们。怀金鹄立，怀揣金钱，伸长脖子。这句指有钱人也买不到粮食，很难幸免。
⑰ ［汲黯］汉武帝时著名大臣，巡视河内时见灾情严重，不等朝廷批准，毅然开仓赈粮。
⑱ ［批星带月］披星戴月。
⑲ ［济与粜］济，免费救助。粜，平价出卖。
⑳ ［无皈向］无归宿，无依靠。
㉑ ［厢巷］地区街道。
㉒ ［更把赃输钱分例米，多般儿区处的最优长］赃输钱，因贪赃枉法的罚款。分例米，按定量供应的粮食。多般儿，多种情况。区处，区分，处理。最优长，最合适，最好。

作者简介1-24

高启

4.高　启

登金陵雨花台望大江

大江来从万山中，山势尽与江流东。钟山如龙[①]独西上，欲破巨浪乘长风。江山相雄[②]不相让，形势争夸天下壮[③]。秦皇空此瘗黄金[④]，佳气葱葱至今王[⑤]。我怀郁塞何由开？酒酣走上城南台[⑥]。坐觉苍茫万古意[⑦]，远自荒烟落日之中来。石头城[⑧]下涛声怒，武骑千群谁敢渡！黄旗入洛竟何祥[⑨]？铁锁横江未为固[⑩]。前三国，后六朝，草生宫阙何萧萧！英雄时来务割据，几度战血流寒潮。我今幸逢圣人[⑪]起南国，祸乱初平事休息。从今四海永为家，不用长江限南北。

5.明代歌谣

劈破玉·分离[⑫]

经典选读1-5

曹溶：满江红·钱塘观潮

要分离，除非天做了地！要分离，除非东做了西！要分离，除非官做了吏！你要分时分不得我，我要离时离不得你，就死在黄泉，也做不得分离鬼！

---

① ［钟山如龙］诸葛亮语：钟山龙蟠，石城虎踞。此句说钟山像一条龙。龙头西向，与众山的走向相反。
② ［相雄］江山争雄不相让，暗喻历来割据者相争不相让。
③ ［形势争夸天下壮］倒装句，意为人们争夸（金陵）形势天下最为壮观。
④ ［秦皇空此瘗（yì）黄金］历史传说，秦始皇南巡至金陵，发现这里有"王气"，下令掘断钟山（"空"的含意），以破王气；楚威王见这里有王者之气，"瘗"（埋藏）金块镇之，故称金陵。
⑤ ［王］同旺，旺盛之意。秦始皇、楚威王虽然欲破这里的"王气"，但三国之吴，东晋，南朝之宋、齐、梁、陈，南唐等，都在这里建都，明太祖又在这里建都，可见金陵王气并未被破，至今旺盛。
⑥ ［城南台］即雨花台，因雨花台在金陵城南。
⑦ ［坐觉苍茫万古意］坐觉，因为觉得；万古意，千万年历史演进的规律，史实。
⑧ ［石头城］在南京城西，因用石头所筑，故名。
⑨ ［黄旗入洛竟何祥］青盖黄旗，古时被认为是王者瑞气。入洛，是指王气将入洛阳。三国吴主孙皓听信丹阳人刁玄妄语，带兵欲入洛称帝，遇风雪，战士苦不能忍受，欲倒戈反叛，孙皓被迫退回。竟何祥，究竟是什么祥瑞呢？
⑩ ［铁锁横江未为固］三国时，吴人用铁链横江欲阻晋将王濬战船东下，王置木筏纵火，烧断铁索，终于灭吴。
⑪ ［圣人］指朱元璋。
⑫ 本歌谣选自熊稔寰《新镌天下时尚南北徽池雅调》卷一，用几件不可能实现的事做反衬，表现了男女间强烈坚贞的爱情，感染力很强。

作者简介1-25

龚自珍

6.龚自珍

己亥杂诗[1]

其一

浩荡离愁白日斜[2]，吟鞭东指即天涯[3]。落红[4]不是无情物，化作春泥更护花。

其二

九州生气恃风雷[5]，万马齐喑[6]究可哀。我劝天公重抖擞[7]，不拘一格降人材[8]。

第六单元小结

1.本时期时间跨度大（大致从公元1206年至清帝逊位的1911年），历时700余年，换了三个朝代，其中两个是少数民族入主中原，因此民族矛盾、阶级矛盾、统治阶级内部矛盾十分尖锐复杂。这个时期诗人、词曲作家数量很多，创作的诗、词、曲数量也很多，反映的社会生活十分广泛。由于城市经济繁荣，加上元代统治者的喜好和大力提倡，深受市民喜爱的戏曲兴盛，当时知识分子地位低下，生活艰苦，其跟市民阶层广泛结合，努力创作，使得曲（杂剧和散曲，杂剧在戏曲部分介绍，这里主要指散曲）这一新兴的文学样式成为元朝诗歌的主流。元散曲作家中姓名可考的有200多人，他们的创作分前后两期，前期代表作家有卢挚、王和卿、张养浩、关汉卿、王实甫、马致远、白朴、刘致、睢景臣等人。张养浩虽然名高官显，却写出了封建王朝“兴，百姓苦；亡，百姓苦”（《山坡羊（潼关怀古）》）这样惊世骇俗的话来。马致远的作品虽然不是很多，但其《天净沙·秋思》成为千古绝唱。睢景臣的《般涉调·哨遍·高祖还乡》以诙谐的语言嘲弄至高无上的皇帝，体现了曲的市民文学本色，影响很大。后期散曲作家的代表人物是张可久和乔吉、贯云石等，他们的作品由俚俗转

---

① 清宣宗道光十九年（1839年），岁次己亥，龚自珍辞官南归故里。在这一年中，共写了三百一十五首七言绝句，统名《己亥杂诗》。这里选录两首，原列第五首、第一百二十五首。

② ［浩荡离愁白日斜］浩荡，犹言浩茫。形容愁绪之广阔难禁，充塞天地。白日斜，夕阳西坠，指黄昏时分。

③ ［吟鞭东指即天涯］吟鞭东指，说的是离开京师，向东走去。吟鞭，抽响马鞭。按，龚自珍于己亥岁农历四月二十三日，从北京东面的广渠门出城。天涯，天边。意思是说，踏出北京城门，从此便与朝廷隔别，也就等于去了天涯海角。唐刘禹锡《和令狐相公别牡丹》诗：“莫道两京非远别，春明门外即天涯。”

④ ［落红］落花。

⑤ 这句是说：要使全中国具有蓬勃生气，必须依仗急风惊雷的震撼荡涤。九州，古代把全国划分为冀、兖、青、徐、扬、荆、豫、梁、雍九州（见《禹贡》），后来即以九州作为中国的代称。恃（shì），依靠、凭借。

⑥ ［万马齐喑（yīn）］借喻清王朝统治下死气沉沉的局面。语出宋苏轼《三马图赞引》：“振鬣长鸣，万马齐喑。”喑，哑。究，终究。

⑦ ［我劝天公重抖擞（sǒu）］天公，道教所谓最高的天神玉皇大帝，这里暗指清朝皇帝。抖擞，振作精神。

⑧ ［不拘一格降人材］不拘一格，不限于一定的规格资历，即打破常规。降人材，让贤才降临人间，也有使用贤才的意思。

向高雅华美，反而少了曲的本色。在元代散曲中，反映现实生活中重大事件的很少，刘时中的［端正好］《上高监司》（套数）是颇为难得的一篇。这个套数共15支曲（本书节选了第1~6支曲和第10支曲），描写天灾人祸、饿殍遍地的惨况，歌颂正直官吏开仓赈灾的功德，表现了元代社会尖锐的阶级矛盾和作者鲜明的爱憎情感。明、清散曲作品很多，但成就不高。倒是歌谣继续保持曲的本色，同时继承了汉乐府、南北朝民歌的现实主义传统，有一些脍炙人口的作品。

2.本时期诗词创作数量也很大，但总体上说不能比肩唐宋。元代诗词作家不多，有成就的有刘因、赵孟頫、萨都剌、王冕、倪瓒等人。明代诗人数量多，但没有杰出的作家和作品，高启是其中较有成就的诗人。明末的陈子龙、夏完淳等年轻诗人投身于抗清斗争并英勇捐躯，所作诗篇充满了至死不屈的爱国斗争精神。清朝前期，吴伟业、钱谦益、王士祯、沈德潜、袁枚、顾炎武、王夫之是最有名的诗人，他们的作品有的反映国家兴亡、故国之思；有的主张性灵，内容丰富，风格多样。清朝中叶以后，郑板桥、袁枚，特别是龚自珍，以诗歌为武器抨击时弊，追求自由，作品具有积极的浪漫主义精神，可以说是我国古代诗歌史上最后一位取得重大成就的诗人。清代词的创作也不少，成就较大的有陈维松、朱彝尊、纳兰性德。朱彝尊推崇南宋婉约派词人姜夔、张炎，讲究声律，一些小词颇为可观。纳兰性德的词以具有李煜词风著称，擅写相思离别之情，流丽缠绵，具有较强的艺术感染力。

小贴士·延伸阅读篇目

1.关汉卿：《不伏老》《黄钟尾》；2.马致远：《双调夜行船·秋思》；3.卢挚：《蟾宫曲·钱塘怀古》；4.王和卿：《醉中天·咏大蝴蝶》；5.张养浩：《山坡羊·潼关怀古》；6.睢景臣：《哨遍·高祖还乡》；7.张可久：《湖上晚归》套曲；8.贯云石：《寿阳曲》；9.乔吉：《水仙子·重观瀑布》；10.于谦：《咏煤炭》；11.钱谦益：《南归感事》；12.顾炎武：《精卫》；13.吴伟业：《圆圆曲》；14.施闰章：《钱塘观潮》；15.纳兰性德：《长相思》《浣溪沙》；16.朱彝尊：《卖花声·雨花台》；17.郑板桥：《潍县署中画竹呈年伯包大中丞括》；18.陈子龙：《小车行》；19.夏完淳：《别云间》；20.张维屏：《三元里》；21.秋瑾：《感愤》。

附录　楹联

学习目标

1. 了解楹联这一特殊文学样式的基本特点。
2. 理解楹联的美学价值和实用价值。
3. 培养学生的审美意识。

楹联八副

欧阳修撰扬州平山堂联

晓起凭栏，六代青山[①]都到眼；
晚来对酒，二分明月[②]正当头。

松江徐氏撰杭州岳坟联

青山有幸埋忠骨；
白铁无辜铸佞臣。

扬州史公祠联

数点梅花亡国泪；
二分明月故臣心。

赵藩撰成都武侯祠联

能攻心则反侧自消，自古知兵非好战；
不审势即宽严皆误，后来治蜀要深思。

董必武题嘉兴南湖革命纪念馆联

烟雨楼台，革命萌生，此间曾著星星火；
风云世界，逢春蛰起，到处皆闻殷殷雷。

胡林翼撰岳阳楼联

放不开眼底乾坤，何必登斯楼把酒；
吞得进胸中云梦，方可对仙人吟诗。

---

① ［六代青山］指江南岸的山，那里曾是东吴、东晋及南朝的宋、齐、梁、陈六个朝代的统辖之地。
② ［二分明月］典出唐代徐凝《忆扬州》的“天下三分明月夜，二分无赖是扬州”，形容扬州月色的美好。

新春联

大地回春，万里河山如锦绣；
万民同庆，风流人物数今朝。

曹聚仁挽鲁迅联

文苑苦萧条，一卒彷徨独荷戟；
高丘今寂寞，芳荃零落痛余香。

附录单元小结

楹联是我国汉民族语言特有的文学样式，从近体诗的“对仗”联发展而来。最早把联语题（贴）在门柱上的是五代后蜀皇帝孟昶，后官僚士大夫纷纷模仿。宋代时其流传到民间。起初主要用于春节，所以又叫春联。后来广泛用于建筑物的装饰和日常交际的婚丧庆吊，是我国文学作品中美学价值高、应用价值也高的一种特殊样式。历代创作难以计数。清代梁章钜写了专著《楹联丛话》。1986年，新华出版社出版了张过、刘新志选编的《中华名胜楹联集》；1992年，上海古籍出版社出版了武侠小说大师梁羽生的《名联趣谈》。这些都是辑录、介绍、研究楹联的重要著作。我们认为楹联应该占据一个独立地位，笔者早在1989年出版的《中国旅游文学》（北京，展望出版社）中就已提出了这样的观点。只是由于篇幅的限制，本书将它暂且附在诗歌之后，有待进一步研究与讨论。

楹联只有上下两句，在书写和使用时都有固定的格式：(1) 上句在右，下句在左；楹联不论有多长，书写时换行不抬头；实际使用时，楹联都竖写、竖读、竖贴。(2) 一副楹联，上下联字数相等，句式相同，词性相同，平仄相对，如杭州岳坟楹联：“青山有幸埋忠骨，白铁无辜铸佞臣”，整齐和谐。(3) 楹联上下两句，最短的只有八个字（如扬州平山堂鉴真纪念馆郭沫若题写的对联：山川异域，风月同天），最长的是四川江津城楼钟耘舫的对联，上下联共有1 612个字。

楹联上下联的意思相类似或相反的，习惯上叫正对或反对；上下联完全符合格律的叫严对或工对，不完全符合格律的就叫宽对了。另外，古今创作楹联的技法很多，有嵌字联（联内嵌有特定的词语）、谐音联、集句联（集古今诗词成句为联）、回文联、叠字联等。

楹联的美学价值很高，上下两联寥寥数语，却能极其概括、形象地把有关的景色、人物、事迹的特点勾勒出来，表达深刻的思想内容，抒写强烈的感情。它不像赋和骈文那样篇幅大，文字上也比较好懂，所以从审美角度讲，它也完全有资格进入正式的文学殿堂。

楹联在政治、经济活动和日常生活中应用广泛，作用明显，为其他文学样式所不及。各种政治、经济会议的会场主席台两侧常常悬挂与会议内容相关的楹联（有时是标语）。毛泽东在共产党整风时用“墙上芦苇，头重脚轻根底浅；山间竹笋，嘴尖皮厚腹中空”为党内某些人“画像”，批评他们不认真学习而又骄傲自大、夸夸其谈，既形象生动又幽默风趣。1976年，人民群众反对“四人帮”，悼念周恩来，在天安门广场写了“忠魂不泯，热血一腔化春雨；大义凛然，壮志千秋泣鬼神”的对联，极具震撼力。

在经济生活中，楹联广泛应用于各行各业的广告宣传和营业场所的环境布置。如饭店业的“烹煮三鲜美，调和五味羹”。纺织业的“聚来千重雪，纺出万机云”。文物业的“重帘不卷留香久，古砚微凹聚墨多”。美容美发业的“磨砺以须，问天下头颅有几？及锋而试，看老夫手段何如！”戏剧业的“尧舜净、汤武生、桓文丑黑，古今来几多角色；日月灯、云霞彩、风雷鼓板，宇宙间一大戏场”。邮电业的“送佳音飞骑连万户，报喜讯银线达九州”。百货业的“百货百态、百问不厌；千客千意、千拿不烦”等。

在日常生活中，楹联仍广泛用于结婚、贺寿等喜庆场合和丧葬等追悼场合。楹联常常一字千金、一语破的，十分精练地表达作者的思想感情。至于广大农村，在春节等重大传统节日，更是家家写春联，户户贴春联，创造了中华民族特有的喜庆氛围。恐怕没有任何一种文学样式能在这么大的范围内被如此多的人民群众所用了。楹联是真正雅俗共用的文学样式。

小贴士 · 延伸阅读篇目

1. 郭沫若：成都桂湖联（嵌字联）

桂蕊飘香美哉乐土；
湖光山色换了人间。

2. 山海关孟姜女庙联（谐音联）

海水朝（潮）朝朝朝（潮）朝朝（潮）朝落；
浮云长（涨）长长长（涨）长长（涨）长消。

3. 南昌百花洲联（阮元集句联）

枫叶荻花秋瑟瑟；（白居易诗）
闲云潭影日悠悠。（王勃诗）

4. 俞曲园杭州九溪十八涧联（回文联）

重重叠叠山曲曲环环路；
高高下下树东东丁丁泉。

5. 上海豫园联（叠字联）

莺莺燕燕翠翠红红处处融融洽洽；
风风雨雨花花草草年年暮暮朝朝。

第七单元　中国现代诗歌

学习目标

1. 了解现代诗歌发展的概况和主要作家作品。

2. 了解现代诗歌形式的特点。

3. 理解现代诗歌在思想内容和形式两方面对古代诗歌的继承和创新。

4. 掌握所选诗歌所蕴含的思想感情和艺术特色。

5. 培养学生的家国情怀。

作者简介 1-26

李大钊

1. 李大钊

山中即景[1]

是自然的美，
是美的自然；
绝无人迹处，
空山响流泉。

云在青山外，
人在白云内；
云飞人自还，
尚有青山在！

1918年7月15日

思政探究 1-8

李大钊英勇就义，众凶手难逃法网

作者简介 1-27

徐志摩

2. 徐志摩

再别康桥[2]

轻轻的我走了，
　正如我轻轻的来；
我轻轻的招手，
　作别西天的云彩。

那河畔的金柳，
　是夕阳中的新娘；
波光里的艳影，
　在我的心头荡漾。

软泥上的青荇[3]，
　油油的在水底招摇；
在康河的柔波里，
　我甘心做一条水草！

---

① 选自李大钊. 山中即景［J］. 新青年，1918，5（3）.

② 选自徐志摩. 徐志摩诗全编［M］. 杭州：浙江文艺出版社，1987. 略有改动。徐志摩（1896—1931年），浙江海宁人，新月诗派的代表人物。康桥，今通译剑桥，英国学术、文化中心，风景胜地。

③ ［青荇（xìng）］绿色的水草。

那榆阴下的一潭，
　　不是清泉，是天上虹；
揉碎在浮藻间，
　　沉淀着彩虹似的梦[①]。

寻梦？撑一支长篙，
　　向青草更青处漫溯；
满载一船星辉，
　　在星辉斑斓里放歌。

但我不能放歌，
　　悄悄是别离的笙箫；
夏虫也为我沉默，
　　沉默是今晚的康桥！

悄悄的我走了，
　　正如我悄悄的来；
我挥一挥衣袖，
　　不带走一片云彩。

3. 鲁　迅

作者简介1-28

鲁迅

亥年残秋偶作[②]

曾惊秋肃[③]临天下，敢遣春温[④]上笔端。
尘海苍茫沉百感[⑤]，金风萧瑟走千官[⑥]。
老归大泽菰蒲尽[⑦]，梦坠空云[⑧]齿发寒。
竦听荒鸡偏阒寂[⑨]，起看星斗正阑干[⑩]。

---

① ［彩虹似的梦］暗指作者昔日的愿望和理想。

② 这首诗是1935年秋末作的，毛泽东同志领导红军长征，在1935年10月19日到达陕北。当时，鲁迅和茅盾共同去电祝贺：“中国和人类的未来，都寄托在你们身上。”这首诗结尾有天快亮的含义，表示中国共产党领导的革命是中国的未来和希望。

③ ［秋肃］秋天的肃杀之气，使草木凋零。

④ ［春温］春天的温暖。

⑤ ［尘海苍茫沉百感］尘海，广大的人世。苍茫，广远迷茫。沉百感，沉指深沉，言百感交集。

⑥ ［金风萧瑟走千官］金风，秋风。走千官，无数官员在逃跑，指国民党的大批文武官员从河北省撤走。

⑦ ［菰（gū）蒲尽］菰、蒲，都是水草。菰蒲已尽，表示老去无处可归。鲁迅《无题》：“烟水寻常事，荒村一钓徒。宵深沉醉起，无处觅菰蒲。”有菰蒲处可以泊船，无处觅菰蒲即无归宿处，可证。

⑧ ［空云］空中云里，高处不胜寒，所以感到齿发寒冷。

⑨ ［竦（sǒnq）听荒鸡偏阒（qù）寂］竦，起立，站立着盼望。荒鸡，夜里啼的鸡。《晋书·祖逖传》：“逖与司空刘琨，共被同寝，中夜闻荒鸡鸣，蹴琨觉曰：‘此非恶声也。’因起舞。”阒寂，静寂。这句是说：立着听鸡叫偏偏寂静无声。

⑩ ［起看星斗正阑干］星斗，北斗星。阑干，横斜。北斗横斜，指天快亮了。

自 嘲

运交华盖[1]欲何求，未敢翻身已碰头。
破帽遮颜过闹市，漏船载酒泛中流[2]。
横眉冷对千夫指，俯首甘为孺子牛[3]。
躲进小楼成一统[4]，管他冬夏与春秋[5]。

作者简介1-29

郭沫若

4.郭沫若

炉中煤[6]——眷念祖国的情绪

（一）

啊，我年青的女郎！
我不辜负你的殷勤，
你也不要辜负了我的思量。
我为我心爱的人儿
燃到了这般模样！

（二）

啊，我年青的女郎！
你该知道了我的前身？
你该不嫌我黑奴卤莽？
要我这黑奴底胸中，
才有火一样的心肠。

（三）

啊，我年青的女郎！
我想我的前身
原本是有用的栋梁，
我活埋在地底多年，

---

① ［华盖］像花那样笼罩在头上的云气，见《古今注》。俗人交了华盖运，就被罩住，只好碰钉子。
② ［泛中流］浮在河中。漏船浮在河里有沉没的危险，比喻在白色恐怖下有被迫害的危险。
③ ［甘为孺子牛］孺子牛，《左传·哀公六年》：“鲍子曰：‘汝忘君之为孺子牛而折其齿乎？而背之也！’”“孺子”，指春秋时齐景公的幼子荼。景公非常爱幼子荼，一次自己装作牛，口里衔着绳子，让他牵着玩。不巧幼子荼跌了一跤，因此扯掉了景公的牙齿。此句狭义理解是鲁迅对儿子的喜爱，广义则可理解为愿为人民的公仆。
④ ［成一统］小楼里面成为自己一统的小天下，指自己躲避特务的迫害。这句与下句连看，语义双关，也在讽刺蒋介石丢了大块国土不管，却躲在小朝廷里喊统一，不管国家人民的苦难。
⑤ ［管他冬夏与春秋］即不管外面的气候如何。
⑥ 选自郭沫若．女神［M］．上海：泰东图书局，1921.

到今朝才得重见天光。

（四）

啊，我年青的女郎！
我自从重见天光，
我常常思念我的故乡，
我为我心爱的人儿
燃到了这般模样！

作品赏析 1-10
郭沫若对新诗、历史剧的贡献及影响

5. 毛泽东

作者简介 1-30
毛泽东

水调歌头[①]·游泳

才饮长沙水，又食武昌鱼[②]。万里长江横渡，极目楚天舒[③]。不管风吹浪打，胜似闲庭信步[④]，今日得宽馀。子在川上曰：逝者如斯夫[⑤]！

风樯[⑥]动，龟蛇[⑦]静，起宏图[⑧]。一桥飞架南北，天堑[⑨]变通途。更立西江石壁[⑩]，截断巫山云雨[⑪]，高峡出平湖[⑫]。神女应无恙[⑬]，当惊世界殊[⑭]。

经典选读 1-6
艾青：大堰河——我的保姆

6. 余光中

经典选读 1-7
流沙河：就是那一只蟋蟀

乡愁

小时候，
乡愁是一枚小小的邮票，
我在这头，
母亲在那头。

作者简介 1-31
余光中

---

① 1956年5月下旬，毛泽东同志视察南方，31日到达武汉。6月1日、3日、4日三次畅游长江。当时，武汉长江大桥正在紧张施工。毛泽东同志畅游长江后，写了《水调歌头·游泳》。

② ［才饮长沙水，又食武昌鱼］意思是刚到过长沙，又来到武昌。

③ ［极目楚天舒］尽眼力望去，楚地的天空十分开阔。极，尽。楚天，楚地的天空，武汉是战国时楚国的地方。

④ ［闲庭信步］在清静的院子里随意散步。

⑤ ［子在川上曰：逝者如斯夫］孔子在河边上说："一切事物的流逝就像这流水一样啊。"这句话见《论语·子罕》："子在川上曰：'逝者如斯夫，不舍昼夜。'""不舍昼夜"是白天黑夜都不停止的意思。

⑥ ［风樯（qiáng）］风里的帆樯。樯，帆船的桅杆。

⑦ ［龟蛇］指龟山和蛇山。龟山在汉阳，蛇山在武昌，隔江相对。武汉长江大桥的两头就建筑在龟山和蛇山上。

⑧ ［宏图］指建设武汉长江大桥的宏伟规划。武汉长江大桥是1957年10月初建成的。

⑨ ［天堑（qiàn）］有天险（天然险要之地）的意思。长江古称天堑。堑，壕沟。

⑩ ［更立西江石壁］还要在长江西部筑起一道拦河坝。

⑪ ［截断巫山云雨］拦住长江上游的水。巫山，在四川省巫山县。那里高崖对峙，中通长江，叫巫峡。传说巫山的神女早晨为云，晚上为雨，因此巫山有一个峰叫神女峰。这里说"巫山云雨"就是依据这个传说，借指长江上游的水。

⑫ ［高峡出平湖］意思是说，巫峡那里将要出现一个大水库。

⑬ ［神女应无恙］神女想来还健在吧。恙，病。

⑭ ［当惊世界殊］（她）该会惊讶世界跟从前不同了。殊，不同。

长大后，
乡愁是一张窄窄的船票，
我在这头，
新娘在那头。

后来啊，
乡愁是一方矮矮的坟墓，
我在外头，
母亲在里头。

而现在，
乡愁是一湾浅浅的海峡，
我在这头，
大陆在那头。

作者简介1-32

舒婷

7.舒　婷

祖国啊，我亲爱的祖国①

我是你河边上破旧的老水车，
数百年来纺着疲惫的歌；
我是你额上熏黑的矿灯，
照你在历史的隧洞里蜗行摸索；
我是干瘪的稻穗，是失修的路基；
是淤滩上的驳船，
把纤绳深深
　勒进你的肩膊；
——祖国啊！

我是贫困，
我是悲哀。
我是你祖祖辈辈
　痛苦的希望啊，
是“飞天”袖间
千百年未落到地面的花朵；

① 选自诗刊社．1979—1980诗选［M］．成都：四川人民出版社，1982．本诗获“1979—1980年全国中青年优秀诗作奖”。

——祖国啊！

我是你簇新的理想，
刚从神话的蛛网里挣脱；
我是你雪被下古莲的胚芽；
我是你挂着眼泪的笑涡；
我是新刷出的雪白的起跑线；
是绯红的黎明
　　正在喷薄；
——祖国啊！

我是你的十万万分之一，
是你九百六十万平方的总和；
你以伤痕累累的乳房
喂养了
迷惘的我、深思的我、沸腾的我；
那就从我的血肉之躯上
去取得
你的富饶、你的荣光、你的自由；
——祖国啊，
我亲爱的祖国！

第七单元小结

经典选读 1-8

韩东：
山民

1.本单元所选的现代诗歌，主要是“五四”运动以来新诗发展史上重要诗人的作品和少数现当代作家用古诗词形式写作的主要作品。这个时期经历了清王朝覆灭之后的军阀混战、北伐战争、抗日战争、解放战争、抗美援朝等重大事件，是中华民族灾难深重、仁人志士辈出的时代，也是中华人民共和国在中国共产党的领导下进行社会主义革命和建设的伟大时代，各个领域涌现了成千上万的英雄人物和歌颂新时代、新人物的诗歌作品。这些诗作反映的社会生活十分广阔，表达的感情也是炽烈多彩的。“五四”运动以后的诗人，主要有李大钊、胡适、刘半农、徐志摩、戴望舒、鲁迅、郭沫若、闻一多、冯至等，郭沫若是我国自由体新诗的奠基人和最重要的诗人，《女神》等诗集是其代表作品。

何其芳、臧克家、朱子奇、未央、柯仲平、严辰、李季、光未然、白桦、沙鸥、公刘、艾青、袁水拍、公木、柯岩、郭小川、贺敬之、邵燕祥、闻捷、田间、雁翼、张志民、阮章竞、李瑛等一大群诗人都有不少好诗，把当代诗歌的百花园点缀得无比艳丽。

以毛泽东为代表的老一辈革命家以旧诗词形式写作了很多气势磅礴、脍炙人口的革命浪漫主义诗歌，使传统诗词焕发了青春。被发掘整理出来的少数民族的长篇叙事史诗（如纳西族的《创世纪》、藏族的《格萨尔》、蒙古族的《嘎达梅林》、撒尼人的《阿诗玛》等），不但丰富了诗歌的百花园，而且为研究少数民族文学和民俗提供了重要资料。在这个时期，新民歌创作在继承古代民歌民谣的基础上有了巨大发展，呈现空前繁荣的局面，工人、农民、解放军也出现了不少草根诗人，如工人诗人温承训、李学鳌，农民诗人王老九、刘章，战士诗人未央、张永枚等。郭沫若、周扬合编的《红旗歌谣》是影响最大的新民歌选本。

2. 中国现代诗歌的主流是新诗。新诗的诗人和作品很多。限于篇幅，本书只从文学史的角度选了几位有代表性的诗人的作品，而且长诗一概未选，读者可以按照现代文学史的介绍多读一些现代诗歌。新诗的主流和古代诗歌有着明显的继承关系，不但在写景、状物、抒情方面继承了古诗词的优良传统，而且在形式上也分行，大体整齐、节奏分明、押韵。

3. 中国现代诗歌特别是当代诗歌中也有一些受外国诗歌影响较大，或被标榜为“朦胧诗”“寻根诗”“先锋派诗”等。舒婷曾写过不少朦胧诗，韩东是先锋派诗人的重要代表，但本单元所选的作品是他们诗歌的“高音区”，较好地表达了诗人的政治情绪、时代理想和批判精神，体现了意象的朦胧美，颇受青年读者的欢迎。

4. 我国是诗的国度，古代如此，现代也一样。自20世纪20年代起，诗人们就组织了各种诗社，编辑出版诗歌作品。1957年1月由臧克家等诗人创立的专业性文学刊物《诗刊》成为全国性的刊物，同月在成都成立的《星星》诗刊，影响也很大。现在，不少省市都创立了诗歌刊物，成为专业诗人和诗歌爱好者发表作品的园地，可谓人才辈出，盛况空前。作家、诗人余华和近年来崭露头角的草根女诗人余秀华是诗坛上十分活跃的人物。

小贴士 · 延伸阅读篇目

1. 毛泽东：《沁园春 · 雪》《卜算子 · 咏梅》《采桑子 · 重阳》《蝶恋花 · 答李淑一》；2. 叶剑英：《寄续范亭司令并呈怀安诸老》《游肇庆七星岩》；3. 周恩来：《雨后岚山》；4. 朱德：《赠友人》《出太行》；5. 陈毅：《梅岭三章》；6. 胡适：《鸽子》；7. 朱自清：《北河沿的路灯》；8. 郭沫若：《女神》《水牛赞》《天上的街市》；9. 鲁迅：《自题小像》《赠人二首》；10. 何其芳：《秋天》《花环》；11. 光未然：《黄河大合唱》；12. 田间：《少女颂》；13. 臧克家：《有的人》；14. 李季：《王贵与李香香》《西苑诗草》；15. 艾青：《北方》《火把》；16. 袁水拍：《马凡陀的山歌》；17. 郭小川：《投入火热的斗争》《望星空》；18. 贺敬之：《回延安》；19. 阮章竞：《漳河水》；20. 闻捷：《天山牧歌》；21. 公木：《八路军进行曲》；22. 余光中：《春天，遂想起》；23. 邵燕祥：《黑石礁》《陌上桑》；24. 张志民：《王九诉苦》；25. 余秀华：《我爱你》；26. 余华：《余华诗歌选》。

第八单元　外国诗歌

学习目标

1. 了解18—19世纪欧洲浪漫主义诗歌的重要作家作品。

2. 理解本书所选诗人作品的思想内容。

3. 了解东西方文学发展的概况。

4. 培养学生的审美意识。

作者简介 1-33
歌德

1. 歌　德

跳蚤歌[①]

古时有一个国王，
身上有只大跳蚤，
把他宠到那么样，
等于自家小宝宝。
于是下令召裁缝，
裁缝立刻来应召，
给他缝了件斗篷，
连裤子也给缝好！
满身是绫罗绸缎，
打扮得好不辉煌，
襟上有飘带缠绊，
还有个十字勋章。
胸前挂上颗大星，
立刻被封作宰相。
个个姐妹和弟兄；
都做大官列朝堂。
宫中男女和老幼，
个个都不堪骚扰，
可怜妃嫔和皇后；
也受他螫受他咬，
而且不敢搓死他，
连痒处也不敢搔。
可是只要他一爬，
我们就把他杀掉。

经典选读 1-9
华兹华斯：孤独的收割人

① 选自人民音乐出版社编辑部．外国名歌200首续编［M］．梁宗岱，译．北京：人民音乐出版社，1962．《跳蚤歌》是《浮士德》中魔鬼梅菲里特唱的一首政治讽刺诗。“跳蚤”象征封建贵族的大官们，他们利用最高统治者的恩宠，贪婪妄为，人们十分痛根。

作者简介1-34

拜伦

2. 拜　伦

路德分子之歌①

一

你看那自由的孩子们，在海上
买来了他们的自由，用血，好便宜，
　所以，我们呀，兄弟，
或者战死，或者自由地生活，
我们要打倒所有的国王，除了路德！

二

等我们把自己织的布织完，
等我们把织梭换成了利剑，
　　我们就要把布匹
　　向脚下的暴君掷去，
我们要把它染在他流出的血里。

三

尽管那颜色和他的心一般黑，
因为他的血管早烂成了污泥，
　　可是暴君的血滴
　　对我们就是朝露，
它会润泽路德所种的自由的树！

作者简介1-35

普希金

3. 普希金

致恰达耶夫②

爱情、希望、平静的光荣

---

① 选自拜伦抒情诗选［M］. 梁真，译. 上海：平明出版社，1957. 路德运动是19世纪初英国的工人运动，当时的工人（首先是纺织工人）由于愤恨资本家的残酷剥削，起而破坏机器。路德是这个运动的领导人。这首诗和《〈制压破坏机器法案〉制定者颂》同是拜伦反映当时英国尖锐阶级斗争的杰作。

② 恰达耶夫（1794—1856年），俄国唯心主义的哲学家和政论家。1836年因为发表了著名的《哲学书简》，其中批判了俄国的农奴制度，反映了反对沙皇暴政的思想，被沙皇尼古拉一世宣布为精神病患者，遭受到残酷的迫害。恰达耶夫的自由思想对普希金有很深的影响，本诗是普希金中学时代写给恰达耶夫的一封信，表达了他对自由的渴望、投入革命的决心，在当时具有号召反抗沙皇专制主义制度的现实意义。

并不能长久地把我们欺诳，
就是青春的欢乐，
也已经像梦、像朝雾一样地消亡；
但我们的内心还燃烧着愿望，
在残暴的政权的重压之下，
我们正怀着焦急的心情
在倾听祖国的召唤。
我们忍受着期望的折磨
等候那神圣的自由时光，
正像一个年轻的恋人
在等待那真诚的约会一样。
现在我们的内心还燃烧着自由之火，
现在我们为了荣誉献身的心还没有死亡，
我的朋友，我们要把我们心灵的
美好的激情，都呈献给我们的祖国！
同志，相信吧：迷人的幸福的星辰
就要上升，射出光芒，
俄罗斯要从睡梦中苏醒，
在专制暴政的废墟上，
将会写上我们姓名的字样！

思政探究 1-9
普希金是沙皇阴谋的牺牲者

经典选读 1-10
惠特曼：啊，船长，我的船长！

作者简介 1-36
裴多菲

4. 裴多菲

我愿意是急流①

我愿意是急流，
山里的小河，
在崎岖的路上、
岩石上经过……
只要我的爱人
是一条小鱼，
在我的浪花中，
快乐地游来游去。

我愿意是荒林，
在河流的两岸，

① 选自裴多菲. 裴多菲诗选［M］. 孙用，译. 北京：人民文学出版社，1979.

对一阵阵的狂风，
勇敢地作战……
只要我的爱人
是一只小鸟，
在我的稠密的
树枝间做窠，鸣叫。

我愿意是废墟，
在峻峭的山岩上，
这静默的毁灭
并不使我懊丧……
只要我的爱人
是青青的常春藤，
沿着我荒凉的额，
亲密地攀援上升。

我愿意是草屋，
在深深的山谷底，
草屋的顶上
饱受风雨的打击……
只要我的爱人
是可爱的火焰，
在我的炉子里，
愉快地缓缓闪现。

我愿意是云朵，
是灰色的破旗，
在广漠的空中，
懒懒地飘来荡去，
只要我的爱人
是珊瑚似的夕阳，
傍着我苍白的脸，
显出鲜艳的辉煌。

1847年6月

经典选读1-11
泰戈尔：
两亩地

作者简介1-37

海涅

5.海　涅

西里西亚的纺织工人

忧郁的眼里没有眼泪，
他们坐在织机旁，咬牙切齿：
“德意志，我们在织你的尸布，
我们织进去三重的诅咒——
我们织，我们织！

“一重诅咒给那个上帝，
饥寒交迫时我们向他求祈，
我们的希望和期待都是徒然，
他对我们只是愚弄和欺骗——
我们织，我们织！

“一重诅咒给阔人们的国王，
我们的苦难不能感动他的心肠，
他榨取我们的最后一个钱币，
还把我们像狗一样枪毙——
我们织，我们织！

“一重诅咒给虚假的祖国，
这里只繁荣着耻辱和罪恶，
那儿花朵未开就遭到摧残，
那儿腐朽和霉烂让蛆虫饱餐——
我们织，我们织！

“梭子嗖嗖，织机嘎嘎，
我们日夜织着从不停一下——
老德意志，我们在织你的尸布，
我们把三重的诅咒织进去。
我们织，我们织！”

经典选读1-12

莱蒙托夫：帆

6. 日本和歌二首

阿倍仲麻吕：明州观月[①]

苍苍天之原，[②]
举头仰望思故园，
神往春日边[③]
今宵三笠山顶上[④]，
一轮明月又中天。

后鸟羽院：深山小径

深山多灌树，
足踏手拨分草木，
小径崎岖处。
应让世人尽皆知，
荆棘丛中亦有路。

第八单元小结

1. 外国文学一般包括西方文学和东方文学。西方文学泛指欧美各国的文学，东方文学泛指亚非各国的文学。西方文学有三大起源，其一是古希腊文学（以神话和荷马史诗《伊利亚特》《奥德赛》最为著名）。奴隶制社会的希腊文学——诗歌、散文、戏剧都很发达，戏剧的成就尤为突出。当时的戏剧都是诗剧，有三大悲剧诗人——埃斯库罗斯、索福克勒斯、欧里庇得斯和喜剧诗人阿里斯托芬。

古希腊文学随着古希腊的衰亡而衰落，古罗马文学代之而起，成为西方文学的又一起源，但成就不如古希腊文学。罗马帝国晚期，基督教兴盛，宗教文学兴起，希伯来文化对西方国家的影响日益加深，成为西方文学的第三个起源。

2. 公元476年，西方社会进入中世纪，即封建时代。欧洲遍布一个一个的小王国，只有基督教文学盛行，文坛甚为萧条。中世纪后期的欧洲，封建制进入繁荣时期，世俗文学和骑士文学兴盛。法国的讽刺叙事诗《列那狐》和笑剧《巴特兰律师》是中世纪西方市民文学的代表作。中世纪欧洲最重要的作家是意大利诗人但丁（1265—1321年），他是中世纪文学向近代文学过渡的标志性人物。他的代表作品就是《神

---

① 明州，唐置，今浙江宁波。
② 日本人称长空为“天之源”。
③ 春日，地名，日本遣唐使出发前在此祭神。
④ 三笠山，春日东面的三座山峰。

曲》。《神曲》对世界文化的影响是巨大的，它的一些名句，至今还常被人们所引用，散发着智慧的光芒。例如，“如果爱，请干净地爱，把爱情献给爱情。”“我是幽灵，穿过悲惨之城，我落荒而逃；穿过永世凄苦，我远走高飞。”“当一件事情愈加完善，它的痛苦和喜悦也就更多。”

3.14世纪至17世纪，是西方文艺复兴时期，意大利的彼得拉克和薄伽丘是先驱人物，法国的拉伯雷、西班牙的塞万提斯和英国的莎士比亚是这一时期西方文学的三大巨匠。德国文学家歌德（1749—1832年）和席勒（1759—1805年）的诗歌创作达到了这个时期欧洲文学的最高水平。歌德的诗剧《浮士德》是一部具有历史总结意义的作品。

4.在1789年法国大革命的影响下，欧洲浪漫主义文学兴起，形成声势浩大的运动。早期英国浪漫主义诗人中，以华兹华斯为首的“湖畔派”诗人成就最大，新一代浪漫主义诗人则以拜伦、雪莱为代表。

19世纪，欧洲已进入比较稳定的资本主义时期，伟大的诗人普希金是俄国诗歌由浪漫主义向现实主义过渡的标志性人物。

19世纪中期，美国文学才开始引起世人的瞩目，浪漫主义运动推动了民族文学的发展。其杰出代表是诗人惠特曼，他被称为“热烈的激进民主派政治家”。他的代表作都收在《草叶集》中。他的诗歌致力于追求和歌颂民主、自由和平等。惠特曼热情奔放，创造了“自由体”诗歌形式并形成了平民化的风格，是美国新诗体的奠基人和主要代表。

5.东方文学主要指印度文学，埃及、伊朗等阿拉伯地区文学和日本、朝鲜、越南等国的文学。印度文学和日本文学源远流长，著名作家作品甚多。印度最具有代表性的伟大诗人是泰戈尔（1861—1941年），其1913年获得诺贝尔文学奖。他的代表诗作是《吉檀迦利》和《飞鸟集》。他的诗歌想象异常丰富，把神与人结合起来，形象具体，生动活泼。《两亩地》描写了印度当时深刻的社会矛盾和农民受剥削压迫的悲惨命运，结构巧妙，详略得当，形象鲜明，感染力强。日本的诗歌分“汉诗”“和歌”“俳句”。“汉诗”是受中国古代诗歌如绝句、律诗形式影响而创作的。“和歌”是日本传统诗歌形式，于公元8世纪成书的《万叶集》，就收录了4 500多首“和歌”。《百人一首》则收录了10世纪至13世纪100名著名歌人的传世佳作。20世纪末，出现了坂井修一等著名和歌诗人。俵万智的《色拉的纪念日》是发行超过百万册的畅销书。“和歌”的写作有定式，一般都是31个字，呈5、7、5、7、7句式。“俳句”只有3句，呈5、7、5句式，共17个字。“俳句”极其简略，作者的思想感情要仔细推敲才能领略。

6.20世纪的欧美各国经历了巨大而复杂的变化，意识形态亦呈现空前复杂而活跃的局面，诗坛上流派纷呈。早期的现实主义作家“内倾化”趋势十分明显，注意力转向对人物的内心世界的剖析。代表作家有英国的高尔斯华绥、毛姆，法国的罗曼·罗兰，德国的托马斯·曼，奥地利的斯蒂芬·茨威格，美国的德莱塞、马拉默德等。而英国的康拉德、劳伦斯，法国的纪德，美国的海明威等则通过自己的创作实践求新求变。

此后则先后出现了反传统的现代主义（又称先锋派）、象征主义、存在主义、荒诞派等。现代主义主要活跃在第一次世界大战前后，主要代表作家是奥地利的卡夫卡、爱尔兰的乔伊斯和法国的普鲁斯特。象征主义文学的代表人物是法国的瓦当里、爱尔兰的叶芝、英国的艾略特、美国的庞德和比利时的梅特林克。存在主义文学产生于第二次世界大战以后，它的表现是多方面的，有荒诞派戏剧、黑色幽默、新小说等。存在主义的代表人物是法国的萨特和加缪。荒诞派戏剧的主要作家是法国的尤奈斯库（其代表作是《秀头歌女》）和爱尔兰的贝克特（其代表作是《等待戈多》）。黑色幽默出现在20世纪60年代的美国，其代表作是海勒的《第二十二条军规》。

小贴士·延伸阅读篇目

1.雪莱（英）:《西风颂》；2.普希金（俄）:《致大海》；3.波德莱尔（法）:《忧郁》；4.帕斯捷尔纳克（苏联）:《风》；5.惠特曼（美）:《斧头之歌》；6.纪伯伦（黎巴嫩）:《先知》；7.山上忆良（日）:《在唐忆故乡》；藤原仲麻吕（日）:《送行》；8.艾略特（英）:《荒原》；9.青心才人（越南）:《金云翘传》。

第二部分 散文

第一单元　先秦散文

学习目标

1. 了解先秦散文中历史散文、诸子散文的概况及其特点。

2. 理解历史散文和诸子散文对后世散文发展的影响。

3. 掌握本单元所选历史散文的时代背景及其对现代政治、外交的借鉴作用。

4. 掌握本单元所选诸子散文的主题思想及对个人道德修养具有的启示。

5. 培养学生高尚的道德情操。

1.左　传

烛之武退秦师

晋侯、秦伯围郑，以其无礼于晋，且贰于楚也[①]。晋军函陵，秦军氾南[②]。

佚之狐言于郑伯曰[③]："国危矣，若使烛之武[④]见秦君，师必退。"公从之。辞曰[⑤]："臣之壮也，犹不如人；今老矣，无能为也已[⑥]。"公曰："吾不能早用子，今急而求子，是寡人之过也[⑦]。然郑亡，子亦有不利焉[⑧]。"许之[⑨]。

夜缒[⑩]而出，见秦伯，曰："秦、晋围郑，郑既知亡矣。若亡郑而有益于君，敢以烦执事[⑪]。越国以鄙远[⑫]，君知其难也。焉用亡郑以陪邻[⑬]?邻之厚，君之薄也[⑭]。若舍郑以为东道主，行李之往来，共其乏困，君亦无所害[⑮]。且君尝为晋君赐矣，许君焦、瑕，朝济而夕设版焉，君之所知也[⑯]。夫晋，何厌之有?既东封郑，又欲肆其西封[⑰]。若不阙秦，将焉取之[⑱]?阙秦以利晋，唯君图之[⑲]。"秦伯说，与郑人盟。使杞子、逢孙、杨孙戍之，乃还[⑳]。

---

① ［晋侯、秦伯围郑，以其无礼于晋，且贰于楚也］晋侯，晋文公（公子重耳）。秦伯，秦穆公。侯、伯都是封爵。以，因。其，代词，指郑。无礼于晋，对晋国无礼。指晋文公出亡时经过郑国，郑文公不以应有的礼节接待他的事。贰于楚，郑国对晋国有二心，而同楚国亲近。鲁僖公二十八年，晋、楚城濮之战，郑文公在战役发生前，曾用郑国的军队援助楚国，准备同晋国作战。

② ［晋军函陵，秦军氾南］军，屯兵，作动词用。函陵，在现在河南省新郑市北。氾（fàn）南，氾，水名。这里指东氾水，在现在河南省中牟县南。

③ ［佚之狐言于郑伯曰］佚之狐，郑大夫。郑伯，郑文公。

④ ［烛之武］郑大夫。

⑤ ［辞曰］（烛之武）推辞说。原文省略了主语。

⑥ ［臣之壮也，犹不如人;今老矣，无能为也已］臣之壮也，我壮年的时候。无能为也已，什么事也不能做了。已，同"矣"。"也矣"连用，重点在"矣"，表示"已然"的陈述语气。

⑦ ［是寡人之过也］这（是）我的过错。是，代词，相当于"这"，不同于现代汉语的判断词"是"（古汉语判断句不用判断词"是"，如"邻之厚，君之薄也"，不说"邻之厚是君之薄也"）。

⑧ ［然郑亡，子亦有不利焉］然，表示承上而意思有转折。子亦有不利焉，（对）你也不利啊。

⑨ ［许之］（烛之武）答应了。

⑩ ［缒（zhuì）］用绳子系着人（或物）从上往下送。

⑪ ［敢以烦执事］可以拿亡郑这件事麻烦您。意思是，就请你灭郑吧。敢，表示敬意的词，实际已经没有"敢"的意思。执事，对人的敬称，字面上指秦伯手下办事的官吏，实际是指秦伯。

⑫ ［越国以鄙远］越过别国而以远处地方为自己的边邑。秦在西，郑在东，而晋在两国之间。秦国灭掉郑国而以郑国做秦国的边邑，那就必须越过晋国才可以。鄙，边境上的城镇，这里是动词，是作为边邑的意思。

⑬ ［焉用亡郑以陪邻］为什么灭掉郑国而给邻国（指晋国）增广土地呢？焉，何。用，为。陪，增益。

⑭ ［邻之厚，君之薄也］邻国（晋国）的势力雄厚了，也就是您秦国的势力削弱了。

⑮ 这句是说：如果您放弃郑国让它存在，以郑国为秦国东道上的（招待客人的）主人。郑国在秦国的东方，所以这样说。后世以"东道主"为"主人"的代称，就是由这句话来的。"行李之往来，共其乏困"句的意思是：秦国的外交人员经过郑国，郑国可以供给他们所缺少的资粮。行李，出使的人，就是现在所说的外交使节。后来只把"行李"作"行装"解。共，同"供"。"君亦无所害"句的意思是：您也没有什么害处。

⑯ 这句是说：曾对晋君（指晋惠公）施予恩惠。赐，恩惠。许君焦、瑕，（晋惠公）曾许给您晋国的焦、瑕二城。焦、瑕二城，故址在现在河南省三门峡市一带。"朝济而夕设版焉"句的意思是：（晋惠公）早晨渡河（回国），晚间就筑墙拒守（准备同秦国对抗）。设版，筑墙，就是做防御工事。版，打土墙用的夹版，这里指版筑的土墙。秦穆公曾派兵送晋惠公回国，所以有德于晋君。当时，晋惠公允诺割河外五城（包括焦、瑕）给秦国。朝、夕，形容两件事相隔很近。"君之所知也"句的意思是：（这些经过）是您所知道的。

⑰ ［既东封郑，又欲肆其西封］既东封郑，晋国既然灭郑，以郑国为晋国东面的疆界。封，疆界，这里是动词。肆其西封，扩展它西面的疆界。肆，伸展。封，这里是名词。

⑱ ［若不阙秦，将焉取之］阙，亏损。将焉取之，将从哪里得到它所要取得的土地呢？

⑲ ［唯君图之］愿您考虑这件事。唯，表示希望的语气。之，代词，指阙秦以利晋。

⑳ ［秦伯说，与郑人盟。使杞子、逢孙、杨孙戍之，乃还］说（yuè），同"悦"，心服。使杞子、逢（páng）孙、杨孙戍之，杞子等三人都是秦大夫。戍之，戍守郑国。这里是说秦穆公怕郑国为晋所灭，就派自己人帮助郑国做防御之事。

子犯请击之[①]。公[②]曰："不可！微夫人之力不及此[③]。因人之力而敝之[④]，不仁；失其所与，不知[⑤]；以乱易整，不武[⑥]。吾其还也[⑦]。"亦去之[⑧]。

2.国 语

召公谏厉王弭谤[⑨]

厉王[⑩]虐，国人谤王。召公告曰："民不堪命[⑪]矣。"王怒。得卫巫[⑫]，使监谤者。以告，则杀之[⑬]。国人莫敢言，道路以目[⑭]。

王喜，告召公曰："吾能弭谤矣，乃不敢言！"

召公曰："是障之也[⑮]。防民之口，甚于防川。川壅而溃[⑯]，伤人必多；民亦如之。是故为川者决之使导[⑰]，为民者宣之使言[⑱]。故天子听政，使公卿至于列士献诗[⑲]，瞽献曲[⑳]，史献书[㉑]，师箴[㉒]，瞍赋[㉓]，矇诵[㉔]，百工[㉕]谏，庶人传语[㉖]。近臣尽规[㉗]，亲戚补察[㉘]，瞽、史教诲[㉙]，耆、艾修之[㉚]，而后王斟酌焉。是以事行而不悖[㉛]。

---

① ［子犯请击之］子犯请晋文公袭击秦军。子犯，晋大夫狐偃的字。

② ［公］晋文公。

③ ［微夫人之力不及此］如果没有那个人的力量，是不会有今天的。微，无，非。夫人，那个人，指秦穆公。晋文公是晋献公的次子。献公喜爱骊姬，杀太子申生；重耳出奔，在外十九年，得到秦穆公的帮助，才回晋国做国君。

④ ［因人之力而敝之］依靠别人的力量，而又反过来伤害他。因，有"依靠""凭借"的意思。敝，损害。

⑤ ［失其所与，不知］（晋国和秦国打仗，晋国就会）失掉自己的盟国（秦），不聪明。所与，同盟者。与，联合。知，同"智"。

⑥ ［以乱易整，不武］秦、晋两国整军而来，如果两国打起仗来，变整为乱，即使战胜，也不威武。易，改变。

⑦ ［吾其还也］用现代语来说，就是"我（还是）回去吧"。

⑧ ［亦去之］去，离开。之，指郑国。

⑨ 本篇选自《国语·周语上》，文中着重记述了召穆公规劝周厉王的一段话，主要说明"防民之口，甚于防川"的道理。弥，停止、消除；谤，批评、诽谤。弥谤即遏止非议、批评。

⑩ ［厉王］周厉王，名胡。公元前878年即位，在位37年，被放逐于彘。

⑪ ［命］指厉王暴虐的政令。

⑫ ［卫巫］卫国的巫者。

⑬ ［以告，则杀之］只要卫巫把谤者报告给厉王，厉王就将谤者杀掉。

⑭ ［道路以目］人民相遇于道路，只是彼此用眼睛看看而已。意即敢怒而不敢言。

⑮ ［是障之也］这是堵住人民的口啊。障，防水的堤，这里作动词用。

⑯ ［川壅而溃］壅，堵塞。溃，溃决泛滥。

⑰ ［是故为川者决之使导］为川者，治水的人。为，治。下文"为民者"的"为"字同义。决，开通水道。导，疏导，使水流通。

⑱ ［宣之使言］开导人民使之尽言。宣，引导，开导。

⑲ ［使公卿至于列士献诗］列士，周代有上士、中士、下士，故称。献诗，指进献讽谏的诗。

⑳ ［瞽献曲］瞽，无目曰"瞽"，这里指乐师。曲，乐曲。乐师向国王进献乐曲。古代乐官由盲人充任，所献的乐曲，多采自民间，一定程度上能反映人民的意见。

㉑ ［史献书］献书可使周王了解往古政治，作为鉴戒。史，史官。书，史籍。

㉒ ［师箴］师，乐师。箴，一种寓有劝诫意义的文辞，与后世的格言相近。这是说进箴言于王以规谏王之过失。

㉓ ［瞍赋］瞍（sǒu），盲人。无眸子曰"瞍"。赋，有一定节奏的朗诵。此指朗诵公卿列士所献的诗。

㉔ ［矇诵］矇，也是盲人，有眸子而无所见曰"矇"。诵，指普通的没有什么音乐节奏的诵读。

㉕ ［百工］百官。一说，"工"指乐工。

㉖ ［庶人传语］"庶人"即平民。平民是没有机会见到国君的，因此他们把对政事的意见间接地传达给国君知道。

㉗ ［近臣尽规］近臣，王之左右。尽规，尽规谏之责。一说进规谏之辞。尽，作"进"讲。

㉘ ［亲戚补察］亲戚，指与王同宗的大臣。补，弥补王之过失。察，监察王之行为。

㉙ ［瞽、史教诲］乐师用乐曲、史官用史事对王进行教诲。

㉚ ［耆、艾修之］"耆""艾"本义都是指上了年纪的人，这里指元老们。修，整理。

㉛ ［悖（bèi）］违背。不悖，不违背情理。

民之有口，犹土之有山川也，财用于是乎出[①]；犹其有原隰衍沃也，衣食于是乎生[②]。口之宣言也，善败于是乎兴[③]。行善而备败[④]，其所以阜[⑤]财用衣食者也。夫民虑之于心而宣之于口，成而行之，胡可壅也[⑥]?若壅其口，其与能几何[⑦]?"

王弗听。于是国人莫敢出言。三年，乃流王于彘[⑧]。

3.战国策

触龙说赵太后

赵太后新用事[⑨]，秦急攻之。赵氏[⑩]求救于齐，齐曰："必以长安君为质[⑪]，兵乃出。"太后不肯，大臣强谏[⑫]。太后明谓[⑬]左右："有复言令长安君为质者，老妇[⑭]必唾其面。"

左师触龙[⑮]愿见太后。太后盛气而揖之[⑯]。入而徐趋[⑰]，至而自谢[⑱]曰："老臣病足，曾不能疾走[⑲]，不得见久矣，窃自恕[⑳]，而恐太后玉体之有所郄[㉑]也，故愿望见太后。"太后曰："老妇恃辇[㉒]而行。"曰："日食饮得无衰乎[㉓]?"曰："恃粥耳。"曰："老臣今者殊不欲食[㉔]，乃自强步[㉕]，日三四里，少益耆食，和于身也[㉖]。"太后曰："老妇不能。"太后之色少解[㉗]。

---

① 这句是说：人类的财富、器物都是由山川生产出来的。

② [犹其有原隰（xí）衍沃也，衣食于是乎生] 如同土地之有原、隰、衍、沃，人类衣食的资源从此而生。其，指土地。宽阔平坦的土地叫"原"，低下潮湿的土地叫"隰"，低下而平坦的土地叫"衍"，有河流可资灌溉的土地叫"沃"。

③ [口之宣言也，善败于是乎兴] 由于人民用口发表言论，国家政事的好或坏就能从他们的言论中体现出来。

④ [行善而备败] 行善，推行人民认为好的。备败，防范人民认为坏的。

⑤ [阜] 增多。

⑥ [成而行之，胡可壅也] 应该成全人民的愿望而见之施行，怎么可加以堵塞呢？一说，人民所发表的言论是考虑成熟之后自然流露出来的，怎么能加以堵塞呢？行，有自然流露之意。

⑦ [其与能几何] 能有多少人赞助呢？与，赞助的人。

⑧ [三年，乃流王于彘（zhì）] 过了三年，就把厉王放逐到彘去了。彘，晋地，在今山西霍县境内。按：厉王被放逐到彘，在公元前842年，因此召公谏弭谤之事当在公元前845年。

⑨ [赵太后新用事] 赵太后（赵孝成王的母亲）刚执掌政事。当时赵孝成王年纪还小，所以赵太后执政。

⑩ [赵氏] 指赵国。"氏"的一般用法是指姓氏，某姓即可称某氏。"氏"这个字，也可以添在爵位、官职、国名、朝代、诸侯这些名称之下，合起来作为一个称呼。这里的"氏"，是添在国名之下的一例。

⑪ [必以长安君为质] 必须用长安君作人质。长安君，赵太后的小儿子的封号。当时诸侯之间结盟，常把自己的子孙作为人质抵押给对方作保证。

⑫ [强（qiǎng）谏] 竭力劝告。

⑬ [明谓] 明白地说给……

⑭ [老妇] 年长妇女自称，这里指太后自己。

⑮ [左师触（chù）龙] 左师，官名。触龙，人名。下文的"左师公"就是指触龙，"公"是敬称。

⑯ [盛气而揖之] 气冲冲地答应接见他。揖，原意是拱手，这里是表示接见的样子。清人王念孙认为"揖"是"胥"的传写之误。"胥"同"须"，意思是等待。

⑰ [徐趋] 用快步走的姿势，一步一步向前走。徐，慢。趋，快步走。古代臣见君应该快步走，这是一种礼貌。触龙脚有毛病，只能"徐趋"。

⑱ [谢] 告罪。

⑲ [老臣病足，曾不能疾走] 老臣的脚有毛病，不能快走。曾，乃，竟。疾，快。走，跑。古时说"走"相当于现在说"跑"，说"行"相当于现在说"走"。现在有的地方口语里还是这样说的。

⑳ [窃自恕] 私自宽恕自己（这是客气话）。窃，表示谦虚的词，犹言"私意"。

㉑ [有所郄] 有些不舒服。郄，同"隙"，指生病。

㉒ [辇（niǎn）] 国君乘的车。

㉓ [日食饮得无衰乎] 日，每天。得无，该不会（这是表示测度性的疑问）。衰，减少。

㉔ [老臣今者殊不欲食] 今者，这一向，近来。殊，很。不欲食，不想吃东西。

㉕ [乃自强步] 却自己勉强走走。步，慢慢走。

㉖ [少益耆食，和于身也] 稍微喜欢吃点东西，对身体很好呢。益，更加。耆，同"嗜"。和，这里指舒适。

㉗ [太后之色少解] 色，面色，指怒色。少，有"略微"的意思。解，消。怒色略消，也就是面色渐和。

左师公曰："老臣贱息舒祺[1]，最少，不肖[2]，而臣衰，窃爱怜之[3]，愿令得补黑衣之数[4]，以卫王宫。昧死以闻[5]！"太后曰："敬诺[6]。年几何矣？"对曰："十五岁矣。虽少，愿及未填沟壑而托之[7]。"太后曰："丈夫[8]亦爱怜其少子乎？"对曰："甚于妇人。"太后笑曰："妇人异甚[9]！"对曰："老臣窃以为媪之爱燕后贤于长安君[10]。"曰："君过[11]矣，不若长安君之甚。"左师公曰："父母之爱子，则为之计深远。媪之送燕后也，持其踵为之泣，念悲其远也[12]，亦哀之矣。已行[13]，非弗思也，祭祀必祝之，祝曰：'必勿使反[14]。'岂非计久长[15]，有子孙相继为王也哉！"太后曰："然。"

思政探究 2-1

赵太后态度的变化说明了什么道理？

左师公曰："今三世以前，至于赵之为赵[16]，赵王之子孙侯者，其继有在者乎[17]？"曰："无有。"曰："微独赵，诸侯有在者乎[18]？"曰："老妇不闻也。""此其近者祸及身，远者及其子孙，岂人主之子孙则必不善哉？位尊而无功，奉厚而无劳[19]，而挟重器多也[20]。今媪尊长安君之位，而封之以膏腴之地[21]，多予之重器，而不及今[22]令有功于国，一旦山陵崩，长安君何以自托于赵[23]？老臣以媪为长安君计短也[24]，故以为其爱不若燕后。"太后曰："诺。恣君之所使之[25]。"

于是为长安君约车百乘，质于齐。齐兵乃出。

---

① ［老臣贱息舒祺］贱息，我的孩子。"贱"是客气的说法。息，子。舒祺，触龙儿子的名字。
② ［不肖］不成材。
③ ［而臣衰，窃爱怜之］衰，衰老。怜，爱。
④ ［补黑衣之数］补进侍卫的数目里（当一名卫士）。黑衣，指王宫卫士（因为当时王宫卫士都穿黑衣）。
⑤ ［昧死以闻］（我）冒着死罪来禀明（太后）。闻，禀告。
⑥ ［敬诺］好吧。敬，表示客气的词。
⑦ ［愿及未填沟壑（hè）而托之］愿意趁我还没死的时候，把他托付了。及，趁。填沟壑，原意是死后没有人埋葬，扔在山沟里。这里只是"死"的意思。壑，山沟。托，托付。之，他（指舒祺）。
⑧ ［丈夫］男子。
⑨ ［妇人异甚］妇女（爱得）特别厉害。
⑩ ［老臣窃以为媪之爱燕后贤于长安君］媪（ǎo），老太太。这是对年老妇女的敬称。燕后，赵太后的女儿，嫁在燕国做燕王的妻子。贤，胜过。
⑪ ［过］错。
⑫ ［持其踵（zhǒng）为之泣，念悲其远也］持其踵，握着她的脚跟（意思是拉住她）。念悲其远，心里惦念着她，伤心她嫁到远方去。
⑬ ［已行］已经走了以后。
⑭ ［必勿使反］千万不要让她回来。反，同"返"。古时诸侯的女儿嫁到别国，只有被废或者亡国以后才回母家，所以赵太后这样祝告。
⑮ ［计久长］作长久打算。
⑯ ［今三世以前，至于赵之为赵］从现在的赵王起，往上推算到第三代以前（就是赵肃侯时），甚至推算到赵氏由大夫之家建立赵国的时候（就是赵烈侯时）。
⑰ ［赵王之子孙侯者，其继有在者乎］赵王的子孙封侯的，他们的后代现在还有当侯的吗？继，继承者，后代子孙。
⑱ ［微独赵，诸侯有在者乎］微独，不单，不仅，非但。诸侯有在者乎，"诸侯"下边，承上文省去"之子孙受封者，其继"等字。
⑲ ［奉厚而无劳］奉，同"俸"，俸禄。劳，功劳。
⑳ ［而挟重器多也］挟，拥有。重器，珍贵的器物。
㉑ 这句的意思是尊长安君之位，使长安君的地位很高。膏腴（yú），肥沃。
㉒ ［及今］趁现在。
㉓ ［一旦山陵崩，长安君何以自托于赵］一旦山陵崩，（如果）有一天，太后不在了。山陵崩，古时用来比喻国王或王后的死。这是一种委婉的说法。何以自托于赵，凭什么在赵国托身？托，寄托。
㉔ ［老臣以媪为长安君计短也］以，这里有"认为"的意思。计短，打算得不长远。
㉕ ［恣君之所使之］恣，任凭。使之，派遣他。

作者简介2-1

孔子

4.孔　子

《论语》四则

一

子曰[1]："不患[2]人之不己知[3]，患不知人也。"

二

子曰："学而不思则罔[4]，思而不学则殆[5]。"

三

子曰："其身正[6]，不令而行[7]；其身不正，虽令不从。"

四

季氏将伐颛臾[8]

季氏将伐颛臾。冉有、季路[9]见于孔子曰："季氏将有事于颛臾[10]。"孔子曰："求！无乃尔是过与[11]?夫颛臾，昔者先王以为东蒙主，且在邦域之中矣[12]，是社稷之臣也，何以伐为[13]?"

冉有曰："夫子欲之，吾二臣者皆不欲也[14]。"孔子曰："求，周任有言曰[15]：'陈力就列，不能者止[16]。'危而不持，颠而不扶，则将焉用彼相矣[17]?且尔言过矣，虎兕出于

---

① ［子曰］孔子说。
② ［患］担心，害怕。
③ ［不己知］不了解自己。知，了解。
④ ［罔］诬罔，受欺骗。
⑤ ［殆］危险。
⑥ ［身正］自己的行为正当、正确。
⑦ ［行］通行，行得通。
⑧ 本文选自《论语·季氏》，后人以篇首第一句话为题。季氏，季孙氏，这里指季康子，名肥，鲁国的大夫，专擅国政。伐，出兵攻打。颛臾（zhuānyú），鲁国的属国，故城在今山东省费县西北。季氏攻打颛臾，想占领它扩大自己的领地。
⑨ ［冉有、季路］当时两人都是季康子的家臣。季路，即子路。
⑩ ［季氏将有事于颛臾］季康子将对颛臾有军事行动。事，指军事行动。
⑪ 这句是说：这恐怕是你的过错吧？无乃，只怕。是，这，此。与，通"欤"，疑问助词。
⑫ 这三句是说：那颛臾，过去周先王封它为东蒙山的主祭者，况且它又在鲁国国境之内。东蒙，东蒙山，在今山东省蒙阴县南。主，主持祭祀的事务。
⑬ 这两句是说：颛臾是国家的臣属，为什么要攻打它呢？社稷，指国家。周天子是诸侯的共主，颛臾既然是天子封赐的，且又已臣服于鲁国（鲁国原是周公的封国），所以孔子认为攻打它是不义的。何以……为，表示疑问的一种句式，"为"在这里是疑问助词。
⑭ 这两句是说：这原是季康子的主张，我们两位家臣都不愿意这样做。这里的"夫子"是对季康子的尊称。
⑮ ［周任有言曰］周任，古代有名的史官。有言，曾经说过。
⑯ 这两句是说：做臣子的担任职务，就要竭尽自己的能力，否则的话，就应该辞职退位。陈，施展、竭尽。就列，指在职做官。止，指辞职。
⑰ 这三句是说：譬如引导盲人走路的人，到了危险的地方却不去扶持盲人，他跌倒在地也不去拉他，那么，又何必用那个引路的人呢？这是比喻冉有不去制止季氏的冒险行动，没有尽到辅佐之责。相，引导盲人走路的人。

柙，龟玉毁于椟中，是谁之过与[1]？”

冉有曰：“今夫颛臾，固而近于费[2]，今不取，后世必为子孙忧[3]。”孔子曰：“求！君子疾夫舍曰‘欲之’而必为之辞[4]。丘也闻有国有家者，不患寡而患不均，不患贫而患不安[5]。盖均无贫，和无寡，安无倾[6]。夫如是，故远人不服，则修文德以来之[7]。既来之，则安之[8]。今由与求也，相夫子[9]，远人不服而不能来也，邦分崩离析而不能守也，而谋动干戈于邦内[10]。吾恐季孙之忧，不在颛臾，而在萧墙之内也[11]。”

经典选读 2-1

孟子：寡人之于国也

5.庄　子

作者简介 2-2

庄子

庖丁解牛[12]

吾生也有涯，而知也无涯[13]；以有涯随无涯，殆已[14]！已而为知者，殆而已矣[15]。为善无近名，为恶无近刑[16]；缘督以为经[17]。可以保身，可以全生，可以养亲，可以尽年[18]。

庖丁为文惠君解牛[19]，手之所触，肩之所倚，足之所履，膝之所踦[20]，砉然响

---

① 这三句是说：又如老虎、野牛从笼子里跑出来伤人，龟壳玉器在匣中被毁坏，这是谁的过错呢？这也是比喻冉有就像管理笼子和匣子的人一样，没有防患于未然。兕，野牛。柙（xiá），关猛兽的木笼。龟玉，古人占卜用龟壳，祭祀用玉器，所以都很珍贵。椟（dú），匣子。

② ［固而近于费］城郭坚固，又靠近费。费，季康子的封地，在今山东省费县。

③ 这两句是说：现在不去攻取它，以后必定要成为子孙的祸害。

④ 这句是说：有德行的君子最恨那种行为，明明心里想要的东西，却偏不肯说出来，还要讲出一大堆理由。这是批评冉有为季氏辩解，明明贪图人家的土地，却说怕子孙受颛臾的威胁。疾，痛恨。夫，指示代词，那。舍曰，避开不说。辞，辩解的话语。

⑤ 这三句是说：我听说有国（指诸侯国）有家（指卿大夫有封地）的人，不担心人民少而担心人民贫富不平均，不担心人民财用缺少，却担心人民生活不安定。按：前人认为这里可能抄写有误，认为应该是“不患贫而患不均，不患寡而患不安”，“寡”应和“贫”对调，下文亦有“均无贫”可证。但是这两句话历来为人们所熟悉，基本意思并无不同，所以似无必要加以调整。

⑥ 这三句是说：因为财富平均，就没有贫穷；上下和睦，就不会担心人少；生活安宁，国家就不会倾覆。盖，承接上文，解释原因。

⑦ 这三句是说：也正因为如此，所以远方的人如不服从，便修整文教德化等感化他们，使他们来归附。来之，使他们来归附，来，使动用法。

⑧ 这两句是说：远方之人既然来归附，便应加安抚，使他们得到安宁的生活。

⑨ ［相夫子］辅佐季康子。相，辅佐。

⑩ 这三句是说：远方的人不服从，又无法使他们来归附，鲁国内部四分五裂，又不能固守，却想谋划在国境内发动战争。邦，指鲁国。分崩离析，指鲁国有季孙氏、孟孙氏和叔孙氏三家大夫的家臣争权，难以统一。干戈，指战争。

⑪ 这三句是说：我怕季氏的祸害，不在外边的颛臾，而在国内宫门里面呢。这里指鲁君哀公不会容忍季康子的专权，必将有所举动，所以提醒季孙氏防止内乱。萧墙，宫门内当门的、起分隔内外作用的照壁。后常以萧墙之祸比喻内部潜在的危险。

⑫ 节选自《庄子·养生主》。《庄子》是庄周和他的门人及后学者的著作。庄周，战国时蒙（今河南省商丘市）人，古代著名的思想家，道家学派的代表人物之一。

⑬ ［吾生也有涯，而知也无涯］生，生命。涯，边际，限度。知，知识。

⑭ ［以有涯随无涯，殆已］随，追求。殆，困难，危险。已，语尾助词，相当于“啊”。

⑮ 这两句是说：既然这样却还去追求知识的人，那就只有更危险罢了。“已而”的“已”意为“如此”。

⑯ 这两句是说：做好事没有不接近名誉的，做坏事没有不触犯刑法的。言外之意是不要追求名声，不要作恶触犯刑法。

⑰ ［缘督以为经］缘，顺。督，中。经，常，常法。全句意即养生之道要“顺乎自然之中道”。

⑱ 这四句是说：可以保存自身，可以保全天性，可以保养精神，可以享尽天年。生，即性，指天赋与人的性情和资质。亲，旧解多作“双亲”讲，指父母，与庄子哲学不符，此疑当指与形骸相对称的“亲君”，即精神。

⑲ ［庖丁为文惠君解牛］庖丁，即厨子，炊事员，一说丁是庖人之名。文惠君，即魏国国君梁惠王。解牛，宰牛。

⑳ ［踦（yǐ）］一足站立，用膝盖尽力抵住的意思。

然[1]，奏刀騞然[2]，莫不中音[3]：合于《桑林》之舞[4]，乃中《经首》之会[5]。

文惠君曰："譆[6]，善哉！技盖至此乎[7]？"

庖丁释刀对曰："臣之所好者道也[8]，进乎技矣[9]。始臣之解牛之时，所见无非牛者。三年之后，未尝见全牛也[10]。方今之时，臣以神遇而不以目视[11]，官知止而神欲行[12]。依乎天理[13]，批大郤[14]，道大窾[15]，因其固然[16]；技经肯綮之未尝[17]，而况大軱[18]乎！良庖岁更刀，割也；族庖[19]月更刀，折也[20]。今臣之刀十九年矣，所解数千牛矣，而刀刃若新发于硎[21]。彼节者有间[22]，而刀刃者无厚[23]；以无厚入有间，恢恢乎[24]其于游刃[25]必有余地矣。是以十九年，而刀刃若新发于硎。虽然，每至于族[26]，吾见其难为，怵然[27]为戒，视为止[28]，行为迟。动刀甚微，謋然[29]已解，如土委地[30]。提刀而立，为之四顾，为之踌躇满志[31]，善刀[32]而藏之。"

文惠君曰："善哉！吾闻庖丁之言，得养生焉。"

第一单元小结

1.先秦散文主要指春秋战国时代的历史散文和诸子散文。春秋战国时代是奴隶制逐步解体、封建制逐步建立的时代。五霸兴替，七雄并峙。制度的大变革、形势的大动荡带来了思想的大解放，各种人才脱颖而出。有的总结历史，以古鉴今；有的辩难争鸣，著书立说。百花齐放，百家争鸣，这就形成了历史散文和诸子散文。

---

① ［砉（huò）然响然］即砉然而响的意思。砉，皮肉相离声。
② ［騞（huō）］刀解物的声音，其声大于砉。
③ ［中（zhòng）音］合乎音乐节奏。
④ ［《桑林》］商汤的乐名，一说是宋舞乐名。这句说解牛动作合乎《桑林》舞曲的节拍。
⑤ ［乃中《经首》之会］《经首》，尧乐《咸池》中的一章。会，节奏。这句说解牛声音合乎《经首》乐章的节奏旋律。
⑥ ［譆］"嘻"的异体字；赞叹声，类似于"啊"。
⑦ ［盖］同"盍"，曷，疑问副词。全句意即你的技术怎么竟高明到这种程度呢？
⑧ ［臣之所好者道也］好，爱好，追求。道，从掌握技术进一步体会它的原理。
⑨ ［进］超过。进乎技矣，已经超过一般技术了。
⑩ ［未尝见全牛也］未曾看到整头的牛了。这是说对牛的自然结构已摸得很熟，一整头牛在庖丁的眼里就像一些可以拆卸的零件一样，所以说三年后，就再也没看到整头的牛了。
⑪ ［以神遇而不以目视］用精神和牛接触而不必用眼睛去看。遇，接触。
⑫ ［官知止而神欲行］感觉器官（指眼睛）已停止使用而靠精神活动来进行工作。官知，指感觉器官。神欲，指精神活动。
⑬ ［依乎天理］依，顺着。天理，指牛的天然结构。
⑭ ［批大郤］批，击，砍。郤，通"隙"，指筋骨连接处的空隙。
⑮ ［道大窾（kuǎn）］道，通"导"，顺着。窾，空穴，指骨节间的窍穴。
⑯ ［因其固然］因，顺着，按照。固然，本来的样子，指牛体结构的原有空隙处。
⑰ ［技经肯綮（qìng）之未尝］技，技巧。经，经络。肯，紧附在骨上的肉。綮，筋肉聚结处。这些地方容易使刀钝折。未尝，没有。这整句的意思是：我的技巧是顺着经络与骨骼隙缝处下刀，不碰骨头。
⑱ ［大軱（gū）］大腿骨。
⑲ ［族庖］即众庖，指技术一般的厨子。
⑳ ［折］用刀砍折骨头。
㉑ ［若新发于硎］像刚从磨刀石上磨出来的一样。硎（xíng），磨刀石。
㉒ ［彼节者有间（jiàn）］那骨节的地方有空隙。
㉓ ［无厚］没有厚度，形容刀刃极薄极锋利。
㉔ ［恢恢乎］宽绰的样子。
㉕ ［游刃］转动刀刃。
㉖ ［族］筋骨交错聚结的地方。
㉗ ［怵（chù）然］警惕的样子。
㉘ ［视为止］视力集中，停留在一点上。
㉙ ［謋（huò）然］謋地一响。謋，骨肉相离的声音。
㉚ ［如土委地］就像泥土散开洒落地上一样。
㉛ ［为之踌躇满志］踌躇，从容自得的样子。满志，满意。踌躇满志，满意自得的样子。
㉜ ［善刀］拭刀。

历史散文主要有《左传》、《国语》和《战国策》，它们兼具史学和文学的价值。《左传》亦称《春秋左氏传》《左氏春秋》，相传是春秋时鲁国人左丘明撰。《左传》是编年史，是对《春秋》的传解，记载了鲁隐公元年到鲁悼公四年的大事，尤其对战争的描写十分生动形象。它不但把一些战争发生的原因、性质、过程、结局写得清楚有条理，而且有详有略，注重有关人物的心理状态和细节描写，语言也丰富多彩（如《烛之武退秦师》），具有较高的文学价值。

《国语》相传亦是左丘明所作，是我国历史上第一部国别史，分别记载了公元前967—公元前453年周、鲁、齐、晋、郑、楚、吴、越八国的史事，而且以记言为主。一些出色的篇章（如《召公谏厉王弭谤》）有曲折的故事情节和鲜明的人物形象。

《战国策》曾有《国策》《国事》《事语》等名称，西汉刘向编定为三十三篇，北宋曾巩订补。《战国策》在历史散文中文学成就最高。它吸取了《左传》《国语》的散文技巧而又有所发展。《战国策》描写了战国时代策士们的各种活动，其有着鲜明的个性，如以理服人的触龙、善于讽谏的邹忌、功成身退的鲁仲连、义无反顾的荆轲……一个个栩栩如生，跃然纸上。

历史散文为后代廿四史的编写树立了榜样，对后世传记文学和记叙散文的创作也具有巨大的影响。

2. 早期的诸子散文是《论语》和《墨子》。《论语》是孔子门徒记录孔子言行的书，用语录体写成，多数是三言两语，少数篇章较长，结构完整（如《季氏将伐颛臾》），其把记言与记事结合了起来。《论语》记录了孔子的政治思想、教育思想和为人处世的原则，不但是研究孔子的可靠材料，也是进行道德教育的重要参考。他的一些格言、警句，至今仍有积极意义。《墨子》语言清朴，缺少文采，但长于论辩，逻辑性很强。

战国中期诸子散文的代表作是《孟子》和《庄子》。孟子把文章当成宣传自己学术主张和与论敌论辩的工具，感情充沛，善用比喻，长于论辩性，大大地推动了我国论说文的发展。

《庄子》文辞华丽，想象丰富，多用寓言，风格独特，是诸子散文中文学成就最大、审美境界最高的作品。庄子用生动的故事、具体的形象、华丽的语言、丰富的辞藻说明其并不一定正确的见解，有时韵散结合，声韵和谐，优美动人。庄子的散文对后世浪漫主义的文学创作有很大的影响，他消极避世、养生全生的思想和处世原则也经常在后世失意文人的作品中体现出来。

《荀子》和《韩非子》是战国末期的代表作。荀子和韩非子的文章都长于说理，善于围绕中心议题反复论证，层层推进，逻辑严密。同时他们也发扬了前期和中期诸子散文善用寓言故事或生动历史事例说明道理的优点，在文字上注重使用排比、对偶，富有文采，可读性强。

先秦诸子散文和历史散文是我国散文创作的源头，也是后世散文创作的典范，后世散文作家经常标榜先秦散文。唐朝韩愈、柳宗元提倡“古文运动”即是一例。

3. 历史散文记载了春秋战国时期错综复杂的历史和各国间政治、军事、外交的斗争，一些政治、外交人物的活动十分精彩。例如，烛之武利用矛盾，分化瓦解了秦、晋的合围，保全了自己的国家；召公用“防民之口，甚于防川”的道理劝谏周厉王修德政，让老百姓通过正常渠道表达不满；触龙建议赵太后用正确的方法，让子孙为国家建功立业而不是对其一味溺爱等。现在读来，都能对政治、外交、道德修养有很好的借鉴作用。

诸子散文充满政治智慧和哲理，有很多关于为人处世和道德修养的精辟言论，如孔子的“不患寡而患不均，不患贫而患不安”“祸在萧墙之内”；孟子的不能“以五十步笑百步”，要“不违农时”，让人民休养生息等，在今天仍然有重要的现实意义。庄子主张的顺乎自然、全生养生的道理对于提倡天人合一，构建和谐社会，凡事不违背客观规律，不强求、不折腾和个人养生，也有着重要的启示。

小贴士·延伸阅读篇目

1.左传：《曹刿论战》《晋楚城濮之战》《子产不毁乡校》；2.战国策：《邹忌讽齐王纳谏》《冯谖客孟尝君》；3.论语：《颜渊》《子路》《食不厌精》；4.孟子：《奕秋》《攘鸡》；5.墨子：《非攻》；6.庄子：《逍遥游》；7.列子：《愚公移山》；8.晏子春秋：《晏子使楚》；9.孙子：《谋攻》；10.荀子：《劝学篇》；11.韩非子：《五蠹》。

第二单元　秦汉散文

学习目标

1. 了解秦汉散文发展的概况和重要作家作品。

2. 掌握《察今》《论积贮疏》的思想内容和艺术成就。

3. 理解《察今》的主题思想对治国理政的启示。

4. 了解《史记》《汉书》的体例和语言特点。

5. 理解汉赋兴盛的原因及其在文学史上的地位。

6. 培养学生的爱国精神。

1.吕氏春秋

察　今[①]

上胡不法先王之法[②]?非不贤也[③]，为其不可得而法[④]。先王之法，经乎上世而来者也[⑤]，人或益[⑥]之，人或损[⑦]之，胡可得而法?虽人弗[⑧]损益，犹若[⑨]不可得而法。东夏之命，古今之法，言异而典殊[⑩]。故古之命多不通乎今之言者，今之法多不合乎古之法者[⑪]。殊俗之民，有似于此[⑫]。其所欲同，其所为异[⑬]。口惽之命不愉，若舟车衣冠滋味声色之不同[⑭]。人以自是，反以相诽[⑮]，天下之学者多辩，言利辞倒，不求其实，务以相毁，以胜为故[⑯]。先王之法，胡可得而法?虽可得，犹若不可法。

凡先王之法，有要于时也[⑰]。时不与法俱在，法虽今而在[⑱]，犹若不可法。故释[⑲]先王之成法，而法其所以为法[⑳]。先王之所以为法者，何也?先王之所以为法者，人也[㉑]，而己[㉒]亦人也。故察己则可以知人，察今则可以知古。古今一也，人与我同耳。有道之士[㉓]，贵以近知远[㉔]，以今知古，以所见知所不见。故审堂下之阴[㉕]，而知日月之行，阴阳之变[㉖]；见瓶水之冰，而知天下之寒，鱼鳖之藏也[㉗]。尝一脟[㉘]肉，而知一镬[㉙]之味，一鼎之调[㉚]。

---

① 《吕氏春秋》，战国末期秦国丞相吕不韦集合门客共同编写，杂家代表著作。全书分十二纪、八览、六论，共二十六卷。也叫《吕览》。《察今》选自卷十五《慎大览·察今》篇。

② ［上胡不法］句，国君为什么不取法古代帝王的法令制度呢？上：指国君。胡：何，为什么。前一个“法”是动词，取法的意思，后一个“法”是名词，法令制度。

③ ［非不贤也］ （古代的法令制度）不是不好。贤：善的意思。

④ ［为其］句，因为后人无从取法它（古代的法令制度）。为：因为。得：得到。而：连词。全部的意思是没有可能得到并取法它。

⑤ ［经乎］句，经：经过，经由。乎：助词。上世：古代。

⑥ ［益］增添。

⑦ ［损］裁减。

⑧ ［弗］不。

⑨ ［犹如］还是。

⑩ ［东夏之命］三句，东夷和诸夏的语言不同，古今的法令也不一样。东夏：是指东夷和诸夏，这里泛指各国。命：名，也就是言语。典：法令。

⑪ ［故古之命］二句，所以古今的语言，法令制度都不一样。这一句是在上句的基础上推出来的。

⑫ ［殊俗之民］二句，风俗不一样的人民，也像这个样子。这句话有承上启下的作用。“此”指上文所推之理。“殊俗之民”就是下文的“其”。

⑬ ［其所］二句，他们的目的一样，做法不同。欲：愿望，目的。为：做法。

⑭ ［口惽之命］二句，方言口语不能改变，就像各地的舟车衣冠等不同一样。惽：读若胞，即吻。“口惽之命”是方言土语的意思。愉：通渝，改变的意思。

⑮ ［人以自是］二句，意思是人们自以为是，而否定他人的不同。

⑯ ［天下之学者］五句，意思是当今的学者（看不到上述的道理）不从实际出发，逞其多辩之才，互相诽谤，专以追求口头上的胜利为事。言利辞倒：意即言辞锋利而颠倒是非。毁：诽谤。故：事。文中意为以追求口才上的胜利为其能事。

⑰ ［有要］句，是适应当时的需要的。

⑱ ［法虽］句，法令制度即使现在还保存。

⑲ ［释］舍弃，抛弃。

⑳ ［法其］句，取法他（先王）制定法令制度的根据。所以：所凭借的。

㉑ ［先王］句，先王制定法令制度是以人为根据的。

㉒ ［己］自己，这里指当前制定法令制度的人。

㉓ ［有道之士］明白事理的人。

㉔ ［贵以近知远］贵乎能够根据近的推知远的。

㉕ ［故审］句，所以察看房屋下面太阳或月亮照射的影子。审：察看。堂：房屋。阴：日月照射的影子。

㉖ ［阴阳之变］早晚寒暑的变化。

㉗ ［藏］潜伏。

㉘ ［脟（luán）］同“脔”，切成块状的肉。这里一脟表示肉的量，即一块肉。

㉙ ［镬（huò）］古时烹煮时用的器物，像锅。

㉚ ［一鼎之调］鼎：古时烹煮时用的器物，三足两耳。调（tiáo)：调和，指味道调和得好不好。

荆人欲袭宋①，使人先表澭水②。澭水暴益③，荆人弗知，循表而夜涉④，溺死者千有余人，军惊而坏都舍⑤。嚮其先表之时可导也⑥，今水已变而益多矣，荆人尚犹循表而导之，此其所以败也。今世之主⑦法先王之法也，有似于此。其时已与先王之法亏矣⑧，而曰此先王之法也，而法之。以此为治，岂不悲哉！

故治国无法则乱，守法而弗变则悖⑨，悖乱不可以持国⑩。世易时移⑪，变法宜矣⑫。譬之若良医，病万变，药亦万变。病变而药不变，嚮之寿民，今为殇子矣⑬。故凡举事必循法以动⑭，变法者因时而化⑮。若此论，则无过务矣⑯。夫不敢议法者，众庶也⑰；以死守法者，有司也⑱；因时变法者，贤主也。是故有天下七十一圣⑲，其法皆不同；非务相反也⑳，时势异也。故曰：良剑期乎断㉑，不期乎镆铘㉒；良马期乎千里，不期乎骥骜㉓。夫成功名者，此先王之千里也㉔。

楚人有涉江者，其剑自舟中坠于水，遽契其舟㉕，曰："是吾剑之所从坠㉖。"舟止，从其所契者入水求之㉗。舟已行矣，而剑不行，求剑若此，不亦惑乎㉘？以故法为其国㉙，与此同。时已徙矣㉚，而法不徙。以此为治，岂不难哉！

有过于江上者，见人方引㉛婴儿而欲投之江中，婴儿啼。人问其故。曰："此其父善游㉜。"其父虽善游，其子岂遽㉝善游哉？以此任物，亦必悖矣㉞。荆国㉟之为政，有似于此。

经典选读 2-2
枚乘：七发
（节选）

---

① ［荆人］句，荆人：楚国人。荆：楚的别称。宋：春秋战国时的一个国，在现在河南商丘市以东、江苏省徐州市铜山区以西一带。
② ［使人］句，叫人先在澭水里设立标记。澭水，潢河的一条支流。表：标记，这里作动词用。
③ ［暴益］水突然大涨。益：涨水。
④ ［循表］句，顺着标记在夜间渡水。循：顺着，沿着。涉：渡水。
⑤ ［军惊］句，士卒惊骇的声音，如同都市的房屋崩塌一样。
⑥ ［嚮其］句，以前他们设立标记的时候，是可以根据标记渡水的。嚮：同"向"，作"以前"讲。导：涉水。
⑦ ［主］指国君。
⑧ ［其时］句，那时代已经与先王的法令制度不适合了。亏：音义均同"诡"，差异，不能适应。
⑨ ［悖（bèi）］背谬，行不通。
⑩ ［持国］掌握国政。
⑪ ［世易时移］社会变了，时代变了。世：社会。时：时代。易、移：均可作"变"解。
⑫ ［宜矣］是适宜的了，是应该的了。
⑬ ［嚮之］二句，本来可以长寿的人，现在成为短命的人了。寿民：长寿的人。殇子：未成年而死的人。
⑭ ［故凡］句，所以凡是做事情一定要根据法令制度来进行。以：同"而"字。动：行动。
⑮ ［因时而化］随着时代而变化。
⑯ ［过务］错事。过，过错。务，事情。
⑰ ［众庶］人民群众。
⑱ ［有司］指官吏，职有专司，故称有司。司：管理、专管。
⑲ ［有天下七十一圣］指我国古代的君主。根据《史记·封禅书》七十一应作七十二。七十二家只是形容其多，不能一一实指。
⑳ ［非务相反］不是一定要有所不同。务：这里作必须、一定解。相反：互不相同。
㉑ ［期乎断］期望它能斩断（东西）。期：期望，要求。断：斩断，截断。
㉒ ［不期乎镆铘］不期望它一定是镆铘。镆铘：有名的宝剑，相传为干将所铸。镆铘即莫邪。
㉓ ［骥骜（jì áo）］都是千里马的名称。
㉔ ［夫成功］句，那所谓"成功名"，是古代国君所定的目标，好像人们对良马所期望的日行千里一样。意思是说人主所要求的是成功名，并不一定要求同古代一样的法令制度。
㉕ ［遽契其舟］急忙用刀在船上刻个记号。遽（jù），急速，立刻。契：同"锲"，刻。
㉖ ［是吾剑］句，这里是我的剑掉下去的地方。是：代词，这里，这个地方。
㉗ ［从其］句，从他刻着记号的地方入水寻找。求：寻找。
㉘ ［惑］糊涂。
㉙ ［以故］句，用旧的法令制度治理他的国家，同这件事（刻舟求剑）一样。为，治理。
㉚ ［徙（xǐ）］变迁。
㉛ ［引］牵引，领着。
㉜ ［此其］句，这是（由于）他的父亲善于游泳。
㉝ ［岂遽］岂，何。遽：同讵，也作"何"解。岂遽连用是加重疑问语气。一说，岂，难道。遽：遂、就。岂遽：难道就……，
㉞ ［以此任物］二句，用这种办法处理事物，必然是悖谬的了。任物：处理事物。任，有担任，处理的意思。
㉟ ［荆国］《吕览纂》作"乱国"。

作者简介2-3

贾谊

2.贾 谊

论积贮疏

管子[1]曰："仓廪实而知礼节[2]。"民不足而可治者，自古及今，未之尝闻[3]。古之人曰："一夫不耕，或受之饥[4]；一女不织，或受之寒。"生之有时，而用之亡度，则物力必屈[5]。古之治天下，至孅[6]至悉也，故其畜[7]积足恃。今背[8]本而趋末，食者甚众，是天下之大残也[9]；淫侈之俗，日日以长[10]，是天下之大贼也。残贼公行，莫之或止[11]；大命将泛[12]，莫之振救[13]；生之者甚少，而靡之者甚多，天下财产何得不蹶？

汉之为汉[14]，几四十年矣，公私之积犹可哀痛[15]。失时不雨，民且狼顾[16]，岁恶不入，请卖爵子[17]，既闻耳[18]矣，安有为天下阽危者若是[19]而上不惊者?世之有饥穰[20]，天之行[21]也，禹、汤被之矣[22]。即[23]不幸有方二三千里之旱，国胡以相恤[24]?卒然边境有急，数千百万之众，国胡以馈[25]之?兵旱相乘[26]，天下大屈[27]，有勇力者聚徒而衡击[28]，罢夫羸老[29]易子而咬其骨；政治未毕通[30]也，远方之能疑者[31]，并举而争起矣。乃骇而图之[32]，岂将有及乎?

---

① ［管子］管仲。后人把他的学说以及别人依托他的著作辑成一书，称为《管子》。
② ［仓廪（lǐn）实而知礼节］粮仓充实（百姓生活富裕了），就懂得礼节。语见《管子·牧民》。廪，也是仓。
③ ［未之尝闻］没有听说过这回事。
④ ［一夫不耕，或受之饥］一个男人不耕作，（就）有人受饥饿。
⑤ ［生之……必屈］生产东西有时间的限制而消费它没有限度，那么（社会上的）财富一定（会）缺乏。之，指物质财富。屈，匮乏、缺乏。
⑥ ［孅（xiān）］通"纤"。这里有精细的意思。
⑦ ［畜］通"蓄"，下同。
⑧ ［背］弃。
⑨ ［是天下之大残也］这（是）天下的大害。"残"和下文的"贼"都是"害"的意思。
⑩ ［淫侈之俗，日日以长］淫靡奢侈的风气一天天地增长。淫，过分。以，句中助词。
⑪ ［莫之或止］就是"莫或止之"，没有谁制止它（指"残贼公行"的情形）。
⑫ ［大命将泛］国家命运将要覆灭。泛，这里是倾覆、覆灭的意思。
⑬ ［振救］拯救，挽救。
⑭ ［汉之为汉］意思是说，汉朝自从建立政权以来。为，成为。
⑮ ［公私之积犹可哀痛］公私两方面的积蓄还（少得）使人痛心。
⑯ ［狼顾］狼性多疑，行走时常回头看，以防袭击，比喻人有后顾之忧。这里形容人们看到天不下雨就产生疑虑。
⑰ ［岁恶不入，请卖爵子］岁恶，年成坏。不入，不收。请卖爵子，（百姓）用爵位和子女换钱（以度荒年）。汉朝，爵位可以买（包括从政府手中买）卖。
⑱ ［闻耳］传到（皇帝）耳朵里。
⑲ ［为天下阽（diàn）危者若是］治理天下，危险到这种地步。为，治理。阽危，危险。者，代指阽危的情形。
⑳ ［饥穰（ránɡ）］饥，荒年。穰，丰年。
㉑ ［天之行］自然的常态。行，常道、常有的现象。
㉒ ［禹、汤被之矣］禹、汤（都）遭受过。传说夏禹曾经遭到九年水灾，商汤曾经遭到七年旱灾。
㉓ ［即］假若。
㉔ ［国胡以相恤（xù）］国家用什么来救济（百姓）呢？胡，疑问代词，相当于"何"。下文"国胡以馈之"，用法相同。相恤，对……救济。
㉕ ［馈（kuì）］这里有给养的意思。
㉖ ［兵旱相乘］兵灾、旱灾交互侵袭。乘，相因，趁。
㉗ ［天下大屈］社会上（财富）非常缺乏。
㉘ ［衡击］横行劫击，意思是抢劫。衡，通"横"。
㉙ ［罢（pí）夫羸老］指老弱的人。罢，通"疲"。
㉚ ［政治未毕通］意思是，政治没有完全上轨道。
㉛ ［远方之能疑者］远方（对朝廷）有二心的人，指想夺天下的人。
㉜ ［乃骇而图之］于是（皇上）惊慌起来，图谋（对付）他们。之，指上文"远方之能疑者"。

夫积贮者，天下之大命[1]也。苟粟多而财有余，何为而不成?以攻则取，以守则固，以战则胜。怀敌附远[2]，何招而不至?今殴[3]民而归之农，皆著于本[4]；使天下各食其力，末技游食之民，转而缘南亩[5]，则畜积足而人乐其所矣。可以为富安天下，而直为此廪廪也[6]！窃为陛下[7]惜之！

3. 司马迁

作者简介2-4

司马迁

荆轲刺秦王[8]

荆轲既至燕，爱燕之狗屠及善击筑[9]者高渐离。荆轲嗜酒，日与狗屠及高渐离饮于燕市，酒酣以往，高渐离击筑，荆轲和而歌于市中，相乐也，已而相泣，旁若无人者。荆轲虽游于酒人乎，然其为人沈深好书；其所游诸侯，尽与其贤豪长者相结。其之燕，燕之处士[10]田光先生亦善待之，知其非庸人也。

居顷之，会燕太子丹质秦亡归燕[11]。燕太子丹者，故尝质于赵，而秦王政[12]生于赵，其少时与丹欢。及政立为秦王，而丹质于秦；秦王之遇[13]燕太子丹不善，故丹怨而亡归。归而求为报秦王者[14]，国小，力不能。其后秦日出兵山东[15]以伐齐、楚、三晋[16]，稍蚕食诸侯，且至于燕，燕君臣皆恐祸之至。太子丹患之，问其傅[17]鞠武。武对曰："秦地遍天下，威胁韩、魏、赵氏，北有甘泉、谷口之固，南有泾、渭之沃，擅巴、汉之饶，右陇、蜀之山，左关、崤之险，民众而士厉，兵革有余[18]。意有所出，则长城之南，易水以北[19]，未有所定也。奈何以见陵[20]之怨，欲批[21]其逆鳞[22]哉！"丹曰："然则何由?"对曰："请入图之[23]。"

---

①　[天下之大命] 国家的命脉。指关系着国家的安危存亡。
②　[怀敌附远] 使敌对的人降顺，使远方的人归附。怀，安抚（使……亲近）。
③　[殴（qū）] 通"驱"。
④　[著（zhuó）于本] 着落于本业，即从事农业。著，附着，定着。
⑤　[缘南亩] 走向田间，也是从事农业的意思。缘，因，循着，依傍。南亩，泛指田间。
⑥　[可以……廪廪也]（本来）可以使天下富足安定，却竟然造成这种（积贮不足的）令人害怕的情形！直，竟。廪廪，通"懔懔"，危惧的样子。
⑦　[陛（bì）下] 对皇帝的尊称。陛，宫殿的台阶。称陛下，是不敢直呼，请陛下侍卫之人转达的意思。
⑧　选自《刺客列传》。题目是编者加的。《刺客列传》是一篇合传，记述春秋战国时期一些以个人胆力冒险图功的壮烈人物的事迹。其中包括五个故事：曹沫劫齐桓公、专诸刺吴王僚、豫让刺赵襄子、聂政刺韩相侠累、荆轲刺秦王。其中以荆轲刺秦王最为详尽细致。荆轲故事见于《战国策·燕策》《燕丹子》，司马迁在此基础上作了剪裁润饰。
⑨　[筑] 古代一种弦乐器，似琴有弦，用竹尺打击发音。
⑩　[处士] 有才德而不愿做官的人。
⑪　[会太子丹质秦亡归燕] 正逢燕太子丹在秦国做人质逃回燕国。春秋战国时期，订盟国家互派人质，以表信义。
⑫　[秦王政] 即后来的秦始皇嬴政。
⑬　[遇] 对待。
⑭　[求为报秦王者] 寻求报复秦王的办法。
⑮　[山东] 崤山以东。
⑯　[三晋] 指韩、魏、赵。因三国祖先原是晋的世卿，后来瓜分晋国领土各自立国，故称三晋。
⑰　[傅] 指太傅。太傅负责对太子的教育训导工作。
⑱　[北有甘泉……兵革有余] 秦国北面有甘泉、谷口的巩固边镇，南面有泾、渭流域的沃土，拥有巴、汉等郡的丰富物产，右边有陇、蜀两地的高山作屏障，左边有函谷关、崤山作要塞，民多兵强，军备充裕。
⑲　[长城以南，易水以北] 指燕国全境。当时燕国北边筑有防匈奴、东胡的长城，南边以易水与赵国为界。
⑳　[见陵] 被欺凌。
㉑　[批] 触。
㉒　[逆鳞] 倒生的鳞片。《韩非子·说难》说龙喉下有逆鳞径尺，如触之必杀人。后以"批逆鳞"代指触怒帝王。
㉓　[请入图之] 让我再深入考虑。

居有间，秦将樊於期得罪于秦王，亡之燕[①]，太子受而舍之。鞠武谏曰："不可。夫以秦王之暴而积怒于燕，足为寒心，又况闻樊将军之所在乎?是谓'委肉当饿虎之蹊[②]'也。祸必不振[③]矣。虽有管、晏[④]，不能为之谋也。愿太子疾遣樊将军入匈奴以灭口[⑤]。请西约三晋，南连齐、楚，北购于单于[⑥]，其后乃可图也。"太子曰："太傅之计，旷日弥久。心惛[⑦]然，恐不能须臾。且非独于此也，夫樊将军穷困于天下，归身于丹，丹终不以迫于强秦而弃所哀怜之交[⑧]，置之匈奴，是固丹命卒之时也。愿太傅更虑之。"鞠武曰："夫行危欲求安，造祸而求福，计浅而怨深，连结一人之后交，不顾国家之大害，此所谓'资怨而助祸'矣。夫以鸿毛燎于炉炭之上，必无事矣[⑨]。且以雕鸷之秦，行怨暴之怒，岂足道哉[⑩]！燕有田光先生，其为人智深而勇沉，可与谋。"太子曰："愿因太傅而得交于田先生，可乎?"鞠武曰："敬诺。"出见田先生，道"太子愿图国事于先生也"，田光曰："敬奉教。"乃造焉[⑪]。

太子逢迎，却行为导[⑫]，跪而蔽席[⑬]。田光坐定，左右无人，太子避席而请[⑭]曰："燕秦不两立，愿先生留意也。"田光曰："臣闻骐骥盛壮之时，一日而驰千里；至其衰老，驽马先之。今太子闻光盛壮之时，不知臣精已消亡矣。虽然，光不敢以图国事，所善[⑮]荆卿[⑯]可使也。"太子曰："愿因先生得结交于荆卿，可乎?"田光曰："敬诺。"即起趋出。太子送至门，戒曰："丹所报[⑰]，先生所言者，国之大事也，愿先生勿泄也。"田光俛[⑱]而笑曰："诺。"偻行[⑲]见荆卿，曰："光与子相善，燕国莫不知。今太子闻光壮盛之时，不知吾形已不逮[⑳]也，幸而教之曰：'燕秦不两立，愿先生留意也。'光窃不自外，言足下于太子也，愿足下过[㉑]太子于宫。"荆轲曰："谨奉教。"田光曰："吾闻之，长者为行，不使人疑之。今太子告光曰'所言者，国之大事也，愿先生勿泄'。是太子疑光也。夫为行而使人疑之，非节侠也。"欲自杀以激荆卿，曰："愿足下急过太子，言光已死，明不言也[㉒]。"因遂自刎而死。

荆轲遂见太子，言田光已死，致光之言。太子再拜而跪，膝行流涕，有顷而后言曰："丹所以诫田先生毋言者，欲以成大事之谋也，今田先生以死明不言，岂丹之心哉！"荆轲坐定，太子避席顿首曰："田先生不知丹之不肖[㉓]，使得至前，敢有所道，此天之所以哀燕而不弃其孤也。今秦有贪利之心，而欲不可足也。非尽天下之地，臣

---

① ［亡之燕］逃亡到燕国来。
② ［委肉当饿虎之蹊］把肉放在饿虎出入的路上。
③ ［不振］不可挽救。
④ ［管、晏］管仲和晏婴。两人都是齐国的谋臣。
⑤ ［灭口］消除（秦国进攻的）借口。
⑥ ［北购于单（chán）于］北面结交匈奴的君长。购，同"媾"，和好。
⑦ ［惛（mèn）］同"闷"。
⑧ ［弃所哀怜之交］抛弃所同情的朋友。
⑨ ［必无事矣］当然一下子就完蛋了。
⑩ ［岂足道哉］还有什么可说呢!
⑪ ［乃造焉］（田光）就到太子那里去。造，往。
⑫ ［却行为导］倒退着走给田光引路。
⑬ ［跪而蔽（bié）席］跪下来掸了掸座位让座。蔽，拂拭。
⑭ ［避席而请］离开自己的座席向田光请教。
⑮ ［所善］我的好友。善，交好，亲善。
⑯ ［卿］古代对男人的美称。
⑰ ［报］告诉。
⑱ ［俛（fǔ）］同"俯"，低头。
⑲ ［偻（lóu）行］弯着腰背走路（形容老态）。
⑳ ［逮（dài）］及。
㉑ ［过］拜访，探望。
㉒ ［明不言也］表明决不泄密。
㉓ ［不肖］不贤（自谦语）。

海内之王者，其意不厌[①]。今秦已虏韩王，尽纳其地；又举兵南伐楚，北临赵；王翦将数十万之众距漳、邺，而李信出太原、云中。赵不能支秦，必入臣[②]；入臣则祸至燕。燕小弱，数困于兵，今计举国不足以当秦。诸侯服秦，莫敢合从[③]。丹之私计愚，以为诚得天下之勇士使于秦，窥以重利[④]，秦王贪，其势必得所愿矣。诚得劫秦王，使悉反[⑤]诸侯侵地，若曹沫之与齐桓公[⑥]，则大善矣；则不可[⑦]，因而刺杀之。彼秦大将擅兵于外而内有乱，则君臣相疑，以其间[⑧]诸侯得合从，其破秦必矣。此丹之上愿，而不知所委命[⑨]，唯荆卿留意焉。”久之，荆轲曰：“此国之大事也，臣驽下[⑩]，恐不足任使。”太子前顿首，固请毋让，然后许诺。于是尊荆卿为上卿，舍上舍[⑪]。太子日造门下，供太牢具[⑫]，异物间进，车骑美女恣荆轲所欲，以顺适其意。

久之，荆轲未有行意。秦将王翦破赵，虏赵王[⑬]，尽收入其地，进兵北略[⑭]地至燕南界。太子丹恐惧，即请荆轲曰：“秦兵旦暮渡易水，则虽欲长侍[⑮]足下，岂可得哉！”荆轲曰：“微太子言，臣愿谒之[⑯]。今行而毋信，则秦未可亲也[⑰]。夫樊将军，秦王购之金千斤，邑万家。诚得樊将军首与燕督亢[⑱]之地图，奉献秦王，秦王必说见臣，臣乃得有以[⑲]报。”太子曰：“樊将军穷困来归丹，丹不忍以己之私而伤长者之意，愿足下更虑之！”

荆轲知太子不忍，乃遂私见樊於期曰：“秦之遇将军可谓深[⑳]矣，父母宗族皆为戮没[㉑]。今闻购将军首金千斤，邑万家，将奈何？”於期仰天太息流涕曰：“於期每念之，常痛于骨髓，顾计不知所出耳[㉒]！”荆轲曰：“今有一言可以解燕国之患，报将军之仇者，何如？”於期乃前曰：“为之奈何？”荆轲曰：“愿得将军之首以献秦王，秦王必喜而见臣，臣左手把[㉓]其袖，右手揕其匈[㉔]，然则将军之仇报而燕见陵之愧除矣。将军岂有意乎？”樊於期偏袒搤捥[㉕]而进曰：“此臣之日夜切齿腐心也，乃今得闻教。”遂自刭。太子闻之，驰往，伏尸而哭，极哀。既已[㉖]不可奈何，乃遂盛樊於期首函封之[㉗]。

于是太子豫求天下之利匕首，得赵人徐夫人[㉘]匕首，取之百金，使工以药焠之[㉙]，

---

① ［厌］同“餍”，满足。
② ［入臣］降服。
③ ［合从］即“合纵”，联合抗秦。
④ ［窥以重利］以重利诱之。窥，给他看。
⑤ ［反］同“返”。
⑥ ［曹沫之与齐桓公］曹沫为鲁国将军，与齐国三战三败。后齐、鲁会盟于柯，曹沫登坛以匕首劫持齐桓公，迫使他归还全部侵地。
⑦ ［则不可］倘若不行。
⑧ ［以其间］趁这机会。
⑨ ［不知所委命］不知道把这个使命委托给谁。
⑩ ［驽下］才能低下。
⑪ ［舍上舍］安置在上等的宾馆里。
⑫ ［太牢具］牛、羊、豕三牲皆备的筵席。
⑬ ［秦将王翦破赵，虏赵王］这是公元前228年的事。荆轲刺秦王是在第二年。
⑭ ［略］侵占。
⑮ ［长侍］经常侍奉。
⑯ ［微太子言，臣愿谒（yè）之］太子不说，我也要请求行动。微，无。谒，请。
⑰ ［今行而毋信，则秦未可亲也］现在空手而去，没有什么凭信之物，那就无法接近秦王。
⑱ ［督亢］燕国的富庶地带，约为今之河北省涿州市、定兴县、高碑店市、固安县一带。
⑲ ［有以］有用来……的办法。一种习惯说法。
⑳ ［深］刻毒，残酷。
㉑ ［戮没］杀戮和没收。
㉒ ［顾计不知所出耳］但是想不出报仇的办法啊。
㉓ ［把］握，抓住。
㉔ ［揕（zhèn）其匈］直刺其胸。“匈”同“胸”。
㉕ ［搤捥］即“扼腕”。表激动、愤慨或惋惜的动作。
㉖ ［既已］（事）已如此。
㉗ ［函封之］用木盒子装起来。
㉘ ［徐夫人］人名。姓徐，名夫人。
㉙ ［以药焠（cuì）之］用毒药煮炼。

以试人，血濡缕[①]，人无不立死者。乃装[②]为遣荆卿。燕国有勇士秦舞阳，年十三，杀人，人不敢忤视[③]。乃令秦舞阳为副。荆轲有所待，欲与俱；其人居远未来，而为治行。顷之，未发，太子迟之[④]，疑其改悔，乃复请曰："日已尽矣[⑤]，荆卿岂有意哉?丹请得先遣秦舞阳。"荆轲怒，叱太子曰："何太子之遣?往而不返者，竖子也[⑥]！且提一匕首入不测之强秦，仆[⑦]所以留者，待吾客与俱。今太子迟之，请辞决矣！"遂发。

太子及宾客知其事者，皆白衣冠[⑧]以送之，至易水之上，既祖[⑨]，取道[⑩]，高渐离击筑，荆轲和而歌，为变徵之声[⑪]，士皆垂泪涕泣。又前而为歌曰："风萧萧兮易水寒，壮士一去兮不复还！"复为羽声[⑫]慷慨，士皆瞋目，发尽上指冠。于是荆轲就车而去，终已不顾[⑬]。

遂至秦，持千金之资币物[⑭]，厚遗秦王宠臣中庶子[⑮]蒙嘉。嘉为先言于秦王曰："燕王诚振怖[⑯]大王之威，不敢举兵以逆军吏，愿举国为内臣，比[⑰]诸侯之列，给贡职如郡县[⑱]，而得奉守先王之宗庙[⑲]。恐惧不敢自陈，谨斩樊於期之头，及献燕督亢之地图，函封，燕王拜送于庭，使使以闻大王，唯大王命之[⑳]。"秦王闻之大喜，乃朝服，设九宾，见燕使者咸阳宫。荆轲奉樊於期头函，而秦舞阳奉地图柙[㉑]，以次进。至陛[㉒]，秦舞阳色变振恐，群臣怪之。荆轲笑顾舞阳，前谢曰："北蕃蛮夷之鄙人，未尝见天子，故振慴。愿大王少假借之[㉓]，使得毕使于前[㉔]。"秦王谓轲曰："取舞阳所持地图。"轲既取图奏之[㉕]，秦王发图，图穷而匕首见[㉖]。因左手把秦王之袖，而右手持匕首揕之。未至身，秦王惊，自引而起，袖绝[㉗]。拔剑，剑长，操其室[㉘]。时惶急，剑坚[㉙]，故不可立拔。荆轲逐秦王，秦王环柱而走。群臣皆愕，卒起不意，尽失其度[㉚]。而秦法，群臣侍殿上者不得持尺寸之兵[㉛]；诸郎中[㉜]执兵皆陈殿下，非有诏召不得上。方急时，不及召下兵，以故荆轲乃逐秦王。而卒惶急无以击轲，而以手共搏之。是时

---

① ［血濡缕］出血仅能沾濡丝缕，意思是只流出一丝儿血。
② ［装］装好匕首。一说，指为荆轲收拾行装。
③ ［忤（wǔ）视］迎着目光看。忤，逆。
④ ［迟之］嫌他拖延。
⑤ ［日已尽矣］日子不多了。
⑥ ［往而不返者，竖子也］去了不能好好回来复命的，那是没用的人。
⑦ ［仆］自谦之称。
⑧ ［白衣冠］丧服。
⑨ ［既祖］已经饯行之后。古代出远门要祭祀路神，引申为饯行、送别。
⑩ ［取道］上路。
⑪ ［为变徵（zhǐ）之声］发出"变徵"的声调。古代乐律分宫、商、角、变徵、徵、羽、变宫七调，大致相当于今之CDEFGAB七调。变徵相当于F调，此调韵味苍凉，悲婉凄清。
⑫ ［羽声］相当于今之A调，此调韵味激昂慷慨。
⑬ ［终已不顾］始终不回头。
⑭ ［持千金之资币物］拿着价值千金的礼物。币，礼品。古时玉、帛、圭、璧等统称币。
⑮ ［中庶子］管理国君的车马之类的官。
⑯ ［振怖］惧怕。振，同"震"。
⑰ ［比］排列。
⑱ ［给贡职如郡县］像秦国的郡县那样贡纳赋税。给，供。
⑲ ［奉守先王之宗庙］守住祖先的宗庙，按时祭祀。意思是保存祖先留下的国土。
⑳ ［唯大王命之］一切听大王的吩咐。唯，有"希望"的意思。
㉑ ［柙（xiá）］匣。
㉒ ［陛（bì）］殿前的台阶。
㉓ ［少假借之］稍微原谅他些。假借，宽容。
㉔ ［使得毕使于前］让他在大王面前完成使命。
㉕ ［奏之］把它献上。
㉖ ［见］同"现"。
㉗ ［自引而起，绝袖］自己挣着站起来，袖子断了。引，伸、挣。
㉘ ［操其室］握住剑鞘。室，剑鞘。
㉙ ［剑坚］剑插得紧。
㉚ ［卒（cù）起不意，尽失其度］事情突然发生，意料不到，大家都失去常态。卒，同"猝"，突然。
㉛ ［尺寸之兵］一点点兵器。
㉜ ［郎中］宫廷的侍卫。

侍医夏无且以其所奉药囊提[①]荆轲也。秦王方环柱走，卒惶急，不知所为，左右乃曰："王负剑[②]！"负剑，遂拔以击荆轲，断其左股，荆轲废[③]，乃引[④]其匕首以擿[⑤]秦王，不中，中铜柱。秦王复击轲，轲被八创[⑥]。轲自知事不就，倚柱而笑，箕踞[⑦]以骂曰："事所以不成者，以欲生劫之[⑧]，必得约契以报太子也。"于是左右既前杀轲，秦王不怡者良久。已而论功，赏群臣及当坐[⑨]者各有差[⑩]，而赐夏无且黄金二百镒，曰："无且爱我，乃以药囊提荆轲也。"

第二单元小结

1. 秦统一六国前，其丞相吕不韦集中门客撰写了《吕氏春秋》，兼收儒、道、法、墨诸家学说，被称为"杂家"，是先秦散文的一部总集。《吕氏春秋》的文风与诸子散文相通，有不少出色的散文。《察今》就很具有代表性。

秦统一六国后，由于焚书坑儒，推行文化专制主义，阻碍了文学事业的发展，散文创作十分冷清，出名作家唯李斯而已。李斯的文章也不多，最著名的《谏逐客书》也作于秦统一中国前。

2. 汉朝开始推行黄老学说，文学事业兴旺发达起来，政治、文化上都比较宽容，散文创作取得了巨大的成就。后来虽然"罢黜百家，独尊儒术"，但还是鼓励创作"实用"的政论文和辞赋，主要表现在贾谊、晁错等人的政论文上。贾谊的《过秦论》《陈政事疏》《论积贮疏》，晁错的《言兵事疏》《守边劝农疏》《论贵粟疏》都以饱满的政治热情陈述自己对国家长治久安的见解，提出守边、备战、积贮、贵粟等一系列具体政策措施，颇有战国策士议论纵横的余风。但他们的政论明显受到汉赋的影响，讲究排比，讲究文采，且在《战国策》的基础上对散文有了进一步的发展与开拓，被称为著名的"西汉鸿文"。

3. 汉代史传散文在继承先秦历史散文的基础上，取得空前成就，主要代表作是西汉司马迁的《史记》和东汉班固的《汉书》。

《史记》是我国第一部纪传体的通史，它开创了我国正史的写作体例，全书130篇（本纪12、表10、书8、世家30、列传70），以世家和列传最具文学价值，它们记叙和描写了帝王将相、游侠滑稽等众多不同类型的人物形象，无不性格鲜明、形象生动。司马迁运用各种艺术手段，用写戏剧、写小说的文法写历史人物。他总是通过曲折的情节和尖锐的矛盾冲突中人物的语言、行动来刻画人物的性格；他还善于运用侧面描写、场景描写来烘托、反衬人物；他善于剪裁，做到详略互见，从而塑造完整的人物形象。在语言运用上，《史记》也有独到之处，他把先秦散文中有生命力的语言

---

① ［提（dǐ）］掷，扔。
② ［负剑］背剑。指把剑推到背后再拔。
③ ［废］残废，伤残倒地。
④ ［引］举起。
⑤ ［擿（zhì）］同"掷"。
⑥ ［被八创（chuāng）］受了八处剑伤。创，伤。
⑦ ［箕踞］两脚张开，两膝微曲地坐着，形状像箕。这是一种轻慢傲视对方的姿态。
⑧ ［以欲生劫之］因为想劫制你（订立盟约）。劫，强取，威逼。
⑨ ［当坐］办罪。当，判罪。坐，犯法。
⑩ ［差（cī）］等级。

与经过提炼的口语、民歌民谚结合使用，简洁明快，富有生命力。《史记》中的很多语言如今都以成语的形式继续为人们所使用。鲁迅对《史记》倍加赞赏，说它是“史家之绝唱，无韵之离骚”。

《汉书》的体例继承《史记》，但也有创新，它只记西汉一代，开创了我国断代史的先例。它把《史记》的世家并入传中，改《史记》的“书”为志，后代修史亦多用此例。《汉书》的一些人物传记可以与《史记》媲美，在语言运用上《汉书》更多地受辞赋的影响，更加富丽工整。

4.在东、西两汉，由于受到上层社会的欣赏和推动，辞赋创作十分繁荣，成了文学创作的主流，出现了贾谊、枚乘、司马相如、东方朔、张衡、扬雄、蔡邕、赵壹等著名赋家。西汉和东汉前期基本上是创作“大赋”（以司马相如的《子虚》《上林》两赋为代表）为主，作者极尽铺陈描写之能事，虽然对统治者也有所讽谏，但“劝百讽一”，思想性是不高的。为什么汉代特别是西汉有那么多的“大赋”呢?西汉是中国第一个长期稳定的真正大一统的朝代，“大赋”中“包括宇宙，总览人物”，展示了中华民族进入一个新的历史时代的自豪和骄傲，与《史记》一样，显示了那个时代繁荣富强、蓬勃向上、令后人不断回首惊叹的“大汉气象”。辞赋“由于它的堆砌辞藻的习惯加深了文字的隔阂，对于今人来说已经很难欣赏了，但它在文学史上的意义和作用，却绝不能忽视。这种文学样式的本质，就是通过精心安排美丽的文字、整齐的句式、严谨的结构，表现社会和自然的种种奇特事物和绚丽景象，刺激读者的感受力和想象力，获得审美快感”（章培恒，骆玉明.中国文学史：上册［M］.上海：复旦大学出版社，2005：171）。

5.《论积贮疏》是贾谊针对汉初生产力遭受战乱破坏、公私仓廪没有储备粮的社会危机而写给汉文帝的一篇奏疏，说理十分恳切，文辞又很通畅，受到汉文帝高度重视，“躬耕以劝百姓”。文章第一段写“积贮”的重要性和迫切性；第二段从备战、备荒两方面论不“积贮”的危害性；第三段提出“积贮”的建设性主张，“殴（驱）民而归之农”。全文多用排比句、反诘句，增强了文章气势，引用古语，又增强了说服力。这是汉初十分著名的一篇政论文。

小贴士·延伸阅读篇目

1.李斯：《谏逐客书》；2.贾谊：《过秦论》；3.晁错：《论贵粟疏》；4.司马迁：《廉颇蔺相如列传》《报任安书》；5.班固：《苏武传》；6.桓宽：《盐铁论（本议第一）》。

第三单元　魏晋南北朝散文

学习目标

1. 了解魏晋南北朝散文创作的概况和主要作家作品。

2. 了解本时期文人自觉创作的特点和南北朝散文的不同风格。

3. 理解南朝散文创作唯美主义倾向与社会生活的关系。

4. 掌握陶渊明写作《归去来兮辞》的思想感情及其写作特点。

5. 掌握北朝散文作品《水经注》的学术价值和文学价值。

6. 培养学生高尚的道德情操。

1.陶　潜

归去来兮辞（并序）

余家贫，耕植不足以自给。幼稚盈室[①]，缾无储粟，生生所资[②]，未见其术。亲故多劝余为长吏，脱然有怀，求之靡途[③]。会有四方之事[④]，诸侯[⑤]以惠爱为德，家叔[⑥]以余贫苦，遂见用于小邑。于时风波未静，心惮远役，彭泽去[⑦]家百里，公田之利，足以为酒[⑧]，故便求之。及少日[⑨]，眷然有归欤之情[⑩]。何则?质性自然，非矫厉所得[⑪]。饥冻虽切，违己交病[⑫]。尝从人事[⑬]，皆口腹自役[⑭]。于是怅然慷慨[⑮]，深愧平生之志。犹望一稔[⑯]，当敛裳宵逝[⑰]。寻程氏妹丧于武昌[⑱]，情在骏奔[⑲]，自免去职。仲秋至冬，在官八十余日。因事顺心[⑳]，命篇曰《归去来兮》[㉑]。乙巳岁十一月也[㉒]。

归去来兮！田园将芜胡[㉓]不归?既自以心为形役[㉔]，奚[㉕]惆怅而独悲?悟已往之不谏，知来者之可追[㉖]。实迷途其未远，觉今是而昨非。

舟遥遥以轻飏[㉗]，风飘飘而吹衣。问征夫以前路，恨晨光之熹微[㉘]。乃瞻衡宇，载

---

① ［幼稚盈室］意思是孩子很多。盈，满。

② ［生生所资］维持生活所依靠的。

③ ［脱然有怀，求之靡途］脱然有怀，很轻快地想去做个官。脱然，轻快的样子。求之靡途，没有门路去营求。靡，无。

④ ［四方之事］指这一年三月陶渊明接受建威将军刘敬宣的命令出使的事。四方，意思是到各处去。

⑤ ［诸侯］指刺史之类的地方官。

⑥ ［家叔］指陶渊明在《晋故征西大将军长史孟府君传》中提到的“从父太常夔”（征西大将军指桓温，长史是孟府君的官职名称。“征西大将军长史”，用现代语说，中间要加“的”字。府君，对已死的长辈或一般官吏的尊称。父亲的兄弟叫“从父”。陶夔是陶渊明的叔父。太常，官名）。

⑦ ［去］离。

⑧ ［公田之利，足以为酒］公田收获的粮食足够造酒之用。公田，收益归主管官吏的田。《宋书》的《陶潜传》里记载，陶渊明任彭泽令以后，“公田悉令吏种秫（shú），高粱；妻子固请种秔（gāng），秈稻，乃使二顷五十亩种秫，五十亩种秔”。

⑨ ［少日］日子不多。

⑩ ［眷然有归欤之情］眷然，依恋的样子。欤，同与，归与之情，怀乡的感情。《论语》的《公冶长》篇有“子在陈曰：‘归与，归与’”的话。

⑪ ［非矫厉所得］不是可以勉强去做的。矫厉，也作“矫励”，勉强去做。

⑫ ［饥冻虽切，违己交病］饥寒虽然急迫，违背本心（指作官），则形神都苦恼。交，俱。病，忧苦。

⑬ ［从人事］指作官。

⑭ ［口腹自役］为了吃饭而役使自己。

⑮ ［慷慨］感情激动。

⑯ ［一稔（rěn）］谷一熟，就是“一年”。

⑰ ［当敛裳宵逝］一定要整理衣装，星夜离去。敛，收，聚。

⑱ ［寻程氏妹丧于武昌］寻，旋，不久。程氏妹，嫁到程家的妹妹。

⑲ ［情在骏奔］一心赶快去奔丧。《诗经》中《周颂》的《清庙》篇有“骏奔走在庙”的话，“骏奔”是去祭祀。骏，急速。

⑳ ［因事顺心］就着这件事（指因程氏妹之死而辞官归去），陈述自己的心意。因，有“就”的意思。顺，有敷陈、舒展的意思。

㉑ ［命篇曰《归去来兮》］作篇文章，题曰《归去来兮》。归去来兮，意思是“回去吧!”来，助词。兮，语气助词。

㉒ ［乙巳岁十一月也］这时是乙巳年十一月。这年是晋安帝义熙元年（公元405年）。这时陶渊明41岁。

㉓ ［胡］何，为什么。

㉔ ［以心为形役］让心为形体役使。意思是说，为了免于饥寒，违背自己的意志去做官。形，形体，指身体。

㉕ ［奚］何，为什么。

㉖ ［悟已往之不谏，知来者之可追］觉悟到过去做错了的已经不能改正，知道未来的还可以挽救。谏，改正；追，追求。

㉗ ［舟遥遥以轻飏（yáng）］船在水面上轻轻地飘荡着前进。遥遥，漂遥放流的样子。飏，舟徐行的样子。

㉘ ［问征夫以前路，恨晨光之熹（xī）微］征夫，行人，船家。恨晨光之熹微，恨天亮得太慢。熹微，微明。

欣载奔[①]。僮[②]仆欢迎，稚子候门。三径就荒，松菊犹存[③]。携幼入室，有酒盈罇。引壶觞以自酌，眄庭柯以怡颜[④]。倚南窗以寄傲，审容膝之易安[⑤]。园日涉以成趣[⑥]，门虽设而常关。策扶老以流憩，时矫首而遐观[⑦]。云无心以出岫[⑧]，鸟倦飞而知还。景翳翳以将入，抚孤松而盘桓[⑨]。

经典选读2-3

曹丕：典论·论文

归去来兮，请息交以绝游[⑩]。世与我而相违，复驾言兮焉求[⑪]？悦亲戚之情话[⑫]，乐琴书以消忧。农人告余以春及，将有事于西畴[⑬]。或命巾车，或棹孤舟[⑭]。既窈窕[⑮]以寻壑，亦崎岖而经丘。木欣欣以向荣，泉涓涓而始流。善万物之得时，感吾生之行休[⑯]。

经典选读2-4

刘勰：物色

已矣乎[⑰]！寓形宇内复几时，曷不委心任去留[⑱]？胡为乎遑遑欲何之[⑲]？富贵非吾愿，帝乡不可期[⑳]。怀良辰以孤往，或植杖而耘耔[㉑]。登东皋以舒啸[㉒]，临清流而赋诗。聊乘化以归尽，乐夫天命复奚疑[㉓]！

---

① ［乃瞻衡宇，载欣载奔］看见自己家的房子，就一边高兴，一边跑去。瞻，远望。衡宇，房屋。载，且。载……载……，一边……一边……。

② ［僮（tóng）］旧社会里为人服杂役的未成年的人。

③ ［三径就荒，松菊犹存］院子即使荒芜了，松菊还长在那里。（另一说：院子里快要荒芜了，松菊还长在那里。这是由于对“就”字的意思理解不同。“就荒”是与“犹存”相对的，两说皆可通）三径，院子里的小路。汉朝蒋诩隐居之后，在院里竹下开辟三径，只与少数友人来往。

④ ［眄（miǎn）庭柯以怡颜］看看院子里的树木，觉得很愉快。眄，斜看。柯，树枝。怡颜，脸上现出愉快神色。

⑤ ［倚南窗以寄傲，审容膝之易安］寄傲，寄托傲然自得的心情。审容膝之易安，深知住在简陋的小屋里也非常舒服。容膝，只能容纳双膝的小屋（极言其小）。

⑥ ［园日涉以成趣］天天到园子里走走，很有兴趣。涉，走到。

⑦ ［策扶老以流憩（qì），时矫首而遐（xiá）观］策扶老以流憩，拄着拐杖出去走走，随时随地休息。策，拄着。扶老，拐杖。流，有漫无节制的意思。流憩，就是没有固定的地方，到处周流憩息。憩，休息。时矫首而遐观，常常抬起头向远处望望。矫，举。遐，远。

⑧ ［云无心以出岫（xiù）］云气自然而然地冒出山头。无心，无意地。岫，山峰。

⑨ ［景翳（yì）翳以将入，抚孤松而盘桓］景翳翳以将入，阳光暗淡，太阳快落下去了。景，同“影”，日光。翳翳，阴暗的样子。盘桓，徘徊。

⑩ ［请息交以绝游］让我同外人断绝交游吧！

⑪ ［复驾言兮焉求］还要出去干什么呢？驾，驾着车子出去。言，助词。焉求，何所求，求什么。

⑫ ［情话］知心话。

⑬ ［将有事于西畴（chóu）］要到西边的田里去耕种了。畴，田地。

⑭ ［或命巾车，或棹孤舟］巾车，有车帷的小车。棹，原意是船桨，这里作“划”讲。

⑮ ［窈窕］深远曲折。

⑯ ［善万物之得时，感吾生之行休］喜爱自然界的一切生物及时发荣，感叹我的一生将要过去了。善，喜。行，将。休，完。

⑰ ［已矣乎］算了吧！助词“乎”和助词“矣”连用，加强感叹语气。

⑱ ［寓形宇内复几时，曷不委心任去留］寓形宇内复几时，身体寄托在天地间还能有多少时候？宇内，天地间。曷，何。委心，把心放下。委，弃。任去留，任其自然地生或死。去留，即生死。

⑲ ［胡为乎遑遑欲何之］为什么心神不定啊，想要到哪里去呢？

⑳ ［帝乡不可期］修仙成神是没有希望的。帝乡，天帝所居，也就是所谓仙境。

㉑ ［怀良辰以孤往，或植杖而耘耔（zǐ）］怀良辰以孤往，爱惜美好的时光，独自出去。怀，思念不忘。良辰，指上文所说万物得时的春天。或植杖而耘耔，有时在田里除草培苗。植，立。耘，除草。耔，培苗。

㉒ ［登东皋以舒啸］登上东边的高冈，慢慢地放声长啸。舒，徐，缓。啸，高歌。

㉓ ［聊乘化以归尽，乐夫天命复奚疑］姑且顺着自然的变化，度到生命的尽头，乐天安命，还有什么可犹疑的呢？

作者简介 2-5

刘义庆

2. 刘义庆

《世说新语》三则

过江诸人

过江[1]诸人，每至美日，辄相邀新亭[2]，藉卉[3]饮宴。周侯中坐而叹曰[4]："风景不殊，正自有山河之异[5]！"皆相视流泪。唯王丞相愀然变色曰[6]："当共戮力王室[7]，克复神州[8]，何至作楚囚相对[9]！"

陶 侃

陶公性检厉[10]，勤于事。作荆州时[11]，敕船官悉录锯木屑[12]，不限多少。咸不解此意[13]。后正会[14]，值积雪始晴，听事[15]前除雪后犹湿，于是悉用木屑覆之，都无所妨。官用竹皆令录厚头[16]，积之如山。后桓宣武伐蜀，装船[17]，悉以作钉。

---

① ［过江］西晋末年，北方内迁各少数民族的统治者纷纷起兵，夺取政权。公元311年，西晋的首都洛阳被匈奴族的首领刘渊攻陷，中原人士相继过江避难。

② ［每至美日，辄相邀新亭］一到气候良好的日子，就互相约请，在新亭聚会。新亭，在现在南京市南。

③ ［藉卉（huì）］坐在草地上。藉，以草为衬垫。卉，草。

④ ［周侯中坐而叹曰］周侯，周顗（yǐ），字伯仁，晋朝安城（现在河南省原阳县）人。曾任尚书仆射（yè），后来为王敦所害。中坐，饮宴中间。

⑤ ［风景不殊，正自有山河之异］风景同样的美好，只是山河不同啊！（意思是说，东晋首都建康的风景比西晋首都洛阳的风景虽然不差，但是建康的山河却不是洛阳的山河。这句话含有深念故国的意味）

⑥ ［唯王丞相愀（qiǎo）然变色曰］王丞相，王导，字茂弘，晋朝临沂（现在山东省临沂市）人。元帝时任丞相。愀然，忧愁的样子。

⑦ ［戮（lù）力王室］为朝廷（国家）尽力。戮力，努力。

⑧ ［神州］中国，此指中原。《史记》的《孟子荀卿列传》："中国名曰赤县神州。"

⑨ ［楚囚］这里就是"囚犯"的意思。《左传·成公九年》："晋侯观于军府，见钟仪，问之曰：'南冠而絷者谁也？'有司对曰：'郑人所献楚囚也。'"

⑩ ［陶公性检厉］陶公，陶侃，字士行，晋朝鄱阳（现在江西省鄱阳县）人。曾任侍中、太尉、荆江二州刺史。检厉，仔细认真。

⑪ ［作荆州时］任荆州刺史的时候。古人常以居官之地代称官职。

⑫ ［敕（chì）船官悉录锯木屑］敕，命令。船官，督造官船的人员。录，收取。

⑬ ［咸］（大家）都。

⑭ ［正（zhēng）会］元旦集会。

⑮ ［听事］衙署里的大堂。

⑯ ［厚头］剩余的比较大的竹块。厚，重。

⑰ ［后桓宣武伐蜀，装船］桓宣武，桓温，字元子，晋朝龙亢（现在安徽省怀远县）人。曾任征西大将军、大司马。"宣武"是他的谥号。蜀，西晋惠帝时候李雄在蜀称帝，传至李势，为桓温所灭。装，修造。

周　处

周处[1]年少时，凶强侠气[2]，为乡里所患。又义兴水中有蛟[3]，山中有邅迹虎[4]，并皆暴犯百姓[5]。义兴人谓为三横[6]，而处尤剧[7]。或说[8]处杀虎斩蛟，实冀[9]三横唯余其一。处即刺杀虎，又入水击蛟。蛟或浮或没，行数十里，处与之俱[10]。经三日三夜，乡里皆谓已死，更相庆[11]。竟杀蛟而出，闻里人相庆，始知为人情所患，有自改意。乃自吴寻二陆[12]。平原[13]不在，正见清河[14]，具以情告[15]，并云欲自修改而年已蹉跎[16]，终无所成[17]。清河曰：“古人贵朝闻夕死[18]，况君前途尚可[19]。且人患志之不立，何忧令名不彰邪[20]？”处遂改励，终为忠臣孝子[21]。

作者简介 2-6

郦道元

3.郦道元

水经注·江水（节选）

自三峡七百里中，两岸连山，略无阙处[22]；重岩叠嶂[23]，隐天蔽日，自非亭午夜分[24]，不见曦月[25]。

至于夏水襄陵[26]，沿溯阻绝[27]，或王命急宣，有时朝发白帝[28]，暮到江陵，其间千二百里，虽乘奔御风[29]，不以疾也。

---

① ［周处（chǔ）］字子隐，晋朝义兴（现在江苏省宜兴市）人。
② ［凶强侠气］强悍，好争斗。
③ ［蛟］即鳄鱼。
④ ［邅迹虎］意义不详。《晋书》的《周处传》作“白额猛兽”，可能是白额老虎。
⑤ ［并皆暴犯百姓］并，两者。暴犯，侵害。
⑥ ［横（hèng）］祸害。
⑦ ［尤剧］更厉害。
⑧ ［或说］有人劝说。
⑨ ［冀］希望。
⑩ ［与之俱］同它在一起（浮沉）。
⑪ ［更相庆］互相庆贺。
⑫ ［乃自吴寻二陆］自吴，根据《晋书》的《周处传》，应作“入吴”。吴，吴郡，就是现在的苏州市。二陆，陆机、陆云兄弟，他们是吴郡人，都是著名的文学家。
⑬ ［平原］指陆机。他曾任平原内史。文言里常用官职作人的别号，如“王右军”“杜工部”等皆是。
⑭ ［正见清河］正，恰好。另一种解释，同“止”，只。清河，陆云，他曾任清河内史。
⑮ ［具以情告］完全把（义兴人恨他的）情况告诉了（陆云）。
⑯ ［年已蹉（cuō）跎（tuó）］年龄已经太大。蹉跎，过时。
⑰ ［终无所成］终于不能有什么成就。
⑱ ［朝闻夕死］《论语·里仁篇》：“朝闻道，夕死可矣。”
⑲ ［尚可］还有希望。
⑳ ［何忧令名不彰邪］令名，美名。彰，显。
㉑ ［处遂改励，终为忠臣孝子］改励，改过自勉。终为忠臣孝子，后来周处在晋朝任御史中丞，奉命征讨齐万年，力战而死。
㉒ ［阙］同“缺”。
㉓ ［重岩叠嶂］山峰重叠高耸，如同层层屏障。
㉔ ［亭午夜分］中午和半夜。
㉕ ［曦月］日、月。
㉖ ［襄陵］襄，驾；陵，高阜。此句说夏天水涨到高处。
㉗ ［沿溯阻绝］顺流而下和逆流而上都阻绝不通。
㉘ ［白帝］白帝城，在今重庆奉节县长江边上。
㉙ ［乘奔御风］乘奔马，驾长风。

春冬之时，则素湍绿潭[①]，回清倒影[②]。绝巘多生柽柏[③]，悬泉瀑布，飞漱[④]其间。清荣峻茂[⑤]，良多趣味。

每至晴初霜旦，林寒涧肃[⑥]，常有高猿长啸，属引凄异[⑦]，空谷传响，哀转[⑧]久绝。故渔者歌曰："巴东三峡巫峡长，猿鸣三声泪沾裳！"

第三单元小结

1. 魏晋南北朝是文学的自觉时代，是散文发展的重要阶段。这一时期的散文作家，不仅重视情感的自由抒发，而且对作品的表现形式做了长期的多方面的探索。

汉魏之际，儒学的控制力开始削弱，各家思想有所抬头，人们的思想发生变化，学风渐趋超脱。建安时期散文的代表人物曹操思想大胆，清峻简约，直抒胸臆，对后世影响甚为深远。曹丕、曹植的散文富有抒情性，语言也渐趋华美。

魏晋时期，嵇康等人的论说文说理透彻，论证严密，几乎可与诸子散文相媲美。两晋时期，作家作品日渐丰富，作家更多地重视文学作品的形式和写作技巧，讲究辞藻的华丽、音调的铿锵和语句的工整对偶，散文骈化的倾向明显。南朝由于政治不稳定，士大夫逃避现实，王羲之、陶潜、宋元思、吴均等人的一些书信、简帖描写山川秀美，抒写个人欣赏山川的情怀，语言生动，感情真挚，具有很高的艺术情趣和美学价值。

2. 东汉后期，辞赋篇幅已逐渐变得短小，铺陈也逐渐被更多的抒情替代，"大赋"演变成了抒情小赋（如张衡《归田赋》、赵壹《刺世疾邪赋》、王粲《登楼赋》等）。六朝以后基本上都是抒情小赋，如陶潜《归去来兮辞》、江淹《别赋》、杜牧《阿房宫赋》、苏轼《赤壁赋》等。六朝时，辞赋中四六对仗，讲究音调铿锵的特点得到进一步发展，从而又产生了骈文。骈文与辞赋一样，可以归入散文类，但它们押韵，句式整齐，辞藻华丽，也具有诗歌的特点，有些像散文诗。六朝及唐宋明清，骈文以及颂、赞、箴、铭、序乃至七、连珠、诔都有创作，只不过不是文学的主流罢了。骈文作品历朝都有，本书只选了刘勰等人有代表性的几篇。近代骈文常用于书信、祝福、祭奠及各种盛大的典礼。毛泽东就曾代表中共中央写过一篇很好的祭黄帝的骈文。2000年北京中华世纪坛落成，在入口处江泽民题写的"中华世纪坛"碑文的阴面，镌刻着朱相远撰写的"序"，这篇序和当代旅游辞赋作家袁瑞良的《黄山十赋》等可能是年代最近的几篇著名的骈文了。

3. 北朝郦道元的《水经注》、杨衒之的《洛阳伽蓝记》，以及颜之推的《颜氏家训》与南朝散文不同。《水经注》语言简洁隽永，描绘了一幅幅山川图画，对后世的旅游散文创作影响很大。《洛阳伽蓝记》也以简洁的语言记叙了大量与佛寺有关的人

---

① ［素湍绿潭］白浪清潭。
② ［回清倒影］在回流清澈的江水中，倒映着两岸的景物。
③ ［绝巘］陡峭的山峰。
④ ［漱］冲刷。
⑤ ［清荣峻茂］水清，山峻，树木繁茂。
⑥ ［林寒涧肃］秋气肃杀，林涧清冷。
⑦ ［属引］连续不断（指猿声）。
⑧ ［哀转］哀啭，即哀啼。

物故事。颜之推的《颜氏家训》语言质朴，风格平易亲切，呈现了与南朝散文不同的风格。

4.南朝的志怪小说和笔记小说其实都是开始具有小说特征的记叙文，但都注意情节的叙述和人物细节的描写，对后世的小说、戏剧创作有很大的影响。这些作品的代表是干宝的《搜神记》和刘义庆的《世说新语》。

5.这一时期的文学批评非常发达，在我国文学理论发展史上占有重要地位，重要的作家作品有曹丕《典论·论文》、陆机《文赋》、钟嵘《诗品》等，刘勰的《文心雕龙》则是最著名的代表。在他之前，讨论文学的著作虽然各有所长，但都偏而不全。就系统地、深入地讨论文学的起源、作用、写作方法等方面，《文心雕龙》是唯一的大著作。刘勰认为，外界的事物通过人的感觉，有所触动、感悟，被写成文章。他不承认自己是文学天才，主张作者要精细地观察世界，学习作文的法则，才能精细地描写世界，写出出色的文章。《物色》正是他这个主张的重要表现。

小贴士·延伸阅读篇目

1.王粲：《登楼赋》；2.诸葛亮：《出师表》；3.李密：《陈情表》；4.王羲之：《兰亭集序》；5.陶渊明：《桃花源记》；6.吴均：《与宋元思书》；7.杨衒之：《法云寺》；8.庾信：《哀江南赋》。

第四单元　唐宋散文

学习目标

1. 了解唐宋古文八大家的主流地位和创作成就。

2. 理解唐代“古文运动”、宋代“诗文革新运动”对文学发展的积极意义。

3. 掌握韩愈、柳宗元、欧阳修、王安石、苏轼的散文特点。

4. 掌握所选各篇的主题思想和写作方法。

5. 培养学生的家国情怀。

作者简介 2-7

魏徵

1.魏　徵

谏太宗十思疏[1]

臣闻求木之长[2]者，必固其根本；欲流之远者，必浚[3]其泉源；思国之安者，必积其德义。源不深而望流之远，根不固而求木之长，德不厚而思国之安，臣虽下愚，知其不可，而况于明哲乎[4]！人君当神器之重[5]，居域中之大[6]，不念居安思危[7]，戒奢以俭[8]，德不处其厚，情不胜其欲，斯亦伐根以求木茂，塞源而欲流长也[9]。

凡百元首[10]，承天景命[11]，莫不殷忧而道著，功成而德衰，有善始者实繁，能克终者盖寡[12]。岂取之易而守之难乎?盖在殷忧，必竭诚以待下[13]，既得志则纵情以傲物[14]；竭诚则吴越为一体[15]，傲物则骨肉为行路[16]。虽董之以严刑[17]，振之以威怒[18]，终苟免而不怀仁[19]，貌恭[20]而不心服。怨不在大，可畏惟人[21]；载舟覆舟[22]，所宜深慎[23]。奔车朽索，其可忽乎?

君人者，诚能见可欲则思知足以自戒[24]，将有作则思知止以安人[25]，念高危则思谦

---

① 选自冯其庸，等.历代文选（下）[M].北京：中国青年出版社，1979.

② ［长（zhǎng）］生长，发育。

③ ［浚（jùn）］疏通水道。

④ ［臣虽下愚，知其不可，而况于明哲乎］下愚，最愚笨的人。这里是魏徵自谦之词。明哲，明智的人，贤智的人。这里指唐太宗。哲，智。贤智的人也称“哲”。

⑤ ［当神器之重］主持（掌握）神器之重，掌握帝王的重权重位。当，有“主持”“据有”的意思。神器，帝位。重，这里是“重权”“重势”的意思。

⑥ ［居域中之大］在天地间是一大。《老子》上篇：“道大，天大，地大，人亦大。域中有四大，而人居其一焉。”域中，天地间。

⑦ ［居安思危］在平安的时候想到可能会出现的危难。

⑧ ［戒奢以俭］用厉行节俭的办法来革除奢侈。戒，革除，消灭。以，用。

⑨ ［斯亦……也］这也是“伐根以求木茂，塞源而欲流长”一类的事啊。

⑩ ［凡百元首］古代所有的帝王。凡百，所有一切。元首，指帝王。

⑪ ［承天景命］承受上天的大命。景，大。封建统治阶级常把帝王高踞万民之上，说成是上天让他这样做的。

⑫ ［有善始者实繁，能克终者盖寡］开始做得好的实在很多，能贯彻到底的大概没有几个。克，能够。盖，表示判断语气。

⑬ ［盖在殷忧，必竭诚以待下］在殷忧，在殷忧的时期。殷忧，深重的忧患。殷，深。竭诚，竭尽诚意。

⑭ ［傲物］傲气凌人，看不起别人。物，这里指自己以外的人。

⑮ ［吴越为一体］（能使）吴国人和越国人团结为一个整体。吴和越是春秋时两个仇敌之国。

⑯ ［傲物则骨肉为行路］骨肉，指亲属。行路，路人，彼此没有关系的人。

⑰ ［董之以严刑］用严酷的刑罚督责他们。董，督责。之，他们（指人民）。

⑱ ［振之以威怒］用严厉的声威吓唬他们。振，震动。威怒，声威。

⑲ ［终苟免而不怀仁］终于苟且求免于罪而不会怀念（皇上的）仁德。

⑳ ［貌恭］外表表示恭顺。

㉑ ［怨不在大，可畏惟人］“怨不在大”，此语出于《尚书・康诰》：“怨不在大，亦不在小。”孔颖达解释说：“人之怨不在事大，或由小事而起；虽由小事而起，亦不恒在事小，因小至大。”这是说，使人民怨恨的事不可做。“可畏惟人”，可怕的是众人。“惟人”，出于《尚书・君奭（shì）》的“惟人，在我后嗣子孙”。人，指众人。孔颖达解释此语说：“惟今天下众人，共诚心存在我后嗣子孙。”

㉒ ［载舟覆舟］《荀子・王制篇》：“君者舟也，庶人者水也。水则载舟，水则覆舟。”

㉓ ［所宜深慎］这是应当深切警惕的。

㉔ ［诚能见可欲则思知足以自戒］见可欲，看见能引起自己爱好的东西（如玉杯、象箸、美酒、美色等）。此语出于《老子》上篇：“不见可欲，使民心不乱。”则思知足以自戒，就想到应该知足，来警诫自己。《老子》下篇说“知足不辱”。知足便可以戒贪得。

㉕ ［将有作则思知止以安人］有作，指兴建宫室之类。作，造作，建造。知止，知道适可而止。《老子》下篇说：“知止不殆。”（不殆，不会有危险）安人，使人民得安。意思是，使人民不致过分劳累。

冲而自牧[①]，惧满溢则思江海下百川[②]，乐盘游则思三驱以为度[③]，忧懈怠则思慎始而敬终[④]，虑壅蔽则思虚心以纳下[⑤]，惧谗邪则思正身以黜恶[⑥]，恩所加则思无因喜以谬赏[⑦]，罚所及则思无以怒而滥刑[⑧]。总此十思，宏兹九德[⑨]，简能而任之[⑩]，择善而从之，则智者尽其谋，勇者竭其力，仁者播其惠[⑪]，信者[⑫]效其忠；文武并用，垂拱[⑬]而治，何必劳神苦思，代百司之职役哉[⑭]？

经典选读 2-5
韩愈：柳子厚墓志铭

2. 柳宗元

作者简介 2-8
柳宗元

愚溪诗序[⑮]

灌水[⑯]之阳有溪焉，东流入于潇水[⑰]。或曰：冉氏尝居也，故姓是溪为冉溪。或曰：可以染也，名之以其能，故谓之染溪。予以愚触罪，谪潇水上。爱是溪，入二三里，得其尤绝者家焉[⑱]。古有愚公谷[⑲]，今予家是溪，而名莫能定，土之居者，犹龂龂然[⑳]，不可以不更[㉑]也，故更之为愚溪。

愚溪之上，买小丘，为愚丘。自愚丘东北行六十步，得泉焉，又买居之[㉒]，为愚泉。愚泉凡六穴，皆出山下平地，盖上出[㉓]也。合流屈曲而南[㉔]，为愚沟。遂负土累

---

① ［念高危则思谦冲而自牧］想到君位高而且危，就要不忘谦虚自卑，以养其德。《易经·谦》："谦谦君子，卑以自牧也。"冲，虚。牧，养。孔颖达释"自牧"说，"自养其德"。

② ［惧满溢则思江海下百川］恐怕自己骄傲自满，就要想到江海之所以巨大，是因为江海能居于百川之下。《老子》下篇："江海所以能为百谷王者，以其善下之，故能为百谷王。"下，居其下。江海善居百谷之下，所以满而不溢。

③ ［乐盘游则思三驱以为度］盘游，盘乐游逸，游乐忘返。这里的"盘游"指出去打猎。则思三驱以为度，就要想到以三驱为限度。三驱，围合其三面，前开一路，使被猎的禽兽可以逃去一些。不忍把禽兽完全杀死，这是所谓好生之德。

④ ［慎始而敬终］此语见《左传·襄公二十五年》。《尚书·太甲下》又有"慎终于始"的话，意思也差不多，都是说做一件事，自始至终都要谨慎，都要不懈怠。"敬终"的"敬"，也是"慎"的意思。能慎始慎终，就不会懈怠。

⑤ ［虑壅（yōng）蔽则思虚心以纳下］虑壅蔽，忧虑自己的耳目被堵塞，被遮蔽。虚心以纳下，虚心接受下面的意见，使人人得尽言。

⑥ ［惧谗邪则思正身以黜恶］惧谗邪，畏惧有谗邪的人（在自己身旁）。谗，指爱说别人坏话、设法陷害别人的人。黜恶，斥退邪恶的人。

⑦ ［恩所加则思无因喜以谬赏］对下属加恩奖赏时要想到不要因为自己的喜好而奖赏不当。

⑧ ［罚所及则思无以怒而滥刑］处罚下属时要想到不要因为自己生气发怒而滥用刑罚。

⑨ ［宏兹九德］扩大九德的修养。兹，跟上文的"此"意思一样。九德，见《尚书·皋（gāo）陶（yáo）谟》，就是："宽（宽宏）而栗（庄严），柔（柔和）而立（能立事），愿（善良）而恭，乱（治理，即有治民的才能）而敬（谨敬），扰（和顺）而毅（果敢），直（正直）而温（温和），简（简易，宽大疏略）而廉（有廉隅，品行方正有节操），刚（刚断，刚而能断）而塞（充实，不失于空疏），强（无所屈挠）而义（动必合乎义）。"

⑩ ［简能而任之］挑选有才能的人，任用他们。简，选。

⑪ ［仁者播其惠］仁爱的人广施他们的恩惠。

⑫ ［信者］忠诚的人。

⑬ ［垂拱］《尚书·武成》说："垂拱而天下治。"意思是，任用的人都称职，仁君不用自己动手处理政务，天下就能治理得很好。垂，垂衣。拱，敛手。

⑭ ［代百司之职］（事事都过问）代行百司的职务。

⑮ 选自董皓. 全唐文：五百七十八卷［M］. 上海：上海古籍出版社，1990. 愚溪，永州（现在湖南零陵）近郊的一条小溪。作者曾作有《八愚诗》，本文是《八愚诗》的序，诗已亡佚。

⑯ ［灌水］潇水的支流，源出广西灌阳西南。

⑰ ［潇水］湘江的支流，源出湖南道县的潇山。灌水、潇山都在当时永州境内。

⑱ ［得其尤绝者家焉］找到一个风景特别好的地方，定居在那里。家，安家。

⑲ ［愚公谷］在现在山东淄博北面。

⑳ ［龂龂（yínyín）然］争辩的样子。

㉑ ［更］更改。

㉒ ［买居之］买下来据为己有。居，占有、拥有。

㉓ ［上出］指泉水向上冒。

㉔ ［合流屈曲而南］泉水汇合后弯弯曲曲地向南流去。

石①，塞其隘②，为愚池。愚池之东为愚堂。其南为愚亭。池之中为愚岛。嘉木异石错置③，皆山水之奇者，以予故，咸以愚辱焉。

夫水，智者乐也④。今是溪独见辱于愚，何哉？盖其流甚下，不可以溉灌。又峻急多坻石⑤，大舟不可入也。幽邃⑥浅狭，蛟龙不屑⑦，不能兴云雨，无以利世，而适⑧类于予，然则虽辱而愚之，可也。

宁武子“邦无道则愚”⑨，智而为愚者也；颜子“终日不违如愚”⑩，睿⑪而为愚者也。皆不得为真愚。今予遭有道而违于理，悖⑫于事，故凡为愚者，莫我若也⑬。夫然，则天下莫能争是溪，予得专而名焉。

溪虽莫利于世，而善鉴万类⑭，清莹秀澈，锵鸣金石⑮，能使愚者喜笑眷慕⑯，乐而不能去也。予虽不合于俗，亦颇以文墨自慰，漱涤⑰万物，牢笼⑱百态，而无所避之。以愚辞歌愚溪，则茫然而不违，昏然而同归。超鸿蒙⑲，混希夷⑳，寂寥而莫我知也。于是作《八愚诗》，纪于溪石上。

作品赏析2-1
柳宗元的散文

经典选读2-6
王安石：祭欧阳文忠公文

3.苏　轼

教战守策

夫当今生民之患㉑，果安在哉㉒？在于知安而不知危，能逸而不能劳。此其患㉓不见于今，而将见于他日。今不为之计㉔，其后将有所不可救者。

昔者先王知兵之不可去也㉕，是故天下虽平，不敢忘战。秋冬之隙㉖，致民田猎以

---

① ［负土累石］指运土堆石。负，背。累，堆积。
② ［塞其隘］堵住水沟狭窄的地方。
③ ［错置］交错布置，以求变化。
④ ［夫水，智者乐（lè）也］水，是聪明智慧的人所喜爱的。语出《论语·雍也》：“知（智）者乐水，仁者乐山。”乐，爱好、喜爱。
⑤ ［坻（chí）石］水中高起的石头。
⑥ ［邃］深远。
⑦ ［不屑（xiè）］因轻视而不肯做或不愿做。
⑧ ［适］恰好。
⑨ ［宁武子“邦无道则愚”］语出《论语·公冶长》：“宁武子邦有道则知（聪明），邦无道则愚（佯愚）。其知可及也，其愚不可及也。”宁武子，名俞，谥武，春秋时卫国大夫。
⑩ ［颜子“终日不违如愚”］语出《论语·为政》：“吾与回言，终日，不违，如愚。退而省其私，亦足以发，回也不愚。”颜子，指颜回。违，指提出不同意见。
⑪ ［睿（ruì）］明智、通达。
⑫ ［悖（bèi）］违反。
⑬ ［莫我若也］没有比得上我的。
⑭ ［善鉴万类］善于照彻万物。鉴，照。万类，万物。
⑮ ［锵鸣金石］这里是说水流能发出金石般悦耳的声音。锵，金玉碰击的声音。
⑯ ［眷慕］眷恋，爱慕。
⑰ ［漱涤］洗涤。
⑱ ［牢笼］包罗。
⑲ ［超鸿蒙］指超越天地尘世。鸿蒙，指宇宙形成以前的混沌状态。语出《庄子·在宥（yòu）》：“云将东游，过扶摇之枝，而适遭鸿蒙。”
⑳ ［混希夷］指与自然混同，物我不分。希夷，虚寂玄妙的境界。语出《老子》：“视之不见名曰夷，听之不闻名曰希，抟之不得名曰微。此三者不可致诘，故混而为一。”这是道家所指的一种形神俱忘、空虚无我的境界。
㉑ ［夫当今生民之患］生民，人民。患，祸患。
㉒ ［果安在哉］究竟在哪里呢？果，究竟。安，何。
㉓ ［此其患］指“当今生民之患”。
㉔ ［为之计］给这种情形想个办法。之，指“知安而不知危，能逸而不能劳”。计，想办法，谋对策。
㉕ ［昔者先王知兵之不可去也］兵，军备。去，放弃。
㉖ ［秋冬之隙］秋季冬季农闲的时候。隙，闲。春种，夏耘，秋收，为农忙季节；秋收以后和冬季，田间没有重要的农活，所以称“隙”。

讲武①，教之以进退坐作之方②，使其耳目习于钟鼓旌旗之间而不乱③，使其心志安于斩刈杀伐之际而不慑④。是以虽有盗贼之变，而民不至于惊溃。及至后世，用迂儒⑤之议，以去兵为王者之盛节⑥，天下既定，则卷甲⑦而藏之。数十年之后，甲兵顿弊⑧，而人民日以安于佚乐⑨；卒有盗贼之警⑩，则相与恐惧讹言⑪，不战而走⑫。开元、天宝⑬之际，天下岂不大治?惟其民安于太平之乐，豢于游戏酒食之间⑭，其刚心⑮勇气，消耗钝眊⑯，痿蹶⑰而不复振。是以区区之禄山一出而乘之⑱，四方之民，兽奔鸟窜，乞为囚虏之不暇⑲；天下分裂⑳，而唐室固以微矣㉑。

盖尝试论之：天下之势，譬如一身㉒。王公贵人所以养其身者，岂不至㉓哉?而其平居㉔常苦于多疾。至于农夫小民，终岁勤苦而未尝告病㉕。此其故何也?夫风雨霜露寒暑之变，此疾之所由生也。农夫小民，盛夏力作㉖，而穷冬暴露㉗，其筋骸之所冲犯，肌肤之所浸渍，轻霜露而狎风雨㉘，是故寒暑不能为之毒。今王公贵人处于重屋㉙之下，出则乘舆，风则袭裘㉚，雨则御盖㉛，凡所以虑患之具莫不备至㉜；畏之太甚而养之太过㉝，小不如意，则寒暑入之㉞矣。是故善养身者，使之能逸而能劳，步趋动作，使其四体狃于寒暑之变㉟；然后可以刚健强力，涉㊱险而不伤。夫民亦然。今者治

---

① ［致民田猎以讲武］招集人民去打猎，借此教练武事。致，招集。田猎，有组织的大规模的打猎。
② ［进退坐作之方］前进、后退、跪下、起立的方法。这都是军事操练的动作。
③ ［使其……不乱］习，习惯。钟鼓，金鼓之号令。古时兴师讨伐，敲鼓进军，鸣锣退军。不乱，不迷乱。
④ ［使其……不慑（shè）］安，跟上文的“习”意思相近。斩刈杀伐，都是“杀戮”的意思。慑，恐惧。
⑤ ［迂儒］迂腐的儒生，只知死守教条不通事理的读书人。
⑥ ［以去兵……盛节］去兵，解除军备。盛节，好的措施。盛，美好。节，法度，这里是“措施”的意思。
⑦ ［卷甲］把武装收起来。卷，收，束。甲，装有皮革或铜铁片以保护身体的战衣。这里也包括“兵器”，下文便说“甲兵”。
⑧ ［顿弊］败坏。顿，坏，挫伤折坏。弊，破败。
⑨ ［佚（yì）乐］安乐。
⑩ ［卒（cù）有盗贼之警］忽然传来有盗贼的警报。卒，同“猝”，忽然。警，戒（拿起武器防备意外的事变），这里是“警报”的意思。
⑪ ［相与恐惧讹（é）言］彼此惶恐，传布谣言。
⑫ ［走］逃跑。
⑬ ［开元、天宝］都是唐玄宗的年号。
⑭ ［豢（huàn）于游戏酒食之间］豢养在游戏酒食之间，意思是经常享受游戏酒食的生活。
⑮ ［刚心］坚强的意志。
⑯ ［消耗钝眊（mào）］（刚心勇气）逐渐减少以至于衰颓而不可用。钝，迟钝。眊，眼睛不明，观察不清。
⑰ ［痿（wěi）蹶（jué）］痿，筋肉萎缩。蹶，僵。这里用“痿蹶”形容刚心勇气的萎缩僵化。
⑱ ［是以……乘之］区区，小小的。乘，利用时机，钻空子。
⑲ ［乞为囚虏之不暇］求作囚犯和俘虏还怕来不及（作不成）。
⑳ ［天下分裂］安史之乱后，藩镇跋扈，形成割据局面。
㉑ ［而唐室固以微矣］固，固然，自然（有的选本“固”作“因”）。以，因此。微，衰微。
㉒ ［一身］人的整个身体。
㉓ ［至］周到完备。
㉔ ［平居］平日。
㉕ ［告病］本来是官吏有病请假回家休养，这里是生病的意思。告，说。
㉖ ［盛夏力作］盛夏，极热的夏天。力作，努力耕作。
㉗ ［而穷冬暴露］穷冬，极冷的冬天。穷，极。暴露，在房屋外边。
㉘ ［其筋骸之所冲犯，肌肤之所浸（jìn）渍（zì），轻霜露而狎风雨］他们的筋骨经常冲犯霜露，皮肉经常浸渍风雨，使得他们轻视霜露，不畏风雨。骸，这里泛指“骨”。浸渍，被水沤泡。狎，一般作“习”讲，这里与“轻”互文，而“狎”也有“轻”的意思（如《谷梁传·庄公·十七年》，“此谓狎敌”，范宁集解说：“狎犹‘轻’也”），所以可解作“轻视”。
㉙ ［重（chóng）屋］这里指高大深邃的房屋。
㉚ ［袭裘］加穿皮衣。袭，重衣，加穿衣服。
㉛ ［御盖］打伞。御，使用。盖，伞。
㉜ ［凡所……备至］虑患，预防病患。虑，事先想到而预防。莫不备至，无不应有尽有。备，尽。
㉝ ［畏之太甚而养之太过］“畏之”的“之”指风雨霜露寒暑，“养之”的“之”指身体。
㉞ ［入之］入，侵入。之，指身体。
㉟ ［使其……之变］四体，四肢。狃（niǔ），习惯。
㊱ ［涉］经历。

平之日久，天下之人骄惰脆弱，如妇人孺子，不出于闺[1]门。论战斗之事，则缩颈而股栗；闻盗贼之名，则掩耳而不愿听。而士大夫亦未尝言兵，以为生事扰民，渐不可长[2]。此不亦畏之太甚而养之太过欤？

且夫天下固有意外之患也。愚者见四方之无事，则以为变故无自而有[3]，此亦不然矣。今国家所以奉西、北之虏者[4]，岁以百万计[5]。奉之者有限，而求之者无厌[6]，此其势必至于战。战者，必然之势也，不先于我，则先于彼[7]，不出[8]于西，则出于北；所不可知者，有迟速远近，而要以不能免也[9]。天下苟不免于用兵，而用之不以渐，使民于安乐无事之中，一旦出身而蹈死地[10]，则其为患必有不测。故曰，天下之民知安而不知危，能逸而不能劳，此臣所谓大患也。

臣欲使士大夫尊尚武勇，讲习兵法；庶人之在官者[11]，教以行阵之节；役民之司盗者，授以击刺之术。每岁终则聚于郡府，如古都试[12]之法，有胜负，有赏罚；而行之既久，则又以军法从事[13]。然议者必以为无故而动民，又挠[14]以军法，则民将不安；而臣以为此所以安民也。天下果[15]未能去兵，则其一旦将以不教之民而驱之战[16]；夫无故而动民，虽有小恐[17]，然孰与夫一旦之危哉[18]？

思政探究2-2

武备的重要是古今共同的主题

今天下屯聚之兵[19]，骄豪而多怨[20]，陵压百姓而邀其上者[21]，何故?此其心[22]以为天下之知战者，惟我而已。如使平民皆习于兵，彼知有所敌[23]，则固以破其奸谋，而折[24]其骄气。利害之际[25]，岂不亦甚明欤？

第四单元小结

1.唐宋时期是我国封建经济和文化高度繁荣的时代，这一时期涌现的作家作品，

---

① ［闺］宫中小门叫“闺”，因称内寝为“闺”，又引申为妇女的居室。

② ［渐（jiàn）不可长］露了苗头不能让它再发展。意思是“及早制止”。渐，事物的开端。下文“用之不以渐”的“渐”，是“慢慢”“逐渐”的意思。

③ ［变故无自而有］变故无从发生，没有发生变故的条件。

④ ［西、北之虏］西，指西夏；北，指契丹（辽）。虏，古代汉族对敌国（或敌人）的轻蔑的称呼。

⑤ ［岁以百万计］百万，极言其多。

⑥ ［厌］满足。

⑦ ［不先于我，则先于彼］不从我方开始，就从彼方开始。先，发动。

⑧ ［出］发生。

⑨ ［而要以不能免也］总之，（战争）是不能避免的。要，总之，总归。以，为。

⑩ ［一旦出身而蹈死地］出身，投身，献身。蹈死地，赴决死之地（指走上战场）。

⑪ ［庶人之在官者］在官府服役的庶人（指乡兵）。庶人，平民。在官，为官府服役。宋朝有乡兵，或者从民间抽调，或者从民间招募，就地加以训练，作为防守的兵。“在官者”是“庶人”的定语，“庶人之在官者”，就是“在官之庶人”。下文“役民之司盗者”（负有防盗职责的服役的人民），用的是同一格式。

⑫ ［都试］讲武。汉朝制度，秋季都试，设斧钺旌旗，习射御之事。

⑬ ［以军法从事］照军法部署约束。意思是练习作战的方法。从事，治事。

⑭ ［挠］困扰。

⑮ ［果］果然。跟本文“果安在哉”一语中的“果”意思不同。

⑯ ［则其一旦将以不教之民而驱之战］那么有一天就要驱使没受过训练的老百姓去作战。其，殆。这个“其”，语气是推测的而意思是肯定的。

⑰ ［小恐］有的选本作“小怨”。

⑱ ［然孰与夫一旦之危哉］可是跟突然间让那些没受过训练的老百姓上战场的危险相比，又何如呢？一旦之危，指上文“以不教之民而驱之战”。孰与，何如。此语换一个方式说，就是“然以小恐与驱不教之民作战之危相比，又何如哉？”

⑲ ［屯聚之兵］屯驻在地方上的军队。

⑳ ［骄豪而多怨］骄豪，骄纵豪横。多怨，对许多事不满意。

㉑ ［陵压百姓而邀其上者］陵压，欺压。邀，要挟。上，上级官。

㉒ ［此其心］这是（因为）他们心里边……

㉓ ［彼知有所敌］意思是他们知道还有对手存在。彼，指“天下屯聚之兵”。

㉔ ［折］挫。这里有“消除”或“压下”的意思。

㉕ ［际］分际，界限。

无论从数量，还是从质量来看都堪称是我国历史上最辉煌的时期。这个时期的文学发展，从理论上说，经过争论和反复斗争，解决了文学的社会作用问题。唐代韩愈、柳宗元提倡古文运动，强调“文以明道”；宋代欧阳修等高举韩柳大旗，提出“文以载道”，唐宋八大家及其追随者在理论上主张文章要为社会现实服务，应该起到教化作用。为了实现这个目的，文章要讲究方法和技巧。也就是说，内容是第一位的，形式是第二位的。他们的创作实践表明了他们的主张，也为后人留下了一大批优美散文和其他文学作品。可以说，唐宋八大家对中国散文创作的贡献巨大，他们上承先秦两汉散文的优良传统，下为元明清乃至现代中国散文树立了榜样，奠定了其在中国文学史上的主流地位。

2.韩愈不仅是唐代古文运动的领袖，而且身体力行，创作了各种形式的散文，为散文的发展做出了重要贡献。他的论说文（如《原毁》《师说》等）议论透彻，逻辑严密，气势磅礴；他的赠序一类的抒情散文（如《送李愿归盘谷序》《送董邵南序》等）不落俗套，真挚感人；他的《柳子厚墓志铭》《祭十二郎文》等墓志铭和祭文回忆琐事，情真意切，哀怨凄恻；他的记叙散文虽不多，但如《张中丞传后叙》，刻画人物用《史记》笔法，善于取舍剪裁，感情饱满，精于细节描写，也显示了他的写作才能。韩愈的散文常常骈散结合，于长短跌宕的语句中常见骈文的整齐，富于音乐之美。当然，韩愈因片面强调“辞必己出”，有时用词生僻难懂，对后世也产生了一些不良影响。

柳宗元在理论建树方面不如韩愈，但在文学实践方面成就独到。他的思想与韩愈相比，传统观念少一些，民主精神和现实性多一些，这与其长期接近平民过着艰苦的流放生活有关。所以他刻画了一系列令人同情的下层人物，寄托了他的社会理想和政治主张。他的最大贡献体现在山水游记和寓言创作方面。他的《永州八记》将山水之美与个人感情相结合，寓情于景，因景立论，开创了我国山水游记的先河，从而使山水游记成为一种独立的文学样式。例如本单元所选的《愚溪诗序》，将谷、溪、沟、亭、池处处以“愚”为名，其实是说自己“以愚触罪”，但能“善鉴万类，清莹透彻”，从而反讽朝堂上下自以为是的“智者”。他的寓言创作如《三戒》继承并发扬了先秦庄子的寓言传统，虽篇幅短小，但刻画生动，具有很强的警示作用，对我国讽刺文学的发展有很大贡献。

3.在宋代文学领域，宋代六大家中，欧阳修是文坛盟主，他继承韩、柳古文运动的理论和实践，提倡诗文改革，强调内容充实和“文从字顺”，写作了很多脍炙人口的散文（如《醉翁亭记》《伶官传序》等）。他提携、团结了一大批作家，宋代六大家中其他的五位都与他有着良好的个人关系，虽然政见不一定相同，但其散文创作的理论与实践基本上是一致的。苏洵长于论辩，笔力雄健。苏辙善写游记，文风洒脱。曾巩的叙事议论，委曲周详。王安石、苏轼二人，更是宋代六大家中的佼佼者。

王安石是杰出的政治改革家，他的散文多为政论，为其新法服务，针对性强，逻辑严密，分析深刻，说服力强。他的一些短小议论（如《答司马谏议书》《读孟尝君传》等），寥寥百余字，却能一波三折，耐人寻味。

苏轼采撷各家之长，才气横溢，文采风流，无论叙事、议论、写景、抒情，都得心应手，而且常常融叙事、抒情、议论于一体，名篇迭出，无论数量、质量都居宋代散文之冠，对后世影响之大，不亚于韩、柳。

宋代一些名将、忠臣如文天祥、岳飞等，身处国破家亡之时，因而创作了一些反映时代特征的优秀散文（如文天祥的《指南录后序》），感人至深，对后世也有很大影响。

小贴士·延伸阅读篇目

1. 王勃：《滕王阁序》；2. 韩愈：《师说》《送董邵南序》；3. 柳宗元：《永州八记》《三戒》；4. 欧阳修：《醉翁亭记》《伶官传序》；5. 苏洵：《六国论》；6. 曾巩：《墨池记》；7. 苏辙：《黄州快哉亭记》；8. 王安石：《答司马谏议书》《读孟尝君传》；9. 苏轼：《石钟山记》《前赤壁赋》；10. 文天祥：《指南录后序》。

第五单元　元明清散文

学习目标

1. 了解元明清散文的发展概况和重要文学流派。

2. 理解《卖柑者言》《童心说》《狱中杂记》《病梅馆记》的思想内容对当时社会思想政治的深刻批判及其所具有的现实意义。

3. 掌握归有光、袁宏道、张岱、龚自珍、梁启超散文的特色和对后世的影响。

4. 掌握本单元所选各篇散文的写作特点。熟读《病梅馆记》记叙“病梅”的语句。

5. 培养学生自觉践行社会主义核心价值观。

1.刘　基

作者简介 2-9

刘基

卖柑者言

杭有卖果者，善藏柑，涉寒暑不溃[1]，出之烨然[2]，玉质而金色[3]。置于市，贾[4]十倍，人争鬻之[5]。

予贸[6]得其一，剖之，如有烟扑口鼻，视其中，则干若败絮[7]。予怪而问之曰："若所市于人者[8]，将以实笾豆，奉祭祀，供宾客乎[9]?将炫外以惑愚瞽也[10]?甚矣哉，为欺也[11]!"

卖者笑曰："吾业是有年矣[12]，吾赖是以食吾躯[13]。吾售之，人取之，未尝有言[14]，而独不足子所乎[15]?世之为欺者不寡矣，而独我也乎?吾子未之思也。

今夫佩虎符、坐皋比者[16]，洸洸乎干城之具也[17]，果能授孙、吴之略耶[18]?峨大冠、拖长绅[19]者，昂昂乎庙堂之器也[20]，果能建伊、皋[21]之业耶?盗起而不知御，民困而不知救，吏奸而不知禁，法斁[22]而不知理，坐糜廪粟[23]而不知耻。观其坐高堂，骑大马，醉醇醲而饫肥鲜[24]者，孰不巍巍乎可畏，赫赫乎可象[25]也?又何往而不金玉其外，败絮其中也哉[26]?今子是之不察[27]，而以察吾柑!"

予默然无以应。退而思其言，类东方生滑稽之流[28]。岂其愤世疾邪者耶?而托于柑

---

① ［涉寒暑不溃（kuì）］涉，经过。溃，腐烂。

② ［出之烨（yè）然］出之，取出它来。之，指柑。烨然，鲜艳耀目的样子。烨，本来是形容火光明亮。

③ ［玉质而金色］质地像玉，颜色像金。

④ ［贾（jià）］同"价"。

⑤ ［人争鬻（yù）之］人们争着买它。鬻，卖。这里是"买"的意思。

⑥ ［贸］买。

⑦ ［败絮］破棉絮。

⑧ ［若所市于人者］你卖给人的柑。若，你。市，卖。

⑨ ［将以实笾（biān）豆，奉祭祀，供宾客乎］把它盛在笾和豆里，能用来祭祀鬼神、招待宾客吗？实，装满。笾，竹编的食器。豆，木制的食器。笾、豆是祭祀或宴会时盛果品和肉类的食器。奉，进献。将，把。

⑩ ［将炫外以惑愚瞽也］打算炫耀它的外表来欺骗愚人和瞎子吗？这个"将"是欲、打算的意思。

⑪ ［甚矣哉，为欺也］骗人骗得真厉害呀？"甚矣哉"是加强"甚矣"的语气的说法。把这三个字放在语句之前，是使其语气更为加强。

⑫ ［吾业是有年矣］我做这生意好多年了。业是，以这个为业。有年，有许多年，不止一两年。

⑬ ［食（sì）吾躯］来维持生活。食，养。躯，身体。

⑭ ［未尝有言］不曾有不满意的话。言，指责问的话。

⑮ ［而独不足子所乎］却单单不能让你满意吗？不足，不满足。子，你。

⑯ ［佩虎符、坐皋（gāo）比（pí）］佩戴着虎形兵符，坐在铺着虎皮的座位上。虎符，刻成虎形的兵符。古时大将出征，国君分兵符之半与之，作为调动军队的凭据。皋比，虎皮，将军座位上设有皋比。

⑰ ［洸（guāng）洸乎干城之具也］威武的样子真像是能御敌卫国的人才。洸洸，形容威武的样子。干城之具，保卫国家的才具。干，盾，意思是捍蔽如盾。城，防守如城。具，才具，有才能和眼光的人才。

⑱ ［果能授孙、吴之略耶］果真能拿出孙膑、吴起那样的谋略吗？孙，孙武，孙膑；吴，吴起，他们是春秋、战国时有名的军事家。略，谋略，计策。

⑲ ［峨大冠、拖长绅］戴着高大的帽子，拖着长长的腰带。这是士大夫的装束。峨，高，这里作动词用，意思是高戴。大冠，士大夫的大帽子。绅，腰带。

⑳ ［昂昂乎庙堂之器也］昂昂，高傲不凡的样子。庙堂之器，朝廷的重臣。

㉑ ［伊、皋］伊尹、皋陶（yáo）。伊尹辅佐商汤，皋陶辅佐虞舜。

㉒ ［斁（dù）］败坏。

㉓ ［坐糜（mí）廪粟］徒然消耗国家的俸禄。坐，徒，空。糜，当作"靡"，浪费，消耗。廪，米仓。廪粟，指禄和米。

㉔ ［醉醇（chún）醲（nóng）而饫（yù）肥鲜］喝美酒吃鱼肉。醇醲，味浓的酒。饫，饱。肥鲜，鱼肉之类。

㉕ ［赫赫乎可象］赫赫，显赫的样子。可象，可以效法。

㉖ ［又何往而不……］又哪里不是……意思是到哪里都是。何往，到哪里。

㉗ ［是之不察］不察是。是，这些，代"金玉其外，败絮其中"的那些人和事。

㉘ ［类东方生滑稽之流］类，像是。东方生，东方朔，汉武帝时的文人，善诙谐。

以讽耶[1]？

思政探究2-3

《卖柑者言》读后感

2.李　贽

作者简介2-10

李贽

童心说

龙洞山农[2]叙《西厢》[3]，末语云：知我者勿谓我尚有童心可也。夫童心者，真心也。若以童心为不可，是以真心为不可也。夫童心者，绝假纯真[4]，最初一念之本心也。若失却童心，便失却真心；失却真心，便失却真人。人而非真，全不复有初[5]矣。

童子者，人之初也；童心者，心之初也。夫心之初，曷[6]可失也！然童心胡然[7]而遽[8]失也。盖[9]方其始也，有闻见[10]从耳目而入，而以为主于其内[11]，而童心失；其长也，有道理从闻见而入，而以为主于其内，而童心失；其久也，道理闻见日以益多，则所知所觉[12]日以益广，于是焉又知美名之可好[13]也，而务欲以扬[14]之，而童心失；知不美之名之可丑也，而务欲以掩[15]之，而童心失。夫道理闻见，皆自多读书识义理[16]而来也。古之圣人，曷尝不读书哉！然纵不读书，童心固自在也，纵多读书，亦以护此童心而使之勿失焉耳，非若学者反以多读书识义理而反障[17]之也。夫学者既以多读书识义理障其童心矣，圣人又何用多著书立言以障学人为耶？童心即障，于是发而为言语，则言语不由衷；见而为政事，则政事无根柢[18]，著而为文辞，则文辞不能达。非内含[19]于章美[20]也，非笃实[21]生辉光也，欲求一句有德之言，卒不可得。所以者何？以童心即障，而以从外入者闻见道理为之心也。

夫既以闻见道理为心矣，则所言者皆闻见道理之言，非童心自出之言也。言虽工[22]，于我何与[23]？岂非以假人言假言，而事假事、文假文乎！盖其人既假，则无所不假矣。由是而以假言与假人言，则假人喜；以假事与假人道，则假人喜；以假文与假人谈，则假人喜。无所不假，则无所不喜。满场是假，矮人何辨[24]也？然则虽有天下之

---

① ［岂其愤世疾邪者耶？而托于柑以讽耶］莫非他是对社会有所愤恨，对坏人有所痛恨吗？他是假借柑来讽刺当世的人吗？托，假借。

② ［龙洞山农］为一个人的别号，生平事迹不详。

③ ［《西厢》］《西厢记》，元代王实甫著，为我国文学史上著名戏曲作品。

④ ［绝假纯真］没有丝毫虚假，纯粹真诚。

⑤ ［全不复有初］完全丧失人的本性。

⑥ ［曷］何。

⑦ ［胡然］为什么。

⑧ ［遽］急速，很快。

⑨ ［盖］原来。

⑩ ［闻见］所闻所见。

⑪ ［主于其内］在心中成为主宰，主宰其心。

⑫ ［觉］明白道理。

⑬ ［好（hào）］爱好，追求。

⑭ ［扬］张扬。

⑮ ［掩］遮盖。

⑯ ［义理］儒家经义与名理的学问。

⑰ ［障］阻隔，蒙蔽。

⑱ ［根柢］树木的根，引申为事物的基础。

⑲ ［内含］指内心所具有的。

⑳ ［章美］彰明美好。

㉑ ［笃实］诚实。

㉒ ［工］巧妙。

㉓ ［何与（yù）］有什么相干。

㉔ ［满场是假，矮人何辨］用看戏比喻，意思是说台上演的全都是假把戏，台下矮人被人遮挡看不清，怎么分辨真伪呢？

至文①，其湮灭②于假人而不尽见于后世者，又岂少哉！何也?天下之至文，未有不出于童心焉者也。苟童心常存，则道理不行，闻见不立，无时不文，无人不文，无一样创制体格③文字而非文者。诗何必古选，文何必先秦。降而为六朝④，变而为近体⑤，又变而为传奇⑥，变而为院本⑦，为杂剧⑧，为《西厢曲》，为《水浒传》，为今之举子业⑨，皆古今至文，不可得而时势先后论也。故吾因是而有感于童心者之自文也⑩，更说什么《六经》⑪，更说什么《语》《孟》⑫乎！

夫《六经》《语》《孟》，非其史官过为褒崇之词，则其臣子极为赞美之语。又不然，则其迂阔⑬门徒，懵懂⑭弟子，记忆师说，有头无尾，得后遗前，随其所见，笔之于书。后学不察，便谓出自圣人之口也，决定目之为经矣，孰知其大半非圣人之言乎?纵出自圣人，要⑮亦有为而发，不过因病发药，随时处方，以救此一等懵懂弟子，迂阔门徒云耳。药医假病，方难定执⑯，是岂可遽⑰以为万世之至论⑱乎?然则《六经》《语》《孟》，乃道学之口实⑲，假人之渊薮⑳也，断断㉑乎其不可以语于童心之言明矣。呜呼！吾又安得真正大圣人童心未曾失者而与之一言文哉！

经典选读2-7

袁宏道：人情必有所寄

作者简介2-11

方苞

3.方　苞

狱中杂记

康熙五十一年㉒三月，余在刑部狱㉓，见死而由窦出者，日四三人㉔。有洪洞令㉕杜君者，作㉖而言曰："此疫作㉗也。今天时顺正㉘，死者尚希，往岁多至日十数人。"余叩㉙所以。杜君曰："是疾易传染，遘者虽戚属㉚，不敢同卧起。而狱中为老监者四，

① ［至文］最好的文章。
② ［湮灭］埋没。
③ ［体格］文章体裁形式。这句是说，只要是表达童心、真心的文章，不论是什么新创的形式都是好文章。
④ ［六朝］通指吴、东晋、宋、齐、梁、陈建都于南京的六个朝代。
⑤ ［近体］律诗和绝句统称近体诗，出现于唐代。
⑥ ［传奇］指唐宋传奇小说。
⑦ ［院本］金代行院演剧所用的脚本。
⑧ ［杂剧］一种戏曲文学体裁，始于晚唐，盛行于元代，一般指元杂剧。
⑨ ［举子业］明代用八股文取士，称八股文为举子业。
⑩ ［童心者之自文也］有童心的人自然能写出好的文学作品。
⑪ ［六经］儒家奉为经典的六部书，即《诗》《书》《易》《礼》《乐》《春秋》。
⑫ ［《语》《孟》］《论语》《孟子》。
⑬ ［迂阔］迂腐不切实际。
⑭ ［懵（měng）懂］糊涂。
⑮ ［要］总是、总之。
⑯ ［药医假病，方难定执］假，凭借，根据；方，药方。这两句的意思是，医生用药是根据病人病情，药方难以固定。
⑰ ［遽］遂，就。这句是说哪里就可以当成是万世不变的真理。
⑱ ［至论］真理。
⑲ ［口实］谈话资料。作借口解也通。
⑳ ［渊薮］鱼和兽类聚集的地方，比喻人或物类聚集的处所。
㉑ ［断断］绝对。
㉒ ［康熙五十一年］公元1712年。康熙，清圣祖的年号。
㉓ ［刑部狱］属于刑部的监狱。刑部是当时最高的司法机关。
㉔ ［见死而由窦出者，日四三人］窦，洞。这里指牢墙上开的洞。四三人，即三四人。
㉕ ［洪洞（tóng）令］洪洞县的知县。洪洞，现在山西省洪洞县。
㉖ ［作］起。
㉗ ［疫作］瘟疫兴起（闹起来）。
㉘ ［天时顺正］气候正常。
㉙ ［叩］问。
㉚ ［遘（gòu）者虽戚属］遘者，遭遇（瘟疫）的人。戚属，亲属。

监五室[①]。禁卒[②]居中央，牖其前[③]以通明，屋极[④]有窗以达气。旁四室则无之，而系囚[⑤]常二百余。每薄暮下管键[⑥]，矢溺[⑦]皆闭其中，与饮食之气相薄。又隆冬，贫者席地而卧，春气动，鲜[⑧]不疫矣。狱中成法[⑨]，质明启钥[⑩]。方夜中，生人与死者并踵顶而卧，无可旋[⑪]避。此所以染者众也。又可怪者，大盗积贼[⑫]，杀人重囚[⑬]，气杰旺[⑭]，染此者十不一二[⑮]，或随有瘳[⑯]。其骈死[⑰]，皆轻系及牵连佐证法所不及者[⑱]。"

余曰："京师有京兆狱[⑲]，有五城御史司坊[⑳]，何故刑部系囚之多至此?"杜君曰："迩年[㉑]狱讼，情稍重，京兆、五城[㉒]即不敢专决；又九门提督所访缉纠诘[㉓]，皆归刑部；而十四司正副郎[㉔]好事者，及书吏[㉕]、狱官、禁卒，皆利系者之多[㉖]，少有连，必多方钩致[㉗]。苟入狱，不问罪之有无，必械手足，置老监，俾[㉘]困苦不可忍。然后导以取保[㉙]，出居于外，量其家之所有以为剂[㉚]，而官与吏剖分焉[㉛]。中家以上皆竭资取保[㉜]。其次求脱械居监外板屋[㉝]，费亦数十金[㉞]。惟极贫无依，则械系不稍宽，为标准以警其余。或同系[㉟]，情罪[㊱]重者反出在外，而轻者、无罪者罹其毒[㊲]。积忧愤，寝食违节[㊳]，及病，又无医药，故往往至死。"余同系朱翁、余生及在狱同官僧某[㊴]，遘疫死，皆不应重罚。又某氏以不孝讼其子，左右邻械系入老监，号呼达旦。余感[㊵]焉，

---

① ［监五室］每一个老监有五间屋子。
② ［禁卒］狱卒。
③ ［牖（yǒu）其前］在前面墙上开个窗洞。
④ ［屋极］屋顶。
⑤ ［系囚］关囚犯。系，羁押。
⑥ ［每薄暮下管键］薄暮，晚上。薄，迫近，下文"相薄"的"薄"同。下管键，落了锁。管键，锁钥。
⑦ ［矢溺（niào）］屎尿。
⑧ ［鲜（xiǎn）］少。
⑨ ［成法］老规矩。
⑩ ［质明启钥］天明时开锁。
⑪ ［旋］转动。
⑫ ［积贼］犯案多次的贼。
⑬ ［重囚］案情重大的囚犯。
⑭ ［杰旺］旺盛。
⑮ ［十不一二］十个人里没有一两个。
⑯ ［或随有瘳（chōu）］或者染了病，随着就好。有瘳，病愈。
⑰ ［其骈（pián）死］那些并肩接踵地死去的。骈，并。
⑱ ［皆轻系及牵连佐证法所不及者］都是因轻罪被囚的以及被牵连、被捉来当证人的那些没有犯法的人。
⑲ ［京师有京兆狱］京师，国都北京。京兆狱，京兆衙门管辖的监狱。京兆，指当时的顺天府（"京兆"是古名）。
⑳ ［五城御史司坊］五城御史、五城兵马司及其属下十坊（的监狱）。五城御史，巡查京城内东、西、南、北、中五个地区的官。坊，京城分区的单位名称。
㉑ ［迩年］近年。
㉒ ［京兆、五城］京兆，指顺天府尹。五城，指五城御史。
㉓ ［又九门提督所访缉纠诘］九门提督，就是提督九门步军统领。掌管北京九门（正阳、崇文、宣武、安定、德胜、东直、西直、朝阳、阜成）的守卫工作。所访缉纠诘，所访查缉捕和盘问出来的犯人。
㉔ ［十四司正副郎］清朝初年，刑部设江南、浙江、福建、四川、湖广等十四司，每司长官，正的是郎中，副的是员外郎，总称郎官。
㉕ ［书吏］官署内管公文的小吏。
㉖ ［皆利系者之多］都以多系囚犯为有利。利，形容词作动词用。
㉗ ［少有连，必多方钩致］稍微有点牵连的，一定用尽方法捉来。钩致，像用钩子钩东西一样弄来。
㉘ ［俾］使。
㉙ ［导以取保］劝诱他们找保人（保释出狱）。
㉚ ［量其家之所有以为剂（jì）］估量他家里财产的多少，作为勒索的标准。剂，调剂，分别等差（有多有少）。
㉛ ［剖］切开。
㉜ ［中家以上皆竭资取保］中家以上，中产以上的人家。竭资，用尽资财。
㉝ ［监外板屋］老监之外的板屋。
㉞ ［数十金］几十两银子。
㉟ ［同系］因同一罪名被囚禁的人。
㊱ ［情罪］案情，罪状。
㊲ ［罹（lí）其毒］遭受那毒害。
㊳ ［寝食违节］睡觉吃饭都不正常。
㊴ ［余同系……僧某］同官，同官县（现在陕西省铜川市）。僧某，姓僧的某人，或和尚某人。
㊵ ［感］发出感慨。

以杜君言泛讯之[①]，众言同，于是乎书[②]。

凡死刑狱上[③]，行刑者先俟于门外，使其党入索财物，名曰“斯罗”。富者就其戚属，贫则面语之。其极刑[④]，曰：“顺我即先刺心，否则四支解尽，心犹不死。”其绞缢，曰：“顺我，始缢即气绝；否则三缢加别械[⑤]，然后得死。”惟大辟无可要[⑥]，然犹质其首[⑦]。用此[⑧]，富者赂数十百金，贫亦罄衣装[⑨]，绝无有者则治之如所言。主缚者亦然[⑩]，不如所欲，缚时即先折筋骨。每岁大决[⑪]，勾者十四三[⑫]，留者十六七，皆缚至西市待命[⑬]。其伤于缚者，即幸留，病数月乃瘳，或竟成痼疾[⑭]。

余尝就老胥而问焉：“彼于刑者、缚者[⑮]，非相仇也，期有得耳；果无有，终亦稍宽之，非仁术[⑯]乎？”曰：“是立法以警其余，且惩[⑰]后也；不如此，则人有倖心[⑱]。”主梏扑者[⑲]亦然。余同逮以木讯者三人[⑳]：一人予二十金，骨微伤，病间月[㉑]；一人倍之，伤肤，兼旬[㉒]愈；一人六倍，即夕[㉓]行步如平常。或叩之曰：“罪人有无不均[㉔]，既各有得，何必更以多寡为差[㉕]？”曰：“无差，谁为多与者？”孟子曰：“术不可不慎[㉖]。”信夫[㉗]！

部中老胥，家藏伪章[㉘]，文书下行直省[㉙]，多潜易之，增减要语[㉚]，奉行者[㉛]莫辨也。其上闻及移关诸部[㉜]，犹未敢然。功令[㉝]：大盗未杀人，及他犯同谋多人者，止主谋一二人立决；余经秋审，皆减等发配。狱辞上[㉞]，中有立决者，行刑人先俟于门外，命下，遂缚以出，不羁晷刻[㉟]。有某姓兄弟，以把持公仓，法应立决，狱具矣[㊱]，

---

① ［泛讯之］广泛地询问狱中人。
② ［书］记下（这段事情）。
③ ［凡死刑狱上］凡是判了死罪的案件已经奏上去（勾后即执行）的。
④ ［极刑］凌迟，切割肢体的酷刑。
⑤ ［加别械］加用别的刑具致死，如刀削、锤击等。
⑥ ［惟大辟（bì）无可要（yāo）］大辟，死刑（砍头）。要，要挟。
⑦ ［质其首］以头颅作抵押，即留下死者的头，要他的家属拿钱来赎取。
⑧ ［用此］因此。
⑨ ［罄（qìng）衣装］把衣物变卖干净。罄，尽。
⑩ ［主缚者亦然］掌管捆绑犯人的也是这样（勒索）。
⑪ ［大决］就是秋决。封建时代，判死刑的人，有的立即执行，叫“立决”，立决的为数很少。其余的都等到秋天执行，叫“秋决”。秋决人数很多，所以也叫“大决”。
⑫ ［勾者十四三］姓名被勾，决定立刻执行死刑的，占判死罪囚犯的十分之三四。过去秋决之前，刑部先把判死刑的人的姓名奏报皇帝，请皇帝用朱笔勾示。勾的就执行死刑，不勾的当年不杀，还有可能遇赦而活下去。
⑬ ［皆缚至西市待命］（勾者和留者）都捆到西市，等待命令。西市，京城的刑场。
⑭ ［痼（gù）疾］一辈子治不好的病。
⑮ ［刑者、缚者］受刑的和受缚的。
⑯ ［仁术］善行，好心。
⑰ ［惩］戒。
⑱ ［倖心］侥幸之心。
⑲ ［主梏（gù）扑者］专管给犯人戴手铐、用板子打犯人的人。
⑳ ［余同逮以木讯者三人］和我一同被逮捕的，其中用板子、夹棍审问的有三个人。
㉑ ［病间（jiàn）月］病了一个多月。间，隔。
㉒ ［兼旬］二十天。兼，加倍。
㉓ ［即夕］当天晚上。
㉔ ［有无不均］贫富不齐。
㉕ ［以多寡为差］按出钱的多少分别对待。为差，分等级。
㉖ ［术不可不慎］见《孟子·公孙丑上》。意思是挑选职业不可不慎重。
㉗ ［信夫］真对啊。夫，语末助词，表感叹。
㉘ ［伪章］假造的印章。
㉙ ［文书下行直省］公文往下发到各省。各省都直属中央，所以叫“直省”。
㉚ ［多潜易之，增减要语］很多都偷偷地调换，增加或减少重要的语句。
㉛ ［奉行者］遵照公文行事的。这里指省级的司法部门。
㉜ ［其上闻及移关诸部］那些上奏皇帝的和送达各部的公文。移关，移文和关文，都是平行机关来往的公文。移，关，这里作动词用。诸部，指刑部以外各部（吏、户、礼、兵、工）。
㉝ ［功令］政府的法令。
㉞ ［狱辞上］审判书奏上去。
㉟ ［不羁晷（guǐ）刻］一时一刻也不停留。晷，日影。
㊱ ［狱具矣］狱词已经完备了。关于这一案件的文卷都整理好而且作了最后判决。

胥某谓曰："予我千金，吾生若[1]。"叩其术，曰："是无难，别具本章[2]，狱辞无易[3]，取案末[4]独身无亲戚者二人易汝名，俟封奏[5]时潜易之而已。"其同事者曰："是可欺死者，而不能欺主谳者[6]；傥复请[7]之，吾辈无生理[8]矣。"胥某笑曰："复请之，吾辈无生理，而主谳者亦各罢去[9]，彼不能以二人之命易其官，则吾辈终无死道也。"竟行之，案末二人立决。主者口呿舌挢[10]，终不敢诘。余在狱，犹见某姓，狱中人群指曰："是以某某易其首者。"

凡杀人，狱词无谋、故[11]者，经秋审入矜疑[12]，即免死。吏因以巧法[13]。有郭四者，凡四杀人，复以矜疑减等，随遇赦，将出，日与其徒置酒酣歌达曙。或叩以往事，一一详述之，意色扬扬，若自矜诩[14]。噫！渫恶吏忍于鬻狱，无责也[15]；而道之不明，良吏亦多以脱人于死[16]为功，而不求其情，其枉民[17]也亦甚矣哉！

奸民久于狱，与胥卒表里[18]，颇有奇羡[19]。山阴[20]李姓以杀人系狱，每岁致[21]数百金。康熙四十八年，以赦出。居数月，漠然无所事。其乡人有杀人者，因代承之[22]。盖以律[23]非故杀，必久系，终无死法也。五十一年，复援赦减等谪戍[24]，叹曰："吾不得复入此矣！"故例[25]，谪戍者移顺天府羁候[26]。时方冬停遣，李具状求在狱候春发遣[27]，至再三，不得所请，怅然而出。

经典选读 2-8
姚鼐：登泰山记

① ［生若］使你活。若，你。
② ［别具本章］另外准备奏章。
③ ［无易］不改变。
④ ［案末］列名在同案罪人名单后面的从犯。
⑤ ［俟封奏］俟，等到。封奏，把审判书加封上奏。
⑥ ［主谳（yàn）者］主审此案的官。谳，审案判罪。
⑦ ［复请］（皇帝批下来以后，主谳者发现错误）再上奏章请示。
⑧ ［生理］活下去的道理。和下文"死道"组词法相同。
⑨ ［主谳者亦各罢去］主谳者也都将被罢免。所属作弊，长官有失察之罪。
⑩ ［主者口呿（qū）舌挢（jiǎo）］主谳的人口张舌举。形容惊骇的样子。
⑪ ［谋、故］谋杀（预谋杀人）、故杀（有意杀人）。
⑫ ［入矜（jīn）疑］归入"矜疑"一类。矜疑，其情可矜，其罪可疑。矜，可怜。
⑬ ［以巧法］用奸巧办法（捣鬼）。
⑭ ［若自矜诩（xǔ）］好像自己很得意。矜诩，夸耀。矜，自夸。
⑮ ［渫（xiè）恶吏忍于鬻（yù）狱，无责也］贪污的官吏忍心贪赃枉法，不足责备了。渫，污。鬻，卖。
⑯ ［脱人于死］使人从死中逃脱出来。
⑰ ［枉民］害民，叫人民受冤枉。
⑱ ［表里］表里为奸。内外勾结起来。
⑲ ［奇（jī）羡］盈余。
⑳ ［山阴］县名，在现在浙江省绍兴市境。又，山西省北部也有山阴县，这里不能断定是哪一个。
㉑ ［致］招致，得到。
㉒ ［因代承之］就代替他（乡人）承担杀人罪名。
㉓ ［以律］按法律。
㉔ ［援赦减等谪戍（shù）］遇大赦援例减罪充军。谪戍，充军，发配。
㉕ ［故例］老章程。
㉖ ［移顺天府羁候］挪到顺天府的监狱里关着，等候遣送。
㉗ ［具状求在狱候春发遣］写呈文请求留在刑部狱等待春天遣送。

4.龚自珍

病梅馆记

江宁之龙蟠[①]，苏州之邓尉[②]，杭州之西溪[③]，皆产梅。或曰："梅以曲为美，直则无姿；以欹[④]为美，正则无景；以疏为美，密则无态。"固也[⑤]。此文人画士，心知其意，未可明诏大号[⑥]，以绳[⑦]天下之梅也；又不可以使天下之民，斫直、删密、锄正，以夭[⑧]梅病梅为业以求钱也。梅之欹之疏之曲[⑨]，又非蠢蠢求钱之民能以其智力为也。有以文人画士孤癖之隐明告鬻梅者[⑩]，斫其正，养其旁条，删其密，夭其稚枝，锄其直，遏其生气[⑪]，以求重价，而江浙之梅皆病。文人画士之祸之烈至此哉！

予购三百盆，皆病者，无一完者。既泣之三日，乃誓疗之：纵之顺之，毁其盆，悉埋于地，解其棕缚[⑫]；以五年为期，必复之全之。予本非文人画士，甘受诟厉[⑬]；辟病梅之馆以贮之[⑭]。

呜呼！安得使予多暇日，又多闲田，以广贮江宁、杭州、苏州之病梅，穷[⑮]予生之光阴以疗梅也哉！

第五单元小结

1.元代历时仅90年，文学创作以杂剧、散曲为主，散文作家较为知名者为元好问、李孝光等几人，李孝光的《雁山十记》比较知名，其中《大龙湫记》最具代表。

明代散文作家颇多，流派纷呈，但比之于唐宋八大家，鲜有能与其比肩者。明初的散文名家基本上都生于元代，经历社会动乱，如宋濂、刘基、高启等人，因而能写出《送东阳马生序》《卖柑者言》等具有现实意义的作品。到了永乐年间，经济繁荣，社会安定，但文禁森严，束缚了作家们的创造，一些大臣专写歌功颂德的文章，由此产生了"台阁体"。

"前七子"（李东阳、李梦阳等）和"后七子"（李攀龙、王世贞等）猛烈抨击

---

① ［江宁之龙蟠（pán）］江宁，府名，府治在现在南京市。龙蟠，就是钟山，在现在南京市东北，俗称紫金山。诸葛亮称赞它的形势说："钟山龙蟠"，所以后来称它为龙蟠山。又一说，指清凉山下的龙蟠里。

② ［邓尉］山名，在现在苏州市西南。汉朝人邓尉在那里隐居，所以称为邓尉山。山中梅花开时，一望如雪，号称"香雪海"。

③ ［西溪］在现在杭州市西。

④ ［欹（qī）］倾斜。

⑤ ［固也］是啊。这样说是口头上承认有理，但意味着坚定地反驳。

⑥ ［明诏大号（háo）］公开地要求，大声呼号。诏，告诉，命令。

⑦ ［绳］矫正（实际是束缚）。

⑧ ［夭（yāo）］受摧残的。

⑨ ［梅之欹之疏之曲］梅之欹，梅之疏，梅之曲。

⑩ ［有以……梅者］孤癖，特有的嗜好。隐，心意。鬻（yù），卖。

⑪ ［遏其生气］遏，阻止。生气，欣欣向荣的意态。

⑫ ［棕缚］缚梅枝的棕绳。

⑬ ［诟（gòu）厉］责骂。

⑭ ［辟（pì）病梅之馆以贮之］辟，开辟。贮，收容。

⑮ ［穷］用尽。

“台阁体”，倡导“文必秦汉、诗必盛唐”，但又重在模仿，泥古不化，除李攀龙《太华山记》、宗臣《报刘一丈书》等少数篇章外，成就不大。

继前后七子之后，吴中文人、画家沈周、祝允明（枝山）、唐寅（伯虎）和王慎中、唐顺之等“唐宋派”作家主张学习唐宋八大家散文，并主张“自为其言”“直抒胸臆”，取得了较大成就。茅坤编纂了《唐宋八大家文钞》，归有光则以笔墨平淡而感情深挚卓然独立，成为明代散文家中的佼佼者。

稍后，思想家李贽对前后七子进行了尖锐批评，指出“诗何必古选，文何必先秦”，主张只要写出“真心”“真人”“真事”，就是“天下之至文”。他的散文如《童心说》实践了他的主张。在他的影响下，以三袁（袁宗道、袁宏道、袁中道兄弟）为首的“公安派”进一步提出“独抒性灵”的文学主张，写出不少个性鲜明、风格清新的散文，其中尤以袁宏道的作品最为人所称道。

继“公安派”之后，又有“竟陵派”“复社”“几社”“豫章社”等流派，但创作成绩都一般。受三袁影响较大但不入流派的张岱在小品文的创作上成绩斐然，其《陶庵梦忆》《西湖梦寻》等流传甚广，文章短小隽永，对后世小品文创作影响甚大。

2.清代散文的“反清”倾向贯穿始终，尤以清初作家黄宗羲、顾炎武、侯方域、魏禧诸人的散文较为明显。清代文坛上影响最大的当属桐城派和阳湖派。桐城派的主要人物是方苞、刘大魁、姚鼐。桐城派讲究义理与辞章，即“义法”，理论是不错的，但在清代严酷的文字狱情况下，“义”离不开“翼道卫教”的封建观念，成绩不大。方苞的《狱中杂记》、姚鼐的《登泰山记》是不可多得的作品。阳湖派的主要人物是常州阳湖人恽敬和张惠言，他们对桐城派既有所师承同时又有所突破。他们从诸子散文中汲取营养，以儒家经典作为榜样。文风较活泼，但内容贫乏，影响远不及桐城派。

清代还有袁枚、汪中等散文和骈文名家。袁枚著作丰富，交游广阔，他的散文情真意切，清新畅达。无论在当时，还是对后世影响都比较大。李斗的《扬州画舫录》也是清代颇有影响的写景小品散文集。

鸦片战争以后，龚自珍、林则徐、魏源、康有为、梁启超等志士仁人高举国家富强的旗帜，主张学习西方。他们著书立说，文章言之有物，富有积极的思想意义。特别是龚自珍和梁启超的散文，都有放笔直书、多姿多彩的特点，在思想内容和写作方法两方面对新文化运动的兴起有着较大的影响。

小贴士·延伸阅读篇目

1.李孝光：《大龙湫记》；2.宋濂：《送东阳马生序》；3.侯方域：《癸未去金陵日与阮光禄书》；4.薛瑄：《游龙门记》；5.归有光：《项脊轩志》；6.徐宏祖：《游太华山日记》；7.袁宏道：《虎丘记》；8.张岱：《西湖七月半》《湖山亭看雪》；9.张溥：《五人墓碑记》；10.黄宗羲：《原君》；11.袁枚：《祭妹文》《厨者王小余传》；12.夏完淳：《狱中上母书》13.汪中：《哀盐船文》；14.林觉民：《绝笔书》；15.梁启超：《少年中国说》《谭嗣同传》。

第六单元　中国现当代散文

学习目标

1. 了解我国现代散文创作概况及主要作家。

2. 了解当代重要散文作家作品。

3. 掌握本单元所选六位现当代作家在文坛上的地位、影响及其散文的特点。

4. 培养学生的审美意识和勤俭节约的良好美德。

1.鲁　迅

夜　颂[①]

爱夜的人，也不但是孤独者，有闲者，不能战斗者，怕光明者。

人的言行，在白天和在深夜，在日下和在灯前，常常显得两样。夜是造化所织的幽玄的天衣，普覆一切人，使他们温暖，安心，不知不觉的自己渐渐脱去人造的面具和衣裳，赤条条地裹在这无边际的黑絮似的大块里。

虽然是夜，但也有明暗。有微明，有昏暗，有伸手不见掌，有漆黑一团糟。爱夜的人要有听夜的耳朵和看夜的眼睛，自在暗中，看一切暗。君子们从电灯下走入暗室中，伸开了他的懒腰；爱侣们从月光下走进树阴里，突变了他的眼色。夜的降临，抹杀了一切文人学士们当光天化日之下，写在耀眼的白纸上的超然，混然，恍然，勃然，粲然的文章，只剩下乞怜，讨好，撒谎，骗人，吹牛，捣鬼的夜气，形成一个灿烂的金色的光圈，像见于佛画上面似的，笼罩在学识不凡的头脑上。

爱夜的人于是领受了夜所给与的光明。

高跟鞋的摩登女郎在马路边的电光灯下，阁阁的走得很起劲，但鼻尖也闪烁着一点油汗，在证明她是初学的时髦，假如长在明晃晃的照耀中，将使她碰着“没落”的命运。一大排关着的店铺的昏暗助她一臂之力，使她放缓开足的马力，吐一口气，这时才觉得沁人心脾的夜里的拂拂的凉风。

爱夜的人和摩登女郎，于是同时领受了夜所给与的恩惠。

一夜已尽，人们又小心翼翼的起来，出来了；便是夫妇们，面目和五六点钟之前也何其两样。从此就是热闹，喧嚣。而高墙后面，大厦中间，深闺里，黑狱里，客室里，秘密机关里，却依然弥漫着惊人的真的大黑暗。

现在的光天化日，熙来攘往，就是这黑暗的装饰，是人肉酱缸上的金盖，是鬼脸上的雪花膏。只有夜还算是诚实的。我爱夜，在夜间作《夜颂》。

六月八日

2.郭沫若

《鲁迅诗稿》序[②]

鲁迅先生无心作诗人，偶有所作，每臻[③]绝唱。或则犀角烛怪[④]，或则肝胆照人。

---

① 本篇最初发表于1933年6月10日《申报·自由谈》，署名“游光”，后收入《准风月谈》。

② 选自郭沫若.《鲁迅诗稿》序［N］.文汇报，1961-09-12.

③ ［臻］达到（美好的境地）。

④ ［犀角烛怪］事见《晋书·温峤传》：“峤旋武昌，至牛渚矶，水深不可测，世云其下多怪物，峤遂毁犀角而照之。须臾，见水族覆灭，奇形怪状。”郭沫若借此以赞美鲁迅诗歌的深刻，有如“犀角烛怪”，使社会上的一切“怪物”都现了原形。

如“横眉冷对千夫指，俯首甘为孺子牛”，虽寥寥十四字，对方生与垂死之力量，爱憎分明，将团结与斗争之精神，表现具足。此真可谓前无古人，后启来者。

鲁迅先生亦无心作书家，所遗手迹，自成风格。熔冶篆隶于一炉，听任心腕之交应，朴质而不拘挛[1]，洒脱而有法度。远逾宋唐，直攀魏晋。世人宝之，非因人而贵也。

然诗如其人，书如其人，荟而萃之，其人宛在。《荀子·劝学篇》有云：“学莫便乎近其人，学之径莫速乎好其人[2]。”鲁迅先生，人之所好也，请更好其诗，好其书，而日益近之。苟常手抚简篇，有如面聆謦欬[3]，春温秋肃[4]，默化潜移，身心获益靡涯[5]，文章增华有望。

1960年5月8日

3. 巴　金

作者简介2-12

巴金

秋　夜[6]

窗外“荷荷”地下着雨，天空黑得像一盘墨汁，风从窗缝里吹进来，写字桌上的台灯像闪眼睛一样忽明忽暗地闪了几下。我刚翻到《野草》的最后一页。我抬起头，就好像看见先生站在面前。

仍旧是矮小的身材，黑色的长袍，浓浓的眉毛，厚厚的上唇须，深透的眼光和慈祥的微笑，右手两根手指夹着一支香烟。他深深地吸一口烟，向空中喷着烟雾。

他在房里踱着，在椅子上坐下来，他抽烟，他看书，他讲话，他俯在他那个简单的书桌上写字，他躺在他那把藤躺椅上休息，他突然发出来爽朗的笑声……

这一切都是那么自然，那么平易近人。而且每一个动作里仿佛都有先生的特殊的东西。你一眼就可以认出他来。

不管窗外天空漆黑，只要他抬起眼睛，整个房间就马上亮起来，他的眼光仿佛会看透你的心灵，你在他面前想撒谎也不可能。不管院子里暴雨如注，只要他一开口，你就觉得他的每个字都很清楚地进到你的心底。他从不教训人，他鼓励你，安慰你，慢慢地使你的眼睛睁大，牵着你的手徐徐朝前走去，倘使有绊脚石，他会替你踢开。

他一点也没有改变。他还是那么安静，那么恳切，那么热心，那么慈祥。他坐在椅子上，好像从他身上散出来一股一股的热气。我觉得屋子里越来越温暖了。

风在震摇窗户，雨在狂流，屋子里灯光黯淡。可是从先生坐的地方发出来眩目的光。我不转眼地朝那里看。透过黑色长袍我看见一颗燃得通红的心。先生的心一直在燃烧，成了一颗鲜红的、透明的、光芒四射的东西。我望着这颗心，我浑身的血都烧

---

① ［拘挛（luán）］拘束。

② ［学莫便乎近其人，学之径莫速乎好其人］意思是，学习最方便、最快捷的办法，是接近贤人，拜他为师。

③ ［謦欬（qǐngkài）］原指咳嗽，现指谈笑。

④ ［春温秋肃］这是化用鲁迅《亥年残秋偶作》诗中的两句：“曾惊秋肃临天下，敢遣春温上笔端。”秋肃，指秋后草木枯落的萧条景象；春温，指春天的温暖。这里指自然气候，亦可寓指政治气候。

⑤ ［靡涯］无涯、无穷。

⑥ 选自巴金.秋夜［J］.文艺月报，1956（10）.

起来，我觉得我需要把我身上的热发散出去，我感到一种献身的欲望。这不是第一回了。过去跟先生本人接近，或者翻阅先生著作的时候，我接触到这颗燃烧的心，我常常有这样一种感觉；其实不仅是我，当时许多年轻人都曾从这颗心得到温暖，受到鼓舞，找到勇气，得到启发。

他站起来，走到窗前，发光的心仍然在他的胸膛里，跟着他到了窗前。我记起了，多少年来这颗心就一直在燃烧，一直在给人们指路。他走到哪里，他的心就在哪里发光，生热。我知道多少年轻人带着创伤向他要求帮助，他细心地治好他们的伤，让他们恢复了精力和勇气，继续走向光明的前途。

“不要离开我们!”我又一次听见了这个要求，这是许多人的声音，尤其是许多年轻人的声音。我听见一声响亮的回答：“我决不离开你们!”这是多年来听惯了的声音。我看见他在窗前，向窗外挥一下手，好像他又在向谁吐出这一句说过多少次的话。

雨住了，风也消逝了。天空不知什么时候露出一点点灰色。夜很静。连他那颗心必必剥剥地燃烧的声音也听得见。他拿一只手慢慢地压在胸前，我觉得他的身子似乎微微地在颤动，我听见他激动地、带感情地说：

“忘记我。可是我永远忘不了你们。”

“难道为了你们，我还有什么不可以拿出来的?”

“难道为了你们，我还有过什么顾虑?”

“难道我曾经在真理面前畏怯?在暴力面前低头?”

“为了追求真理我不是敢说，敢做，敢骂，敢恨，敢爱,敢叫?”

“我所预言的‘将来的光明’不是已经出现在你们的眼前?”

“那么仍然要记住：为了真理，要敢爱，敢恨，敢叫，敢说，敢做，敢追求!”

“勇敢地继续向着更大的光明前进!”

静寂的夜让他的声音冲破了，仿佛整个空间都骚动起来。从四面八方送过来响应的声音。声音渐渐地凝结在一起，愈凝愈厚，好像成了一大块实在的东西。不知道哪里送来了火，它一下子就燃烧起来，愈燃愈亮，于是整个房间，整个夜都亮起来了，就像在白天一样。

那一块东西继续在燃烧，愈燃愈小，终于成了一块像人心一样的东西。它愈燃愈往上升，渐渐地升到了空中，就挂在天空，像一轮初升的红日。

我再看窗前鲁迅先生的身影，它不知道在什么时候不见了。

我连忙跑到窗前。我看出来：像初日那样挂在天空里就是先生的燃烧着的心。我第一眼就只看到一颗心。可是我仰起头仔细再看，先生的慈祥的脸庞不是就在那儿?他笑得多么快乐！真是我从未见过的表示衷心愉快的笑脸！

我笑了，我也衷心愉快地笑了。

我知道鲁迅先生并没有死，而且也永不会死！

我回到写字桌前，把《野草》阖上，我吃惊地发现那一颗透明的红心也在书上燃烧。

……

原来我俯在摊开的先生的《野草》上做了一个秋夜的梦。

窗外还有雨声，秋夜的雨滴在芭蕉叶上的声音，滴在檐前石阶上的声音。

可是在先生的书上，我的确看到了他那颗发光的燃烧着的心。

4.梁实秋

作者简介2-13

梁实秋

醋熘鱼[①]

清梁晋竹《两般秋雨盦随笔》：“西湖醋熘鱼，相传是宋五嫂遗制，近则工料简涩，直不见其佳处。然名留刀匕，四远皆知。”番禺方橡枰孝廉桓泰《西湖词》云：

小泊湖边五柳居，当筵举网得鲜鱼。味酸最爱银刀鲙，河鲤河鲂总不如。

梁晋竹是清道光时人，距今不到二百年，他已感叹当时的西湖醋熘鱼之徒有虚名。宋五嫂的手艺，吾固不得而知，但是七十年前侍先君游杭，在楼外楼尝到的醋熘鱼，仍惊叹其鲜美，嗣后每过西湖辄登楼一膏馋吻。楼在湖边，凭窗可见巨篓系小舟，篓中蓄鱼等烹，固不必举网得鱼。普遍选用青鱼，即草鱼，鱼长不过尺，重不逾半斤，宰割收拾过后沃以沸汤，熟即起锅，勾芡调汁，浇在鱼上，即可上桌。

思政探究2-4

我们应该树立怎样的饮食观？

醋熘鱼当然是汁里加醋，但不宜加多，可以加少许酱油，亦不能多加。汁不要多，也不要浓，更不要油，要清清淡淡，微微透明。上面可以略撒姜末，不可加葱丝，更绝对不可加糖。如此方能保持现杀活鱼之原味。

经典选读2-9

汪曾祺：五味

现时一般餐厅，多标榜西湖醋熘鱼，与原来风味相去甚远。往往是浓汁满溢，大量加糖，无复清淡之致。

5.钱锺书

作者简介2-14

钱锺书

读《伊索寓言》[②]

比我们年轻的人，大概可以分作两类。第一种是和我们年龄相差得极多的小辈，我们能够容忍这种人，并且会喜欢而给以保护；我们可以对他们卖老，我们的年长只增添了我们的尊严。还有一种是比我们年轻得不多的后生，这种人只会惹我们的厌恨以至于嫉忌，他们已失掉尊敬长者的观念，而我们的年龄又不够引起他们对老弱者的怜悯；我们非但不能卖老，还要赶着他们学少，我们的年长反使我们吃亏。这两种态度是到处看得见的。譬如一个近三十的女人，对于十八九岁女孩子的相貌，还肯说好，对于二十三四的少女们，就批判得不留情面了。所以小孩子总能讨大人的喜欢，而大孩子跟小孩子之间就免不了时常冲突。一切人事上的关系，只要涉到年辈[③]资格先后的，全证明了这个分析的正确。

---

① ［醋熘鱼］杭帮菜中的名菜之一。

② 选自钱锺书.写在人生边上［M］.北京：中国社会科学出版社，1990.本书最早由开明书店1941年12月出版。

③ ［年辈］年龄和辈分。

从整个历史来看，古代相当于人类的小孩子时期。先前是幼稚的，经过几千百年的长进，慢慢地到了现代。时代愈古，愈在前，它的历史愈短；时代愈在后，它积的阅历愈深，年龄愈多。所以我们反是我们祖父的老辈，上古三代反不如现代的悠久古老。这样，我们的信而好古的态度，便发生了新意义。我们思慕古代不一定是尊敬祖先，也许只是喜欢小孩子，并非为敬老，也许是卖老。没有老头子肯承认自己是衰朽顽固的，所以我们也相信现代一切，在价值上、品格上都比古代进步。

这些感想是偶尔翻看《伊索寓言》引起的。是的，《伊索寓言》大可看得。它至少给予我们三重安慰。第一，这是一本古代的书，读了可以增进我们对于现代文明的骄傲。第二，它是一本小孩子读物，看了愈觉得我们是成人了，已超出那些幼稚的见解。第三呢，这部书差不多都是讲禽兽的，从禽兽变到人，你看这中间需要多少进化历程！我们看到这许多蝙蝠、狐狸等的举动言论，大有发迹[①]后访穷朋友、衣锦还故乡[②]的感觉。但是穷朋友要我们帮助，小孩子该我们教导，所以我们看了《伊索寓言》，也觉得有好多浅薄的见解，非加以纠正不可。

例如蝙蝠的故事：蝙蝠碰见鸟就充作鸟，碰见兽就充作兽。人比蝙蝠就聪明多了。他会把蝙蝠的方法反过来施用：在鸟类里偏要充兽，表示脚踏实地；在兽类里偏要充鸟，表示高超出世。向武人卖弄风雅[③]，向文人装作英雄；在上流社会里他是又穷又硬的平民，到了平民中间，他又是屈尊下顾[④]的文化分子：这当然不是蝙蝠，这只是——人。

蚂蚁和促织的故事：一到冬天，蚂蚁出晒米粒；促织饿得半死，向蚂蚁借粮，蚂蚁说："在夏天唱歌作乐的是你，到现在挨饿，活该！"这故事应该还有下文。据柏拉图《对话篇·菲得洛斯》说，促织进化，变成诗人。照此推论，坐看着诗人穷饿、不肯借钱的人，前身无疑是蚂蚁了。促织饿死了，本身就做蚂蚁的粮食；同样，生前养不活自己的大作家，到了死后偏有一大批人靠他生活，譬如，写回忆怀念文字的亲戚和朋友，写研究论文的批评家和学者。

狗和它自己影子的故事：狗衔肉过桥，看见水里的影子，以为是另一只狗也衔着肉，因而放弃了嘴里的肉，跟影子打架，要抢影子衔的肉，结果把嘴里的肉都丢了。这篇寓言的本意是戒贪得，但是我们现在可以应用到旁的方面。据说每个人需要一面镜子，可以常常自照，知道自己是个什么东西。不过，能自知的人根本不用照镜子；不自知的东西，照了镜子也没有用——譬如这只衔肉的狗，照镜以后，反害他大叫大闹，空把自己的影子，当作攻击狂吠[⑤]的对象。可见有些东西最好不要对镜自照。

天文家的故事：天文家仰面看星象，失足掉在井里，大叫"救命"；他的邻居听见了，叹气说："谁叫他只望着高处，不管地下呢！"只向高处看，不顾脚下的结果，有时是下井，有时是下野[⑥]或者下台。不过，下去以后，决不说是不小心掉下去的，只说有意去做下层的调查和工作。譬如这位天文家就有很好的借口：坐井观天。真

---

① ［发迹］指人变得有钱有势。

② ［衣锦还故乡］古时指做官以后，穿起锦绣的衣服，回到故乡向亲友炫耀。成语为"衣锦还乡"，也说"衣锦荣归"。

③ ［风雅］指诗文方面的事。

④ ［屈尊下顾］降低了身份来观察民情。屈尊，降低身份俯就。

⑤ ［狂吠（fèi）］狗狂叫。

⑥ ［下野］执政的人被迫下台。

的，我们就是下去以后，眼睛还是向上看的。

乌鸦的故事：上帝要拣最美丽的鸟做禽类的王，乌鸦把孔雀的长毛披在身上，插在尾巴上，到上帝前面去应选，果然为上帝挑中；其他鸟类大怒，把它插上的毛羽都扯下来，依然现出乌鸦的本相。这就是说，披着长头发的，未必就真是艺术家；反过来说，秃顶无发的人当然未必是学者或思想家，寸草也不生的头脑，你想还会产生什么旁的东西?这个寓言也不就此结束，这只乌鸦借来的羽毛全给人家拔去，现了原形，老羞成怒，提议索性大家把自己天生的毛羽也拔个干净，到那时候，大家光着身子，看真正的孔雀、天鹅等跟乌鸦有何分别。这个遮羞的方法至少人类是常用的。

牛跟蛙的故事：母蛙鼓足了气，问小蛙道："牛有我这样大么?"小蛙答说："请你不要胀了，当心肚子爆裂!"这母蛙真是笨坯[1]！她不该跟牛比伟大的，她应该跟牛比娇小的。所以，我们每一种缺陷都有补偿，吝啬说是经济[2]，愚蠢说是诚实，卑鄙说是灵活，无才便说是德。因此世界上没有自认为一无可爱的女人，没有自认为百不如人的男子。这样，彼此各得其所，当然会相安无事。

老婆子和母鸡的故事：老婆子养只母鸡，每天下一个蛋。老婆子贪心不足，希望她一天下两个蛋，加倍喂她。从此鸡愈吃愈肥，不下蛋了——所以戒之在贪。伊索错了！他该说：大胖子往往是小心眼。

狐狸和葡萄的故事：狐狸看见藤上一颗颗已熟的葡萄，用尽方法，弄不到嘴只好放弃，安慰自己说："这葡萄也许还是酸的，不吃也罢！"他就是吃到了，还要说："这葡萄果然是酸的。"假如他是一只不易满足的狐狸，这句话他对自己说，因为现实终"不够理想"。假如他是一只很感满意的狐狸，这句话他对旁人说，因为诉苦经常可以免得旁人来分甜头。

驴子跟狼的故事：驴子见狼，假装腿上受伤，对狼说："脚上有刺，请你拔去了，免得你吃我时舌头被刺。"狼信以为真，专心寻刺，被驴踢伤逃去，因此叹气说："天派我做送命的屠夫的，何苦做治病的医生呢！"这当然幼稚得可笑，他不知道医生也是屠夫的一种。

这几个例子可以证明《伊索寓言》是不宜做现代儿童读物的。卢梭[3]在《爱弥儿》卷二里反对小孩子读寓言，认为有坏心术，举狐狸骗乌鸦嘴里的肉一则为例，说小孩子看了，不会同情被骗的乌鸦，反会羡慕善骗的狐狸。要是真这样，不就证明小孩子的居心本来欠好吗?小孩子该不该读寓言，全看我们成年人在造一个什么世界、一个什么社会，给小孩子长大了来过活。卢梭认为寓言会把纯朴的小孩教得复杂了，失去了天真，所以要不得。我认为寓言要不得，因为它把纯朴的小孩教得愈简单了，愈幼稚了，以为人事里是非的分别、善恶的果报[4]，也像在禽兽中间一样公平清楚，长大了就处处碰壁上当。缘故是，卢梭是原始主义者，主张复古，而我是相信进步的人——虽然并不像寓言里所说的苍蝇，坐在车轮的轴心上，嗡嗡地叫道："车子的前进，都是我的力量。"

经典选读2-10

余光中：幽默的境界

---

① ［笨坯（pī）］（方言）蠢货。坯，半成品，还不成器。
② ［经济］这里指用较少的人力、物力、时间获得较大的成果。
③ ［卢梭］1712—1778年，法国启蒙思想家、哲学家、教育家、文学家。
④ ［果报］因果报应，佛教的宿命论认为，今生种什么因，来生结什么果，善有善报，恶有恶报。

作者简介2-15

余秋雨

6.余秋雨

壮士

罗布泊一场铺天盖地的沙暴终于过去了，余纯顺准备起身，但突然用手捂住了胸口。他立即领悟，时间到了。那好，脱去衣服，回到四十多年前来到世上的模样，然后抬起头来确认一下方向，面对东方，面对上海，靠着灼热的沙丘，躺下。

时间到了。时间果真到了？

自从八年前开始走上探险之路，他已无数次地想象过死亡，但从来没有想象到死亡来得那么快，毫无先兆，毫无预告。什么也来不及想了，只觉得一团热浪翻卷几下，很快把自己裹卷住了。最后睁开一下眼睛，眯缝着看着前方。什么也看不见，又什么都看见了。远处是自己无数的脚印，而远处的远处，则隐隐约约是黄浦江畔外滩的剪影。一个月前顺便回去了一次，去与故乡告别，现在才知道是上天的安排。

此时此刻，我正在听他的一个录音，那是一个月前他匆匆来去时与一群上海大学生的谈话。他分明在说：欧洲近代的发展，与一大批探险家分不开，他们发现了大量被中世纪埋没的文明。在中国，则汉有张骞，唐有玄奘……现在，世界上走得最远的是阿根廷的托马斯先生，而他已经年老。中国人应该超过这个纪录，这个任务由我来完成。于是，我选择了孤独，选择了行走。我已走了八年，还会一直走下去。在那远天之下，有我迟早要去的地方……

——听着这些语言我十分惊讶，录音机里掌声阵阵，我想，一个长年孤独地跋涉在荒漠野岭间的灵魂，怎么会驮载着这般见识、这般情怀！他，究竟应该算是什么样的人呢？

大地已有定论。据说，不管走到哪儿，他听到最多的声音是：“请停一停，壮士！”直到最后树立在他告别人世的沙丘上的那块纪念木牌，立牌者仍然毫不犹豫地重复了这个古老的称呼：壮士。

临时找来的木牌，一小罐鲜红的油漆，先放在地上，一笔一画写成这个以“壮士”开头的墓碑，然后竖起，大家一起用力，深深地插进沙漠，让沙漠的肌肤接受一次强烈的针灸。在这个拒绝生命的地方，从此有了一个有关生命的标杆。

中国的土地那么大，中国的词汇那么多，大家居然统一得那么准确，可见在文化人格的一些基本概念上，仍存在着稳固的共识。即便粗粗一打量，大家凭着直觉就可判断出眼前这个人的人格定位。壮士，能被素昧平生的远近同胞齐声呼喊的壮士，实在久违了。

华夏的山川河岳本是为壮士们铺展着的。没有壮士的脚步踩踏，它们也真是疲塌多时了。松松垮垮地堆垒着，懒懒散散地流淌着，吵吵嚷嚷地热闹着。突然，如金锤击鼓，如磐石夯土，古老的脚步声由远而近，壮士，他来了。迟到了很多年，又提前了很多年，大地微微一颤，立即精神抖擞，壮士，他来了。

与一般的成功者不同，壮士绝不急功近利，而把生命慷慨地投向一种精神追求。

以街市间的惯性目光去看，他们的行为很不符合普通生活的逻辑常规。但正因为如此，他们也就以一种强烈的稀有方式，提醒人类超拔寻常，体验生命，回归本真。他们发觉日常生活更容易使人迷路，因此宁肯向着别处出发。别处，初来乍到却不会迷路，举目无亲却不会孤独，因为只有在别处才能摆脱惯性，摆脱平庸，在生存的边界线上领悟自己是什么。

领悟了自己还应该提醒别人。奥林匹克精神照耀下的各民族健儿的极限性拼搏是一种提醒，而始终无视生死鸿沟的探险壮士更是一种提醒：作为一个人，能达到何等样的强健。强健到超尘脱俗，强健到无牵无挂，强健到无愧于缈缈祖先，茫茫山川。

壮士不必多，也不会多。他们无意叫人追随，却总是让人震动。正如这几天介绍他的电视节目中一位年轻的新疆女司机说的："我在车上看着这个上海男人的背影，心想，以前自己遇到的困难都不能叫困难了。"于是，这位女司机跳下车来，向他走去，与他同行了很久，很久。

"这个上海男人"——把这样一个称呼与一位视死如归的探险壮士连在一起，让全国都产生了诧异。"上海男人"一度是一个气味怪异的专用名词，影视作品中表现典型的上海男人则需要动用几个特型演员，动作、语气、声音、目光早已雕刻完成。但这个男人确实穿着写有"上海"字样的服装走了一程又一程，把一切远离上海而又在嘲笑上海的男人和女人们都闹糊涂了。上海？多半是冒充的吧？天下什么不好冒充，却去冒充一个上海男人！果然，在谈话录音中，我听到他在讲述这样的苦恼："一路上很多人都不相信我是上海人，甚至要我说一句上海话作为测试，因为上海话很难冒充。"

对此，我不知道上海人能说什么，只记得纪录片里他与上海电视台的记者在沙漠深处告别，彼此用的是上海话，寥寥一两句，却十分道地，绝非冒充。余音刚刚散尽，背影已飘浮进沙海，不再回归。

不再回归，倒下时却面朝上海。

今天这个展览，是上海人与他的再度见面。他为这座城市增了光，上海人，特别是上海男人，理应来看看他，向他道谢。

1996年7月

第六单元小结

1."五四"以来的散文家几乎同时又是诗人、小说家，其代表人物如李大钊、胡适、鲁迅、郭沫若等，他们的散文或是战斗的武器，或是军旅生涯的记录，而巴金、朱自清、郁达夫、沈从文、钱锺书、梁实秋、汪曾祺、冰心则以不同的风格抒写了各自的思想感情和独特的生活情调，都有很高的成就。中国近代女作家张爱玲，除小说外，散文也很有名。1949年后活跃在文坛上的著名散文作家有方纪、孙犁、刘白羽、杨朔、秦牧等。方纪的代表作是《挥手之间》，其风格潇洒俊逸；孙犁有《孙犁散文选》，文笔优美；刘白羽有《刘白羽散文选》，风格雄浑、奔放、壮美，充满激情；杨朔的代表作是《荔枝蜜》《海市》等，他的语言精练，刻画情物细致入微。秦牧的主要散文集有《潮汐和船》《花城》《艺海拾贝》等，题材丰富，融知识、议论、趣味于一体，文笔亲切流畅。

2. 当代著名散文作家有宗璞、刘心武、余秋雨、刘湛秋等。宗璞的散文文字优美，感情真挚，其长于描写，《西湖漫笔》是最为人所称道的作品，常被选入中、小学课本。刘心武虽以小说及研究《红楼梦》名扬于世，但其散文创作亦很突出，主要作品有《刘心武散文集》。余秋雨的散文集有《文化苦旅》《霜冷长河》等，内容丰富，感情真挚，文笔细腻，富有时代精神。刘湛秋的散文作品主要有《雨的四季》等，他的散文洋溢着“田园美”，是现代“山林文学”的代表。

小贴士·延伸阅读篇目

1. 李大钊：《新纪元》；2. 鲁迅：《藤野先生》《拿来主义》《为了忘却的记念》；3. 郭沫若：《青年哟，人类的春天》《科学的春天》；4. 瞿秋白：《那个城》；5. 周作人：《带皮羊肉》；6. 叶圣陶：《藕与莼菜》；7. 冰心：《腊八粥》；8. 朱自清：《说扬州》《背影》；9. 梁实秋：《狮子头》；10. 郁达夫：《故都的秋》；11. 巴金：《再忆萧珊》《随想录》；12. 沈从文：《云南看云》；13. 张爱玲：《到底是上海人》；14. 方纪：《桂林山水》；15. 宗璞：《西湖漫笔》；16. 刘心武：《我的隆福寺》；17. 刘湛秋：《雨的四季》。

第七单元　外国散文

学习目标

1. 了解外国散文创作简况。

2. 掌握本书所选散文的思想内容和艺术特色。

3. 培养学生的审美意识。

作者简介2-16

安徒生

1.安徒生

卖火柴的小女孩

天冷极了，下着雪，又快黑了。这是一年的最后一天——大年夜。在这又冷又黑的晚上，一个乖巧的小女孩儿，赤着脚在街上走着。她从家里出来的时候还穿着一双拖鞋，但是有什么用呢?那是一双很大的拖鞋——那么大，一向是她妈妈穿的。她穿过马路的时候，两辆马车飞快地冲过来，吓得她把鞋都跑掉了。一只怎么也找不着，另一只叫一个男孩儿捡起来拿着跑了。他说，将来他有了孩子，可以拿它当摇篮。

小女孩儿只好赤着脚走，一双小脚冻得红一块青一块的。她的旧围裙里兜着许多火柴，手里还拿着一把。这一整天，谁也没买过她一根火柴，谁也没给过她一个钱。

可怜的小女孩儿！她又冷又饿，哆哆嗦嗦地向前走。雪花落在她金黄色的长头发上，那头发打成卷儿披在肩上，看上去很美，不过她没注意这些。每个窗子里都透出灯光来，街上飘着一股烤鹅的香味儿，因为这是大年夜——她可忘不了这个。

她在一座房子的墙角里坐下来，蜷着腿缩成一团。她觉得更冷了。她不敢回家，因为她没卖掉一根火柴，没挣到一个钱，爸爸一定会打她的。再说，家里跟街上一样冷。他们头上只有个房顶，虽然最大的裂缝已经用草和破布堵住了，风还是可以灌进来。

她的一双小手几乎冻僵了。啊，哪怕一根小小的火柴，对她也是有好处的！她敢从成把的火柴里抽出一根，在墙上擦燃了，来暖和暖和自己的小手吗?她终于抽出了一根。哧！火柴燃起来了，冒出火焰来了！她把小手拢在火焰上。多么温暖、多么明亮的火焰啊！简直像一支小小的蜡烛。这是一道奇异的光！小女孩儿觉得自己好像坐在一个大火炉前面，火炉装着闪亮的铜脚和铜把手，烧得旺旺的，暖烘烘的，多么舒服啊！哎，这是怎么回事呢?她刚把脚伸出去，想让脚也暖和一下，火柴灭了，火炉不见了。她坐在那儿，手里只有一根烧过了的火柴梗。

她又擦了一根。火柴燃起来了，发出亮光来了。亮光落在墙上，那儿忽然变得像薄纱那么透明，她可以一直看到屋里。桌上铺着雪白的台布，摆着精致的盘子和碗，肚子里填满了苹果和梅子的烤鹅正冒着香气。更妙的是这只鹅从盘子里跳下来，背上插着刀和叉，摇摇摆摆地在地板上走着，一直向这个穷苦的小女孩儿走来。这时候，火柴又灭了，她面前只有一堵又厚又冷的墙。

她又擦着了一根火柴。这一回，她坐在美丽的圣诞树下。这棵圣诞树，比她去年圣诞节透过富商家的玻璃门看到的还要大，还要美。翠绿的树枝上点着几千支明晃晃的蜡烛，许多幅美丽的彩色画片，跟挂在商店橱窗里的一个样，在向她眨眼睛。小女孩儿向画片伸出手去。这时候，火柴又灭了。只见圣诞树上的烛光越升越高，最后成了在天空中闪烁的星星。有一颗星星落下来了，在天空中划出了一道细长的红光。

“有一个什么人快要死了。”小女孩儿说。唯一疼她的奶奶活着的时候告诉过她：一颗星星落下来，就有一个灵魂要到上帝那儿去了。

她在墙上又擦着了一根火柴。这一回，火柴把周围全照亮了。奶奶出现在亮光里，是那么温和，那么慈爱。

“奶奶！”小女孩儿叫起来，“啊！请把我带走吧！我知道，火柴一灭，您就会不见的，像那暖和的火炉、喷香的烤鹅、美丽的圣诞树一样，就会不见的！”

她赶紧擦着了一大把火柴，要把奶奶留住。一大把火柴发出强烈的光，照得跟白天一样明亮。奶奶从来没有像现在这样高大，这样美丽。奶奶把小女孩儿抱起来，搂在怀里。她俩在光明和快乐中飞走了，越飞越高，飞到那没有寒冷，没有饥饿，也没有痛苦的地方去了。

思政探究2-5

当今世界还有卖火柴的小女孩，我们应该怎么办？

第二天清晨，这个小女孩儿坐在墙角里，两腮通红，嘴上带着微笑。她死了，在旧年的大年夜冻死了。新年的太阳升起来了，照在她小小的尸体上。小女孩儿坐在那儿，手里还捏着一把烧过了的火柴梗。

“她想给自己暖和一下……”人们说。谁也不知道她曾经看到过多么美丽的东西，她曾经多么幸福，跟着她奶奶一起走向新年的幸福中去。

2. 列　宁

作者简介2-17

列宁

欧仁·鲍狄埃[①]

（为纪念他逝世25周年而作）

去年，1912年11月，是法国的工人诗人欧仁·鲍狄埃，即著名的无产阶级的《国际歌》[②]（“起来，饥寒交迫的奴隶”……）的作者逝世25周年。

这首歌已经译成欧洲各种文字，而且不仅仅是欧洲文字。一个有觉悟的工人，不管他来到哪个国家，不管命运把他抛到哪里，不管他怎样感到自己是异邦人，言语不通，举目无亲，远离祖国——他都可以凭《国际歌》的熟悉的曲调，给自己找到同志和朋友。

世界各国的工人相继唱起自己的先进战士、无产者诗人的这首歌，并且使这首歌成了全世界无产阶级的歌。

世界各国的工人现在都在纪念欧仁·鲍狄埃。他的妻子和女儿还活着，并且都过着贫困的生活，就像《国际歌》的作者一生所过的一样。他在1816年10月4日生于巴黎。他创作他的第一首歌的时候才14岁，这首歌叫作《自由万岁！》。1848年，他作为一个街垒斗士参加了工人反对资产阶级的伟大战斗[③]。

鲍狄埃出身于贫穷的家庭，他一生中一直是一个穷人、一个无产者，起先靠包装箱子，后来靠绘制印花布图样维持生活。

---

① 选自中共中央马克思恩格斯列宁斯大林著作编译局.列宁全集：第22卷［M］.2版.北京：人民出版社，1990.最初载于1913年1月3日《真理报》第2号，署名：尼·列。在这篇纪念鲍狄埃逝世25周年的文章中，列宁以精辟的语言，对这位革命诗人作了全面的、扼要的评述，既赞扬了他作为无产阶级革命战士的崇高品德，也肯定了他在诗歌艺术方面的成就。鲍狄埃（1816—1888年），法国诗人，生于工人家庭，一生坚持革命斗争。他多按照民间曲调创作歌词，作品在工人群众中广泛传唱。

② ［《国际歌》］1871年6月欧仁·鲍狄埃写词，1888年6月法国工人作曲家比尔·狄盖特谱曲。《国际歌》概括了马克思主义的基本立场和观点。从19世纪开始，用于国际无产阶级的隆重集会，流传到世界各地，成了号召全世界无产阶级联合起来，为实现共产主义理想而奋斗的战斗号角。

③ ［伟大战斗］指1848年6月23日，法国巴黎工人反对资产阶级统治的起义。当时，起义者筑起600座街垒，同5倍于自己的敌人浴血奋战了4天，最后被资产阶级反动军队镇压。欧仁·鲍狄埃参加了这次起义。

从1840年起，他就用自己的战斗诗歌对法国生活中所发生的一切重大事件作出反应，唤起落后的人们的觉悟，号召工人团结一致，鞭笞法国的资产阶级和资产阶级政府。

在伟大的巴黎公社[①]（1871年）时期，鲍狄埃被选为公社委员。在3 600张选票中，他得了3 352票。他参与了第一个无产阶级政府——公社所采取的一切措施。

公社失败后，鲍狄埃被迫逃到了英国和美国。著名的《国际歌》就是他在1871年6月，也可以说，是在流血的五月[②]失败之后的第二天写成的……

公社被镇压了……但是鲍狄埃的《国际歌》却把它的思想传遍了全世界，在今天公社比任何时候都更有活力。

1876年，在流亡中，鲍狄埃写了一首长诗《美国工人致法国工人》。在这首长诗中，他描绘了在资本主义压迫下的工人生活，描绘了他们的贫困，他们的苦役劳动，他们遭受的剥削，以及他们对于自己的事业的未来的胜利所抱的坚强信念。

公社失败以后过了9年鲍狄埃才回到法国，回来后立即参加了“工人党”。1884年他的第一卷诗集出版了。1887年出版了第二卷，题名为《革命歌集》。

这位工人诗人的其他一些歌，是在他死后才出版的。

1887年11月8日，巴黎的工人把欧仁·鲍狄埃的遗体送到拉雪兹神父墓地[③]，在那里埋葬着被枪杀的公社战士。警察大打出手，抢走红旗。无数群众参加了这次没有宗教仪式的葬礼[④]。四面八方都在高呼：“鲍狄埃万岁！”

鲍狄埃是在贫困中死去的。但是，他在自己的身后留下了一个真正非人工所建造的纪念碑。他是一位最伟大的用歌作为工具的宣传家。当他创作他的第一首歌的时候，工人中社会主义者最多不过几十人。而现在知道欧仁·鲍狄埃这首具有历史意义的歌的，却是千百万无产者……

3.高尔基

作者简介2-18

高尔基

海燕之歌[⑤]

在苍茫的大海上，狂风卷集着乌云。在乌云和大海之间，海燕[⑥]像黑色的闪电，在高傲地飞翔。

一会儿翅膀碰着波浪，一会儿箭一般地直冲向乌云，它叫喊着，——就在这鸟儿勇敢的叫喊声里，乌云听出了欢乐。

---

① ［巴黎公社］1871年法国无产阶级在巴黎建立的革命政府，是世界历史上第一个无产阶级专政的政权。

② ［流血的五月］1871年5月，反动军队攻入巴黎，巴黎公社失败。资产阶级对工人和市民进行了大屠杀，历史上称为“五月流血周”。

③ ［拉雪兹神父墓地］在巴黎东北部的一块墓地。1871年5月27日，巴黎公社社员与资产阶级反动军队在这块墓地进行最后的战斗，大部分公社社员壮烈牺牲，就埋葬在这里。

④ ［没有宗教仪式的葬礼］当时法国人大都信仰基督教，人死后由神父主持祈祷仪式，不相信上帝的鲍狄埃死后没有举行这种仪式。

⑤ 选自高尔基.高尔基文集：第5卷［M］.戈宝权，译，北京：人民文学出版社，1983.

⑥ ［海燕］暴风雨来临之前，海燕就在海面上飞翔，因此俄文的“海燕”，就有“暴风雨的报信者”或“暴风雨来临前的预告者”的意思。

在这叫喊声里——充满着对暴风雨的渴望！在这叫喊声里，乌云听出了愤怒的力量、热情的火焰和胜利的信心。

海鸥①在暴风雨来临之前呻吟着，——呻吟着，它们在大海上飞窜，想把自己对暴风雨的恐惧，掩藏到大海深处。

海鸭也在呻吟着，——它们这些海鸭啊，享受不了生活的战斗的欢乐：轰隆隆的雷声就把它们吓坏了。

蠢笨的企鹅，胆怯地把肥胖的身体躲藏在悬崖底下……只有那高傲的海燕，勇敢地，自由自在地，在泛起白沫的大海上飞翔！

乌云越来越暗，越来越低，向海面直压下来，而波浪一边歌唱，一边冲向高空，去迎接那雷声。

雷声轰隆。波浪在愤怒的飞沫中呼叫，跟狂风争吼。看吧，狂风紧紧抱起一层层巨浪，恶狠狠地将它们甩到悬崖上，把这些大块的翡翠摔成尘雾和碎末。

海燕在叫喊着，飞翔着，像黑色的闪电，箭一般地穿过乌云，翅膀掠起波浪的飞沫。

看吧，它飞舞着，像个精灵，——高傲的、黑色的暴风雨的精灵，——它在大笑，它又在号叫……它笑那些乌云，它因为欢乐而号叫！

从雷声的震怒里，——这个敏感的精灵，——它早就听出了困乏，它深信，乌云遮不住太阳，——是的，遮不住的！

狂风吼叫……雷声轰隆……

一堆堆乌云，像青色的火焰，在无底的大海上燃烧。大海抓住闪电的箭光，把它们熄灭在自己的深渊里。这些闪电的影子，活像一条条火蛇，在大海里蜿蜒游动，一晃就消失了。

“暴风雨！暴风雨就要来啦！”

这是勇敢的海燕，在怒吼的大海上，在闪电中间，高傲地飞翔；这是胜利的预言家在叫喊：

“让暴风雨来得更猛烈些吧！……”

经典选读2-11

萧伯纳：贝多芬百年祭

第七单元小结

1.外国文学不论是西方文学还是东方文学，封建社会以前都以神话传说、诗歌、戏剧为主，散文创作成绩寥寥。中世纪的西方基督教教义《圣经》是多种文体的结合，里面也有一些散文，东方文学中形成于7世纪的《古兰经》既是伊斯兰教的经典，又是第一部重要的散文著作。

2.18世纪启蒙运动时期，一些作家如法国的伏尔泰、狄德罗、卢梭等人高举理性的大旗，反对专制统治和宗教迷信，提倡自由、平等和人权，写作了不少理论性较强的散文。

---

① 此处的海鸥，和下两段中的海鸭、企鹅三种海鸟，分别象征资产阶级自由派、机会主义者和立宪民主党等各种人物，他们在革命的暴风雨来临之前，呻吟、恐惧、畏缩，被暴风雨吓坏了。

3.19—20世纪，西方文学主要是小说的天下，小说创作流派纷呈，成果丰富，一些作家也零散地写作散文，但以散文成名或作品影响巨大的比较少见。东方文学中，著名散文作家有印度的泰戈尔等。

小贴士·延伸阅读篇目

1.马克思（德）：《给夫人燕妮的信》；2.卢梭（法）：《生活在大自然的怀抱里》；3.罗曼·罗兰（法）：《论创造》；4.川端康成（日）：《我的伊豆》；5.马丁·路德·金（美）：《我有一个梦想》。

第三部分 戏剧

第三部分 妆阁

第一单元　中国戏剧

学习目标

1. 了解中国戏剧发展概况和中国古代戏剧的成就。

2. 了解《窦娥冤》《牡丹亭》《屈原》《茶馆》的剧情；理解窦娥、屈原等悲剧形象的美学价值；理解杜丽娘、柳梦梅有情人终成眷属的社会意义。

3. 掌握《屈原》《茶馆》的写作特点和屈原、王利发这两个人物形象的典型意义。

4. 培养学生的审美意识。

作者简介 3-1

关汉卿

1.关汉卿

窦娥冤（节选）

第三折

（外[①]扮监斩官上，云）下官监斩官是也。今日处决犯人，着做公的[②]把住巷口，休放往来人闲走。（净扮公人，鼓三通、锣三下科，刽子磨旗[③]、提刀，押正旦带枷上。刽子云）行动些[④]，行动些，监斩官去法场上多时了。（正旦唱）

【正宫】【端正好】没来由犯王法[⑤]，不提防遭刑宪，叫声屈动地惊天。顷刻间游魂先赴森罗殿[⑥]，怎不将天地也生埋怨。

【滚绣球】有日月朝暮悬，有鬼神掌著生死权。天地也，只合把清浊分辨，可怎生糊突[⑦]了盗跖颜渊：为善的受贫穷更命短，造恶的享富贵又寿延。天地也，做得个怕硬欺软，却原来也这般顺水推船[⑧]。地也，你不分好歹何为地？天也，你错勘[⑨]贤愚枉做天！哎，只落得两泪涟涟。

（刽子云）快行动些，误了时辰也。（正旦唱）

【倘秀才】则被这枷扭的我左侧右偏，人拥的我前合后偃，我窦娥向哥哥行[⑩]有句言。

（刽子云）你有甚么话说？（正旦唱）前街里去心怀恨，后街里去死无冤，休推辞路远。

（刽子云）你如今到法场上面，有甚么亲眷要见的，可叫他过来，见你一面也好。（正旦唱）

【叨叨令】可怜我孤身只影无亲眷，则落的吞声忍气空嗟怨。（刽子云）难道你爷娘家也没的？

（正旦云）只有个爹爹，十三年前上朝取应去了，至今杳无音信。（唱）蚤已是十年多不睹爹爹面。（刽子云）你适才要我往后街里去，是什么主意？（正旦唱）怕则怕前街里被我婆婆见。（刽子云）你的性命也顾不得，怕他见怎的？（正旦云）俺婆婆若见我披枷带锁赴法场餐刀[⑪]去呵。（唱）枉将他气杀也么哥[⑫]，枉将他气杀也么哥。告哥哥，临危好与人行方便[⑬]。

---

① ［外］“外末”的省称，有时也作“外旦”“外净”的省称。
② ［做公的］即“公人”，指衙门中的差役。
③ ［磨旗］摇旗。
④ ［行动些］走啊。
⑤ ［没来由］没头没脑，无缘无故。
⑥ ［森罗殿］阎王殿。
⑦ ［糊突］糊涂，这里有混淆、分不清的意思。盗跖、颜渊：都是春秋时人，旧说跖是大盗，而颜渊是孔子的学生，当时的贤者，但贫穷早夭。
⑧ ［顺水推船］顺势行事，这里有趋炎附势的意思。
⑨ ［错勘］错审。
⑩ ［哥哥］这里是对一般男子客气的称呼。行（háng），用在人称后面，起指示方位的作用，即“这边”“那边”的意思。哥哥行，就是哥哥这里。
⑪ ［餐刀］挨刀。
⑫ ［也么哥］语尾助词，无义。
⑬ ［好与人行方便］好歹给个方便。

（卜儿哭上科，云）天那，兀的不是我媳妇儿！（刽子云）婆子靠后。（正旦云）既是俺婆婆来了，叫他来，待我嘱咐他几句话咱。（刽子云）那婆子，近前来，你媳妇要嘱咐你话哩。（卜儿云）孩儿，痛杀我也！（正旦云）婆婆，那张驴儿把毒药放在羊肚儿汤里，实指望药死了你，要霸占我为妻，不想婆婆让与他老子吃，倒把他老子药死了。我怕连累婆婆，屈招了药死公公，今日赴法场典刑。婆婆，此后遇着冬时年节，月一十五，有瀽①不了的浆水饭，瀽半碗儿与我吃；烧不了的纸钱，与窦娥烧一陌儿②。则是看你死的孩儿面上。（唱）

【快活三】念窦娥葫芦提当③罪愆，念窦娥身首不完全，念窦娥从前已往干家缘④，婆婆也，你只看窦娥少爷无娘面。

【鲍老儿】念窦娥服侍婆婆这几年，遇时节将碗凉浆奠，你去那受刑法尸骸上烈⑤些纸钱，只当把你亡化的孩儿荐⑥。（卜儿哭科，云）孩儿放心，这个老身都记得。天那，兀的不痛杀我也！（正旦唱）婆婆也，再也不要啼啼哭哭，烦烦恼恼，怨气冲天。这都是我做窦娥的没时没运，不明不暗，负屈衔冤。

（刽子做喝科，云）兀那婆子靠后，时辰到了也。（正旦跪科）（刽子开枷科）（正旦云）窦娥告监斩大人，有一事肯依窦娥，便死而无怨。（监斩官云）你有什么事？你说。（正旦云）要一领⑦净席，等我窦娥站立；又要丈二白练⑧，挂在旗枪⑨上；若是我窦娥委实冤枉，刀过处头落，一腔热血休半点儿沾在地下，都飞在白练上者。（监斩官云）这个就依你，打甚么不紧⑩。（刽子做取席站科，又取白练挂旗上科）（正旦唱）

【耍孩儿】不是我窦娥罚下这等无头愿⑪，委实的冤情不浅；若没些儿灵圣与世人传，也不见得湛湛青天。我不要半星热血红尘洒，都只在八尺旗枪素练悬。等他四下里皆瞧见，这就是咱苌弘化碧⑫，望帝啼鹃⑬。

（刽子云）你还有甚的说话，此时不对监斩大人说，几时说那？（正旦再跪科，云）大人，如今是三伏天道，若窦娥委实冤枉，身死之后，天降三尺瑞雪，遮掩了窦娥尸首。（监斩官云）这等三伏天道，你便有冲天的怨气，也召不得一片雪来，可不胡说！（正旦唱）

【二煞】你道是暑气暄⑭，不是那下雪天，岂不闻飞霜六月因邹衍⑮？若果有一腔怨气

---

① ［瀽（jiǎn）］倒、泼。
② ［一陌儿］一百张。陌，通“百”。
③ ［葫芦提当］糊里糊涂。当，承当。
④ ［干家缘］操持家计。
⑤ ［烈］烧。
⑥ ［荐］祭奠。
⑦ ［一领］一张。
⑧ ［丈二白练］一丈二尺白绸。
⑨ ［旗枪］旗杆。
⑩ ［打甚么不紧］有什么要紧。
⑪ ［无头愿］不着边际的誓愿。
⑫ ［苌弘化碧］苌弘，春秋时周朝大夫，被害死。传说他死后，流血化为碧玉，不见尸体。事见《拾遗记》。
⑬ ［望帝啼鹃］相传战国时蜀王杜宇，号望帝，后禅位于其相，自己隐居西山，死后化为杜鹃，啼声凄切。
⑭ ［暄］暖。
⑮ ［飞霜六月因邹衍］相传战国时，邹衍事燕惠王，被人进谗下狱，他在狱中仰天长叹，时值盛夏，天忽然降霜。后人遂以“六月飞霜”表示冤狱。

喷如火，定要感的六出冰花①滚似绵，免着我尸骸现②。要什么素车白马③，断送④出古陌荒阡！

（正旦再跪科，云）大人，我窦娥死的委实冤枉，从今以后，着这楚州亢旱⑤三年。（监斩官云）打嘴！哪有这等说话！（正旦唱）

【一煞】你道是天公不可期⑥，人心不可怜⑦，不知皇天也肯从人愿。做甚么三年不见甘霖降，也只为东海曾经孝妇冤⑧。如今轮到你山阳县。这都是官吏每无心正法，使百姓有口难言。

（刽子做磨旗科，云）怎么这一会儿天色阴了也？（内做风科，刽子云）好冷风也！（正旦唱）

【煞尾】浮云为我阴，悲风为我旋，三桩儿誓愿明题遍。（做哭科，云）婆婆也，直等待雪飞六月，亢旱三年呵，（唱）那其间才把你个屈死的冤魂这窦娥显。

（刽子做开刀，正旦倒科）（监斩官惊云）呀，真个下雪了，有这等异事！（刽子云）我也道平日杀人，满地都是鲜血，这个窦娥的血都飞在那丈二白练上，并无半点落地，委实奇怪。（监斩官云）这死罪必有冤枉，早两桩儿应验了，不知亢旱三年的说话，准也不准？且看后来如何。左右，也不必等待雪晴，便与我抬他尸首，还了那蔡婆婆去罢。（众应科。抬尸下）

作者简介3-2

汤显祖

2.汤显祖

牡丹亭·惊梦（节选）

【绕地游】（旦上）梦回莺啭，乱煞年光遍⑨。人立小庭深院。（贴）炷尽沉烟⑩，抛残绣线⑪，恁今春关情似去年⑫？

［乌夜啼］（旦）晓来望断梅关⑬，宿妆残。（贴）你侧着宜春髻子⑭，恰凭阑⑮。（旦）翦不断，理还乱⑯，闷无端。（贴）已吩付催花莺燕借春看。（旦）春香，可曾叫人扫除花径？（贴）分付了。（旦）取镜台衣服来。（贴取镜台衣服上）"云髻罢梳还对

---

① ［六出冰花］指雪花，它的结晶体一般是六角形，故云六出。
② ［尸骸现］尸体暴露在外。
③ ［素车白马］送葬吊丧的车马。
④ ［断送］这里是"发送"的意思。
⑤ ［亢旱］大旱。
⑥ ［期］期望，指望。
⑦ ［怜］怜悯。
⑧ ［东海曾经孝妇冤］汉代东海有寡妇周青，侍奉婆婆十分孝顺，婆婆不愿拖累媳妇，自缢而死。小姑诬告周青杀死婆婆，周青含冤被处死刑。周青死后，东海一带三年大旱，后来有于公代为申雪，天方降雨。
⑨ ［（旦上）……乱煞年光遍］到处是扰乱人心的春光。旦，剧中女主角杜丽娘。乱煞，撩乱。年光，春光。
⑩ ［（贴）炷（zhù）尽沉烟］贴，贴旦的省称，次要女角色，指丫环春香。炷，燃烧。沉烟，指沉香，一种薰用的香料。
⑪ ［抛残绣线］把没做完的刺绣活计丢在一边。
⑫ ［恁今春关情似去年］为什么今年对春光的关切之情胜似去年。恁，这里是为什么的意思。似，胜似，胜过。
⑬ ［梅关］在江西省大庾岭上。
⑭ ［宜春髻子］相传立春那天，妇女把彩色丝织物剪成燕形，并贴"宜春"二子，戴在髻上。
⑮ ［阑］栏干。
⑯ ［翦不断，理还乱］南唐后主李煜《乌夜啼》一词中的句子，形容愁绪的纷乱。翦，同"剪"。

镜，罗衣欲换更添香[①]。”镜台衣服在此。

【步步娇】（旦）袅晴丝[②]，吹来闲庭院，摇漾春如线。停半晌，整花钿[③]。没揣菱花[④]，偷人半面[⑤]，迤逗的彩云偏[⑥]。（行介）步香闺怎便把全身现[⑦]！

（贴）今日穿插的好。

【醉扶归】（旦）你道翠生生出落的裙衫儿茜[⑧]，艳晶晶花簪八宝填[⑨]，可知我常一生儿爱好的天然[⑩]。恰三春好处[⑪]无人见。不隄防沉鱼落雁鸟惊諠，则怕的羞花闭月花愁颤[⑫]。

（贴）早茶时了，请行。（行介）你看：画廊金粉半零星，池馆苍苔一片青。踏草怕泥[⑬]新绣袜，惜花疼煞小金铃[⑭]。（旦）不到园林，怎知春色如许？

【皂罗袍】原来姹紫嫣红[⑮]开遍，似这般都付与断井颓垣[⑯]。良辰美景奈何天，赏心乐事谁家院[⑰]！恁般景致，我老爷和奶奶[⑱]，再不提起。（合）朝飞暮卷[⑲]，云霞翠轩[⑳]；雨丝风片，烟波画船。锦屏人忒看的这韶光贱[㉑]！

（贴）是花都放了，那牡丹还早。

【好姐姐】（旦）遍青山啼红了杜鹃[㉒]，荼蘼[㉓]外烟丝醉软。春香呵，牡丹虽好，他春归怎占的先[㉔]！（贴）成对儿莺燕呵！（合）闲凝眄[㉕]，生生燕语明如翦[㉖]，呖呖莺歌溜的圆[㉗]。

（旦）去罢。（贴）这园子委是观之不足也[㉘]。（旦）提他怎的！（行介）

---

① ［云髻……添香］引自唐诗人薛逢《宫词》。

② ［晴丝］在春天晴日常易看见的虫类吐的游丝。

③ ［花钿］妇女的首饰。

④ ［没揣菱花］没揣，不料。菱花，镜子。

⑤ ［偷人半面］这是用拟人手法写镜子映出了自己的面容。

⑥ ［迤（yí）逗的彩云偏］迤逗，挑逗、引惹。彩云，指式样美好的发髻。这句表现了杜丽娘在镜中窥见自己的容貌后所流露的羞涩表情。

⑦ ［步香闺怎便把全身现］步，行走。香闺，闺房。这句表现了杜丽娘迈出深闺去游园前的犹疑心情。

⑧ ［你道翠生生出落的裙衫儿茜］翠生生，色彩鲜亮。出落的，显出。茜，红色。

⑨ ［艳晶晶花簪八宝填］艳晶晶，光灿灿。花簪八宝填，镶嵌着多种宝石的簪子。八宝，泛指各种珍宝。填，镶嵌。

⑩ ［可知……天然］爱好，爱美。天然，天性。

⑪ ［三春好处］比喻自己的青春美貌。

⑫ ［不隄防沉……愁颤］隄，同“提”。沉鱼落雁鸟惊諠、羞花闭月花愁颤：这里以鱼、鸟的惊动，花、月的羞惭极写容貌的美丽。諠，同“喧”，声音大而嘈杂。

⑬ ［泥］这里作动词，玷污的意思。

⑭ ［惜花疼煞小金铃］据五代王仁裕《开元天宝遗事》载，开宝初，宁王惜花，以红丝连缀金铃，系在园中花梢之上，有鸟鹊飞来，即拉铃驱之。这里以小金铃因牵掣过多而疼煞，写惜花之甚。疼煞，疼坏了。

⑮ ［姹紫嫣红］形容花的鲜艳美丽。

⑯ ［断井颓垣］断了的井栏，倒了的短墙。这里是形容庭院的破旧冷落。

⑰ ［良辰……家院］语出南朝宋谢灵运《拟魏太子邺中集诗序》：“天下良辰、美景、赏心、乐事，四者难并。”意为面对着好时光美景致又怎么样呢，心中并没有欢悦之意。奈何天，无可奈何的意思。谁家，哪一家，即赏心乐事不知在何处的意思。

⑱ ［奶奶］对已婚妇女的尊称，这里指杜丽娘母亲。

⑲ ［朝飞暮卷］唐王勃《滕王阁诗》：“画栋朝飞南浦云，珠帘暮卷西山雨。”这里借此诗意形容楼阁的壮美。

⑳ ［翠轩］华美的亭台楼阁。

㉑ ［锦屏人忒看的这韶光贱］意思说，深闺中的女子太不珍惜这美好的春光。这是杜丽娘感叹自己平时得不到领略春色的机会，有负于大好春光。锦屏人，闺中人。忒，太。韶光，春光。贱，低廉。

㉒ ［啼红了杜鹃］开遍了红色的杜鹃花。相传杜鹃啼血，故有此联想。

㉓ ［荼蘼（mí）］花名，花白色，有香气。

㉔ ［牡丹……的先］牡丹花虽好，但它开于春天行将过去之时，怎么能占位于春花之先呢？这里有暗喻青春蹉跎之意。

㉕ ［凝眄］目不转睛地看。

㉖ ［生生燕语明如翦］生生，形容声音的清脆。翦，剪刀声。

㉗ ［呖呖莺歌溜的圆］呖呖，形容鸟鸣的清亮。溜的圆，圆润悦耳。

㉘ ［这园子……足也］委是，真是，确是。观之不足，看不尽。

【隔尾】观之不足由他缱，便赏遍了十二亭台是枉然[1]。到不如兴尽回家闲过遣[2]。

（作到介）（贴）开我西阁门，展我东阁床。瓶插映山紫[3]，炉添沉水香[4]。小姐，你歇息片时，俺瞧老夫人去也。（下）

（旦叹介）默地游春转，小试宜春面。春呵，得和你两留连，春去如何遣？咳，恁般天气，好困人也。春香那里？（作左右瞧介）（又低首沉吟介）天呵，春色恼人，信有之乎！常观诗词乐府，古之女子，因春感情，遇秋成恨，诚不谬矣。吾今年已二八，未逢折桂之夫；忽慕春情，怎得蟾宫之客？[5]昔日韩夫人得遇于郎，张生偶逢崔氏，曾有《题红记》《崔徽传》二书[6]。此佳人才子，前以密约偷期，后皆得成秦晋[7]。（长叹介）吾生于宦族，长在名门。年已及笄，不得早成佳配，诚为虚度青春，光阴如过隙耳。（泪介）可惜妾身颜色如花，岂料命如一叶乎？

【山坡羊】没乱里春情难遣，蓦地里怀人幽怨。则为俺生小婵娟，拣名门一例、一例里神仙眷[8]。甚良缘，把青春抛的远[9]！俺的睡情谁见？则索因循腼腆。想幽梦谁边，和春光暗流转？迁延，这衷怀那处言！淹煎，泼残生，除问天[10]！身子困乏了，且自隐几而眠。（睡介）（梦生介）[11]

作品赏析3-1

《牡丹亭》的故事情节与成就

3.郭沫若

屈原（节选）

第五幕

第二场

东皇太一[12]庙之正殿。与第二幕明堂相似，四柱三间，惟无帘幕。三间靠壁均有

---

① ［观之……枉然］意思说既然看不尽，就任那些景致留着吧，我即使看遍所有亭台也终是枉然。这是杜丽娘想到自己的命运而发出的伤感语。缱（qiǎn），缱绻，牢结不离散，这里是留存于原处的意思。十二，虚指，犹言所有。

② ［过遣］过活，打发时日。

③ ［映山紫］杜鹃花一种。

④ ［沉水香］即沉香。

⑤ ［折桂］［蟾宫］皆批科举及第。

⑥ ［昔日韩夫人得遇于郎……《崔徽传》二书］韩夫人得遇于郎，唐僖宗时，宫女韩氏题诗红叶之上，从御沟中流出宫外，被书生于祐拾到，于祐也以红叶题诗，顺御沟流入宫中，恰巧被韩氏拾得。后僖宗放宫女出宫，二人得以结为夫妇。明朝王骥德据此写成传奇剧本《题红记》。张生偶逢崔氏，即《西厢记》中张生与崔莺莺的爱情故事。《崔徽传》写的是唐朝妓女崔徽和裴敬中的爱情故事，与张生、崔莺莺无关，是作者误记，应为《莺莺传》。

⑦ ［此佳人才子……后皆得成秦晋］偷期，指男女幽会。得成秦晋，成为夫妇。春秋时，秦晋两国世代联姻，后世称两姓联姻为“秦晋之好”。

⑧ ［则为俺生小婵娟……一例里神仙眷］意思是：因为我是名门小姐（太守之女），父母一定要为我找一个名门夫婿。神仙眷，指晋代阮肇和刘晨到天台山采药迷路，后在桃源洞遇到两个仙女，双双成亲的故事。

⑨ ［甚良缘，把青春抛的远］杜丽娘不满父母要为她选择门当户对的夫婿，认为是浪费青春的决定。

⑩ ［淹煎，泼残生，除问天］淹煎，受熬煎，受折磨。泼残生，接上文“把青春抛的远”，再进一层说简直是残害生命，怎么能改变？只好求老天保佑。

⑪ 以下写杜丽娘梦中与素不相识的柳梦梅幽会，尽男女之欢，省略。

⑫ ［东皇太一］天神，屈原《九歌》中的神灵。下文的云中君、东君、大司命、少司命、湘君、湘夫人、河伯都是《九歌》中的神灵。《屈原》第二幕有楚怀王的宠姬南后郑袖设计在排演《九歌》时陷害屈原的情节，所以，屈原在这里一一指问的众神都是《九歌》中的神。

神像。中室正中东皇太一与云中君[①]并坐，其前左右二侧山鬼与国殇立侍，右首东君[②]骑黄马，左首河伯乘龙，均斜向。马首向左，龙首向右。左室为一龙船，船首向右，湘君[③]坐船中吹笙，湘夫人[④]立船尾摇橹。右室一片云彩之上现大司命[⑤]与少司命[⑥]。左右二室后壁靠外侧均有门，左者开放，右者掩闭。各室均有灯，光甚昏暗，室外雷电交加，时有大风咆哮。

靳尚[⑦]带卫士二人，各蒙面，诡谲地由右侧登场。

靳　尚　（命卫士乙）你去叫太卜郑詹尹[⑧]来见我。

卫士乙　是。（向湘夫人神像左侧门走入）

俄顷，一瘦削而阴沉的老人，左手提灯，随卫士乙由左侧门入场。靳尚除去面罩，向郑詹尹走去。

靳　尚　刚才我叫人送了一通南后的密令来，你收到了吗？

郑詹尹　（鞠躬）收到了。上官大夫，我正想来见你啦。

靳　尚　罪人怎样处置了？

郑詹尹　还锁在这神殿后院的一间小屋子里面。

靳　尚　你打算什么时候动手？

郑詹尹　（迟疑地）上官大夫，我觉得有点为难。

靳　尚　（惊异）什么？

郑詹尹　屈原是有些名望的人，毒死了他，不会惹出乱子吗？

靳　尚　哼，正是为了这样，所以非赶快毒死他不可啦！那家伙惯会收揽人心，把他囚在这里，都城里的人很多愤愤不平。再缓三两日，消息一传开了，会引起更大规模的骚动。待消息传到国外，还会引起关东诸国[⑨]的非难。到那时你不放他吧，非难是难以平息的。你放他吧，增长了他的威风，更有损秦、楚两国的交谊。

秦国已经允许割让的商於之地六百里[⑩]，不用说，就永远得不到了。因此，非得在今晚趁早下手不可。你须得用毒酒毒死了他，然后放火焚烧大庙。今晚有大雷电，正好造个口实，说是着了雷火。这样，老百姓便只以为他是遭了天灾，一场大祸就可以消灭于无形了。

郑詹尹　上官大夫，屈原不是不喝酒的吗？

靳　尚　你可以想出方法来劝他。你要做出很宽大、很同情他的样子。不要老是把他锁在小屋子里。你可让他出来走动走动。他带着脚镣手铐，逃不了的。

郑詹尹　（迟疑地）你们是不是有点小题大做呢？

靳　尚　（含怒）你这是什么话？

---

① ［云中君］云神。

② ［东君］太阳神。

③ ［湘君］湘水神。

④ ［湘夫人］传说尧的女儿、舜的妃子娥皇和女英死后成为湘水神，称湘夫人。

⑤ ［大司命］星名，也是神名，主宰人的生死。

⑥ ［少司命］星名，也是神名，主宰人的祸福。

⑦ ［靳尚］剧中楚怀王之佞臣，上官大夫。

⑧ ［太卜郑詹尹］剧中楚怀王宠姬南后郑袖之父。太卜，官名，是主持占卜的官员。

⑨ ［关东诸国］指函谷关以东的齐、魏、韩、赵等国。

⑩ ［秦国已经允许割让的商於之地六百里］《史记》里记载，秦国为了离间楚国同齐国的邦交，派张仪到楚国游说，并且欺骗楚王，答应把秦国从前分去的楚国的六百里见方的商於之地还给楚国。剧本里说的就是这回事。商於，现在陕西省商洛到河南省内乡县一带地方。

郑詹尹　我觉得你们把屈原又未免估计得过高。他其实只会做几首谈情说爱的山歌，时而说些哗众取宠的大话罢了，并没有什么大本领。只要你们不杀他，老百姓就不会闹乱子。何苦为了一个夸大的诗人，要烧毁这样一座庄严的东皇太一庙？我实在有点不了解。

靳　尚　哈哈，你原来是在心疼你的这座破庙吗？这烧了有什么可惜？国王会给你重新造一座真正庄严的庙宇。好了，我不再和你多说了。你烧掉它，这是南后[1]的意旨。你毒死他，这是南后的意旨。要快，就在今晚，不能再迟延。南后的脾气，你是知道的。你尽管是她的父亲，但如果不照着她的意旨办事，她可以大义灭亲，明天便把你一齐处死。（把面巾蒙上，向卫士）走！我们从小路赶回城去！

靳尚与二卫士由左首下场。

郑詹尹立在神殿中，沉默有间，最后下出了决心，向东君神像右侧门走入。俄顷，将屈原带出。

郑詹尹　三闾大夫，请你在这神殿上走动走动，舒散一下筋骨吧。这儿的壁画，是你平常所喜欢的啦。我不奉陪了。

屈原略略点头，郑詹尹走入左侧门。

屈原手足已戴刑具，颈上并系有长链，仍着其白日所着之玄衣，披发，在殿中徘徊。因有脚镣行步甚有限制，时而伫立睥睨，目中含有怒火。手有举动时，必两手同时举出。如无举动时，则拳曲于胸前。

屈　原　（向风及雷电）风！你咆哮吧！咆哮吧！尽力地咆哮吧！在这暗无天日的时候，一切都睡着了，都沉在梦里，都死了的时候，正是应该你咆哮的时候，应该你尽力咆哮的时候！

尽管你是怎样的咆哮，你也不能把他们从梦中叫醒，不能把死了的吹活转来，不能吹掉这比铁还沉重的眼前的黑暗，但你至少可以吹走一些灰尘，吹走一些砂石，至少可以吹动一些花草树木。你可以使那洞庭湖，使那长江，使那东海，为你翻波涌浪，和你一同地大声咆哮呵！

啊，我思念那洞庭湖，我思念那长江，我思念那东海，那浩浩荡荡的无边无际的波澜呀！那浩浩荡荡的无边无际的伟大的力呀！那是自由，是跳舞，是音乐，是诗！

啊，这宇宙中的伟大的诗！你们风，你们雷，你们电，你们在这黑暗中咆哮着的，闪耀着的一切的一切，你们都是诗，都是音乐，都是跳舞。你们宇宙中伟大的艺人们呀，尽量发挥你们的力量吧。发泄出无边无际的怒火把这黑暗的宇宙，阴惨的宇宙，爆炸了吧！爆炸了吧！

雷！你那轰隆隆的，是你车轮子滚动的声音！你把我载着拖到洞庭湖的边上去，拖到长江的边上去，拖到东海的边上去呀！我要看那滚滚的波涛，我要听那鞺鞺鞳鞳[2]的咆哮，我要漂流到那没有阴谋、没有污秽、没有自私自利的没有人的小岛上去呀！我要和着你，和着你的声音，和着那茫茫的大

---

① ［南后］就是剧中南后郑袖。

② ［鞺鞺鞳鞳（tāng tāng tà tà）］即鞺鞳，钟鼓声，这里形容波涛声。

海，一同跳进那没有边际的没有限制的自由里去！

啊，电！你这宇宙中最犀利的剑呀！我的长剑是被人拔去了，但是你，你能拔去我有形的长剑，你不能拔去我无形的长剑呀。电，你这宇宙中的剑，也正是，我心中的剑。你劈吧，劈吧，劈吧！把这比铁还坚固的黑暗，劈开，劈开，劈开！虽然你劈它如同劈水一样，你抽掉了，它又合拢了来，但至少你能使那光明得到暂时间的一瞬的显现，哦，那多么灿烂的，多么炫目的光明呀！

光明呀，我景仰你，我景仰你，我要向你拜手[①]，我要向你稽首[②]。我知道，你的本身就是火，你，你这宇宙中的最伟大者呀，火！你在天边，你在眼前，你在我的四面，我知道你就是宇宙的生命，你就是我的生命，你就是我呀！我这熊熊地燃烧着的生命，我这快要使我全身炸裂的怒火，难道就不能迸射出光明了吗？

炸裂呀，我的身体！炸裂呀，宇宙！让那赤条条的火滚动起来，像这风一样，像那海一样，滚动起来，把一切的有形，一切的污秽，烧毁了吧，烧毁了吧！把这包含着一切罪恶的黑暗烧毁了吧！

把你这东皇太一烧毁了吧！把你这云中君烧毁了吧！你们这些土偶木梗[③]，你们高坐在神位上有什么德能？你们只是产生黑暗的父亲和母亲！

你，你东君，你是什么个东君？别人说你是太阳神，你，你坐在那马上丝毫也不能驰骋。你，你红着一个面孔，你也害羞吗？啊，你，你完全是一片假！你，你这土偶木梗，你这没心肝的，没灵魂的，我要把你烧毁，烧毁，烧毁你的一切，特别要烧毁你那匹马！你假如是有本领，就下来走走吧！

什么个大司命，什么个少司命，你们的天大的本领就只有晓得播弄人！什么个湘君，什么个湘夫人，你们的天大的本领也就只晓得痛哭几声！哭，哭有什么用？眼泪，眼泪有什么用？顶多让你们哭出几笼湘妃竹[④]吧！但那湘妃竹不是主人们用来打奴隶的刑具么？你们滚下船来，你们滚下云头来，我都要把你们烧毁！烧毁！烧毁！

哼，还有你这河伯……哦，你河伯！你，你是我最初的一个安慰者！我是看得很清楚的呀！当我被人们押着，押上了一个高坡，卫士们要息脚，我也就站立在高坡上，回头望着龙门[⑤]。我是看得很清楚，很清楚的呀！我看见婵娟被人虐待，我看见你挺身而出，指天画地有所争论。结果，你是被人押进了龙门，婵娟她也被人押进了龙门。

但是我，我没有眼泪。宇宙，宇宙也没有眼泪呀！眼泪有什么用呵？我们只有雷霆，只有闪电，只有风暴，我们没有拖泥带水的雨！这是我的意志，宇宙的意志。鼓动吧，风！咆哮吧，雷！闪耀吧，电！把一切沉睡在黑

---

① ［拜手］古代的一种跪拜礼。行礼时，跪下，两手拱合到地，头靠在手上。

② ［稽首］古代的一种跪拜礼。行礼时，跪下，叩头到地。

③ ［土偶木梗］即土偶木偶，这里指泥塑木雕的神像。

④ ［湘妃竹］斑竹，又称泪竹。传说舜南巡时死去，妃子娥皇、女英在江湘之间哭泣，眼泪沾染了竹子，竹竿上有了斑点，所以称斑竹、泪竹。二妃死后成为湘水神，斑竹又称湘妃竹。

⑤ ［龙门］楚国都城郢城（现在湖北省江陵县西北）的东门。

暗怀里的东西，毁灭，毁灭，毁灭呀！

郑詹尹左手提灯，右手执爵[①]*，由湘夫人神像左侧之门入场。*

郑詹尹　三闾大夫，你又在做诗了吗？你的声音比风还要宏大，比雷霆还要有威势啦。啊，像这样雷电交加的深夜，实在可怕。我连庙门都不敢去关了。你怎么老是不去睡呢？是的，我看你好像朗诵了好长的一首诗啦。你怕口渴吧。我给你备了一杯甜酒来，虽然没有下酒的东西，请你润润喉，也好啦。

屈　原　多谢你，请你放在那神案上，手足不方便，对你不住。

郑詹尹　唉，真是不知道要闹成个什么世界了。本来是“刑不上大夫，礼不下庶人”[②]的，这个体统也弄得来扫地无存了。连我们的三闾大夫，也要让他带脚镣手铐。三闾大夫，这脚镣手铐假如是有钥匙，我一定要替你打开的啦。可恨的是他们把钥匙都带走了啊。

屈　原　多谢你，这脚镣手铐我倒并不感觉痛苦，有这些东西在身上，倒反而增加了我的力量，不过行动不方便些罢了。

郑詹尹　我看你的喉咙一定渴得很厉害的，这酒我捧着让你喝。还要睡一睡才能天亮吧。

屈　原　多谢你，我现在口不渴。我本来也是不喜欢喝酒的人。回头我口渴了，一定领你的盛情好了。请你不要关照。

郑詹尹　*（将爵放在神案上）*慢慢喝也好。其实酒倒也并不是坏东西。只要喝得少一点，有个节制，倒也是很好的东西啦。

屈　原　是的，我也明白。我的吃亏处，便是大家都醉而我偏不醉，马马虎虎的事我做不来。

郑詹尹　真的，这些地方正好是人们吃亏的地方啦。说起你吃亏的事情上来，我倒是感觉着对你不住呢！

屈　原　怎么的？

郑詹尹　三闾大夫，你忘记了吧，郑袖是我的女儿啦。

屈　原　哦，是的，可是差不多一般的人都把这事情忘记了。

郑詹尹　也是应该的喽。她母亲早死，我又干着这占筮卜卦的事体，对于她的教育没有做好。后来她进了宫廷，我更和她断绝了父女的关系。她近来简直是愈闹愈不成个体统，她把你这样忠心耿耿的人都陷害成这个样子了。

屈　原　太卜，请你相信我，我现在只恨张仪[③]，对于南后倒并不怨恨。南后她平常很喜欢我的诗，在国王面前也很帮助过我。今天的事情我起初不大明白，后来才知道是那张仪在作怪啦。一般的人也使我很不高兴，成了张仪的应声虫。张仪说我是疯子，大家也就说我是疯子。这简直是把凤凰当成鸡，把麒麟当成羊子啦。这叫我怎么能够忍受？所以别人愈要同情我，我便愈觉得恶心。我要那无价值的同情来做什么？

郑詹尹　真的啦，一般的老百姓真是太厚道了。

---

①　［爵（jué）］古代酒器，三足，青铜制。盛行于商代和西周初期。

②　［“刑不上大夫，礼不下庶人”］刑罚不能对上加在大夫（高级官）身上，礼节不能对下用在普通人身上。这两句话出于《礼记》。庶人，老百姓。

③　［张仪］剧中是秦国的丞相，连横家。

屈　原　不过我的心境也很复杂，我虽然不高兴他们的厚道，但我又爱他们的厚道。又如南后的聪明吧，我虽然能够佩服，但我却不喜欢。这矛盾怕是不可以调和的吧？我想要的是又聪明又厚道，又素朴又绚烂，亦圣亦狂，即狂即圣[①]，个个老百姓都成为绝顶聪明，你看我这个见解是不是可以成立的呢？

郑詹尹　这是所谓“大智若愚，大巧若拙”[②]的话啦。

屈　原　不，不是那样。我不是要人装傻，而是要人一片天真。人人都有好脾胃，人人都有好性情，人人都有好本领。可是我自己就办不到！我的性情太激烈了，我自己也觉得有点偏，要想矫正却不能够。你看我怎样的好呢？我去学农夫吧？我又拿不来锄头。我跑到外国去吧？我又舍不得丢掉楚国。我去向南后求情，请她容恕我吧？她能够和张仪合作，我却万万不能够和张仪合作。你看我怎样办的好呢？

郑詹尹　三闾大夫，对你不住。你把这些话来问我，我拿着也没有办法。其实卜卦的事老早就不灵了。不怕我是在做太卜的官，恐怕也是我在做太卜的官，所以才愈见晓得它的不灵吧。古时候似乎灵验过来，现在是完全不行了。认真说：我就是在这儿骗人啦。但是对于你，我是不好骗得的。三闾大夫，像我这样骗人的生活，假使你能够办得到，恐怕也是好的吧。我们确实是做到了“大愚若智，大拙若巧”的地步，呵哈哈哈哈……风似乎稍微止息了一点，你还是请进里面去休息一下吧，怎么样呢？

屈　原　不，多谢你，我也不想睡，请你自己方便吧。

郑詹尹　把酒喝一点怎么样呢？

屈　原　我回头一定领情的啦，太卜。

郑詹尹　你该不会疑心这酒里有毒的吧？

屈　原　果真有毒，倒是我现在所欢迎的。唉，我们的祖国被人出卖了，我真不忍心活着看见它会遭遇到的悲惨的前途呵。

郑詹尹　真的啦，像这样难过的日子，连我们上了年纪的人，都不想再混了。

屈　原　大家都不想活的时候，生命的力量是会爆发的。

郑詹尹　好的，你慢慢喝也好，我还想去躺一会儿。

屈　原　请你方便，怕还有一会天才能亮呢。

郑詹尹复提着灯笼由原道下场。

大风渐息，雷电亦止，月光复出，斜照殿上。

屈　原　啊，宇宙你也恬淡起来了。真也奇怪，我现在的心境又起了一个不可思议的变换。我想，毕竟还是人是最可亲爱的呵。不怕就是你所不高兴的人，在你极端孤寂的时候和他说了几句话，似乎也是镇定精神的良药啦。（*复在殿中徘徊*）啊，河伯！（*徘徊有间之后，在河伯前伫立*）请让我还是把你当成朋友，让我再和你谈谈心吧。你知道么？现在我所最担心的是我的婵娟[③]呀！她明明是被人家抓去了的。她是很尊敬我的一个人，她把我当成了她的父

---

① ［亦圣亦狂，即狂即圣］意思是说，是圣人又是狂人。

② ［大智若愚，大巧若拙］绝顶聪明的人看来好像愚昧的，绝顶灵巧的人看来好像拙笨的。这两句话出于《老子》。

③ ［婵娟］剧中是屈原的侍女。

亲、她的师长，她把我看待得比她自己的性命还要贵重。（稍停）她最能够安慰我。我也把她当成了我自己的女儿，当成了我自己最珍爱的弟子。唉，我今天实在不应该抛撇了她，跑了出来。她虽然在后园子里面看着那些人胡闹，她虽然把我的衣裳拿了一件出去，但我相信那一定是宋玉[①]要她做的，宋玉那孩子，他实在太阴柔了。（将神案上的酒爵拿起将饮，复搁置）唉，这酒的气味，我终竟是不高兴。河伯，你是不是喜欢喝酒的呢？你现在的情形又是怎样？我也明明看见，别人也把你抓去了。你明明是为我而受难，为正义而受难呀。啊，我真不知道该怎样报答你的好呵！（复在神殿中徘徊。）

此时卫士甲与婵娟由右首出场。屈原瞥见人影，顿吃一惊。

屈　原　是谁？

婵　娟　啊，先生在这儿啦，我婵娟啦！（用尽全力，踉跄奔上神殿，跪于屈原前，拥抱其膝，仰头望之，似笑，又似干哭）

屈　原　（呈极凄绝之态）啊，婵娟，你怎么来的？你脸上怎么有伤呀？你怎么这样的装束？

婵　娟　（断续地）先生，我高兴得很……你请……不要问我……我……我是什么话都不想说。我只想……就这样……就这样抱着先生的脚……抱着先生的脚……就这样……死了去吧。

屈原不禁潸然，两手抚摩着婵娟的头，昂头望着天。如此有间。婵娟始终仰望屈原，喘息甚烈。

屈　原　（俯首安慰）婵娟，我没有想到还能够看见你，你一定是逃走出来的，你是超过了死线了。你知道宋玉是怎样吗？

婵　娟　（仍喘息）他……他跟着公子子兰……搬进宫里去了。

屈　原　那也由他去吧。谁能够不怕艰险，谁才可以登上高山。正义的路是崎岖的路，它只欢迎勇敢的人。……那位钓鱼的人呢？

婵　娟　听说丢进监里去了。

屈　原　（沉默一忽之后）婵娟，你口渴吧？

婵娟点头。

屈　原　（两手移去，将案上酒爵取来）这儿有杯甜酒，你喝了它吧。

婵娟就爵，一饮而尽，饮之甚甘，自己仍跪于地，紧紧拥抱着屈原的两膝，昂首望之。屈原以两手置爵于神案上之后，仍抚摩其头。俄而，婵娟脸色渐变，全身痉挛。

屈　原　（屈膝俯身，以两手套其颈，拥之于怀）啊，婵娟，你怎样？你怎样？

婵　娟　（凝目摇头）先生……那酒……那酒……有毒……可我……我真高兴……我……真高兴！（振作起来）我能够代替先生，保全了你的生命，我是多么地幸运呵！……先生，我是一个普通人家的女儿，我受了你的感化，知道了做人的责任。我始终诚心诚意地服侍着你，因为你就是我们楚国的柱石……我爱楚国，我就不能不爱先生……先生，我经常想照着你的指示，把我的生命

---

① ［宋玉］剧中是屈原的弟子。

献给祖国。可我没有想到，我今天是果然做到了。（渐渐衰弱）我把我这微弱的生命，代替了你这样宝贵的存在。先生，我真是多么地幸运呵……啊，我……我真高兴……真高兴……

屈 原 （紧紧拥抱着婵娟）婵娟！你要活下去呵！活下去呵！婵娟！婵娟！……

婵 娟 （更衰弱）……啊，我……真高兴……（喘息与痉挛愈烈。终竟作最大痉挛一次，死于屈原怀中，殿上灯火全体熄灭，只余月光）

屈原无言，拥着婵娟尸体，昂首望天，眼中复燃起怒火。

卫士甲在前直静立于殿下，至此始上殿至屈原之前。

卫士甲 三闾大夫，请你告诉我，那酒是谁个送给你的？

屈 原 （回顾，含怒而平淡地）是这儿的太卜郑詹尹。

说罢复其原有姿态。

卫士甲 哼，就是那南后的父亲吗？我是认识他的。

急骤地向左侧房屋走入。

屈原仍如塑像一般，寂立不动。

少顷，卫士甲复急骤而出。

卫士甲 三闾大夫，请你容恕我，我把那恶人郑詹尹刺杀了。在他的身上还搜出了一通密令，我念给你听。“太卜执事：比奉南后意旨，望执事于今夜将狂人毒死，放火焚庙，以灭其迹。上官大夫靳尚再拜。”密令是这样，因此我也就照着南后的意旨，在郑詹尹的床上放了一把火。这罪恶的神庙看看也就要和那罪恶的尸体一道消灭了。

屈 原 那很好。我还希望你帮助我，把婵娟安放在神案上，我们应该为她举行一个庄严的火葬。

卫士甲 待我先解除先生的刑具。（解除其刑具）婵娟姑娘穿的还是更夫的衣裳，应该给她脱掉啦。

屈 原 （起立先解婵娟之衣）哦，戴得有这样的花环。

（进行其他动作）

卫士甲 （一面帮助，一面诉说）先生，这还是你编的花环呢。在东门外被南后给你要去了，后来南后又给了婵娟姑娘。她一身都是挨了鞭打的，你看这手上都有伤，脸上都有伤，鞭打得很厉害。南后更打算明天便处死她，把她装在囚槛里，由我看守……夜半将近的时分，你的两位弟子宋玉和公子子兰[①]走来劝婵娟，要她听从公子子兰的要求，做他的侍女，他们便搭救她。但是婵娟始终不肯……她所说的话和她的精神太使我感动了，因此我就决心救她。从宋玉口中听说先生今晚上也有生命危险，所以我也就决心陪着她来救你……我们是从宫中逃出来的，就是用了一点诡计把一个更夫来顶替了婵娟。在我替她换上更夫装束的时候，婵娟姑娘她还坚决地不肯把你这花环丢掉呢！

二人已经将婵娟妥置于神案，头在左侧。

屈 原 （整理婵娟胸部，自其怀中取出帛书一卷，展视之）哦，这是我清早写的

---

① ［子兰］剧中楚怀王之稚子，屈原的学生。

《橘颂》啦。我是写给宋玉的，是宋玉又给了你吧！婵娟，你倒是受之而无愧的。唉，我真没有想出，我这《橘颂》才完全是为你写出的哀辞呀。

卫士甲　先生，那么，你好不好就拿给我念，我们来向婵娟姑娘致祭。

屈　原　好的，你就请从这后半读起。（授书并指示）一首一尾，你要加些什么话，也由你斟酌好了。

屈原移至婵娟脚次，垂拱而立，左翼已有火光及烟雾冒出。

卫士甲　（立于屈原之右，在神案右后隅，展读哀辞）维[1]楚大夫屈原率其仆夫致祭于婵娟之前而颂曰：

呵，年轻的人，你与众不同。
你志趣坚定，竟与橘树同风。
你心胸开阔，气度那么从容！
你不随波逐流，也不故步自封。
你谨慎存心，决不胡思乱想。
你至诚一片，期与日月同光。
我愿和你永做个忘年的朋友。
不挠不屈，为真理斗到尽头！
你年纪虽小，可以为世楷模。
足比古代的伯夷[2]，永垂万古！
——哀哉尚飨[3]

屈原再拜，卫士甲亦移至其后再拜。礼毕，卫士甲将帛书卷好，奉还屈原。

屈　原　现在一切都完毕了，请问你叫什么名字？

卫士甲　先生，你不必问我的姓名，我要永远做你的仆人，你就叫我“仆夫”吧。

屈　原　你今后打算要我怎样？

卫士甲　先生，你怎么这样问我呢？

屈　原　因为我现在的生命是你和婵娟给我的，婵娟她已经死了，我也就只好问你了。

卫士甲　先生，我们楚国需要你，我们中国也需要你，这儿太危险了，你是不能久呆的。我是汉北的人，假使先生高兴，我要把先生引到汉北去。我们汉北人都敬仰先生，受了先生的感召，我们知道爱真理，爱正义，抵御强暴，保卫楚国。先生，我们汉北人一定会保护你的。

屈　原　好的，我遵从你的意思。我决心去和汉北人民一道，就做一个耕田种地的农夫吧。你赶快把服装换掉啦。那儿有现成的衣帽。（指示更夫衣帽）

卫士甲　哦，我真糊涂，简直没有想到，幸好有这一套啦。（换衣）

火光烟雾愈燃愈烈。

屈　原　（高举手中帛书）啊，婵娟，我的女儿！婵娟，我的弟子！婵娟，我的恩人呀！你已经发了火，你把黑暗征服了。你是永远永远的光明的使者呀！（执

思政探究3-1

郭沫若创作《屈原》的时代背景

经典选读3-1

曹禺：雷雨（节选）

① ［维］语气助词，用在句首。

② ［伯夷］商朝末年孤竹国君的儿子。他和弟弟叔齐，在周武王灭商以后，不愿吃周朝的粮食，一同饿死在首阳山（在现在山西省永济县南）。后人称颂他们能忠于故国。

③ ［尚飨］祭文的结束语。意思是希望鬼神来享受祭品。飨，享。

帛书之一端向婵娟抛去，帛书展布于尸上）

——幕徐徐下

幕后唱《礼魂》之歌：

唱着歌，打着鼓，
手拿着花枝齐跳舞。
我把花给你，你把花给我，
心爱的人儿，歌舞两婆娑。
春天有兰花，秋天有菊花，
馨香百代，敬礼无涯。

1942年1月11日夜

作者简介 3-3

老舍

4. 老　舍

茶馆[①]（节选）

第二幕

人　物　王淑芬、报童、康顺子、李三、常四爷、康大力、王利发、松二爷、老林、难民数人、宋恩子、老陈、巡警、吴祥子、崔久峰、押大令的兵七人、公寓住客二三人、军官、唐铁嘴、刘麻子、大兵三五人。

时　间　与前幕相隔十余年，现在是袁世凯死后，帝国主义指使中国军阀进行割据，时时发动内战的时候。初夏，上午。

地　点　同前幕。

幕启：北京城内的大茶馆已先后相继关了门。“裕泰”是硕果仅存的一家了，可是为避免被淘汰，它已改变了样子与作风。现在，它的前部仍然卖茶，后部却改成了公寓。前部只卖茶和瓜子什么的，“烂肉面”等等已成为历史名词。厨房挪到后边去。专包公寓住客的伙食。茶座也大加改良：一律是小桌与藤椅，桌上铺着浅绿桌布。墙上的“醉八仙”大画[②]，连财神龛，均已撤去，代以时装美人——外国香烟公司的广告画。“莫谈国事”的纸条可是保存了下来，而且字写的更大。王利发真像个“圣之时者也[③]”，不但没使“裕泰”灭亡，而且使它有了新的发展。

因为修理门面，茶馆停了几天营业，预备明天开张，王淑芬正和李三忙着布

① 《茶馆》是老舍的代表作，写于1957年。主要写的是裕泰茶馆从清末到中华人民共和国成立前夕，前后50年，经历清朝、军阀混战、国民党统治三个时代，由盛而衰的变迁。茶馆主人王利发虽然精明，善于经营，但终不免落到先付钱后喝茶的地步，最后茶馆被人霸占，他悬梁自尽。茶馆房主秦仲义，一个实业救国者，终至产业被作为逆产充公。茶馆常客、爱打抱不平的常四爷，因谈“国事”而遭缧绁，只落得卖花生米度日。而那些地痞、特务之类则作威作福，日甚一日，只是不断更换主子。剧本通过茶馆的变迁及各类人物的遭遇，反映了半殖民地半封建旧中国的社会面貌，有力地表明旧中国必然灭亡的历史趋势。全剧三幕反映了三个被埋葬的旧时代。

② ［“醉八仙”大画］大约是以饮中八仙故事为题材的画。饮中八仙，是指李白、贺知章等八人。杜甫有《饮中八仙歌》。

③ ［圣之时者也］原为古人评价孔子的话。这里指能适应时代和环境变化的人。

置，把桌椅移了又移，摆了又摆，以期尽善尽美。

王淑芬梳时兴的圆髻，而李三却还带着小辫儿。

二三学生由后面来，与他们打招呼，出去。

王淑芬　（看李三的辫子碍事）三爷，咱们的茶馆改了良，你的小辫儿也该剪了吧？

李　三　改良！改良！越改越凉，冰凉！

王淑芬　也不能那么说！三爷你看，听说西直门的德泰，北新桥的广泰，鼓楼前的天泰，这些大茶馆全先后脚儿关了门！只有咱们裕泰还开着，为什么？不是因为拴子的爸爸懂得改良吗？

李　三　哼！皇上没啦，总算大改良吧？可是改来改去，袁世凯还是要作皇上。袁世凯死后，天下大乱，今儿个打炮，明儿个关城，改良？哼！我还留着我的小辫儿，万一把皇上改回来呢！

王淑芬　别顽固啦，三爷！人家给咱们改了民国，咱们还能不随着走吗？你看，咱们这么一收拾，不比以前干净，好看？专招待文明人，不更体面？可是，你要还带着小辫儿，看着多么不顺眼哪！

李　三　太太，你觉得不顺眼，我还不顺心呢！

王淑芬　哟，你不顺心？怎么？

李　三　你还不明白？前面茶馆，后面公寓，全仗着掌柜的跟我两个人，无论怎么说，也忙不过来呀！

王淑芬　前面的事归他，后面的事不是还有我帮助你吗？

李　三　就算有你帮助，打扫二十来间屋子，侍候二十多人的伙食，还要沏茶灌水，买东西送信，问问你自己，受得了受不了！

王淑芬　三爷，你说的对！可是呀，这兵荒马乱的年月，能有个事儿做也就得念佛！咱们都得忍着点！

李　三　我干不了！天天睡四五个钟头的觉，谁也不是铁打的！

王淑芬　唉！三爷，这年月谁也舒服不了！你等着，大拴子暑假就高小毕业，二拴子也快长起来，他们一有用处，咱们可就清闲点啦。从老王掌柜在世的时候，你就帮助我们，老朋友，老伙计啦！

王利发老气横秋地从后面进来。

李　三　老伙计？二十多年了，他们可给我长过工钱？什么都改良，为什么工钱不跟着改良呢？

王利发　哟！你这是什么话呀？咱们的买卖要是越做越好，我能不给你长工钱吗？得了，明天咱们开张，取个吉利，先别吵嘴，就这么办吧！All right[①]？

李　三　就怎么办啦？不改我的良，我干不下去啦！（后面叫：“李三！李三！”）

王利发　崔先生叫，你快去！咱们的事，有工夫再细研究！

李　三　哼！

王淑芬　我说，昨天就关了城门，今儿个还说不定关不关，三爷，这里的事交给掌柜的，你去买点菜吧！别的不说，咸菜总得买下点呀！

---

① ［All right］英语。在这里是“好吧”的意思。

后面又叫："李三！李三！"

李　三　对，后边叫，前边催，把我劈成两半儿好不好！

（忿忿地往后走）

王利发　拴子的妈，他岁数大了点，你可得……

王淑芬　他抱怨了大半天了！可是抱怨的对！当着他，我不便直说；对你，我可得说实话；咱们得添人！

王利发　添人得给工钱，咱们赚得出来吗？我要是会干别的，可是还开茶馆，我是孙子！

远处隐隐有炮声。

王利发　听听，又他妈的开炮了！你闹，闹！明天开得了张才怪！这是怎么说的！

王淑芬　明白人别说胡涂话，开炮是我闹的？

王利发　别再瞎扯，干活儿去！嘿！

王淑芬　早晚不是累死，就得叫炮轰死，我看透了！（慢慢地往后边走）

王利发　（温和了些）拴子的妈，甭害怕，开过多少回炮，一回也没打死咱们，北京城是宝地！

王淑芬　心哪，老跳到嗓子眼里，宝地！我给三爷拿菜钱去。（下）

一群男女难民在门外央告。

难　民　掌柜的，行行好，可怜可怜吧！

王利发　走吧，我这儿不打发，还没开张！

难　民　可怜可怜吧！我们都是逃难的！

王利发　别耽误工夫！我自己还顾不了自己呢！

巡警上。

巡　警　走！滚！快着！

难民散去。

王利发　怎样啊？六爷！又打得紧吗？

巡　警　紧！紧得厉害！仗打得不紧，怎能够有这么多难民呢！上面交派下来，你出八十斤大饼，十二点交齐！城里的兵带着干粮，才能出去打仗啊！

王利发　您圣明，我这儿现在光包后面的伙食，不再卖饭，也还没开张，别说八十斤大饼，一斤也交不出啊！

巡　警　你有你的理由，我有我的命令，你瞧着办吧！

（要走）

王利发　您等等！我这儿千真万确还没开张，这您知道！开张以后，还得多麻烦您呢！得啦，您买包茶叶喝吧！

（递钞票）您多给美言几句，我感恩不尽！

巡　警　（接票子）我给你说说看，行不行可不保准！

三五个大兵，军装破烂，都背着枪，闯进门口。

巡　警　老总们，我这儿正查户口呢，这儿还没开张！

大　兵　屌！

巡　警　王掌柜，孝敬老总们点茶钱，请他们到别处喝去吧！

王利发　老总们，实在对不起，还没开张，要不然，诸位住在这儿，一定欢迎！（递钞票给巡警）

巡　警　（转递给兵们）得啦，老总们多原谅，他实在没法招待诸位！

大　兵　屌！谁要钞票？要现大洋！

王利发　老总们，让我哪儿找现洋去呢？

大　兵　屌！揍他个小舅子！

巡　警　快！再添点！

王利发　（掏）老总们，我要是还有一块，请把房子烧了！（递钞票）

大　兵　屌！（接钱下，顺手拿走两块新桌布）

巡　警　得，我给你挡住了一场大祸！他们不走呀，你就全完，连一个茶碗也剩不下！

王利发　我永远忘不了您这点好处！

巡　警　可是为这点功劳，你不得另有份意思吗？

王利发　对！您圣明，我胡涂！可是，您搜我吧，真一个铜子儿也没有啦！（掀起褂子，让他搜）您搜！您搜！

巡　警　我干不过你！明天见，明天还不定是风是雨呢！（下）

王利发　您慢走！（看巡警走去，跺脚）他妈的！打仗，打仗！今天打，明天打，老打，打他妈的什么呢？（唐铁嘴进来，还是那么瘦，那么脏，可是穿着绸子夹袍。）

唐铁嘴　王掌柜！我来给你道喜！

王利发　（还生着气）哟！唐先生？我可不再白送茶喝！（打量，有了笑容）你混的不错呀！穿上绸子啦！

唐铁嘴　比从前好一点！我感谢这个年月！

王利发　这个年月还值得感谢！听着有点不搭调！

唐铁嘴　年头越乱，我的生意越好！这年月，谁活着谁死都碰运气，怎能不多算算命、相相面呢？你说对不对？

王利发　Yes，也有这么一说！

唐铁嘴　听说后面改了公寓，租给我一间屋子，好不好？

王利发　唐先生，你那点嗜好，在我这儿恐怕……

唐铁嘴　我已经不吃大烟了！

王利发　真的？你可真要发财了！

唐铁嘴　我改抽“白面[①]”啦。（指墙上的香烟广告）你看，哈德门烟是又长又松，（掏出烟来表演）一顿就空出一大块，正好放“白面儿”。大英帝国的烟，日本的“白面儿”，两大强国侍候着我一个人，这点福气还小吗？

王利发　福气不小！不小！可是，我这儿已经住满了人，什么时候有了空房，我准给你留着！

唐铁嘴　你呀，看不起我，怕我给不了房租！

---

① ［白面］即海洛因，用吗啡制的毒品。

王利发　没有的事！都是久在街面上混的人，谁能看不起谁呢？这是知心话吧？

唐铁嘴　你的嘴呀比我的还花哨！

王利发　我可不光要嘴皮子，我的心放得正！这十多年了，你白喝过我多少碗茶？你自己算算！你现在混的不错，你想着还我茶钱没有？

唐铁嘴　赶明儿我一总还给你，那一共才有几个钱呢！（搭讪[1]着往外走）

街上卖报的喊叫："长辛店[2]大战的新闻，买报瞧，瞧长辛店大战的新闻！"

报童向内探头。

报　童　掌柜的，长辛店大战的新闻，来一张瞧瞧？

王利发　有不打仗的新闻没有？

报　童　也许有，您自己找！

王利发　走！不瞧！

报　童　掌柜的，你不瞧也照样打仗！（对唐铁嘴）先生，您照顾照顾？

唐铁嘴　我不像他，（指王利发）我最关心国事！（拿了一张报，没给钱即走）

报童追唐铁嘴下。

王利发　（自言自语）长辛店！长辛店！离这里不远啦！（喊）三爷，三爷！你倒是抓早儿买点菜去呀，待一会儿准关城门，就什么也买不到啦！嘿！（听后面没人应声，含怒往后跑）

常四爷提着一串腌萝卜，两只鸡，走进来。

常四爷　王掌柜！

王利发　谁？哟，四爷！您干什么哪？

常四爷　我卖菜呢！自食其力，不含糊[3]！今儿个城外头乱乱哄哄，买不到菜；东抓西抓，抓到这么两只鸡，几斤老腌萝卜。听说你明天开张，也许用的着，特意给你送来了！

王利发　我谢谢您！我这儿正没有辙呢！

常四爷　（四下里看）好啊！好啊！收拾得好啊！大茶馆全关了，就是你有心路，能随机应变地改良！

王利发　别夸奖我啦！我尽力而为，可就怕天下老这么乱七八糟！

常四爷　像我这样的人算是坐不起这样的茶馆喽！

松二爷走进来，穿的很寒酸，可是还提着鸟笼。

松二爷　王掌柜！听说明天开张，我来道喜！（看见常四爷）哎哟！四爷，可想死我喽！

常四爷　二哥！你好哇？

王利发　都坐下吧！

松二爷　王掌柜，你好？太太好？少爷好？生意好？

王利发　（一劲儿说）好！托福！（提起鸡与咸菜）四爷，多少钱？

常四爷　瞧着给，该给多少给多少？

---

① ［搭讪（shàn）］为了应付尴尬局面而找话说。
② ［长辛店］地名。在北京市西南部、京广铁路线上。
③ ［不含糊］这里是千真万确、一点不假的意思。

王利发　对！我给你们弄壶茶来！（提物到后面去）

松二爷　四爷，你，你怎么样啊？

常四爷　卖青菜哪！铁杆庄稼没有啦，还不卖膀子力气吗？二爷，您怎么样啊？

松二爷　怎么样？我想大哭一场！看见我这身衣裳没有？我还像个人吗？

常四爷　二哥，您能写能算，难道找不到点事儿做？

松二爷　嗻[①]，谁愿意瞪着眼挨饿呢！可是，谁要咱们旗人[②]呢！想起来呀，大清国不一定好啊，可是到了民国，我挨了饿！

王利发　（端着一壶茶回来。给常四爷钱）不知道您花了多少，我就给这么点吧！

常四爷　（接钱，没看，揣在怀里）没关系！

王利发　二爷，（指鸟笼）还是黄鸟吧？哨的怎样？

松二爷　嗻，还是黄鸟！我饿着，也不能叫鸟儿饿着！（有了点精神）你看看，看看，（打开罩子）多么体面！一看见它呀，我就舍不得死啦！

王利发　松二爷，不准说死！有那么一天，您还会走一步好运！

常四爷　二哥，走！找个地方喝两盅儿去！一醉解千愁！王掌柜，我可就不让你啦，没有那么多的钱！

王利发　我也分不开身，就不陪了！

常四爷、松二爷正往外走，宋恩子和吴祥子进来。他们俩仍穿灰色大衫，但袖口瘦了，而且罩上青布马褂。

松二爷　（看清楚是他们，不由地上前请安）原来是你们二位爷！

王利发似乎受了松二爷的感染，也请安，弄得二人愣住了。

宋恩子　这是怎么啦？民国好几年了，怎么还请安？你们不会鞠躬吗？

松二爷　我看见您二位的灰大褂呀，就想起了前清的事儿！不能不请安！

王利发　我也那样！我觉得请安比鞠躬更过瘾！

吴祥子　哈哈哈哈！松二爷，你们的铁杆庄稼不行了，我们的灰色大褂反倒成了铁杆庄稼，哈哈哈！（看见常四爷）这不是常四爷吗？

常四爷　是呀，您的眼力不错！戊戌年[③]我就在这儿说了句“大清国要完”，叫您二位给抓了走，坐了一年多的牢！

宋恩子　您的记性可也不错！混的还好吧？

常四爷　托福！从牢里出来，不久就赶上庚子年[④]，扶清灭洋，我当了义和团，跟洋人打了几仗！闹来闹去，大清国到底是亡了，该亡！我是旗人，可是我得说公道话！现在，每天起五更弄一挑子青菜，绕到十点来钟就卖光。凭力气挣饭吃，我的身上更有劲了！什么时候洋人敢再动兵，我姓常的还准备跟他们打打呢！我是旗人，旗人也是中国人哪！您二位怎么样？

吴祥子　瞎混呗！有皇上的时候，我们给皇上效力，有袁大总统的时候，我们给袁大总统效力；现而今，宋恩子，该怎么说啦？

宋恩子　谁给饭吃，咱们给谁效力！

---

① ［嗻（zhè）］应对声。
② ［旗人］泛指满族人。
③ ［戊戌年］即1898年。那一年发生了“戊戌变法”。
④ ［庚子年］指1900年八国联军入侵北京。

常四爷 要是洋人给饭吃呢？

松二爷 四爷，咱们走吧！

吴祥子 告诉你，常四爷，要我们效力的都仗着洋人撑腰！没有洋枪洋炮，怎能够打起仗来呢？

松二爷 您说的对！嗻！四爷，走吧！

常四爷 再见吧，二位，盼着你们快快升官发财！（同松二爷下）

宋恩子 这小子！

王利发 （倒茶）常四爷老是那么又倔又硬，别计较他！（让茶）二位喝碗吧，刚沏好的。

宋恩子 后面住着的都是什么人？

王利发 多半是大学生，还有几位熟人。我有登记簿子，随时报告给“巡警阁子”。我拿来，二位看看？

吴祥子 我们不看簿子，看人！

王利发 您甭看，准保都是靠得住的人！

宋恩子 你为什么爱租学生们呢？学生不是什么老实家伙呀！

王利发 这年月，做官的今天上任，明天撤职，做买卖的今天开市，明天关门，都不可靠！只有学生有钱，能够按月交房租，没钱的就上不了大学啊！您看，是这么一笔账不是？

宋恩子 都叫你咂摸①透了！你想的对！现在，连我们也欠饷啊！

吴祥子 是呀，所以非天天拿人不可，好得点津贴！

宋恩子 就仗着有错拿，没错放的，拿住人就有津贴！走吧，到后边看看去！

吴祥子 走！

王利发 二位，二位！您放心，准保没错儿！

宋恩子 不看，拿不到人，谁给我们津贴呢？

吴祥子 王掌柜不愿意咱们看，王掌柜必会给咱们想办法！咱们得给王掌柜留个面子！对吧？王掌柜！

王利发 我……

宋恩子 我出个不很高明的生意；干脆来个包月，每月一号，按阳历算，你把那点……

吴祥子 那点意思！

宋恩子 对，那点意思送到，你省事，我们也省事！

王利发 那点意思得多少呢？

吴祥子 多年的交情，你看着办！你聪明，还能把那点意思闹成不好意思吗？

李　三 （提着菜筐由后面出来）喝，二位爷！（请安）今儿个又得关城门吧！（没等回答，往外走）

二三学生匆匆地回来。

学　生 三爷，先别出去，街上抓伕呢！（往后面走去）

---

① ［咂（zā）摸］寻思、反复研究。

李　三　（还往外走）抓去也好，在哪儿也是当苦力！

刘麻子丢了魂似的跑来，和李三碰了个满怀。

李　三　怎么回事呀？吓掉了魂儿啦！

刘麻子　（喘着）别，别，别出去！我差点叫他们抓了去！

王利发　三爷，等一等吧！

李　三　午饭怎么开呢？

王利发　跟大家说一声，中午咸菜饭，没别的办法！晚上吃那两只鸡！

李　三　好吧！（往回走）

刘麻子　我的妈呀，吓死我啦！

宋恩子　你活着，也不过多买卖几个大姑娘！

刘麻子　有人卖，有人买，我不过在中间帮帮忙，能怪我吗？（把桌上的三个茶杯的茶先后喝净）

吴祥子　我可是告诉你，我们哥儿们从前清起就专办革命党，不大爱管贩卖人口，拐带妇女什么的臭事。可是你要叫我们碰见，我们也不再睁一眼闭一眼！还有，像你这样的人，弄进去，准锁在尿桶上！

刘麻子　二位爷，别那么说呀！我不是也快挨饿了吗？您看，以前，我走八旗[①]老爷们、宫里太监们的门子。这么一革命啊，可苦了我啦！现在，人家总长次长，团长师长，要娶姨太太讲究要唱落子[②]的坤角[③]，戏班里的女名角，一花就三千五千现大洋！我干瞧着，摸不着门！我那点芝麻粒大的生意算得了什么呢？

宋恩子　你呀，非锁在尿桶上，不会说好的！

刘麻子　得啦，今天我孝敬不了二位，改天我必有一份儿人心！

吴祥子　你今天就有买卖，要不然，兵荒马乱的，你不会出来！

刘麻子　没有！没有！

宋恩子　你嘴里半句实话也没有！不对我们说真话，没有你的好处！王掌柜，我们出去绕绕；下月一号，按阳历算，别忘了！

王利发　我忘了姓什么，也忘不了您二位这回事！

吴祥子　一言为定啦！（同宋恩子下）

王利发　刘爷，茶喝够了吧？该出去活动活动！

刘麻子　你忙你的，我在这儿等两个朋友。

王利发　咱们可把话说开了，从今以后，你不能再在这儿作你的生意，这儿现在改了良，文明啦！

康顺子提着个小包，带着康大力，往里边探头。

康大力　是这里吗？

康顺子　地方对呀，怎么改了样儿？（进来，细看，看见了刘麻子）大力，进来，是这儿！

---

① ［八旗］清朝的军队编制。
② ［落（lào）子］北方方言把评剧或曲艺叫作“落子”。
③ ［坤角］旧时称戏剧女演员。

康大力　找对啦？妈！

康顺子　没错儿！有他在这儿，不会错！

王利发　您找谁？

康顺子　（不语，直奔过刘麻子去）刘麻子，你还认识我吗？（要打，但是伸不出手去，一劲地颤抖）你，你，你个……（要骂，也感到困难）

刘麻子　你这个娘儿们，无缘无故地跟我捣什么乱呢？

康顺子　（挣扎）无缘无故？你，你看看我是谁？一个男子汉，干什么吃不了饭，偏干伤天害理的事！呸！呸！

王利发　这位大嫂，有话好好说！

康顺子　你是掌柜的？你忘了吗？十几年前，有个娶媳妇的太监？

王利发　您，您就是庞太监的那个……

康顺子　都是他（指刘麻子）作的好事，我今天跟他算算账！

（又要打，仍未成功）

刘麻子　（躲）你敢！你敢！我好男不跟女斗！（随说随往后退）我，我找人来帮我说说理！（撒腿往后面跑）

王利发　（对康顺子）大嫂，你坐下，有话慢慢说！庞太监呢？

康顺子　（坐下喘气）死啦。叫他的侄子们给饿死的。一改民国呀，他还有钱，可没了势力，所以侄子们敢欺负他。他一死，他的侄子们把我们掏[①]出来了，连一床被子都没给我们！

王利发　这，这是……？

康顺子　我的儿子！

王利发　您的……？

康顺子　也是买来的，给太监当儿子。

康大力　妈！你爸爸当初就在这儿卖了你的？

康顺子　对了，乖！就是这儿，一进这儿的门，我就晕过去了，我永远忘不了这个地方！

康大力　我可不记得我爸爸在哪里卖了我的！

康顺子　那时候，你不是才一岁吗？妈妈把你养大了的，你跟妈妈一条心，对不对？乖！

康大力　那个老东西，掐你，拧你，咬你，还用烟签子扎我，他们人多，咱们打不过他们！要不是你，妈，我准叫他们给打死了！

康顺子　对！他们人多，咱们又太老实！你看，看见刘麻子，我想咬他几口，可是，可是，连一个嘴巴也没打上，我伸不出手去！

康大力　妈，等我长大了，我帮助你打！我不知道亲妈妈是谁，你就是我的亲妈妈！

康顺子　好！好！咱们永远在一块儿，我去挣钱，你去念书！（稍愣了一会儿）掌柜的，当初我在这儿叫人买了去，咱们总算有缘，你能不能帮帮忙，给我找点事做？我饿死不要紧，可不能饿死这个无依无靠的好孩子！（王淑芬出来，

① ［掏（hōng）］同“轰”，驱逐的意思。

立在后边听着)

王利发　你会干什么呢?

康顺子　洗洗涮涮、缝缝补补、做家常饭,都会!我是乡下人,我能吃苦,只要不再作太监的老婆,什么苦处都是甜的!

王利发　要多少钱呢?

康顺子　有三顿饭吃,有个地方睡觉,够大力上学的,就行!

王利发　好吧,我慢慢给你打听着!你看,十多年前那回事,我到今天还没忘,想起来心里就不痛快!

康顺子　可是,现在我们母子上哪儿去呢?

王利发　回乡下找你的老父亲去!

康顺子　他?他是活是死,我不知道。就是活着,我也不能去找他!他对不起女儿,女儿也不必再叫他爸爸!

王利发　马上就找事,可不大容易!

王淑芬　(走过来)她能洗能作,又不多要钱,我留下她了!

王利发　你?

王淑芬　难道我不是内掌柜的?难道我跟李三爷就该累死?

康顺子　掌柜的,试试我!看我不行,您说话,我走!

王淑芬　大嫂,跟我来!

康顺子　当初我是在这儿卖出去的,现在就拿这儿当作娘家吧!大力,来吧!

康大力　掌柜的,你要不打我呀,我会帮助妈妈干活儿!(同王淑芬、康顺子下)

王利发　好家伙,一添就是两张嘴!太监取消了,可把太监的家眷交到这里来了!

李　三　(掩护着刘麻子出来)快走吧!(回去)

王利发　就走吧,还等着真挨两个脆的吗?

刘麻子　我不是说过了吗,等两个朋友?

王利发　你呀,叫我说什么才好呢!

刘麻子　有什么法子呢!隔行如隔山,你老得开茶馆,我老得干我这一行!到什么时候,我也得干我这一行!

老林和老陈满面笑容地走进来。

刘麻子　(二人都比他年轻,他却称呼他们哥哥)林大哥,陈二哥!(看王不满意,赶紧说)王掌柜,这儿现在没有人,我借个光,下不为例!

王利发　她(指后边)可是还在这儿呢!

刘麻子　不要紧了,她不会打人!就是真打,他们二位也会帮助我!

王利发　你呀!哼(到后边去)

刘麻子　坐下吧,谈谈!

老　林　你说吧!老二!

老　陈　你说吧!哥!

刘麻子　谁说不一样啊!

老　陈　你说吧,你是大哥!

老　林　那个,你看,我们俩是把兄弟!

老　陈　对！把兄弟，两个人穿一条裤子的交情！
老　林　他有几块现大洋！
刘麻子　现大洋？
老　陈　林大哥也有几块现大洋！
刘麻子　一共多少块呢？说个数目！
老　林　那，还不能告诉你咧！
老　陈　事儿能办才说咧！
刘麻子　有现大洋，没有办不了的事！
老　林　真的？
刘麻子　说假话是孙子！
老　林　那么，你说吧，老二！
老　陈　还是你说，哥！
老　林　你看，我们是两个人吧？
刘麻子　嗯！
老　陈　两个人穿一条裤子的交情吧？
刘麻子　嗯！
老　林　没人耻笑我们的交情吧？
刘麻子　交情嘛，没人耻笑！
老　陈　也没人耻笑三个人的交情吧？
刘麻子　三个人？都是谁？
老　林　还有个娘儿们！
刘麻子　嗯！嗯！嗯！我明白了！可是不好办，我没办过！你看，平常都说小两口儿，哪有小三口儿的呢！
老　林　不好办？
刘麻子　太不好办啦！
老　林　（问老陈）你看呢？
老　陈　还能白拉倒吗？
老　林　不能拉倒！当了十几年兵，连半个媳妇都娶不上！他妈的！
刘麻子　不能拉倒，咱们再想想！你们到底一共有多少块现大洋？

王利发和崔久峰由后面慢慢走来。刘麻子等停止谈话。

王利发　崔先生，昨天秦二爷派人来请您，您怎么不去呢？您这么有学问，上知天文，下知地理，又做过国会议员，可是住在我这里，天天念经；干吗不出去做点事呢？您这样的好人，应当出去做官！有您这样的清官，我们小民才能过太平日子！
崔久峰　惭愧！惭愧！做过国会议员，那真是造孽呀！革命有什么用呢，不过自误误人而已！唉！现在我只能修持，忏悔！
王利发　您看秦二爷，他又办工厂，又忙着开银号！
崔久峰　办了工厂、银号又怎么样呢？他说实业救国，他救了谁？救了他自己，他越来越有钱了！可是他那点事业，哼，外国人伸出一个小指头，就把他推倒在地，再也起不来！

王利发　您别这么说呀！难道咱们就一点盼望也没有了吗？

崔久峰　难说！很难说！你看，今天王大帅打李大帅，明天赵大帅又打王大帅。是谁叫他们打的？

王利发　谁？哪个混蛋？

崔久峰　洋人！

王利发　洋人？我不能明白！

崔久峰　慢慢地你就明白了。有那么一天，你我都得做亡国奴！我干过革命，我的话不是随便说的！

王利发　那么，您就不想想主意，卖卖力气，别叫大家做亡国奴？

崔久发　我年轻的时候，以天下为己任，的确那么想过！现在，我可看透了，中国非亡不可！

王利发　那也得死马当活马治呀！

崔久峰　死马当活马治？那是妄想！死马不能再活，活马可早晚得死！好啦，我到弘济寺去，秦二爷再派人来找我，你就说，我只会念经，不会干别的！（下）

宋恩子、吴祥子又回来了。

王利发　二位！有什么消息没有？

宋恩子、吴祥子不语，坐在靠近门口的地方，看着刘麻子等。

刘麻子不知如何是好，低下头去。

老陈、老林也不知如何是好，相视无言。

（静默了有一分钟）

老　陈　哥，走吧？

老　林　走！

宋恩子　等等！（立起来，挡住路）

老　陈　怎么啦？

吴祥子　（也立起）你说怎么啦？

四人呆呆相视一会儿。

宋恩子　乖乖地跟我们走！

老　林　上哪儿？

吴祥子　逃兵，是吧？有几块现大洋，想在北京藏起来，是吧？有钱就藏起来，没钱就当土匪，是吧？

老　陈　你管得着吗？我一个人揍你这样的八个。（要打）

宋恩子　你？可惜你把枪卖了，是吧？没有枪的干不过有枪的，是吧？（拍了拍身上的枪）我一个人揍你这样的八个！

老　林　都是弟兄，何必呢？都是弟兄！

吴祥子　对啦！坐下谈谈吧！你们是要命呢？还是要现大洋？

老　陈　我们那点钱来的不容易！谁发饷，我们给谁打仗，我们打过多少次仗啊！

宋恩子　逃兵的罪过，你们可也不是不知道！

老　林　咱们讲讲吧，谁叫咱们是弟兄呢！

吴祥子　这像句自己人的话！谈谈吧！

王利发　（在门口）诸位，大令过来了！

老　陈　啊！（惊惶失措，要往里边跑）

宋恩子　别动！君子一言：把现大洋分给我们一半，保你们俩没事！咱们是自己人！

老　林　就那么办！自己人！

（“大令”进来：二捧刀——刀缠红布——背枪者前导，手捧令箭的在中，四持黑红棍者在后。军官在最后押队）

吴祥子　（和宋恩子、老林、老陈一齐立正，从帽中取出证章，叫军官看）报告官长，我们正在这儿盘查一个逃兵。

军　官　就是他吗？（指刘麻子）

吴祥子　（指刘麻子）就是他！

军　官　绑！

刘麻子　（喊）老爷！我不是！不是！

军　官　绑！（同下）

吴祥子　（对宋）到后面抓两个学生！

宋恩子　走！（同往后疾走）

——幕落

经典选读3-2

陈亚先：曹操与杨修（节选）

第一单元小结

1. 戏曲是通过演员扮演各种人物形象，以表演故事为中心的载歌载舞的综合性舞台艺术。戏曲起源于原始社会的歌舞，奴隶社会有一些专为贵族“滑稽调戏”的能歌善舞的“优”。《史记·滑稽列传》中的优孟、优旃即是这类艺人的代表。西汉出现了“角抵戏”。其中有个剧目叫《东海黄公》，情节很简单，一个演员“用绛缯束发”（化装）“手持赤金刀”（道具）扮演黄公与另一个演员扮演的虎搏斗，结果黄公不敌，被虎吃掉。这可能就是中国戏剧史上的第一个剧目。“戏剧”这两个字的繁体字都从虎，“戏”从戈，“剧”从刀，是说两个披着虎皮的人用刀枪决斗。为什么要披虎皮呢？因为不是真正的决斗，是模仿、做戏。

三国时代，出现了新的剧目——《辽东妖妇》，有两个演员，其中一个男扮女装。南北朝时，出现了脸谱的前身——假面具。隋末出现了“踏摇娘”，人物增至三个，情节比较复杂，而且有了乐器伴奏。唐代开元年间，戏剧已经相当发达，演员李仙鹤得到皇帝赏识被封为“参军”，所以戏剧就被称为“参军戏”。唐代晚期，新型剧种“杂剧”已经产生，宋朝时已相当盛行，出现了在“瓦舍”（看棚）中“勾栏”（舞台）表演的大戏，而且有了生、旦、净、丑等行当。其主要剧目有《目连救母》。南宋时温州杂剧（又称南戏），不但“生”“旦”主角有唱，配角也有唱，而且可以对唱、合唱。辽、金统治的北方有“唱白相间”的“诸宫调”，其表演跟后世的评弹、坠子很相似。

2. 元代是杂剧辉煌发达的时期，作家多（据钟嗣成《录鬼簿》记载有152人），剧目也多（有500种左右），出现了关汉卿、王实甫、白朴、马致远、郑光祖、乔吉“元曲六大家”。元代的戏剧为什么如此发达？大致原因有三：其一，如前所述，戏剧本身的发展；其二，元朝大都、扬州、杭州等地城市经济繁荣，市民阶层人多，有了观众基础；其三，元朝统治者十分喜爱看戏，大力加以提倡。元代戏剧作家成就最大、对后世影响最大的是关汉卿、王实甫。

关汉卿曾当过“太医院尹”，后来辞官，为演员写作剧本，有时也参加演出。一共写了63个剧本。由于他与下层妇女接触甚多，塑造了一系列妇女形象。他晚年创作的《窦娥冤》是他的代表作，也是元杂剧的顶峰之作。该剧通过山阳县（今淮安）一个善良的年轻妇女受欺凌，遭迫害，为保护婆婆蒙冤而死的情节，抨击了当时社会的黑暗、官府的腐败，强烈地表现了人民的反抗情绪，成功地塑造了一个善良不屈的妇女悲剧形象。她的冤屈感动上天，六月降雪，因此这个戏又称《六月雪》。窦娥的形象富有典型性，“感天动地”，有着很高的美学价值。关汉卿的其他代表作有《单刀会》《望江亭》《救风尘》《拜月亭》等。

王实甫早年也做过小官，辞职后专事剧本创作，共写了14个剧本，但流传至今的只有3个：《西厢记》《破窑记》《丽春堂》，其中《西厢记》的成就最高。《西厢记》打破了元杂剧一本四折的格式，写了五本廿一折，而且男女主角都有唱，除了独唱还有对唱。《西厢记》文辞华美，思想性、艺术性俱佳。该剧一些折子至今仍是舞台上久演不衰的剧目，有极大的魅力。

3.元朝灭亡，杂剧衰弱，南戏得到发展，称为“传奇”。元末明初传奇剧本很多，著名的有“五大传奇”（《琵琶记》《荆钗记》《刘知远白兔记》《拜月亭》《杀狗记》），李开先的《宝剑记》、王世贞的《鸣凤记》、梁辰鱼的《浣纱记》也很有名。汤显祖的《牡丹亭》的出现，标志着我国古代戏剧发展达到了顶峰。

汤显祖创作的传奇有五个：《紫箫记》《紫钗记》《邯郸记》《南柯记》《牡丹亭》，还有不少诗文作品。汤显祖生活的年代与莎士比亚基本相同，他的成就完全可以与莎氏媲美。

《牡丹亭》写杜丽娘与柳梦梅生生死死、坚贞不渝的爱情故事，揭露了封建礼教的罪恶和封建官僚家庭关系的冷酷与虚伪，热情歌颂了青年男女为婚姻恋爱自由所作的不屈不挠的斗争。全剧富于浪漫主义色彩，杜丽娘这个人物形象体现了我国古代妇女的叛逆精神和对美好生活与爱情的执着追求。

4.清代早期仍以传奇为主，重要作品有洪昇的《长生殿》和孔尚任的《桃花扇》。乾隆年间，“皮黄戏”（京剧）和地方戏日趋繁荣，剧本创作极其丰富多彩，单京剧就有5 000多个剧目。京剧和地方戏突破了传奇的“联曲体”形式，创造了以板式变化为主的“乱弹”，剧本创作也突破了“本”“折”的限制，完全根据剧情需要分场，“唱念做打”的程式进一步形成，而且形成了北京和扬州两个戏曲中心，往往有好几个地方剧同时上演，精彩纷呈。

清末至中华人民共和国成立前，除京剧、昆曲、徽腔外，评剧、汉剧、川剧、秦腔、越剧、粤剧、扬剧、淮剧、黄梅戏等都已基本形成，出现了我国戏剧史上的第三个高潮。

5.我国话剧自“五四”运动以后兴起，出现了不少有成就的作家。成就最突出的是郭沫若、曹禺、老舍。

郭沫若早在抗战期间就创作了一系列历史剧，以古讽今，为时代服务，其中以《屈原》的成就最高，影响最大。中华人民共和国成立后，他又写作了《蔡文姬》等脍炙人口的历史话剧，还曹操雄才大略的政治家、军事家、文学家的本来面目。

曹禺的主要作品都写在中华人民共和国成立前，其中《北京人》《日出》《雷雨》最为著名，《雷雨》不但一再上演，还多次被改编成地方戏、电影，影响之大，在中国现代话剧中实属罕见。

老舍原名舒庆春，北京人。北京解放初期，他创作的《龙须沟》，生动地表现了北京翻天覆地的变化和老百姓当家做主人的精神面貌，为此，他获得了北京市政府颁发的“人民艺术家”称号。后来又创作了反映了19世纪末到中华人民共和国成立前夕近半个世纪的北京人物风貌的《茶馆》，获得巨大成功。《茶馆》没有贯穿始终的戏剧情节，而以王利发力求适应社会搞“改良”，他的茶馆却由盛而衰的悲剧揭露了旧社会的黑暗，对新社会的到来充满憧憬。

北京人民艺术剧院女剧作家何冀平创作于1988年的《天下第一楼》，写的是明末清初前门烤鸭店的兴衰史，是继《茶馆》之后又一出以餐饮活动反映社会兴衰的好戏，其情节结构、语言、人物塑造都可看到《茶馆》的影子。

6.京剧、昆剧和越剧、评剧、粤剧、豫剧、扬剧、淮剧、黄梅戏，在1949年之后的20年中改编和创作了很多脍炙人口的剧目，“文革”期间遭到毁灭性的打击。改革开放以后，各剧种逐步恢复生机。特别是进入21世纪以来，戏剧逐渐走出低谷，不断创新剧目并使演出形式多样化，特别是与交响乐、民乐、歌剧“混搭”，吸引了大量青年观众。京剧、昆剧入选联合国教科文组织非物质文化遗产名录，评剧、豫剧、越剧、粤剧、沪剧等地方剧种也产生了不少好剧目。各种戏剧院团出现，民营剧团在演艺市场蓬勃崛起。

7.京剧如《曹操与杨修》《成败萧何》《霸王别姬》等取得巨大成功的剧目，已拍成了电影，大受国内外观众的欢迎。昆剧《牡丹亭》《长生殿》在国内外巡演中也产生了巨大影响。

小贴士·延伸阅读篇目

1.关汉卿：《窦娥冤》《单刀会》；2.王实甫：《西厢记》；3.白朴：《墙头马上》；4.马致远：《汉宫秋》；5.纪君祥：《赵氏孤儿》；6.尚仲贤：《洞庭湖柳毅传书》；7.郑光祖：《倩女离魂》；8.高则诚：《琵琶记》；9.李开先：《宝剑记》；10.王世贞：《鸣凤记》；11.梁辰鱼：《浣纱记》；12.汤显祖：《牡丹亭》；13.李玉：《千钟禄》；14.洪昇：《长生殿》；15.孔尚任：《桃花扇》；16.郭沫若：《屈原》《蔡文姬》；17.曹禺：《雷雨》《日出》；18.老舍：《茶馆》；19.何冀平：《天下第一楼》；20.陈亚先：《曹操与杨修》；21.李莉：《成败萧何》。

第二单元　外国戏剧

学习目标

1. 了解外国戏剧的简况。

2. 了解莎士比亚、易卜生两位剧作家在西方文学史上的地位。

3. 理解《哈姆莱特》《玩偶之家》的剧情和主要人物，掌握其思想内容和艺术特色。

4. 培养学生的审美意识

作者简介3-4

莎士比亚

1.莎士比亚

哈姆莱特[①]（节选）

第三幕

第一场　城堡中一室

国王、王后、波洛涅斯、奥菲利娅、罗森格兰兹及吉尔登斯吞上。

国　　王　你们不能用迂回婉转的方法，探出他为什么这样神魂颠倒，让紊乱而危险的疯狂困扰他的安静的生活吗？

罗森格兰兹　他承认他自己有些神经迷惘，可是绝口不肯说为了什么缘故。

吉尔登斯吞　他也不肯虚心接受我们的探问；当我们想要引导他吐露他自己的一些真相的时候，他总是用假作痴呆的神气故意回避。

王　　后　他对待你们还客气吗？

罗森格兰兹　很有礼貌。

吉尔登斯吞　可是不大自然。

罗森格兰兹　他很吝惜自己的话，可是我们问他话的时候，他回答起来却是毫无拘束。

王　　后　你们有没有劝诱他找些什么消遣？

罗森格兰兹　娘娘，我们来的时候，刚巧有一班戏子也要到这儿来，给我们赶过了；我们把这消息告诉了他，他听了好像很高兴。现在他们已经到了宫里，我想他已经吩咐他们今晚为他演出了。

波洛涅斯　一点不错，他还叫我来请两位陛下同去看看他们演得怎样哩。

国　　王　那好极了，我非常高兴听见他在这方面感兴趣。请你们两位还要更进一步鼓起他的兴味，把他的心思移转到这种娱乐上面。

罗森格兰兹　是，陛下。（罗森格兰兹、吉尔登斯吞同下）

国　　王　亲爱的乔特鲁德，你也暂时离开我们，因为我们已经暗中差人去唤哈姆莱特到这儿来，让他和奥菲利娅见见面，就像他们偶然相遇一般。她的父亲跟我两人将要权充一下密探，躲在可以看见他们，却不能被他们看见的地方，注意他们会面的情形，从他的行为上判断他的疯病究竟是不是因为恋爱上的苦闷。

王　　后　我愿意服从您的意旨。奥菲利娅，但愿你的美貌果然是哈姆莱特疯狂的原因；更愿你的美德能够帮助他恢复原状，使你们两人都能安享尊荣。

奥菲利娅　娘娘，但愿如此。（王后下）

---

① 选自莎士比亚．莎士比亚全集［M］．朱生豪，等译．北京：人民文学出版社，1978．

波洛涅斯　奥菲利娅，你在这儿走走。陛下，我们就去躲起来吧。（向奥菲利娅）你拿这本书去读，他看见你这样用功，就不会疑心你为什么一个人在这儿了。人们往往用至诚的外表和虔敬的行动，掩饰一颗魔鬼般的内心，这样的例子是太多了。

国　王　（旁白）啊，这句话是太真实了！它在我的良心上抽了多么重的一鞭！涂脂抹粉的娼妇的脸，还不及掩藏在虚伪的言辞后面的我的行为更丑恶。难堪的重负啊！

波洛涅斯　我听见他来了，我们退下去吧，陛下。（国王及波洛涅斯下）

哈姆莱特上。

哈姆莱特　生存还是毁灭，这是一个值得考虑的问题；默然忍受命运的暴虐的毒箭，或是挺身反抗人世的无涯的苦难，通过斗争把它们扫清，这两种行为，哪一种更高贵？死了，睡着了，什么都完了。要是在这一种睡眠之中，我们心头的创痛，以及其他无数血肉之躯所不能避免的打击，都可以从此消失，那正是我们求之不得的结局。死了，睡着了，睡着了也许还会做梦。嗯，阻碍就在这儿：因为当我们摆脱了这一具朽腐的皮囊以后，在那死的睡眠中，究竟将要做些什么梦，那不能不使我们踌躇顾虑。人们甘心久困于患难之中，也就是为了这个缘故；谁愿意忍受人世的鞭挞和讥嘲、压迫者的凌辱、傲慢者的冷眼、被轻蔑的爱情的惨痛、法律的迁延、官吏的横暴和费尽辛勤所换来的小人的鄙视，要是他只要用一柄小小的刀子，就可以清算他自己的一生？谁愿意负着这样的重担，在烦劳的生命的压迫下呻吟流汗，倘不是因为惧怕不可知的死后，惧怕那从来不曾有一个旅人回来过的神秘之国，是它迷惑了我们的意志，使我们宁愿忍受目前的磨折，不敢向我们所不知道的痛苦飞去？这样，重重的顾虑使我们全变成了懦夫，决心的赤热的光彩，被审慎的思维盖上了一层灰色，伟大的事业在这一种考虑之下，也会逆流而退，失去了行动的意义。且慢！美丽的奥菲利娅——女神，在你的祈祷之中，不要忘记替我忏悔我的罪孽。

奥菲利娅　我的好殿下，您这许多天来贵体安好吗？

哈姆莱特　谢谢你，很好，很好，很好。

奥菲利娅　殿下，我有几件您送给我的纪念品，我早就想把它们还给您；请您现在收回去吧。

哈姆莱特　不，我不要；我从来没有给你什么东西。

奥菲利娅　殿下，我记得很清楚您把它们送给了我，那时候您还向我说了许多甜言蜜语，使这些东西格外显得贵重；现在它们的芳香已经消散，请您拿回去吧，因为在有骨气的人看来，送礼的人要是变了心，礼物虽贵，也会失去价值。拿去吧，殿下。

哈姆莱特　哈哈！你贞洁吗？

奥菲利娅　殿下！

哈姆莱特　你美丽吗？

奥菲利娅　殿下是什么意思？

哈姆莱特　要是你既贞洁又美丽，那么你的贞洁应该断绝跟你的美丽来往。

奥菲利娅　殿下，难道美丽除了贞洁以外，还有什么更好的伴侣吗？

哈姆莱特　嗯，真的；因为美丽可以使贞洁变成淫荡，贞洁却未必能使美丽受它自己的感化；这句话从前像是怪诞之谈，可是现在时间已经把它证实了。我的确曾经爱过你。

奥菲利娅　真的，殿下，您曾经使我相信您爱我。

哈姆莱特　你当初就不应该相信我，因为美德不能熏陶我们罪恶的本性；我没有爱过你。

奥菲利娅　那么我真是受了骗了。

哈姆莱特　进尼姑庵去吧！为什么你要生一群罪人出来呢？我自己还不算是一个顶坏的人。可是我可以指出我的许多过失，一个人有了那些过失，他的母亲还是不要生下他来的好。我很骄傲，有仇必报，富于野心，我的罪恶是那么多，连我的思想也容纳不下，我的想象也不能给它们形象，甚至于我都没有充分的时间可以把它们实行出来。像我这样的家伙，匍匐于天地之间，有什么用处呢？我们都是些十足的坏人，一个也不要相信我们。进尼姑庵去吧！你的父亲呢？

奥菲利娅　在家里，殿下。

哈姆莱特　把他关起来，让他只好在家里发发傻劲。再会！

奥菲利娅　嗳哟，天哪！救救他！

哈姆莱特　要是你一定要嫁人，我就把这一个咒诅送给你做嫁奁：尽管你像冰一样坚贞，像雪一样纯洁，你还是逃不过谗人的诽谤。进尼姑庵去吧，去，再会！或者要是你必须嫁人的话，就嫁给一个傻瓜吧，因为聪明人都明白你们会叫他们变成怎样的怪物。进尼姑庵去吧，去，越快越好。再会！

奥菲利娅　天上的神明啊，让他清醒过来吧！

哈姆莱特　我也知道你们会怎样涂脂抹粉。上帝给了你们一张脸，你们又替自己另外造了一张。你们烟视媚行，淫声浪气，替上帝造下的生物乱取名字，卖弄你们不懂事的风骚。算了吧，我再也不敢领教了；它已经使我发了狂。我说，我们以后再不要结什么婚了；已经结过婚的，除了一个人以外，都可以让他们活下去。没有结婚的不准再结婚，进尼姑庵去吧，去！（下）

奥菲利娅　啊，一颗多么高贵的心是这样殒落了！朝臣的眼睛、学者的辩舌、军人的利剑、国家所瞩望的一朵娇花；时流的明镜、人伦的雅范、举世瞩目的中心，这样无可挽回地殒落了！我是一切妇女中间最伤心而不幸的，我曾经从他音乐一般的盟誓中吮吸芬芳的甘蜜，现在却眼看着他的高贵无上的理智，像一串美妙的银铃失去了谐和的音调，无比的青春美貌，在疯狂中凋谢！啊！我好苦，谁料过去的繁华，变作今朝的泥土！

国王及波洛涅斯重上。

国　　王　恋爱！他的精神错乱不像是为了恋爱；他说的话虽然有些颠倒，也不像是疯狂。他有些什么心事盘踞在他的灵魂里，我怕它也许会产生危险的结果。为了防止万一，我已经当机立断，决定了一个办法：他必须立刻到英国去，向他们追索延宕未纳的贡物；也许他到海外各国游历一趟以后，时时变换的环境，可以替他排解去这一桩使他神思恍惚的心事。你看怎么样？

波洛涅斯　那很好；可是我相信他烦闷的根本原因，还是为了恋爱上的失意。啊，奥菲利娅！你不用告诉我们哈姆莱特殿下说些什么话；我们全都听见了。陛下，照您的意思办吧；可是您要是认为可以的话，不妨在戏剧终场以后，让他的母后独自一人跟他在一起，恳求他向她吐露他的心事；她必须很坦白地跟他谈谈，我就找一个所在听他们说些什么。要是她也探听不出他的秘密来，您就叫他到英国去，或者凭着您的高见，把他关禁在一个适当的地方。

国　　王　就这样吧；大人物的疯狂是不能听其自然的。（同下）

作品赏析 3-2

《哈姆莱特》的剧情和人物形象

作者简介 3-5

易卜生

2.易卜生

玩偶之家[①]（节选）

第三幕

……

娜　拉　你累了吧，托伐？

海尔茂　一点儿都不累。

娜　拉　也不想睡觉？

海尔茂　一点儿都不想。精神觉得特别好。你呢？你好像又累又想睡。

娜　拉　是，我很累。我就要去睡觉。

海尔茂　你看！我不让你再跳舞不算错吧？

娜　拉　喔，你做的事都不错。

海尔茂　（亲她的前额）我的小鸟儿这回说话懂道理。你看见没有，今儿晚上阮克真高兴！

娜　拉　是吗？他居然很高兴？我没跟他说过话。

海尔茂　我也只跟他说了一两句。可是我好久没看见他兴致这么好了。（对她看了会儿，把身子凑过去）回到自己家里，静悄悄的只有咱们两个人，滋味多么好！喔，迷人的小东西！

---

① 选自易卜生．易卜生文集：第五卷［M］．潘家洵，译．北京：人民文学出版社，1995．女主人公娜拉几年前为了挽救重病的丈夫托伐·海尔茂的生命，瞒着他伪造父亲的签名向柯洛克斯泰借了一笔钱。海尔茂后来升任经理，打算辞退柯洛克斯泰。柯洛克斯泰要挟娜拉说情，否则就说出真相，让骄傲的海尔茂出丑……于是，一场关于女人人格、地位的矛盾和斗争在夫妻间展开。

娜　拉　别那么瞧我。

海尔茂　难道我不该瞧我的好宝贝——我一个人的亲宝贝？

娜　拉　（走到桌子那边）今天晚上你别跟我说这些话。

海尔茂　（跟过来）你血管里还在跳塔兰特拉——所以你今天晚上格外惹人爱。你听，楼上的客要走了。（声音放低些）娜拉，再过一会儿整个这所房子里就静悄悄地没有声音了。

娜　拉　我想是吧。

海尔茂　是啊，我的娜拉。咱们出去做客的时候我不大跟你说话，我故意避开你，偶然偷看你一眼，你知道为什么？因为我心里好像觉得咱们偷偷地在恋爱，偷偷地订了婚，谁也不知道咱们的关系。

娜　拉　是，是，是，我知道你的心都在我身上。

海尔茂　到了要回家的时候，我把披肩搭上你的滑溜的肩膀，围着你的娇嫩的脖子，我心里好像觉得你是我的新娘子，咱们刚结婚，我头一次把你带回家——头一次跟你待在一块儿，头一次陪着你这娇滴滴的小宝贝！今天晚上我什么都没想，只是想你一个人。刚才跳舞的时候，我看见你那轻巧活泼的身段，我的心也跳得按捺不住了，所以那么早我就把你拉下楼。

娜　拉　走开，托伐！撒手，我不爱听这些话。

海尔茂　什么？你成心逗我吗，娜拉？你不爱听！难道我不是你丈夫？（有人敲大门）

娜　拉　（吃惊）你听见没有？

海尔茂　（走到门厅里）谁？

阮　克　（在外面）是我。我能不能进来坐会儿？

海尔茂　（低声叽咕）讨厌！这时候他还来干什么？（高声）等一等！（开门）请进，谢谢你从来不肯过门不入。

阮　克　我走过这儿好像听见你说话的声音，因此就忍不住想进来坐一坐。（四面望望）啊，这个亲热的老地方！你们俩在这儿真快活，真舒服！

海尔茂　刚才你在楼上好像也觉得很受用。

阮　克　很受用。为什么不受用？一个人活在世界上能享受为什么不享受？能享受多少就算多少，能享受多久就算多久。今晚的酒可真好。

海尔茂　香槟酒特别好。

阮　克　你也觉得好？我喝了那么多，说起来别人也不信。

娜　拉　托伐喝的香槟酒也不少。

阮　克　是吗？

娜　拉　真的，他喝了酒兴致总是这么好。

阮　克　辛苦了一天，晚上喝点儿酒没什么不应该。

海尔茂　辛苦了一天！这句话我可不配说。

阮　克　（在海尔茂肩膀上拍一下）我倒可以说这句话。

娜　拉　阮克大夫，你是不是刚做完科学研究？

阮　克　一点儿都不错。

海尔茂　你听！小娜拉也谈起科学研究来了！

娜　拉　结果怎么样，是不是可以给你道喜？

阮　克　可以。

娜　拉　这么说，结果很好？

阮　克　好极了，对大夫也好，对病人也好，结果是确实无疑的。

娜　拉　（追问）确实无疑？

阮　克　绝对地确实无疑。知道了这样的结果，你说难道我还不应该痛快一晚上？

娜　拉　不错，很应该，阮克大夫。

海尔茂　我也这么说，只要你明天不还账。

阮　克　在这世界上没有白拿的东西，什么全都得还账。

娜　拉　阮克大夫，我知道你很喜欢化装舞会。

阮　克　是，只要有新奇打扮，我就喜欢。

娜　拉　我问你，下次化装舞会咱们俩应该打扮什么？①

海尔茂　不懂事的孩子！已经想到下次舞会了！

阮　克　你问咱们俩打扮什么？我告诉你，你打扮个仙女。

海尔茂　好，可是仙女该怎么打扮？

阮　克　仙女不用打扮，只穿家常衣服就行。②

海尔茂　你真会说！你自己打扮什么角色呢？

阮　克　喔，我的好朋友，我早打定主意了。

海尔茂　什么主意？

阮　克　下次开化装舞会的时候，我要扮隐身人。

海尔茂　这话真逗人。

阮　克　我要戴一顶大黑帽子——你们没听说过眼睛瞧不见的帽子吗？帽子一套在头上，人家就看不见你了。

海尔茂　（忍住笑）是，是。

阮　克　哦，我忘了进来干什么了。海尔茂，给我一支雪茄烟——要那种黑的哈瓦那。

海尔茂　请。（把雪茄烟盒递过去）

阮　克　（拿了一支烟，把烟头切掉）谢谢。

娜　拉　（给他划火柴）我给你点烟。

阮　克　谢谢，谢谢！（娜拉拿着火柴，阮克就着火点烟）现在我要跟你们告别了！

海尔茂　再见，再见！老朋友！

娜　拉　阮克大夫，祝你安眠。

阮　克　谢谢你。

娜　拉　你也应该照样祝我。

阮　克　祝你？好吧，既然你要我说，我就说。祝你安眠。谢谢你给我点烟。

（阮克向他们点点头，走出去）

海尔茂　（低声）他喝得太多了。

---

①　这时候娜拉已经有自杀的意思，所以说“咱们俩”。

②　阮克本就爱娜拉，说她穿家常衣服就像个仙女，是赞美她。

娜　拉　（心不在焉）大概是吧。（海尔茂从衣袋里掏出一串钥匙来，走进门厅）托伐，你出去干什么？

海尔茂　我把信箱倒一倒，里头东西都满了，明天早上报纸装不下了。

娜　拉　今晚你工作不工作？

海尔茂　你不是知道我今晚不工作吗？唔，这是怎么回事？有人弄过锁。

娜　拉　弄过锁？

海尔茂　一定是。这是怎么回事？我想佣人不会——？这儿有只撅折的头发夹子。娜拉，这是你常用的。

娜　拉　（急忙接嘴）一定是孩子们——

海尔茂　你得管教他们别这么胡闹。好！好容易开开了。（把信箱里的信件拿出来，朝着厨房喊道）爱伦，爱伦，把门厅的灯吹灭了。（拿着信件回到屋里，关上门）你瞧，攒了这么一大堆。（把整叠信件翻过来）哦，这是什么？

娜　拉　（在窗口）那封信！喔，托伐，别看！

海尔茂　有两张名片，是阮克大夫的。

娜　拉　阮克大夫的？

海尔茂　（瞧名片）阮克大夫。这两张名片在上头，一定是他刚扔进去的。

娜　拉　名片上写着什么没有？

海尔茂　他的名字上头有个黑十字。你瞧，多么不吉利！好像他给自己报死信。

娜　拉　他是这意思。

海尔茂　什么！你知道这件事？他跟你说过什么没有？

娜　拉　他说了。他说给咱们这两张名片的意思就是跟咱们告别。他以后就在家里关着门等死。

海尔茂　真可怜！我早知道他活不长，可是没想到这么快！像一只受伤的野兽爬到窝里藏起来！

娜　拉　一个人到了非死不可的时候最好还是静悄悄地死。托伐，你说对不对？

海尔茂　（走来走去）这些年他跟咱们的生活已经结合成一片，我不能想象他会离开咱们。他的痛苦和寂寞比起咱们的幸福好像乌云衬托着太阳，苦乐格外分明。这样也许倒好——至少对他很好。（站住）娜拉，对于咱们也未必不好。现在只剩下咱们俩，靠得更紧了。（搂着她）亲爱的宝贝！我总是觉得把你搂得不够紧。娜拉，你知道不知道，我常常盼望有桩危险事情威胁你，好让我拼着命，牺牲一切去救你。

娜　拉　（从他怀里挣出来，斩钉截铁的口气）托伐，现在你可以看信了。

海尔茂　不，不，今晚我不看信。今晚我要陪着你，我的好宝贝。

娜　拉　想着快死的朋友，你还有心肠陪我？

海尔茂　你说的不错。想起这件事咱们心里都很难受。丑恶的事情把咱们分开了，想起死人真扫兴。咱们得想法子撇开这些念头。咱们暂且各自回到屋里去吧。

娜　拉　（搂着他脖子）托伐！明天见！明天见！

海尔茂　（亲她的前额）明天见，我的小鸟儿。好好儿睡觉，娜拉！我去看信了。（他拿了那些信走进自己的书房，随手关上门）

娜　拉　（瞪着眼瞎摸，抓起海尔茂的舞衣披在自己身上，急急忙忙，断断续续，哑着嗓子，低声自言自语）从今以后再也见不着他了！永远见不着了，永远见不着了。（把披肩蒙在头上）也见不着孩子们了！永远见不着了！喔，漆黑冰凉的水！没底的海！快点完事多好啊！现在他已经拿着信了，正在看！喔，还没看。再见，托伐！再见，孩子们！

（她正朝着门厅跑出去，海尔茂猛然推开门，手里拿着一封拆开的信，站在门口）

海尔茂　娜拉！

娜　拉　（叫起来）啊！

海尔茂　这是谁的信？你知道信里说的什么事？

娜　拉　我知道。快让我走！让我出去！①

海尔茂　（拉住她）你上哪儿去？

娜　拉　（竭力想脱身）别拉着我，托伐。

海尔茂　（惊慌倒退）真有这件事？他信里的话难道是真的？不会，不会，不会是真的。

娜　拉　全是真的。我只知道爱你，别的什么都不管。

海尔茂　哼，别这么花言巧语的！

娜　拉　（走近他一步）托伐！

海尔茂　你这坏东西——干的好事情！

娜　拉　让我走——你别拦着我！我做的坏事不用你担当！

海尔茂　不用装腔作势给我看，（把出去的门锁上）我要你老老实实把事情招出来，不许走。你知道不知道自己干的什么事？快说！你知道吗？

娜　拉　（眼睛盯着他，态度越来越冷静）嗯，现在我才完全明白了。

海尔茂　（走来走去）嘿！好像做了一场噩梦醒过来！这八年工夫——我最得意、最喜欢的女人——没想到是个伪君子，是个撒谎的人——比这还坏——是个犯罪的人。真是可恶极了！哼！哼！（娜拉不作声，只用眼睛盯着他）其实我早就该知道。我早该料到这一步。你父亲的坏德行——（娜拉正要说话）少说话！你父亲的坏德行，你全都沾上了——不信宗教，不讲道德，没有责任心。当初我给他遮盖，如今遭了这么个报应！我帮你父亲都是为了你，没想到现在你这么报答我！

娜　拉　不错，这么报答你。

海尔茂　你把我一生幸福全都葬送了。我的前途也让你断送了。喔，想起来真可怕！现在我让一个坏蛋抓在手心里。他要我怎么样我就得怎么样，他要我干什么我就得干什么。他可以随便摆布我，我不能不依他。我这场大祸都是一个下贱女人惹出来的！

娜　拉　我死了你就没事了。

海尔茂　哼，少说骗人的话。你父亲从前也老有那么一大套。照你说，就是你死了，

---

① 娜拉想出去投水自杀。

我有什么好处？一点儿好处都没有。他还是可以把事情宣布出去，人家甚至还会疑惑我是跟你串通一气的，疑惑是我出主意撺掇你干的。这些事情我都得谢谢你——结婚以来我疼了你这些年，想不到你这么报答我。现在你明白你给我惹的是什么祸吗？

娜　拉　（冷静安详）我明白。

海尔茂　这件事真是想不到，我简直摸不着头脑。可是咱们好歹得商量个办法。把披肩摘下来。摘下来，听见没有！我先得想个办法稳住他，这件事无论如何不能让人家知道。咱们俩，表面上照样过日子——不要改变样子，你明白不明白我的话？当然你还得在这儿住下去。可是孩子不能再交在你手里。我不敢再把他们交给你——唉，我对你说这么一句话心里真难受，因为你一向是我最心爱并且现在还——！可是现在情形已经改变了。从今以后再说不上什么幸福不幸福，只有想法子怎么挽救、怎么遮盖、怎么维持这个残破的局面——（门铃响起来，海尔茂吓了一跳）什么事？三更半夜的！难道事情发作了？难道他——娜拉，你快藏起来，只推托有病。（娜拉站着不动。海尔茂走过去开门）

爱　伦　（披着衣服在门厅里）太太，您有封信。

海尔茂　给我。（把信抢过来，关上门）果然是他的。你别看。我念给你听。

娜　拉　快念！

海尔茂　（凑着灯光）我几乎不敢看这封信。说不定咱们俩都会完蛋。也罢，反正总得看。（慌忙拆信，看了几行之后发现信里夹着一张纸，马上快活得叫起来）娜拉！（娜拉莫名其妙地瞧着他）

海尔茂　娜拉！喔，别忙！让我再看一遍！不错，不错！我没事了！娜拉，我没事了！

娜　拉　我呢？

海尔茂　当然你也没事了，咱们俩都没事了。你看，他把借据还你了。他在信里说，这件事非常抱歉，要请你原谅，他又说他现在交了运——喔，管他还写些什么。娜拉，咱们没事了！现在没人能害你了。喔，娜拉，娜拉——咱们先把这害人的东西消灭了再说。让我再看看——（朝着借据瞟了一眼）喔，我不想再看它，只当是做了一场梦。（把借据和柯洛克斯泰的两封信一齐都撕掉，扔在火炉里，看它们烧）好！烧掉了！他说自从二十四号起——喔，娜拉，这三天你一定很难过。

娜　拉　这三天我真不好过。

海尔茂　你心里难过，想不出好办法，只能——喔，现在别再想那可怕的事情了。我们只应该高高兴兴地多说几遍“现在没事了，现在没事了！”听见没有，娜拉！你好像不明白。我告诉你，现在没事了。你为什么绷着脸不说话？喔，我的可怜的娜拉，我明白了，你以为我还没饶恕你。娜拉，我赌咒，我已经饶恕你了。我知道你干那件事都是因为爱我。

娜　拉　这倒是实话。

海尔茂　你正像做老婆的应该爱丈夫那样地爱我。只是你没有经验，用错了方法。可是难道因为你自己没主意，我就不爱你吗？我决不会。你只要一心一意依赖我，我会指点你，教导你。正因为你自己没办法，所以我格外爱你，要不然我还算什么男子汉大丈夫？刚才我觉得好像天要塌下来，心里一害怕，就说了几句不好听的话，你千万别放在心上。娜拉，我已经饶恕你了。我赌咒不再埋怨你。

娜　拉　谢谢你饶恕我。（从右边走出去）

海尔茂　别走！（向门洞里张望）你要干什么？

娜　拉　（在里屋）我去脱掉跳舞的服装。

海尔茂　（在门洞里）好，去吧。受惊的小鸟儿，别害怕，定定神，把心静下来。你放心，一切事情都有我。我的翅膀宽，可以保护你。（在门口走来走去）喔，娜拉，咱们的家多可爱，多舒服！你在这儿很安全，我可以保护你，像保护一只从鹰爪子底下救出来的小鸽子一样。我不久就能让你那颗扑扑跳的心定下来，娜拉，你放心。到了明天，事情就不一样了，一切都会恢复老样子。我不用再说我已经饶恕你，你心里自然会明白我不是说假话。难道我舍得把你撵出去？别说撵出去，就说是责备，难道我舍得责备你？娜拉，你不懂得男子汉的好心肠。要是男人饶恕了他老婆——真正饶恕了她，从心坎里饶恕了她——他心里会有一股没法子形容的好滋味。从此以后他老婆越发是他私有的财产。做老婆的就像重新投了胎，不但是她丈夫的老婆，并且还是她丈夫的孩子。从今以后，你就是我的孩子，我的吓坏了的可怜的小宝贝。别着急，娜拉，只要你老老实实对待我，你的事情都由我做主，都由我指点。（娜拉换了家常衣服走进来）怎么，你还不睡觉？又换衣服干什么？

娜　拉　不错，我把衣服换掉了。

海尔茂　这么晚还换衣服干什么？

娜　拉　今晚我不睡觉。

海尔茂　可是，娜拉——

娜　拉　（看自己的表）时候还不算晚。托伐，坐下，咱们有好些话要谈一谈。（她在桌子一头坐下）

海尔茂　娜拉，这是什么意思？你的脸色铁板冰冷的——

娜　拉　坐下。一下子说不完。我有好些话跟你谈。

海尔茂　（在桌子那一头坐下）娜拉，你把我吓了一大跳。我不了解你。

娜　拉　这话说得对，你不了解我，我也到今天晚上才了解你。别打岔。听我说下去。托伐，咱们必须把总账算一算。

海尔茂　这话怎么讲？

娜　拉　（顿了一顿）现在咱们面对面坐着，你心里有什么感想？

海尔茂　我有什么感想？

娜　拉　咱们结婚已经八年了。你觉得不觉得，这是头一次咱们夫妻正正经经谈谈话？

海尔茂　正正经经！这四个字怎么讲？

娜　拉　这整整八年——要是从咱们认识的时候算起，其实还不止八年——咱们从来没在正经事情上头谈过一句正经话。

海尔茂　难道要我经常把你不能帮我解决的事情麻烦你？

娜　拉　我不是指着你的业务说。我说的是，咱们从来没坐下来正正经经细谈过一件事。

海尔茂　我的好娜拉，正经事跟你有什么相干？

娜　拉　咱们的问题就在这儿！你从来就没了解过我。我受尽了委屈，先在我父亲手里，后来又在你手里。

海尔茂　这是什么话！你父亲和我这么爱你，你还说受了我们的委屈！

娜　拉　（摇头）你们何尝真爱过我，你们爱我只是拿我消遣。

海尔茂　娜拉，这是什么话！

娜　拉　托伐，这是老实话。我在家跟父亲过日子的时候，他把他的意见告诉我，我就跟着他的意见走。要是我的意见跟他不一样，我也不让他知道，因为他知道了会不高兴。他叫我"泥娃娃孩子"，把我当作一件玩意儿，就像我小时候玩我的泥娃娃一样。后来我到你家来住着——

海尔茂　用这种字眼形容咱们的夫妻生活简直不像话！

娜　拉　（满不在乎）我是说，我从父亲手里转移到了你手里。跟你在一块儿，事情都归你安排。你爱什么我也爱什么，或者假装爱什么——我不知道是真还是假——也许有时候真，有时候假。现在我回头想一想，这些年我在这儿简直像个要饭的叫花子，要一口，吃一口。托伐，我靠着给你耍把戏过日子。可是你喜欢我这么做。你和我父亲把我害苦了。我现在这么没出息都要怪你们。

海尔茂　娜拉，你真不讲理，真不知好歹！你在这儿过的日子难道不快活？

娜　拉　不快活。过去我以为快活，其实不快活。

海尔茂　什么！不快活！

娜　拉　说不上快活，不过说说笑笑凑个热闹罢了。你一向待我很好。可是咱们的家只是一个玩儿的地方，从来不谈正经事。在这儿我是你的"玩偶老婆"，正像我在家里是我父亲的"玩偶女儿"一样。我的孩子又是我的泥娃娃。你逗着我玩儿，我觉得有意思，正像我逗孩子们，孩子们也觉得有意思。托伐，这就是咱们的夫妻生活。

海尔茂　你这段话虽然说得太过火，倒也有点儿道理。可是以后的情形就不一样了。玩耍的时候过去了，现在是受教育的时候了。

娜　拉　谁的教育？我的教育还是孩子们的教育？

海尔茂　两方面的，我的好娜拉。

娜　拉　托伐，你不配教育我怎样做个好老婆。

海尔茂　你怎么说这句话？

娜　拉　我配教育我的孩子吗？

海尔茂　娜拉！

娜　拉　刚才你不是说不敢再把孩子交给我吗？

海尔茂　那是气头上的话，你老提它干什么？

娜　拉　其实你的话没说错。我不配教育孩子。要想教育孩子，先得教育我自己。你没资格帮我的忙。我一定得自己干。所以现在我要离开你。

海尔茂　（跳起来）你说什么？

娜　拉　要想了解我自己和我的环境，我得一个人过日子，所以我不能再跟你待下去。

海尔茂　娜拉！娜拉！

娜　拉　我马上就走。克里斯蒂纳一定会留我过夜。

海尔茂　你疯了！我不让你走！你不许走！

娜　拉　你不许我走也没用。我只带自己的东西。你的东西我一件都不要，现在不要，以后也不要。

海尔茂　你怎么疯到这步田地！

娜　拉　明天我要回家去——回到从前的老家去。在那儿找点事情做也许不太难。

海尔茂　喔，像你这么没经验——

娜　拉　我会努力去吸取。

海尔茂　丢了你的家，丢了你丈夫，丢了你儿女！不怕人家说什么话！

娜　拉　人家说什么不在我心上。我只知道我应该这么做。

海尔茂　这话真荒唐！你就这么把你最神圣的责任扔下不管了？

娜　拉　你说什么是我最神圣的责任？

海尔茂　那还用我说？你最神圣的责任是你对丈夫和儿女的责任。

娜　拉　我还有别的同样神圣的责任。

海尔茂　没有的事！你说的是什么责任？

娜　拉　我说的是我对自己的责任。

海尔茂　别的不用说，首先你是一个老婆，一个母亲。

娜　拉　这些话现在我都不信了。现在我只信，首先我是一个人，跟你一样的一个人——至少我要学做一个人。托伐，我知道大多数人赞成你的话，并且书本里也是这么说的。可是从今以后我不能一味相信大多数人说的话，也不能一味相信书本里的话。什么事情我都要用自己脑子想一想，把事情的道理弄明白。

海尔茂　难道你不明白你在自己家庭的地位？难道在这些问题上没有颠扑不破的道理指导你？难道你不信仰宗教？

娜　拉　托伐，不瞒你说，我真不知道宗教是什么。

海尔茂　你这话怎么讲？

娜　拉　除了行坚信礼的时候牧师对我说的那套话，我什么都不知道。牧师告诉过我，宗教是这个，宗教是那个。等我离开这儿一个人过日子的时候，我也要把宗教问题仔细想一想。我要仔细想一想，牧师告诉我的话究竟对不对，对我合用不合用。

海尔茂　喔，从来没听说过这种话！并且还是从这么个年轻女人嘴里说出来的！要是宗教不能带你走正路，让我唤醒你的良心来帮助你——你大概还有点道德观念吧？要是没有，你就干脆说没有。

娜　拉　托伐，这个问题不容易回答。我实在不明白。这些事情我摸不清。我只知道我的想法跟你的想法完全不一样。我也听说，国家的法律跟我心里想的不一样，可是我不信那些法律是正确的。父亲病得快死了，法律不许女儿给他省烦恼。丈夫病得快死了，法律不许老婆想法子救他的性命！我不信世界上有这种不讲理的法律。

海尔茂　你说这些话像个小孩子。你不了解咱们的社会。

娜　拉　我真不了解。现在我要去学习。我一定要弄清楚，究竟是社会正确，还是我正确。

海尔茂　娜拉，你病了，你在发烧说胡话。我看你像精神错乱了。

娜　拉　我的脑子从来没像今天晚上这么清醒、这么有把握。

海尔茂　你这么清醒、这么有把握，居然要丢掉丈夫和儿女？

娜　拉　一点不错。

海尔茂　这么说，只有一句话讲得通。

娜　拉　什么话？

海尔茂　那就是你不爱我了。

娜　拉　不错，我不爱你了。

海尔茂　娜拉！你忍心说这话！

娜　拉　托伐，我说这话心里也难受，因为你一向待我很不错。可是我不能不说这句话。现在我不爱你了。

海尔茂　（勉强管住自己）这也是你清醒的有把握的话？

娜　拉　一点不错。所以我不能再在这儿待下去。

海尔茂　你能不能说明白，我究竟做了什么事使你不爱我？

娜　拉　能。就因为今天晚上奇迹没出现，我才知道你不是我理想中的那种人。

海尔茂　这话我不懂，你再说清楚点。

娜　拉　我耐着性子整整等了八年，我当然知道奇迹不会天天有。后来大祸临头的时候，我曾经满怀信心地跟自己说，“奇迹来了！”柯洛克斯泰把信扔在信箱里以后，我绝没想到你会接受他的条件。我满心以为你一定会对他说，“尽管宣布吧”，而且你说了这句话之后，还一定会——

海尔茂　一定会怎么样？叫我自己的老婆出丑丢脸，让人家笑骂？

娜　拉　我满心以为你说了那句话之后，还一定会挺身出来，把全部责任担在自己肩膀上，对大家说，“事情都是我干的”。

海尔茂　娜拉——

娜　拉　你以为我会让你替我担当罪名吗？不，当然不会。可是我的话怎么比得上你的话那么容易叫人家相信？这正是我盼望它发生又怕它发生的奇迹。为了不让奇迹发生，我已经准备自杀。

海尔茂　娜拉，我愿意为你日夜工作，我愿意为你受穷受苦。可是男人不能为他所爱的女人牺牲自己的名誉。

娜　拉　千千万万的女人都为男人牺牲过名誉。

海尔茂　喔，你心里想的嘴里说的都像个傻孩子。

娜　拉　也许是吧。可是你想的和说的也不像我可以跟他过日子的男人。后来危险过去了——你不是怕我有危险，是怕你自己有危险——不用害怕了，你又装作没事人儿了。你又叫我跟从前一样乖乖地做你的小鸟儿，做你的泥娃娃，说什么以后要格外小心保护我，因为我那么脆弱不中用。（站起来）托伐，就在那当口，我好像忽然从梦里醒过来，我简直跟一个陌生人同居了八年，给他生了三个孩子。喔，想起来真难受！我恨透了自己没出息！

海尔茂　（伤心）我明白了，我明白了，在咱们中间出现了一道深沟。可是，娜拉，难道咱们不能把它填平吗？

娜　拉　照我现在这样子，我不能跟你做夫妻。

海尔茂　我有勇气重新再做人。

娜　拉　在你的泥娃娃离开你之后——也许有。

海尔茂　要我跟你分手！不，娜拉，不行！这是不能设想的事情。

娜　拉　（走进右边屋子）要是你不能设想，咱们更应该分开。（拿着外套、帽子和旅行小提包又走出来，把东西搁在桌子旁边椅子上）

海尔茂　娜拉，娜拉，现在别走，明天再走。

娜　拉　（穿外套）我不能在陌生人家里过夜。

海尔茂　难道咱们不能像哥哥妹妹那么过日子？

娜　拉　（戴帽子）你知道那种日子长不了。（围披肩）托伐，再见。我不去看孩子了。我知道现在照管他们的人比我强得多。照我现在这样子，我对他们一点儿用处都没有。

海尔茂　可是，娜拉，将来总有一天——

娜　拉　那就难说了。我不知道我以后会怎么样。

海尔茂　无论怎么样，你还是我的老婆。

娜　拉　托伐，我告诉你。我听人说，要是一个女人像我这样从她丈夫家里走出去，按法律说，她就解除了丈夫对她的一切义务。不管法律是不是这样，我现在把你对我的义务全部解除。你不受我拘束，我也不受你拘束。双方都有绝对的自由。拿去，这是你的戒指。把我的也还我。

海尔茂　连戒指都要还？

娜　拉　要还。

海尔茂　拿去。

娜　拉　好。现在事情完了。我把钥匙都搁在这儿。家里的事，佣人都知道——她们比我更熟悉。明天我动身之后，克里斯蒂纳会来给我收拾我从家里带来的东西。我会叫她把东西寄给我。

海尔茂　完了！完了！娜拉，你永远不会再想我了吧？

娜　拉　喔，我会时常想到你，想到孩子们，想到这个家。

海尔茂　我可以给你写信吗？

娜　拉　不，千万别写信。

海尔茂　可是我总得给你寄点儿——

娜　拉　什么都不用寄。

海尔茂　你手头不方便的时候我得帮点忙。

娜　拉　不必，我不接受陌生人的帮助。

海尔茂　娜拉，难道我永远只是个陌生人？

娜　拉　（拿起手提包）托伐，那就要等奇迹中的奇迹发生了。

海尔茂　什么叫奇迹中的奇迹？

娜　拉　那就是说，咱们俩都得改变到——喔，托伐，我现在不信世界上有奇迹了。

海尔茂　可是我信。你说下去！咱们俩都得改变到什么样子？

娜　拉　改变到咱们在一块儿过日子真正像夫妻。再见。（她从门厅走出去）

海尔茂　（倒在靠门的一张椅子里，双手蒙着脸）娜拉！娜拉！（四面望望，站起身来）屋子空了。她走了。（心里闪出一个新希望）啊！奇迹中的奇迹——

楼下砰的一响传来关大门的声音。

——剧　终

第二单元小结

1.外国文学史上最早的西方文学产生于古希腊原始氏族社会向奴隶制社会过渡时期，最初的成果是神话和史诗。最著名的作品是盲诗人荷马的《伊利亚特》和《奥德赛》。早在古希腊奴隶制社会时期，戏剧就取得了杰出的成就，出现了三大悲剧诗人埃斯库罗斯、索福克勒斯、欧里庇得斯和一个喜剧诗人阿里斯托芬。中世纪的欧洲，宗教文学盛行，戏剧创作没有显著的收获，法国的喜剧《巴特兰律师》是市民文学的代表作。

2.西方文艺复兴时期，出现了伟大的戏剧家威廉·莎士比亚。他的历史剧《亨利四世》，喜剧《威尼斯商人》《第十二夜》和悲剧《罗密欧与朱丽叶》《哈姆莱特》《奥赛罗》《李尔王》《麦克白》等最为著名。《哈姆莱特》是他的代表作，体现了西方古典戏剧的最高成就。他的作品揭露了英国封建制度的腐朽、暴虐，批判了资产阶级的虚伪和贪得无厌，具有人文主义观点，追求个性解放、婚姻自由。人们称他为“时代的灵魂”，说他“不属于一个时代而属于所有的世纪”。

3.17世纪是欧洲资产阶级进行反封建斗争的时期，产生了古典主义文学思潮。古典主义文学的特征是主张维护国家统一，遵从理性原则，以古罗马文学为典范。法国喜剧作家莫里哀（1622—1673年）是17世纪欧洲资产阶级进行反封建斗争激烈时期古典主义文学家中成就最高、最富民主倾向的喜剧作家。

莫里哀原名让·巴蒂斯特·波克兰，莫里哀是其艺名。他出生于巴黎富商之家，自幼热爱戏剧，中学毕业后即离家出走，献身戏剧，在外地流浪达13年之久，后成为剧团负责人。1658年剧团回巴黎为国王路易十四演戏获得成功，从此声名远播。他写的喜剧很多，著名的有《太太学堂》《吝啬鬼》《唐璜》《愤世嫉俗》等。《达尔杜弗》全名为《达尔杜弗，或者骗子》，又译为《伪君子》，是莫里哀的代表作。由于该剧的影响，“达尔杜弗”在西方语言中已经成了“伪君子”的代名词。

4.挪威戏剧家亨利克·易卜生是写作欧洲近代现实主义戏剧的杰出代表。他创作了一系列“社会问题剧”，作品内容涉及资本主义社会的宗教、道德、法律、家庭、妇女、教育等多方面的现实问题，充满强烈的批判精神，对欧洲现代戏剧的革新和创造有很大贡献。他的代表作是《玩偶之家》，探讨了妇女在家庭中的地位和人格独立问题，强烈要求打破不平等的资产阶级家庭关系，解放妇女，尊重她们独立的人格和自由，提高她们的家庭地位和社会地位。这个主题切中时弊，在当时的欧洲产生了巨大影响。直到今天，它仍然具有很强的认识意义和现实意义。

5. 当代外国戏剧各种流派、形式纷呈，电影、电视作品突飞猛进，但舞台剧仍为人们所喜爱。法国尤奈斯库的《秃头歌女》和爱尔兰贝克特的《等待戈多》是广受推崇的代表作品。1981年在英国伦敦首演、1982年在纽约上演的《猫》，是剧作家韦伯根据英国诗人艾略特为儿童写的诗歌《擅长装扮的老猫精》改编的，被称为当代最成功的音乐剧，至今已用10多种语言在20多个国家上演，所到之处，盛况空前，长演不衰。韦伯在《猫》之后又把《歌剧院的幽灵》改写成音乐剧《歌剧魅影》，再次获得巨大成功。《歌剧魅影》现在又出现了电影、电视版，广为流传。

小贴士 · 延伸阅读篇目

1. 萧伯纳（爱尔兰）：《巴巴拉少校》；2. 罗曼 · 罗兰（法）：《七月十四日》；3. 布莱希特（德）：《伽利略传》；4. 高尔基（俄）：《底层》；5. 布尔加科夫（俄）：《最后的日子》；6. 马里内蒂（意）：《饕餮的国王》；7. 尤奈斯库（法）：《秃头歌女》；8. 贝克特（爱尔兰）：《等待戈多》。

第三单元　影视文学剧本

学习目标

1. 了解影视艺术的基本特征和作用。

2. 了解《林则徐》《生死抉择》的主要情节。

3. 理解林则徐这个爱国历史人物形象悲剧结局的社会意义。

4. 掌握李高成形象的重大现实意义。

5. 培养学生的家国情怀。

作者简介3-6

叶元、吕宕

1.叶元、吕宕

林则徐（节选）[1]

第五章

义律室内。一张官帖——×月×日，林则徐召见义律。

义律穿起礼服，左手捧着大礼帽，吹着口哨，轻蔑地把请帖往桌上一甩，轻快地出房。

行辕花厅。义律对林则徐行过礼，直起身来。

林则徐淡淡一伸手："请坐，缴烟的事筹划得怎么样了？"

义律轻蔑地笑了笑："这是商人自己的事，敝国政府并没有指示商人做鸦片买卖！"

林则徐："既然如此，你就应该督促你们的商人把鸦片快交出来销毁，这是你的责任！"

义律无赖地站起来："我认为贵钦差应该先恢复我国商人的自由，我们再来谈这些问题。"

林则徐也站起来冷冷地："商人依法缴烟，自然可以自由！"

义律："我的职责只是保护英国商人的安全！"

林则徐："你要保护商人安全，就应监督商人从事合法的买卖！"

沉默，局面僵持住了。

义律耸了耸肩，来扭转这个局面："既然钦差大人一定要缴烟，我当然可以为你们效劳，不过，我国最大的鸦片商人颠地已经回国去了，很遗憾！"他摊了摊手，"我无能为力！"

"颠地还在这里！"林则徐说。

"回国去了！"义律肯定地说。

"哦！"林则徐冷笑，"要是他没走呢？"

"那我劝导他缴烟就是喽！"义律冷笑说。

"好！"林则徐点点头，回头："来，把颠地带出来！"

义律大吃一惊，脸色剧变，几乎不相信自己的耳朵。

颠地被带进花厅，脸容憔悴。

义律拼命咬自己的嘴唇，控制自己，突然灵机一动，反守为攻，他冷笑："我以大不列颠帝国驻华领事的名义，抗议您无故拘禁英国公民！"

林则徐义正词严："他是英国侨民，可是，触犯了中国的法令；本大臣一再传谕禁烟，他竟敢抗命潜逃，贵领事还要多方袒护，居心何在？"

---

① 上海海燕电影制片厂根据本剧本于1959年9月拍成电影，著名表演艺术家赵丹饰林则徐。

义律语塞。

林则徐语气略转缓和："本大臣旨在禁烟，人，你可以带走。限你们在三天之内把鸦片都缴出来！"他的话又转有力："如果逾期不缴，我就把你们的商馆封起来，断你们的粮食，断你们的水！我的话说在头里！"他端起茶碗。

戈什叫："送——客——"

义律室内。一根洁白的鹅毛管笔在墨水池中沾上血红的墨水——

这管鹅毛笔在一本英文书中下列字行下画着红线：

……迫使清政府屈服的武力可以包括以下各项：（英文"化"为中文）

七十四尊炮主力舰一艘	500人
大型巡洋舰一艘	300人
小型巡洋舰两艘	320人

……

外面传来敲门声，画红线的笔停止了。

义律房里窗帏低掩，满屋子是雪茄烟雾，义律蓬头乱发在做札记。闻声，他掩上书的封面，叫："进来！"

书的封面是："Letter to Viscount Palmerston on British Relations with China

London，1836"（化）

论中英关系

一八三六年　伦敦出版

乔治披着厨衣，给他送来一份早点，是半杯咖啡和薄薄的一片面包。

义律不无诧异地看他一眼，拿起这片薄面包，探询地望望乔治。

乔治苦笑，耸耸肩，张张手，表示无能为力。

字幕：三天以后——

烤制面包和蛋糕的各种样式的铁皮模子，空落落地搁着。

冰冷的炉灶上，煎锅和锅铲歪斜地摆着，蒙着一层轻尘。

刻花玻璃的冷开水瓶歪倒，没有一滴水。

义律室内。义律阴鸷的眼光在注视着壁上挂的一幅大地图，他的拿着红铅笔的手在广州、厦门、定海、天津等几个地方打圈。

商馆起居室内。沙发上一些英国人歪歪斜斜地坐着或躺着，屋里阴森森的。一个茶壶给倒竖起来，再也摇不出一滴水，一个大汉愤怒地把茶壶往地上一摔："我……受不了啦，我不能再忍受啦！"他挥舞拳头，像疯子一样地踱来踱去。

一屋子人反射地跳了起来。

"我们要自由！"又一个喊起来，"我……我情愿再多缴三百箱鸦片！"

"我再加二百箱！"

"我们找义律去，他应该为我们负责！"

"给我们自由！"

人们哄起来，奔出房去。

商馆大厅。众商人跑上了楼梯，去敲义律的房门——这门是紧紧地锁住的。人们在外边踢、捶、叫喊……

大厅里众商人继续拥上楼梯……

义律室内。外面的捶门声、叫喊声，义律充耳不闻。他埋头在一封信上签了字，洒上吸水粉，开始复看，其中一段是：

……我完全同意胡夏米先生在1835年所建议的对华作战计划，我请求女王陛下立即采取行动……

查理·义律

颠地像幽灵一样，从隔室里走过来：

"义律先生！"他低声恳求，"我们不能再僵持了，这样会有危险的……"

义律仍然置若罔闻，头也不回的，只顾折信，装信，写信封，并用火漆封信。

颠地再恳求："只要能恢复自由，我情愿再出一千箱……一千五百箱也行！"

"我已经考虑过了！"义律点点头，像是已决定了什么问题，他回身正色说："我们的鸦片应该全部交出去！"

"为什么？"颠地惊得呆了。

"你很难明白，这是政治问题！"义律冷冷地说。

"那……那我们……怎么办呢？"颠地慌了。

"你们的货款，由英国政府补偿！"

颠地叫起来："你，你不能这样！你，应该考虑大英帝国的荣誉……"

义律止住他的话，严肃地说："为了大英帝国的荣誉，我命令你做一件事……"

颠地迟疑，然后答应："您尽管吩咐——"

"你很快就可以自由了，我要你立刻带这封信回伦敦，交给巴麦尊阁下……"

信封上写着：

面呈　外交大臣巴麦尊阁下启

颠地看着信封，忽然明白过来，激动地低声问："您是不是要请我们政府出兵？"

义律横他一眼："从现在起，你应该学会沉默！"

"是！"颠地严肃地答应。

义律整饬一下衣服头发，打开锁，出房门。

商馆大厅。楼梯上叫喊着的商人们看到义律庄重的脸色，忽然寂静下来。

义律走向梯栏前，向大厅里渐渐聚拢的商人们，矜持地宣布："现在我宣布：所有英国商人，应把鸦片全部交给中国人，一切损失由国家负责……"

英国商人们诧异得目瞪口呆。

码头台阶。老汉和老大娘咧开了嘴在笑，争先恐后，从台阶底处拥向前来。

万头攒动中，一个壮汉站在台阶高处鸣锣。

他兴高采烈地喊："番鬼佬缴烟罗——！"

字幕：一八三九年六月三日

山坡上。云天。一只五彩缤纷的狮头昂然伸入镜头，顾盼生姿——舞狮者是麦宽，狮鼓雷鸣，鞭炮大作。

“狮子”在人丛中跳跃前进，人们把鞭炮投掷到“狮子”身上……

梁三把“肥仔”面具硬套在阿宽嫂头上，一把推她到舞狮行列里去，阿宽嫂手执破葵扇，敏捷地掮开鞭炮的硝烟……

山坡上下拥满了男女老幼，一边看“舞狮”，一边拥向远处的礼台，只见远远近近，满坑满谷，密密麻麻，尽是人头攒动，旌旗招展。

海滩上。掘了两个池子，纵横各十五丈，周围竖立木栅。池边堆了许多装鸦片的木箱。差役一边将鸦片倾入池中，一边倾入石灰……

礼台。搭在背山面海的山坡上。台上是林则徐、邓廷桢、关天培等官员。台后山坡上密密地站满了人，台下四围有武装兵弁守卫。

台的附近一角，站着十来个外国商人，规规矩矩地在观礼。

林则徐把黄龙令旗一展——

一排土炮向天轰鸣——

差人将涵洞的闸门掣起，海水汹涌奔入——

池中海水沸腾，升起数丈高的汽柱——

漫山遍野的人们挥舞着汗巾、笠帽、农具、武器、旗帜等什物，欢呼“万岁”！整个大地在掀动——

林则徐纵情地笑——

“狮子”得意地点头——

阿宽嫂戴着“肥仔”面具在镜头前张望，一手把面具取下，露出满头大汗的欢笑的面容，摇着面具。

邝东山让小伢子骑在肩膀上，兴致勃勃地看——

礼台。十多个外国商人由通事陪同参谒林则徐，摘帽敛手，鞠躬为礼。

林则徐欠身答礼：“你们看，这样烧法妥不妥当？”

洋商不住地点头。

林则徐耐心地解说：“我们只要禁烟，并不禁止你们做买卖，只要你们肯具结不贩卖鸦片，你们的货船明天就可以进口！”

洋人感激地点点头。

山坡上。欢腾的人山人海……

海面英船上。义律站在船头上眺望——远处山头几道浓烟滚滚，上冲云霄。

他咬牙切齿地说：“烧吧！……总有一天，我会让这把火烧到广州城……”

……

第七章

海面。乌云满天，几乎充满整个画面。海面地平线上发现密密的许多白点帆影，迎面驶来。

旁白："用鸦片毒化中国的政策受到了抵制，于是，武装侵略开始了。1840年6月，英国政府派遣大批军舰，从印度开往中国海岸。"

海面。三四十艘英国军舰，乘风破浪前进。军舰上高悬英国国旗。

岩顶。滨海悬岩上伸出一棵大树，旁边搭着一个小凉棚，守望哨遮阳瞭望，敲锣报警。

渔村中。后景泊着数十艘渔船，前景是一艘搁在岸上的、新造的（或修理的）大船，一个精壮的渔民站在船头上敲打铜盆，百十个渔民（其中有持鱼叉等物）奔涌而来——

城楼上。有人敲锣，乡民涌集——

古庙。前景为旗杆石基。有人敲锣，人们从四面奔来——

海面上。近处冒出密麻麻的高低不等的木桩和沉船的桅杆，封锁了海面；远处有七八艘英船列队驶来，地平线上还有不少白帆点子。

英舰甲板上。义律举起望远镜。身后是乔治和一两位海军官佐，远处站着一个富商打扮的中国人——姓张的汉奸，毕恭毕敬地侍立着。

望远镜中的虎门要塞。一片寂静，没有一个人影。要塞前密布木桩和船桅；视线移向附近的山头，也是静悄悄的；视线又移向海面，只见三两只渔船在撒网。

甲板上。义律放下望远镜，有些狐疑，考虑之后，略回顾，乔治立刻凑前。义律低声说："去报告司令官：停止前进，把渔船（他向前方）上的人抓来！——客气点！"

乔治应："是！"转身去，他经过姓张的汉奸身边时，叫："来！"姓张的汉奸立即跟着他走。

光洁的甲板，踏上两双湿淋淋的、黧黑的大赤脚，一双中国官式的羽缎鞋摇摇摆摆地在前面引路，一双光可鉴人的英式皮靴跟在后面。

只听到那姓张的汉奸谄媚地嚷："来了，来了……这边走……"

义律打量对方，和蔼地："你们干什么的？"

"打鱼的。"

义律指向前边："前面有没有路进口？"

"有。"

义律和颜悦色地："给我们引水好不好？"

"你肯出多少钱?"

"五百块!到了广州,还保你做官!"义律指指身边谄笑迎人的姓张的汉奸:"你看这位张先生,有多好!"

义律接过乔治递上的银袋摇一摇,叮当作响:"拿去!"

接钱袋的是——邝东山,他随手把口袋交给麦宽,叫:"走!"

舵楼上。船长含着烟斗满意地望着前方。

邝东山站在旁边:"左,向左,向右——"不断呷着一杯斟得满满的葡萄酒,不远处还站着一个穿厨服的侍者,端着白布包着的酒瓶。

甲板上。义律注视前方,姓张的汉奸与麦宽站在义律后面。

要塞远景。海面已经没有障碍物,要塞渐渐看得清楚,但仍静悄悄的。

甲板上。义律有点疑惑,他开始用窥探的眼光窥视麦宽一眼,举起望远镜。

突然,一声巨响,他身体一侧——

舵楼。猛地向一边倾斜。

邝东山把手里的葡萄酒杯向船长迎面掷去。

侍者手中的葡萄酒瓶坠地粉碎。

水底。海底大礁石楔入船底头部。

甲板。向一边倾斜,义律刚好从地上爬起,麦宽迎上去一拳,把他打倒,立即回头对姓张的汉奸喊道:"喂!老张!咱们快走!"他自己拔脚就跑。

姓张的汉奸闻叫,莫名其妙。

义律站了起来,恶狠狠地指着麦宽逃走的方向:"追!"

船舷上。麦宽跳上去,回身叫道:"老张,再不走迟啦!"

英兵追上来,他一转身,跳入海中。

舵楼上,邝东山哈哈大笑,来个鹞子翻身,纵身跳入波涛汹涌的大海中。

甲板上。英水兵逮住姓张的汉奸,他大哭大叫:"冤枉啊!我是真心帮你们的啊——"

义律俯瞰水面,叫:"开枪!"

几个英国兵向水里射击。

海面上。波涛汹涌。邝东山和麦宽泅入水中,枪弹激起一排水花。

虎门要塞。一支"帅"字大旗突然从炮台掩体后高高扯起,跟着附近山头也高举旌旗,摇旗呐喊。

甲板上。义律、乔治、英官佐等奔到船舷张望，惊惶失措。

山巅上。大榕树下一个官帐前面，卫弁林立，林则徐披着斗篷，用望远镜眺望远方，关天培下令："发炮！"

英隆摇旗——

虎门要塞。"帅"字旗下的炮垒发第一炮，沿海各炮垒的炮口一齐开火，跟着各山头一齐发炮，火光闪烁，烟雾腾腾。

海面上。英国舰队（七八艘）周围，弹如雨下，英舰亦发炮还击。

甲板上。船已稍稍恢复平衡。炮弹又落下，打落船桅。

英水兵发炮还击。

英兵把那姓张的汉奸捆成粽子模样，抬到船舷，义律暴跳如雷，下令："丢到海里去！"

姓张的汉奸："饶命啊，我是真心的啊！"

英兵把他丢入海中。

海面上。

英舰有的被打得歪斜，有的在燃烧。

其余多数英舰，纷纷向后撤退。

山巅上。林则徐放下望远镜，果断有力地下令："出击！"

关天培喊："出击——！"

英隆摇"令旗"，八只长号"呜呜——"齐鸣，英隆跟着喊："备马！"

林则徐、关天培威风凛凛地起身。

海面上。中国艨艟大舰出击。

艨艟舰上。林则徐在伞盖下，注视前方。

海面。前景艨艟大舰在发炮，远处英舰或烧、或斜倒。

艨艟舰上。林则徐下令："加紧追击！"

英隆奔来，兴奋地："大人，他们回来了——"

邝东山、麦宽上来跪下："大人——！"林则徐连忙扶起，两人满身湿淋淋，可是精神抖擞。

林则徐一见之下："呀哟哟，真难为你们！"对卫弁："拿酒来！"又把自己身上的斗篷脱下来交给英隆："先给老义士披上！别着了凉！"

邝东山用手撑开斗篷："老骨头罗，这一点还经得起！"卫弁送来了酒碗，二人接酒，一饮而尽。

林则徐点头赞叹："英雄本色！——真是'不入虎穴，焉得虎子'！"

浮雕地图上。英国舰队离开广州，驶向厦门、定海，领头的一舰向定海猛冲。

旁白："英国侵略者攻不进广州，于是移兵北上，攻陷浙江定海……"

舰队模型有一艘留在定海，其余驶到天津——

旁白："……分兵直逼天津白河口，威胁北京。"

海面上。英舰上大炮高举，耀武扬威，直向镜头扑来，化为黑影，遮没镜头。

太和殿前。琦善背影遮住镜头，向前飞奔，快步走上太和殿前层层相接的白玉台阶。

值班的太监打扦，惊惶地望着他。

清宫内。灯火辉煌，旻宁站着，焦急地望着外面。

琦善狼狈地奔进来跪下，气喘吁吁地："皇上……洋鬼子进了白河口了！"

"啊！"旻宁瘫痪在椅子上，目瞪口呆，半晌，喃喃地说："没……没开炮吧？"

琦善怔了怔："这个……洋人声势浩大，奴才……不敢擅专……"

"混帐！"旻宁不耐烦："我问的是洋人！"

琦善放下了心："没有，洋人倒还恭顺，他们说要到北京……"

"到北京？"旻宁大惊。

"是，到北京求皇上赔他们大烟钱，只求以后别禁烟，他们就回广州，把定海交还咱们……"

旻宁不说话了。

琦善急了，磕下头去，几乎要哭了："皇上，明天要不给他们回信……他们可就要开炮喽……"

旻宁坐下来望着琦善。用商量的口吻说，"叫他们先回广州，咱们重办林则徐，给他们出气还不行吗？"

琦善嗫嚅地："皇上明鉴，洋人要的是钱……"

旻宁一瞪眼："糊涂！不重办林则徐叫谁给他们钱？"

"是！"琦善磕了一个头，要走。

"慢着！"旻宁想了想说："我看就是你到广州去一趟吧。颁给你钦差大臣关防，把这事办到底！"

"我？"琦善大吃一惊。

"你怕洋人吗？"旻宁沉下脸来。

"是，是，奴才……就去！"琦善再磕头。

"来呀！"旻宁叫一声。

执事太监跪下。

旻宁命令："下旨给军机，把林则徐、邓廷桢撤职严议，派钦差大臣琦善到广东查办!"

"是!"执事太监磕头。

作者简介 3-7

贺子壮、宋继高

2. 贺子壮、宋继高

生死抉择（节选）[①]

118. 李高成家（夜　内）

"啪"，拷克箱豁然开启，满箱的钞票夺人心魄。

李高成的面孔可怕地痉挛着。

吴蔼珍哭丧着脸："你在党校学习，'特高特'聘请咱俩做名誉董事，我，我就……"

李高成痛心疾首："你趁我不在身边，竟然堕落到这种地步！你为什么答应？为什么收下这些钱？你怎么敢!"

吴蔼珍低声地："高成，我去还过……还不掉呀……"

李高成激愤地："我在外面辛辛苦苦反腐败，可腐败却发生在自己家里……我不明白，你要这么多钱干嘛！咱俩有工资，我的工资也不低，比上不足比下有余，还不够花吗?"

吴蔼珍一下子激动起来："够花？你不当家不知道油盐贵！给梅梅请老师、看病、保险要不要花钱？给你爸办丧事造坟、给妈治病要不要花钱？摆平你老家那一大摊子事要不要花钱？凭咱俩这点工资够吗？再说，咱们退休了怎么办？没有点积蓄，你那退休工资只够喝西北风！还有梅梅怎么办？咱俩总不能陪她一辈子吧？不留下一笔养命钱，她将来怎么活！高成，这些你都想过没有？你要……"

李高成猛地拍桌子喝住她："那就能成为你受贿的理由？蔼珍，你太糊涂了！你想想，现在你怎么收场!"

吴蔼珍呆若木鸡。

梅梅扶着楼梯，一步一步走下，满脸恐惧。

李高成"啪"地合上拷克箱箱盖，痛苦不堪地擂着箱子："整整30万，你竟敢在家里放了10天，你昏了头啦！你知道吗？你这是在毁掉自己，毁掉我，毁掉我们这个家呀!"

梅梅"啊啊……"嚎哭起来，跌跌冲冲朝吴蔼珍跑去，突然"扑通"一下摔倒在地板上。

吴蔼珍撕心裂肺地喊了声："梅梅——"奔过去一把抱起梅梅，将她紧紧搂在怀中。

梅梅将小脸贴在母亲的怀里，偷偷地、恐惧地看着盛怒的李高成。

吴蔼珍眼泪簌簌落下："……我真后悔，当初我为什么拼死拼活把梅梅生下来？

---

① 节选自贺子壮，宋继高. 生死抉择［J］. 电视电影文学，2000（5）.

为什么辛辛苦苦把她养大？我，我……我有什么错？我作了什么孽呀！”说到这里，她泪流满面了。

李高成叹了口气，跌坐在沙发上。

客厅门外，小渔的眼泪夺眶而出。

吴蔼珍抬起泪眼：“高成，我该怎么办？”

李高成沉默，无言以答。

吴蔼珍：“我再去还给他们，现在就去！”

李高成：“没用，你那么多把柄抓在他们手里，他们是不会善罢甘休的。”想了片刻，咬咬牙说，“恐怕只有一条路了，蔼珍。”

两人对视。吴蔼珍从李高成的眼神里读到了令她胆寒的内容。

吴蔼珍不相信地：“你、你是让我去……自首？”

李高成痛苦而无奈地点头。

吴蔼珍酸楚地：“牺牲掉我，好，好……我去自首，你就能够解脱？市长的老婆受贿，别人会怎么看你？你说得清楚吗！”

李高成：“现在不是考虑这些的时候。不这样，中纺厂的问题就查不下去，中纺厂腐败案的后台就揪不出来。”

吴蔼珍急了：“可后台是严阵，严书记呀！你怎么到现在还不明白呢！你怎么能和严书记对着干？没有严书记就没有你的今天呀！再说他的权势、关系比你大得多，你是他的对手吗？你把老婆抛出去，不是等于给了他们一个把柄？不为我着想你也该为自己的前途着想啊！”

李高成面色苍白：“和腐败同流合污，还有什么前途。”

吴蔼珍浑身颤抖：“你……你就等着翻船，等着家毁人亡吧！”

李高成颓然垂下头。

119.李高成家　书房（夜　内）

变形镜头拍摄的拷克箱，显得触目惊心。

书房里，只有李高成一个人面对着那只拷克箱。短短几个小时，他看上去苍老了许多。他迷茫的目光投向写字台上的电话。

微微战栗的手指在摁电话号码，越摁越慢。

电话通了，传来杨诚的声音：“我是杨诚，请问……”

李高成“叭”地扣下电话。他的脸庞隐匿在暗景中。他在犹豫、在选择……

120.李高成家　卧室（夜　内）

吴蔼珍搂着梅梅坐在床上，母女俩相对流泪。

121.李高成家　书房（夜—晨　内）

瘫坐在沙发上的李高成陷入了苦苦的思索。

在他身后的窗外，晨曦一点一点地亮起。他本来乌黑的头发，竟然一夜之间出现了几缕刺目的白发。

晨光投射在那只拷克箱上，阴阳参半。

李高成盯着拷克箱，他的眼中渐渐泛起凛人的寒光。

122.李高成家（晨　内）

李高成拎着拷克箱，一步一步走下楼梯……突然，他脚步一顿，停下了。

梅梅默默地站在楼梯口，高高地举着那幅“我爱我家”的画。

（特写）“我爱我家”。

李高成浑身一颤，拷克箱颓然坠落，一级级地滚下楼梯。

一叠叠钞票滚落出来，撒满楼梯和地板。

李高成无力地坐在楼梯上，两手捂住脸，发出一声低低的、压抑的呜咽。

一只小手摸着他头上的一缕白发，梅梅将小脸贴在他的头上：“怕怕（爸爸）……”

李高成抬起脸，泪水模糊：“梅梅，好女儿……你说，爸爸该怎么办？”

梅梅看着他，不语，像是一下子成熟了许多。

李高成泪迹斑斑的脸化为蒙蒙烟雨。

……

146.医院　冯敏杰病房（夜　内）

冯敏杰无力地躺在病床上，面如死灰，虚脱得几乎不成人形。他神色惨淡地望着李高成：“师傅，他们买通了医生，明天……明天就要给我开刀……杀人灭口啊……”

李高成表情复杂地望着冯敏杰：“敏杰，都到这一步了，你还死心塌地为他们殉葬吗？”

冯敏杰心有余悸地：“师傅，他们势力太大了……你、你斗不过他们的……”

李高成：“不，敏杰，你错了，天下还是共产党的天下，人民的天下，几个败类翻不了天！敏杰，你是不是因为我的遭遇，觉得没有希望了？”

冯敏杰吃力地点头：“师傅，我担心您会白白地牺牲……”

李高成：“不，不会！我已经叫他们心惊胆战了，所以他们才要处心积虑地置我于死地，甚至狗急跳墙对你下毒手。”他毅然决然地，“也许在曙光到来之前我会倒下，但我绝不后悔我的选择。如果以我的牺牲来敲响腐败分子的丧钟，我甘心情愿毁掉我的一切！”

冯敏杰被深深地震撼了，他流下了悔恨的眼泪：“师傅，和您比，我，我不是人……我本来不想落水的，可整个班子都烂掉了，我要是一个人不脏手，肯定会被他们赶出来……这几年我也捞了几十万，可我一个子儿也没敢花，都藏在家里……”

李高成鼓励地：“说吧，敏杰，都说出来。”

冯敏杰泪如雨下：“我……我不能把秘密……带进棺材去啊……”

……

159.火车站（日　外）

一列火车缓缓进站，停下。旅客蜂拥而下。

站台上，李高成和梅梅的目光在人流中搜寻。

突然，梅梅大叫一声，跌跌撞撞朝前跑去。

一扇车门前，吴蔼珍走了下来。她的后面跟着李宝柱。

吴蔼珍和梅梅紧紧搂在一起。

看着走近前的李高成，吴蔼珍说："高成，我跟你去自首。"

李宝柱："二哥，嫂子在咱们家，整整服侍了老娘三天，临走前还给老娘洗了头，剪了指甲……家里其他事，嫂子也都安置好了。"他迟疑地，"哥，俺娘叫俺问一声，这么好的嫂子，就、就不能通融一回吗？"

李高成沉默，眼圈红了："四弟，娘那儿，我去解释。"

李宝柱还要说什么："可、可是……"

吴蔼珍拦住他，平静地："四弟，什么都不用说了。"

李高成从吴蔼珍手里接过行李："蔼珍，咱们走吧。"

一行人无言地走向车站出口。

……

161. 检察院大楼（日　外）

奥迪轿车停在检察院大门前。

李高成等下车。他和梅梅、李宝柱看着吴蔼珍一步一步向检察院里走去。他猛然想起什么，从车里拿出一个按摩器，追上吴蔼珍，交给她："蔼珍，往后，就让它代替我吧。你在里面一定要保重身体……"

吴蔼珍的眼泪夺眶而出："高成，对不起。"

李高成低声说："蔼珍，我和梅梅等你回来，不管等多久……我还要为你按摩一辈子呢！"

梅梅含泪举起了一幅画：一个小女孩在给妈妈扎辫子，旁边写着——"我要妈妈！"

吴蔼珍弯下腰，在梅梅脸上深深亲了一下，毅然转身走进检察院大门。

李高成发现自己无意间流泪了，他掩饰地朝梅梅和李宝柱笑笑，很是勉强。这时，手机响了。他听了一下："我马上就到！"

162. 市府大楼（日　外—内）

李高成迈着沉重的步伐走上台阶。他穿过底层大厅，脚步渐渐坚定起来。长而深邃的走廊上，李高成的脚步声摄人心魄……渐渐的，李高成（画外音）："……我感谢党，感谢万书记，感谢各位同志，给了我一个澄清事实、阐明观点的机会。"

163. 市府会议室（日　内）

镜头在与会者面前缓缓移动，最后停在正在发言的李高成身上："首先，我向大家报告一个事实，中阳纺织厂目前主要的问题就是腐败问题，正是集体腐败才搞垮了中纺。从1992年至今，中纺厂的领导班子将四亿多元的中纺厂资产转移出去，办了十四家子公司。这些子公司非但不向总厂上缴利润，甚至连最基本的折旧也不计。特高特运输公司占用了中纺厂一亿资金，每年赢利高达三千多万元，却连一分钱也不上缴。中纺厂领导班子中所有成员，都在这些子公司里兼任董事长或总经理，拥有大量股份，每年的红利高达十几万元甚至几十万元。他们还在子公司里安插了自己的子女、亲信、退下来的老干部，以及在职高级领导的亲属……”

万永年、杨诚聚精会神的脸。

严阵阴沉的面孔。

李高成：“郭中姚一伙就这样化公为私、巧取豪夺，造成国有资产大量流失，使中纺厂败落到濒临破产的边缘。正当中纺厂的腐败问题被揭开盖子、事实真相将逐步得到澄清的关键时刻，郭中姚他们为了掩盖罪责，转移视线，打着改革的旗号，设计了一个跨省、跨行业的兼并重组方案，把大量可疑的账目，作为呆账坏账统统冲掉，企图将他们的腐败问题一笔勾销，逃避惩罚……”

众人惊异，议论声四起。

严阵的脸色愈发挂不住了。

李高成：“有人说，中纺厂的问题，是体制问题，计划经济向市场经济转型期必然产生的问题，厂长经理就是喝稀汤住茅草屋，也无力回天。”他停顿，环顾会场，“不错，冰冻三尺，非一日之寒，国营企业积重难返，步履艰难，所以我们更要咬着牙改革，非改革不可！但这决不能成为有些人贪污受贿、腐败堕落的理由，决不允许这些人趁机大捞特捞，发改革财！如果说，改革是我们这个时代不可回避的阵痛，此刻，我们更应该和工人群众同舟共济、生死与共；那些在此时此刻置国家、群众利益于不顾，挖墙脚搞腐败，中饱私囊的人，无疑是釜底抽薪、罪加一等，更加可恨、可杀！”

寂静，人们被李高成的激情震住了。

片刻，严阵满脸笑容地带头鼓起掌来：“太精彩了，很有启发。大家可以就这个话题，各抒己见嘛。”

万永年拦住他：“各抒己见等一会，还是让李高成同志说完。”

严阵：“万书记，看来我们对李高成同志有误会。他的觉悟很高嘛，相信在大是大非面前，不会有什么问题……”

李高成看着他，斩钉截铁地：“不，我有问题。”

全场为之一惊。

李高成：“我多么希望，在这个中纺厂腐败案中，没有我的问题。可是不，我有问题。随着调查的深入，随着中纺厂问题的一点点暴露，我发现自己越来越深地卷入了一张无孔不入的大网里，我自己竟成了问题的中心。中纺厂的班子，是我亲手安排的，过去他们是我的同事和徒弟，就是这些人，今天成了国家的蛀虫，一群蛀虫！我的亲戚，甚至我的妻子，也都卷进了案子，无论我有多少托辞，有一点无法逃避，我疏忽了对亲人的教育和监督，他们的堕落，我有责任！还有提拔我的老领导，种种迹象表明，凭着他的权势和关系，成了腐败的保护伞和直接受益者……甚至我这顶市长的乌纱帽，也是有人替我花了四十万元钱买来的！”

会场轰然，众人议论纷纷。

严阵沉不住气了：“李高成，你在胡说什么？说话要有根据！”他转向万永年，

“万书记，在这样严肃的场合把我们党的干部任用制度，说得乌七八糟，我不知道李高成居心何在？”

万永年朝李高成鼓励地：“你继续说！”

一张张严肃、听得入神的面孔。

李高成拿出一份早已写就的辞职书：“面对这些我当年的同事和朋友，面对共同生活了十多年的亲人，面对提拔我，引我走上仕途，可以说有恩于我的老领导，我彷徨过，犹豫过，我甚至怀疑自己真的是他们一个圈子里的人。今天，我想明白了，我是共产党员，是人民的公仆，而不是哪个圈子里的人！我为自己的彷徨和犹豫而惭愧！万书记，同志们，现在我郑重声明，有关中纺厂的问题，凡牵涉我本人和我家属的，请省委、市委一定查到底，就是把我查得身败名裂、家破人亡，把我查得撤了职、坐了牢、杀了头，也要查到底！我宁可以自己为代价，宁可粉身碎骨，也不能让腐败分子蒙混过关，毁了改革前程，毁了我们党、我们的国家和人民！这就是我，一个共产党员的生死抉择，永不回头的抉择！”

在刹那间的静默后，许多人的眼睛湿润了。

李高成将辞职书交给万永年：“万书记，这是我的辞职报告。”

万永年温暖的目光看着李高成：“好，高成同志，我先替你保管一下。我相信，你选择了党和人民，党和人民也一定会选择你！”

会议室里爆发出热烈的、长时间的掌声。

趁人不注意，严阵悄悄溜出会议室。

万永年也激动地鼓掌。待掌声渐渐歇下后，他开始说话：“同志们，李高成同志已经做出了他的抉择。而我要告诉大家，这也是省委的抉择，是我们中国共产党和全国人民共同的抉择！”

全场鼓掌。

万永年：“中纺厂问题由来已久。有人想揭盖子，也不是一天两天。去年，赵副市长就撞了南墙。但是，腐败不除，国无宁日。这一次，杨诚同志亲自去中纺委汇报中纺厂情况，中央下了决心！现在，中央明确指示，彻底揭开中纺厂腐败的盖子，查清全部真相，给人民一个满意的答复。凡涉嫌此案者，不论是谁，官至几品，一经查实，都要严惩不贷，该撤的撤，该抓的抓，该杀的杀！”

思政探究3-2

李高成形象的现实意义

第三单元小结

1.影视是电影艺术和电视艺术的统称。电影和电视在制作过程、表现手段、传播方法、欣赏特点等方面有着很多相似之处，因而它们的审美特征基本一致。电影和电视借助现代科技中的声、光技术和特技，采用新的艺术表现手法，大大强化了表现力度。摄影技巧自然逼真，准确鲜明地再现了社会现实，是当代各种艺术中传播最广、最快，效果最为直接的艺术形式。影视对生活各个领域的影响越来越大，成了人们不可或缺的精神食粮和艺术欣赏形式。

2.不论是电影还是电视，都要先由编剧写作剧本，然后由导演把剧本改编成分镜头拍摄脚本进行拍摄。我国第一部电影诞生于20世纪初，一个多世纪以来出现了大量故事片、惊险片、喜剧片、历史片、美术片、科教片等，很多故事片和历史片在宣传教育方面起到了重要作用。本书所选历史片《林则徐》、现代反腐电视剧《生死抉择》是当代电影电视艺术中有重大影响的两部力作。

3.林则徐是有识之士，主张禁鸦片、富国强兵。出任钦差后，在爱国军民的支持下，与英国等国的鸦片商人进行了机智勇敢的斗争，逼他们交出鸦片，一举在虎门销毁。英国政府为了保护其非法鸦片交易，竟对中国宣战，他们的炮舰在广州被林则徐、关天培击退后，北上攻破大沽，腐败的清王朝屈膝投降，“反将”林则徐被革职查办。这样一个有功于国、有利于民的正派官吏落得个悲剧下场，充分说明了清王朝的腐败无能和帝国主义的寡廉鲜耻，也充分说明了国家不强大必将任人宰割的道理。所以，林则徐这个悲剧形象有着深刻的社会意义和教育意义。

4.《生死抉择》是当时反腐倡廉的一出好戏，主人公铮铮铁骨，不怕压、不被利诱，在生死关头毅然选择了与腐败分子斗争到底的道路。他的事迹催人泪下，他的品质教育人上进。李高成代表了新时代共产党人的光辉形象，他的抉择表明中国共产党反腐倡廉的决心和能力，极大地鼓舞了共产党员和人民群众的斗志。

5.20世纪80年代后影响最大的电视剧有根据四大古典名著改编的《三国演义》《西游记》《水浒传》《红楼梦》，家庭剧《渴望》《孽债》，以及清宫戏《康熙王朝》《雍正王朝》《乾隆王朝》等。2016年，由冯小刚导演，根据刘震云原著改编的文艺片《我不是潘金莲》和2017年由周梅森编剧、李路导演的反腐电视连续剧《人民的名义》都获得了很高评价，产生了良好的社会效应。由吴京自编、自导、自演的电影《战狼Ⅱ》，弘扬爱国主义精神，深受观众欢迎，取得了当时华语电影最高票房的成绩，为中国电影写下了新的篇章。2021年9月30日上映的由陈凯歌、徐克、林超贤联合导演，吴京、易烊千玺等主演的《长津湖》，以抗美援朝第二次战役中的长津湖战役为背景，表现了志愿军战士壮烈的爱国情怀和无畏的国际主义精神，获得了极大的成功。截至2021年11月24日，票房收入56.94亿元，成为全球电影票房冠军、中国战争电影史上的里程碑。

6.我国首部3D全景声京剧电影《霸王别姬》2016年在美国洛杉矶好莱坞杜比剧院举行盛大海外首映式，引起轰动。2017年1月28日，这部影片经全球640多名国际评委无记名投票，从全世界193部参评的3D影片中脱颖而出，获得最具权威的金·卢米埃尔奖。哈佛大学等多家著名大学的图书馆联合举办了《霸王别姬》拷贝的收藏仪式。影片相继在欧美上映，反响十分热烈，成为中国文化走向世界的一个成功典范。

小贴士·延伸阅读篇目

1.杜家福等：《三国演义》；2.温豪杰：《水浒传》；3.戴英禄等：《西游记》；4.周雷等：《红楼梦》；5.王朔等：《渴望》；6.张巍等：《孽债》；7.朱苏进等：《康熙王朝》；8.周梅森：《人民的名义》；9.吴京：《战狼Ⅱ》；10.芦苇等：3D版《霸王别姬》；11.京剧电影：《曹操与杨修》；12.兰晓龙：《长津湖》（陈凯歌、徐克、林超贤导演）。

第四部分　小　说

第一单元　中国古代小说

学习目标

1. 了解中国古代小说发展的概况，了解六朝、唐宋、明清三个小说发展重要时期的主要作家、作品。

2. 理解小说在反映社会生活、展现作家思想、塑造人物性格方面的作用与特点。

3. 掌握《三国演义》《水浒传》《红楼梦》等著名长篇小说和《三言》《二拍》《聊斋志异》等著名短篇小说集的思想内容和艺术特色。

4. 培养学生的审美意识，使学生坚定文化自信。

作者简介4-1

薛用弱

1.薛用弱

王之涣[①]

开元中诗人，王昌龄、高适、王之涣齐名，时风尘未遇，而游处略同[②]。一日，天寒微雪。三诗人共诣旗亭，贳酒小饮[③]。忽有梨园伶官[④]十数人，登楼会宴。三诗人因避席隈映[⑤]，拥炉火以观焉。俄有妙妓四辈，寻续而至，奢华艳曳，都冶[⑥]颇极。旋则奏乐，皆当时之名部[⑦]也。

昌龄等私相约曰：我辈各擅诗名，每不自定其甲乙，今者可以密观诸伶所讴，若诗入歌词之多者，则为优矣。俄而一伶，拊节[⑧]而唱曰：

"寒雨连江夜入吴，平明送客楚山孤。洛阳亲友如相问，一片冰心在玉壶[⑨]。"

昌龄则引手画壁曰："一绝句。"

寻又一伶讴之曰："开箧泪霑臆，见君前日书。夜台今寂寞，犹是子云居[⑩]。"

适则引手画壁曰："一绝句"。

寻又一伶讴曰："奉帚平明金殿开，强将团扇共徘徊。 玉颜不及寒鸦色，犹带昭阳日影来[⑪]。"

昌龄则又引手画壁曰："二绝句。"

之涣自以得名已久，因谓诸人曰："此辈皆潦倒乐官，所唱皆《巴人下里》之词耳，岂《阳春白雪》之曲[⑫]，俗物敢近哉？"

因指诸妓之中最佳者曰："待此子所唱，如非我诗，吾即终身不敢与子争衡[⑬]矣。脱[⑭]是我诗，子等当须列拜床下，奉吾为师。"

因欢笑而俟之。须臾次至双鬟发声，则曰："黄河远上白云间，一片孤城万仞山。

---

① ［王之涣］选自《集异记》卷二。

② ［风尘未遇，而游处略同］风尘未遇，指奔走求官而未得。游处略同，指互为诗友，时时交游。

③ ［共诣旗亭，贳（shì）酒小饮］旗亭，酒楼。贳酒，赊酒。

④ ［梨园伶官］梨园，唐玄宗教练宫廷乐舞伎人的地方，因靠近宫中梨园，故名。其所教练的艺人称梨园弟子。官，掌管乐曲的官员。

⑤ ［避席隈映］离开坐席往角落处躲开。映，这里是隐蔽的意思。

⑥ ［都冶］漂亮而妖艳。

⑦ ［名部］指有名的乐曲。

⑧ ［拊节］击节。节，古乐器，以竹编成，拍击以定乐曲节拍。

⑨ 这是王昌龄做江宁丞时所作七言绝句《芙蓉楼送辛渐》二首的第一首。芙蓉楼古址在今江苏镇江市西北角。吴楚，指镇江一带。冰心在玉壶，比喻心境平静，透明纯洁如玉壶之冰。这首诗前两句说，辛渐北归洛阳，作者在寒夜陪他由江宁到镇江，第二天清晨在芙蓉楼与他分离，遥望去路，远山孤峙。后两句说，要辛渐告诉洛阳亲友，自己没有追求功名富贵的欲念，心境如玉壶之冰。

⑩ 这是高适五言古诗《哭单（shàn）父梁九少府》的首四句，当时或摘取此四句入乐。夜台，夜里孤寂的墓台。子云，东汉文学家扬雄的字。头两句写作者对梁九少府的怀念，后两句化用卢照邻《长安古意》中"寂寂寥寥扬子居，年年岁岁一床书"两句，用扬雄比梁九少府，说他虽死地下，仍然是一个文学家的住所。

⑪ 这是王昌龄《长信宫词》五首之一。《汉书·外戚传》载，汉成帝时，班婕妤入宫，颇受宠爱。后来成帝又爱上赵飞燕姊妹，因此班婕妤请求到长信宫侍奉皇太后。在失意情绪中，她曾作过一首《自悼赋》；乐府诗中相传有一首她作的《团扇怨》。王昌龄这首诗，即用这个题材，刻画出宫廷中不幸妇女的痛苦。前两句说，班婕妤清晨捧着扫帚打扫长信宫殿，她的命运已与秋扇相同；后两句说，从昭阳宫那边飞来的寒鸦还带着旭日的影子，自己虽有玉颜丽质，却连寒鸦也不如。昭阳，赵飞燕妹妹赵昭仪居住的宫名。日影，比喻皇帝的恩幸。

⑫ ［所唱皆《巴人下里》之词耳，岂《阳春白雪》之曲］《巴人下里》《阳春白雪》，都是古歌曲名。《巴人下里》即《下里巴人》，是楚国民间俗曲。《阳春白雪》是高雅的曲调。

⑬ ［争衡］较量，比高低。

⑭ ［脱］倘或，假如。

羌笛何须怨杨柳，春风不度玉门关[①]。”

之涣即撅歈[②]二子曰：“田舍奴[③]，我岂妄哉！”

因大谐笑。诸伶不喻其故，皆起诣曰：“不知诸郎君何此欢噱[④]？”

昌龄等因话其事。诸伶竞拜曰：“俗眼不识神仙，乞降清重[⑤]俯就筵席。”三子从之，饮醉竟日。

2. 白行简

作者简介 4-2

白行简

李娃传

汧国[⑥]夫人李娃，长安之倡女也。节行瓌奇[⑦]，有足称者，故监察御史白行简为传述。

天宝中，有常州刺史荥阳[⑧]公者，略其名氏，不书。时望甚崇，家徒甚殷[⑨]。知命之年[⑩]，有一子，始弱冠[⑪]矣；隽朗有词藻[⑫]，迥然不群[⑬]，深为时辈推伏。其父爱而器之[⑭]，曰：“此吾家千里驹[⑮]也。”应乡赋秀才举[⑯]，将行，乃盛[⑰]其服玩车马之饰，计其京师薪储之费[⑱]，谓之曰：“吾观尔之才，当一战而霸[⑲]。今备二载之用，且丰尔之给，将为其志[⑳]也。”生亦自负，视上第如指掌[㉑]。

自毗陵[㉒]发，月余抵长安，居于布政里。尝游东市还，自平康[㉓]东门入，将访友于西南。至鸣珂曲，见一宅，门庭不甚广，而室宇严邃。阖一扉，有娃方凭一双鬟青衣立，妖姿要妙[㉔]，绝代未有。生忽见之，不觉停骖[㉕]久之，徘徊不能去。乃诈坠鞭于地，候其从者，敕取之。累眄[㉖]于娃，娃回眸凝睇，情甚相慕。竟不敢措辞而去。生

---

① 这是王之涣的《凉州词》二首之一。仞，古以八尺为一仞。万仞，极言其高。羌笛，古代羌族（西北少数民族）的一种乐器，即竹笛。杨柳，指乐府《横吹曲》的《折杨柳》，调子很哀怨。
② ［撅歈］同揶揄，以手势嘲弄。
③ ［田舍奴］乡下佬，是古代骂人的习语。
④ ［噱（jué）］大笑。
⑤ ［降清重］降低清高尊贵的身份，即“俯就”的意思，是邀请人时说的客套话。
⑥ ［汧国］指唐时的汧阳郡。
⑦ ［节行瓌（guī）奇］节操行为珍异可贵。
⑧ ［荥阳］唐县名，今河南荥阳市。这里所指的常州刺史是荥阳人，所以称为“荥阳公”。
⑨ ［家徒甚殷］家里侍从的仆役很多。
⑩ ［知命之年］《论语·为政》“五十而知天命。”后来就以“知命之年”为五十岁的代词。
⑪ ［弱冠（guàn）］指男子到了二十岁左右的年龄。古时男子二十岁举行“冠礼”，戴上成人的帽子，表示不再是儿童了。
⑫ ［隽朗有词藻］隽，应作“儁”，同“俊”字。隽朗，清秀的样子。有词藻，有文才，文章作得好。
⑬ ［迥（jiǒng）然不群］出人头地，不比寻常。
⑭ ［器之］器重他。
⑮ ［千里驹］日行千里的壮马。比喻少年英俊。
⑯ ［应乡赋秀才举］应州郡的保送，进京参加秀才考试。唐代开元、天宝年间的秀才科指杰出人才考试，与后代泛称之秀才不同。
⑰ ［盛］多多供给。下文“盛宾从”，指多约朋友，多带仆役。
⑱ ［薪储之费］指柴米等生活费用。
⑲ ［一战而霸］一考就高中。
⑳ ［为（wèi）其志］帮助你达到志愿。
㉑ ［指掌］指着手心的动作，形容极其容易。
㉒ ［毗陵］古郡名，唐时为常州晋陵郡。
㉓ ［平康］唐代长安里名，是当时妓女聚居的地方。
㉔ ［妖姿要妙］妖姿，妩媚的姿态。要妙，美好。
㉕ ［停骖（cān）］停住了马。一车驾三匹马叫作“骖”，一车驾四匹马，在两旁的马也叫作“骖”；这里只是泛指马匹。
㉖ ［累眄（miǎn）］累，多次，不停地；眄，斜着眼睛看。

自尔意若有失，乃密征其友游长安之熟者，以讯之。友曰：“此狭邪女[①]李氏宅也。”曰：“娃可求乎？”对曰：“李氏颇赡[②]。前与之通者多贵戚豪族，所得甚广。非累百万，不能动其志也。”生曰：“苟患其不谐，虽百万，何惜。”

他日，乃洁其衣服，盛宾从而往。扣其门，俄有侍儿启扃。生曰：“此谁之第耶？”侍儿不答，驰走大呼曰：“前时遗策郎[③]也！”娃大悦曰：“尔姑止之[④]。吾当整妆易服而出。”生闻之私喜。乃引至萧墙间，是一姥垂白上偻[⑤]，即娃母也。生跪拜前致词曰：“闻兹地有隙院，愿税以居，信乎[⑥]？”姥曰：“惧其浅陋湫隘[⑦]，不足以辱长者所处，安敢言直耶。”延生于迟宾之馆[⑧]，馆宇甚丽。与生偶坐[⑨]，因曰：“某有女娇小，技艺薄劣，欣见宾客，愿将见之。”乃命娃出。明眸皓腕，举步艳冶。生遽惊起，莫敢仰视。与之拜毕，叙寒燠[⑩]，触类[⑪]妍媚，目所未睹。复坐，烹茶斟酒，器用甚洁。久之，日暮，鼓声四动。姥访其居远近。生绐之曰：“在延平门外[⑫]数里。”——冀其远而见留也。姥曰：“鼓已发矣。当速归，无犯禁。”生曰：“幸接欢笑，不知日之云夕。道里辽阔，城内又无亲戚。将若之何？”娃曰：“不见责僻陋，方将居之，宿何害焉。”生数目[⑬]姥。姥曰：“唯唯。”生乃召其家僮，持双缣，请以备一宵之馔。娃笑而止之曰：“宾主之仪，且不然也[⑭]。今夕之费，愿以贫窭之家，随其粗粝以进之。其余以俟他辰[⑮]。”固辞，终不许。

俄徙坐西堂，帏幕帘榻，焕然夺目；妆奁衾枕，亦皆侈丽。乃张烛进馔，品味甚盛。彻馔[⑯]，姥起。生娃谈话方切，诙谐调笑，无所不至。生曰：“前偶过卿门，遇卿适在屏间。厥后心常勤念，虽寝与食，未尝或舍。”娃答曰：“我心亦如之。”生曰：“今之来，非直求居而已，愿偿平生之志。但未知命也若何？”言未终，姥至，询其故，具以告。姥笑曰：“男女之际，大欲存焉[⑰]。情苟相得，虽父母之命，不能制也。女子固陋，曷足以荐君子之枕席？”生遂下阶，拜而谢之曰：“愿以己为厮养[⑱]”。姥遂目之为郎，饮酣而散。及旦，尽徙其囊橐[⑲]，因家于李之第。自是生屏迹戢身，不复与亲知相闻。日会倡优侪类，狎戏游宴。囊中尽空，乃鬻骏乘，及其家童。

岁余，资财仆马荡然。迩来姥意渐怠，娃情弥笃。他日，娃谓生曰：“与郎相知一年，尚无孕嗣。常闻竹林神者，报应如响[⑳]，将致荐酹[㉑]求之，可乎？”生不知其

---

① ［狭邪女］指妓女。邪，意义同“斜”字。
② ［赡］富有。
③ ［遗策郎］丢了马鞭的少年。
④ ［止之］留住他。下文“娃笑而止之曰”，止之，拦阻的意思。
⑤ ［垂白上偻（lǚ）］垂白，头发快要发白了。上偻，驼背。
⑥ ［信乎］确实吗。
⑦ ［湫隘（jiǎo ài）］窄狭。
⑧ ［迟（zhì）宾之馆］招待客人的地方，指客厅。
⑨ ［偶坐］同坐。
⑩ ［叙寒燠（yù）］寒暄、说应酬话。燠，暖热。
⑪ ［触类］犹如说一举一动、浑身上下。
⑫ ［绐之……门外］绐（dài），欺骗。平康里在东城，延平门是西城门，相去很远，荥阳生故意这样说。
⑬ ［目］眼睛看着。下文“目之为郎”，“目之”，把他当作的意思。都作动词用。
⑭ ［宾主之仪，且不然也］这两句的意思是说：荥阳生是客人，自己是主人，断没有第一次相见，就叫客人自己出钱备办酒宴的道理。不然，不应该这样的意思。
⑮ ［其余以俟他辰］意思是荥阳生如果要花钱备办酒宴，可以等到以后再说。他辰，别的日子。
⑯ ［彻馔］把宴席撤下，指吃过了饭。彻，同“撤”字。
⑰ ［男女之际，大欲存焉］语出《礼记·礼运》：“饮食男女，人之大欲存焉。”
⑱ ［厮养］奴仆，指做烧火、养马一类劳役的人。
⑲ ［尽徙其囊橐（tuó）］囊橐，口袋。无底的为囊，有底的为橐；一说大的为囊，小的为橐。这里引申作财产解释。尽徙其囊橐，把自己所有的财产全搬运来了。
⑳ ［报应如响］神给予的报应，有如声音所起的回响，形容迅速而灵验。
㉑ ［荐酹（lèi）］用酒食来祭鬼神。荐，进献。酹，把酒浇在地下。

计，大喜。乃质衣于肆，以备牢醴[①]，与娃同谒祠宇而祷祝焉，信宿而返。策驴而后，至里北门，娃谓生曰："此东转小曲中，某之姨宅也。将憩而觐之，可乎？"生如其言。前行不逾百步，果见一车门。窥其际[②]，甚弘敞。其青衣自车后止之曰："至矣。"生下，适有一人出访曰："谁？"曰："李娃也。"乃入告。俄有一妪至，年可四十余，与生相迎，曰："吾甥来否？"娃下车，妪逆访之[③]曰："何久疏绝？"相视而笑。娃引生拜之。既见，遂偕入西戟门[④]偏院。中有山亭，竹树葱茜[⑤]，池榭幽绝。生谓娃曰："此姨之私第耶？"笑而不答，以他语对。俄献茶果，甚珍奇。

食顷[⑥]，有一人控大宛[⑦]，汗流驰至，曰："姥遇暴疾颇甚，殆不识人。宜速归。"娃谓姨曰："方寸[⑧]乱矣！某骑而前去，当令返乘，便与郎偕来。"生拟随之。其姨与侍儿偶语[⑨]，以手挥之，令生止于户外，曰："姥且殁矣。当与某议丧事以济其急，奈何遽相随而去？"乃止，共计其凶仪斋祭[⑩]之用。日晚，乘不至。姨言曰："无复命，何也？郎骤往觇之，某当继至。"生遂往，至旧宅，门扃钥甚密，以泥缄之[⑪]。生大骇，诘其邻人。邻人曰："李本税此而居，约已周[⑫]矣。第主自收。姥徙居，而且再宿矣。"征"徙何处？"曰："不详其所。"生将驰赴宣阳，以诘其姨，日已晚矣，计程[⑬]不能达。乃弛[⑭]其装服，质馔而食[⑮]，赁榻而寝。生恚怒方甚，自昏达旦，目不交睫[⑯]。质明，乃策蹇[⑰]而去。既至，连扣其扉，食顷无人应。生大呼数四，有宦者徐出。生遽访之："姨氏在乎？"曰："无之。"生曰："昨暮在此，何故匿之？"访其谁氏之第。曰："此崔尚书宅。昨者有一人税此院，云迟中表之远至者。未暮去矣。"

生惶惑发狂，罔知所措[⑱]，因返访布政旧邸。邸主哀而进膳。生怨懑[⑲]，绝食三日，遘疾甚笃，旬余愈甚。邸主惧其不起，徙之于凶肆[⑳]之中。绵缀[㉑]移时，合肆之人共伤叹而互饲之。后稍愈，杖[㉒]而能起。由是凶肆日假之[㉓]，令执穗帷，获其直以自给。累月，渐复壮。每听其哀歌，自叹不及逝者，辄呜咽流涕，不能自止。归则效之。生，聪敏者也。无何，曲尽其妙，虽长安无有伦比[㉔]。

初，二肆之佣凶器者，互争胜负。其东肆车舆皆奇丽，殆不敌，唯哀挽[㉕]劣焉。

---

① ［牢醴］三牲（猪牛羊）和酒。
② ［窥其际］看它的里面。
③ ［逆访之］迎上来问她。
④ ［戟门］指院内之西南角门。
⑤ ［葱茜］草木苍翠茂盛的样子。
⑥ ［食顷］一顿饭的工夫。
⑦ ［大宛（yuān）］汉时西域国名，以出产良马著名；这里就以"大宛"为马的代词。
⑧ ［方寸］方寸之地，指心。
⑨ ［偶语］两人对语。
⑩ ［凶仪斋祭］凶仪，丧事的仪节。斋祭，斋戒之后去祭祀。斋戒，指不喝酒、不吃荤，沐浴更衣一类的行为。
⑪ ［以泥缄之］用泥土封起来。
⑫ ［约已周］租约已经满期。
⑬ ［计程］计算路上走的时间。程，路程。
⑭ ［弛］本是松缓的意思，引申作解下、脱卸解释。
⑮ ［质馔而食］抵押一顿饭吃。
⑯ ［目不交睫］眼皮不合拢，就是不睡的意思。
⑰ ［策蹇（jiǎn）］骑着驴子。蹇，跛的意思，这里做跛脚驴子、瘦弱驴子的代称。
⑱ ［罔知所措］不知道应该怎么办才好。
⑲ ［怨懑（mèn）］怨恨而又烦闷。
⑳ ［凶肆］专门代人办理丧事的店家。
㉑ ［绵缀］缠绵委顿的样子，指病得很重。
㉒ ［杖］拿着拐杖，作动词用。
㉓ ［日假之］每天要求他、利用他。
㉔ ［无有伦比］没有人比得上。
㉕ ［哀挽］挽歌、出丧时唱的哀歌。古时有以专唱挽歌为业的人，叫作"挽歌郎"。

其东肆长知生妙绝，乃醵[①]钱二万索顾[②]焉。其党耆旧[③]，共较其所能者，阴教生新声，而相赞和。累旬，人莫知之。其二肆长相谓曰："我欲各阅[④]所佣之器于天门街，以较优劣。不胜者罚直五万，以备酒馔之用，可乎？"二肆许诺。乃邀立符契[⑤]，署以保证，然后阅之。士女大和会[⑥]，聚至数万。于是里胥[⑦]告于贼曹[⑧]，贼曹闻于京尹[⑨]。四方之士，尽赴趋焉，巷无居人。自旦阅之，及亭午，历举辇舉威仪之具，西肆皆不胜，师有惭色。乃置层榻[⑩]于南隅，有长髯者，拥铎[⑪]而进，翊卫[⑫]数人。于是奋髯扬眉，扼腕[⑬]顿颡[⑭]而登，乃歌《白马》之词[⑮]；恃其夙胜[⑯]，顾眄左右，旁若无人。齐声赞扬之；自以为独步一时，不可得而屈也。有顷，东肆长于北隅上设连榻，有乌巾少年，左右五六人，秉翣[⑰]而至，即生也。整衣服，俯仰甚徐，申喉发调，容若不胜[⑱]。乃歌《薤露》之章[⑲]，举声清越，响振林木，曲度未终，闻者歔欷掩泣。西肆长为众所诮，益惭耻。密置所输之直于前，乃潜遁焉。四坐愕眙[⑳]，莫之测也。

先是，天子方下诏，俾外方之牧，岁一至阙下[㉑]，谓之"入计"。时也适遇生之父在京师，与同列者易服章[㉒]窃往观焉。有老竖[㉓]——即生乳母婿也——见生之举措辞气，将认之而未敢，乃泫然流涕。生父惊而诘之。因告曰："歌者之貌，酷似[㉔]郎之亡子。"父曰："吾子以多财为盗所害，奚至是耶？"言讫，亦泣。及归，竖间[㉕]驰往，访于同党曰："向歌者谁？若斯之妙欤？"皆曰："某氏之子。"征其名，且易之矣。竖凛然[㉖]大惊；徐往，迫而察之。生见竖色动，回翔[㉗]将匿于众中。竖遂持其袂曰："岂非某乎？"相持而泣。遂载以归。至其室，父责曰："志行若此，污辱吾门！何施面目，复相见也？"乃徒行出，至曲江[㉘]西杏园东，去其衣服，以马鞭鞭之数百。生不胜其苦而毙。父弃之而去。其师命相狎昵者阴随之，归告同党，共加伤叹。令二人赍苇席瘗焉。至，则心下微温。举之，良久，气稍通。因共荷而归，以苇筒灌勺饮，经宿乃

---

① ［醵（jù）］大家凑钱。有时专指凑钱喝酒。
② ［顾］同"雇"字。
③ ［耆旧］老手、老前辈。
④ ［阅］陈列，展览。
⑤ ［符契］文约、契约。
⑥ ［大和会］大聚会。
⑦ ［里胥］古时的乡职，犹如后来的保甲长、地保。
⑧ ［贼曹］本是汉代掌管京城内水火、盗贼、词讼一类事务的官员，地位颇高。唐代在长安、万年两县设有"捕贼官"，当借指此。
⑨ ［京尹］"京兆尹"的简称，京兆，唐府名，即雍州，辖都城长安及附近十二县，府治在今陕西长安区，京兆尹即其地方长官。
⑩ ［层榻］高榻。
⑪ ［铎］大铃。
⑫ ［翊（yì）卫］保卫的人。
⑬ ［扼腕］左手抓住右手的腕部（手掌和臂下端连接的地方），是得意或失意时一种振奋的表示。
⑭ ［顿颡（sǎng）］点点头，是登台时向观众打招呼的一种表示。
⑮ ［《白马》之词］《白马歌》。古时用白马为牺牲（祭祀时宰杀的牲畜），因以《白马歌》为祭奠时的乐曲。
⑯ ［恃其夙胜］倚仗着是向来擅长的。
⑰ ［秉翣（shà）］秉，拿着。翣，用孔雀、野鸡之类的羽毛做成的大扇子，有如掌扇，是古代出殡时叫人拿着随在棺材两旁的一种仪物。
⑱ ［容若不胜］看上去不像会唱歌的样子。
⑲ ［《薤（xiè）露》之章］古时送丧的歌曲。
⑳ ［愕眙（chì）］因惊讶而呆呆地看着。
㉑ ［岁一至阙下］每年到京城里来朝见皇帝述职一次。阙，皇宫前面建筑的城楼。
㉒ ［易服章］换穿衣服，指脱去了官服换上便装。
㉓ ［老竖］老仆人。
㉔ ［酷似］非常像。
㉕ ［间（jiàn）］乘间，找个机会。
㉖ ［凛然］本是形容寒冷的样子，引申作吃惊解释。
㉗ ［回翔］本指鸟飞打转转，这里是形容躲躲藏藏的样子。
㉘ ［曲江］就是曲江池，在长安东南，汉武帝时建，唐代加以扩充，在江边盖了很多楼台庙宇，附近盛开芙蓉花，叫作"芙蓉园"。

活。月余，手足不能自举。其楚挞之处皆溃烂，秽甚。同辈患之，一夕，弃于道周[①]。行路[②]咸伤之，往往投其余食，得以充肠。十旬，方杖策而起。被[③]布裘，裘有百结，褴褛如悬鹑[④]。持一破瓯，巡于闾里，以乞食为事。自秋徂冬，夜入于粪壤窟室，昼则周游廛肆。

一旦大雪，生为冻馁所驱，冒雪而出，乞食之声甚苦。闻见者莫不凄恻。时雪方甚，人家外户多不发。至安邑东门，循里垣北转第七八，有一门独启左扉，即娃之第也。生不知之，遂连声疾呼："饥冻之甚！"音响凄切，所不忍听。娃自阁中闻之，谓侍儿曰："此必生也。我辨其音矣。"连步[⑤]而出。见生枯瘠疥厉[⑥]，殆非人状。娃意感焉，乃谓曰："岂非某郎也？"生愤懑绝倒[⑦]，口不能言，颔颐[⑧]而已。娃前抱其颈，以绣襦拥而归于西厢。失声长恸曰："令子一朝及此，我之罪也！"绝而复苏。姥大骇，奔至，曰："何也？"娃曰："某郎。"姥遽曰："当逐之。奈何令至此？"娃敛容却睇[⑨]曰："不然。此良家子[⑩]也。当昔驱高车，持金装，至某之室，不逾期[⑪]而荡尽。且互设诡计，舍而逐之，殆非人。令其失志，不得齿于人伦[⑫]。父子之道，天性也。使其情绝，杀而弃之。又困踬[⑬]若此。天下之人尽知为某也。生亲戚满朝，一旦当权者熟察其本末，祸将及矣。况欺天负人，鬼神不祐，无自贻其殃也。某为姥子，迨今有二十岁矣。计其资，不啻[⑭]直千金。今姥年六十余，愿计二十年衣食之用以赎身，当与此子别卜所诣[⑮]。所诣非遥，晨昏得以温凊[⑯]，某愿足矣。"姥度[⑰]其志不可夺，因许之。

给姥之余，有百金。北隅四五家税一隙院。乃与生沐浴，易其衣服。为汤粥，通其肠；次以酥乳润其脏；旬余，方荐水陆之馔[⑱]。头巾履袜，皆取珍异者衣之。未数月，肌肤稍腴；卒岁[⑲]，平愈如初。异时[⑳]，娃谓生曰："体已康矣，志已壮矣。渊思寂虑[㉑]，默想曩昔之艺业，可温习乎？"生思之，曰："十得二三耳。"娃命车出游，生骑而从。至旗亭[㉒]南偏门鬻坟典之肆[㉓]，令生拣而市[㉔]之，计费百金[㉕]，尽载以归。因令

---

① ［道周］路旁。
② ［行路］路人。
③ ［被］同"披"字。
④ ［褴褛如悬鹑］褴褛，衣服破破烂烂的样子。鹑鸟的尾巴是秃的，把鹑悬挂起来，看上去好像破烂的衣服。
⑤ ［连步］一步接一步，形容走得匆忙急促的样子。
⑥ ［枯瘠疥厉（lài）］身体干瘦而又生了疥疮。
⑦ ［绝倒］昏倒。
⑧ ［颔颐］动动腮帮，就是点头的意思，表示默认、承诺。也简作"颔"。
⑨ ［敛容却睇］正着脸色回看着。
⑩ ［良家子］古时指清白人家。良家子，清白人家的儿女。
⑪ ［不逾期］没有过多久。
⑫ ［不得齿于人伦］不能算是人类，被人瞧不起的意思。
⑬ ［困踬（zhì）］困苦、不顺遂。
⑭ ［不啻］不止、超过。
⑮ ［别卜所诣］另外找一个住处。
⑯ ［晨昏得以温凊（qìng）］早晚可以问安服侍的意思。凊，寒冷。
⑰ ［度（duó）］揣度、料想。
⑱ ［水陆之馔］犹如说山珍海味。
⑲ ［卒岁］过完了一年。
⑳ ［异时］过了一些时候，有这么一天。
㉑ ［渊思寂虑］深入而冷静地思考。
㉒ ［旗亭］唐代市场交易有一定的时间，每天正午敲鼓三百下，商店才许开门；傍晚敲钲（一种铜锣）三百下，商店必须关门。这里的旗亭，是指击鼓钲为号的楼，与前篇中旗亭的含义不同。
㉓ ［鬻坟典之肆］坟典，指"三坟、五典"，伏羲、神农、黄帝的书叫作三坟，少昊（hào）、颛顼（zhuān xù）、高辛、唐、虞的书叫作五典。这里泛指很多书籍。
㉔ ［市］买。
㉕ ［计费百金］本篇中几次提到"百金"，实为泛指钱多，这里说买书就用了"百金"，就说不通了。开头说的李娃身价"百万"，指的是百万钱，就是一百两银子。

生斥弃百虑以志学[①]，俾夜作昼，孜孜矻矻[②]。娃常偶坐，宵分[③]乃寐。伺其疲倦，即谕之缀诗赋。二岁而业大就，海内文籍，莫不该览[④]。生谓娃曰："可策名试艺[⑤]矣。"娃曰："未也。且令精熟，以俟百战。"更一年，曰："可行矣。"于是遂一上登甲科[⑥]，声振礼闱[⑦]。虽前辈见其文，罔不敛衽敬羡，愿女之[⑧]而不可得。娃曰："未也。今秀士，苟获擢一科第，则自谓可以取中朝之显职，擅天下之美名。子行秽迹鄙，不侔[⑨]于他士。当砻淬利器[⑩]，以求再捷，方可以连衡[⑪]多士，争霸群英。"生由是益自勤苦，声价弥甚。

其年，遇大比[⑫]，诏徵四方之隽，生应直言极谏科[⑬]，策名第一[⑭]，授成都府[⑮]参军。三事以降[⑯]，皆其友也。将之官，娃谓生曰："今之复子本躯[⑰]，某不相负也。愿以残年，归养老姥。君当结媛鼎族[⑱]，以奉蒸尝[⑲]。中外婚媾，无自黩也[⑳]。勉思自爱。某从此去矣。"生泣曰："子若弃我，当自刭[㉑]以就死！"娃固辞不从，生勤请弥恳。娃曰："送子涉江，至于剑门[㉒]，当令我回。"生许诺。

月余，至剑门。未及发而除书[㉓]至，生父由常州诏入，拜[㉔]成都尹，兼剑南[㉕]采访使。浃辰[㉖]，父到。生因投刺[㉗]，谒于邮亭[㉘]。父不敢认，见其祖父官讳[㉙]，方大惊，命登阶，抚背恸哭移时，曰："吾与尔父子如初。"因诘其由，具陈其本末。大奇之，诘娃安在。曰："送某至此，当令复还。"父曰："不可。"翌日，命驾与生先之成都，留娃于剑门，筑别馆以处之。明日，命媒氏通二姓之好，备六礼[㉚]以迎之，遂如秦晋之偶。娃既备礼，岁时伏腊[㉛]，妇道甚修[㉜]，治家严整，极为亲所眷[㉝]。向后数岁，生父

---

① ［斥弃百虑以志学］把一切念头都抛掉，一心向学。

② ［孜（zī）孜矻（kù）矻］勤劳不息的样子。

③ ［宵分］夜半。

④ ［该览］博览、读遍了。

⑤ ［策名试艺］报名应考。

⑥ ［登甲科］唐代考选制度，进士分甲、乙两科，明经分甲、乙、丙、丁四科，依试题的难易而为科别。登甲科，就是在试题最难的一科里考取了。

⑦ ［礼闱］礼部的别称。

⑧ ［愿女（nǜ）之］愿意把女儿许给他。以女与人为妻叫作"女"，是动词。

⑨ ［不侔］不同，不能相比。

⑩ ［砻淬利器］用石器磨东西叫作"砻"；铸刀剑烧红了放在水里蘸一下叫作"淬"。砻淬，磨炼的意思。砻淬利器，引申作钻研学问。

⑪ ［连衡］战国时，齐、楚、燕、韩、赵、魏六国联合起来服从秦国，叫作"连衡"。这里是联合、联络的意思。

⑫ ［大比］周代乡大夫三年考试一次，选用贤能，称为"大比"，后来就把三年举行一次的科举考试也叫作"大比"。

⑬ ［直言极谏科］唐代科举为选拔人才而特开的科目之一。

⑭ ［策名第一］考试对策（设题命逐条作答叫作"对策"），名列第一。

⑮ ［成都府］也称蜀郡，就是益州，约辖今四川成都、华阳等地区，州治在今成都市。

⑯ ［三事以降］三公以下的官员。三公指太师、太傅、太保，或大司马、大司徒、大司空。

⑰ ［复子本躯］让你恢复了本来面貌，就是说，依然以贵族子弟的身份读书做官。

⑱ ［结媛鼎族］和富贵人家的女儿结婚。鼎族，大家、贵族。

⑲ ［奉蒸尝］主持祭祀的意思。主持祭祀为古时家庭主妇的重要职务。

⑳ ［无自黩（dú）也］不要毁坏、糟蹋了自己。

㉑ ［自刭（jǐng）］自刎，自己以刀割颈而死。

㉒ ［剑门］唐县名，在今四川剑阁县东北。

㉓ ［除书］授予新官职的诏书。

㉔ ［拜］授官。

㉕ ［剑南］唐道名，包括今四川中部和云南金沙江以南、洱海以东、楚雄以北、武定以西和甘肃文县一带地区。治所在今成都市。

㉖ ［浃辰］从子到亥十二辰是一周，叫作"浃辰"，就是十二天。

㉗ ［刺］古人把姓名写在竹筒或木片上，为访谒时通姓名之用，后来写在柬帖上，就是名片。

㉘ ［邮亭］迎送过路官员的驿站。

㉙ ［见其祖父官讳］古时属员初次谒见长官，要备具帖子，上面写明自己履历和祖宗三代的姓名；这里荥阳生是以属员——成都府参军的资格去谒见他父亲成都尹的，应用这种名帖，所以说"见其祖父官讳"。官讳，官职和名字。

㉚ ［六礼］古时婚礼的六项手续：纳采、问名、纳吉、纳征、请期、亲迎。

㉛ ［岁时伏腊］"伏"和"腊"是古时夏冬二祭的名称。岁时伏腊，犹如说逢年过节。

㉜ ［妇道甚修］妇道，指封建社会里儿媳、妻子侍奉公婆和丈夫的规矩礼节。甚修，做得很好、很尽心。

㉝ ［眷］宠爱。

母偕殁，持孝甚至。有灵芝[1]产于倚庐[2]，一穗三秀[3]。本道上闻[4]。又有白燕数十，巢其层甍[5]。天子异之，宠锡加等。终制[6]，累迁清显之任。十年间，至数郡[7]。娃封汧国夫人。有四子，皆为大官；其卑者犹为太原尹。弟兄姻媾皆甲门，内外隆盛，莫之与京[8]。

嗟乎！倡荡之姬，节行如是，虽古先烈女，不能逾也。焉得不为之叹息哉！

予伯祖尝牧晋州[9]，转户部，为水陆运使[10]，三任皆与生为代[11]，故谙详其事。贞元中，予与陇西李公佐话妇人操烈之品格，因遂述汧国之事。公佐拊掌竦听[12]，命予为传。乃握管濡翰[13]，疏[14]而存之。时乙亥岁[15]秋八月，太原白行简云。

作品赏析4-1

《李娃传》的细节描写和李娃形象浅析

3. 罗贯中

作者简介4-3

罗贯中

三国演义[16]（节选）

却说周瑜得胜回寨，犒赏三军，一面差人到吴侯处报捷。当夜瑜登高观望，只见西边火光接天。左右告曰："此皆北军灯火之光也。"瑜亦心惊。次日，瑜欲亲往探看曹军水寨，乃命收拾楼船一只，带着鼓乐，随行健将数员，各带强弓硬弩，一齐上船迤逦前进。至操寨边，瑜命下了矴石[17]，楼船上鼓乐齐奏。瑜暗窥他水寨，大惊曰："此深得水军之妙也！"问："水军都督是谁？"左右曰："蔡瑁、张允。"瑜思曰："二人久居江东，谙习水战，吾必设计先除此二人，然后可以破曹。"正窥看间，早有曹军飞报曹操，说："周瑜偷看吾寨。"操命纵船擒捉。瑜见水寨中旗号动，急教收起矴石，两边四下一齐轮转橹棹，望江面上如飞而去。比及曹寨中船出时，周瑜的楼船已离了十数里远，追之不及，回报曹操。

操问众将曰："昨日输了一阵，挫动锐气；今又被他深窥吾寨。吾当作何计破之？"言未毕，忽帐下一人出曰："某自幼与周郎同窗交契，愿凭三寸不烂之舌，往江东说此人来降。"曹操大喜，视之，乃九江人，姓蒋，名干，字子翼，现为帐下幕宾。操问曰："子翼与周公瑾相厚乎？"干曰："丞相放心。干到江左[18]，必要成功。"操问："要将何物去？"干曰："只消一童随往，二仆驾舟，其余不用。"操甚喜，置酒与

---

① ［灵芝］芝，生在枯木上的菌类植物，据说有青、赤、黄、白、黑、紫等六色。其中赤色的一种，古人认为是仙草，服了可以成仙，故称为"灵芝"，也叫"不死药"。

② ［倚庐］守孝的草庐。

③ ［一穗（suì）三秀］植物在茎端结成的花实为"穗"，开花叫作"秀"。一般的一穗一花，一穗三秀是较少见的，所以古时认为是祥瑞。

④ ［本道上闻］本道，指剑南道采访使。上闻，奏知皇帝。

⑤ ［层甍（méng）］高高的屋脊。

⑥ ［终制］古人遭遇父母丧事，要在家守孝三年，叫作"守制"。终制，守制期满了。

⑦ ［至数郡］做到管辖好几郡的大官。

⑧ ［莫之与京］没有谁比得了。京，大的意思。

⑨ ［牧晋州］做晋州刺史。晋州，也称平阳郡，约辖今山西临汾、安泽、浮山、洪洞、霍县等地区，州治在今临汾市。

⑩ ［水陆运使］唐时户部下面管理水陆运输的官员，有江淮水陆运使、河南水陆运使等名目。

⑪ ［为代］做前后任。

⑫ ［拊掌竦（sǒng）听］拊掌，同"抚掌"。竦听，敬听。

⑬ ［握管濡翰］提笔蘸墨。管，指笔。翰，笔毛。

⑭ ［疏］详细描写。

⑮ ［乙亥岁］唐德宗贞元十一年（公元795年）。

⑯ 选自毛宗岗（清）. 三国演义：评改本［M］. 上海：上海古籍出版社，1989. 原文有夹评、总评，选入本书时已删去。

⑰ ［矴石］矴，碇的别体字；矴石，用以固定船身的石块，犹如后世的铁锚。

⑱ ［江左］即江东，当地长江流向由西南而东北。

蒋干送行。干葛巾布袍，驾一只小舟，径到周瑜寨中，命传报："故人蒋干相访。"周瑜正在帐中议事，闻干至，笑谓诸将曰："说客至矣！"遂与众将附耳低言，如此如此。众皆应命而去。

瑜整衣冠，引从者数百，皆锦衣花帽，前后簇拥而出。蒋干引一青衣小童，昂然而来。瑜拜迎之。干曰："公瑾别来无恙！"瑜曰："子翼良苦：远涉江湖，为曹氏作说客耶？"干愕然曰："吾久别足下，特来叙旧，奈何疑我作说客也？"瑜笑曰："吾虽不及师旷[①]之聪，闻弦歌而知雅意。"干曰："足下待故人如此，便请告退。"瑜笑而挽其臂曰："吾但恐兄为曹氏作说客耳。既无此心，何速去也？"遂同入帐。叙礼毕，坐定，即传令悉召江左英杰与子翼相见。

须臾，文官武将，各穿锦衣；帐下偏裨将校，都披银铠，分两行而入。瑜都教相见毕，就列于两傍而坐。大张筵席，奏军中得胜之乐，轮换行酒。瑜告众官曰："此吾同窗契友也。虽从江北到此，却不是曹家说客。——公等勿疑。"遂解佩剑付太史慈曰："公可佩我剑作监酒：今日宴饮，但叙朋友交情；如有提起曹操与东吴军旅之事者，即斩之！"太史慈应诺，按剑坐于席上。蒋干惊愕，不敢多言。周瑜曰："吾自领军以来，滴酒不饮；今日见了故人，又无疑忌，当饮一醉。"说罢，大笑畅饮。座上觥筹交错。饮至半酣，瑜携干手，同步出帐外。左右军士，皆全装惯带，持戈执戟而立。瑜曰："吾之军士，颇雄壮否？"干曰："真熊虎之士也。"瑜又引干到帐后一望，粮草堆如山积。瑜曰："吾之粮草，颇足备否？"干曰："兵精粮足，名不虚传。"瑜佯醉大笑曰："想周瑜与子翼同学业时，不曾望有今日。"干曰："以吾兄高才，实不为过。"瑜执干手曰："大丈夫处世，遇知己之主，外托君臣之义，内结骨肉之恩[②]，言必行，计必从，祸福共之。假使苏秦、张仪、陆贾、郦生复出，口似悬河，舌如利刃，安能动我心哉！"言罢大笑。蒋干面如土色。[③]瑜复携干入帐，会诸将再饮；因指诸将曰："此皆江东之英杰。今日此会，可名'群英会'。"饮至天晚，点上灯烛，瑜自起舞剑作歌。歌曰：

丈夫处世兮立功名；立功名兮慰平生。慰平生兮吾将醉；吾将醉兮发狂吟！[④]

歌罢，满座欢笑。至夜深，干辞曰："不胜酒力矣。"瑜命撤席，诸将辞出。瑜曰："久不与子翼同榻，今宵抵足而眠。"于是佯作大醉之状，携干入帐共寝。瑜和衣卧倒，呕吐狼藉。蒋干如何睡得着？伏枕听时，军中鼓打二更，起视，残灯尚明，看周瑜时，鼻息如雷。干见帐内桌上，堆着一卷文书，乃起床偷视之，却都是往来书信。内有一封，上写"蔡瑁张允谨封"。干大惊，暗读之。书略曰：

某等降曹，非图仕禄，迫于势耳。今已赚北军困于寨中，但得其便，即将操贼之首，献于麾下。早晚人到，便有关报。幸勿见疑。先此敬覆。

干思曰："原来蔡瑁、张允结连东吴！"遂将书暗藏于衣内。再欲检看他书时，床上周瑜翻身，干急灭灯就寝。瑜口内含糊曰："子翼，我数日之内，教你看操贼之首！"干勉强应之。瑜又曰："子翼，且住！……教你看操贼之首！……"及干问之，

---

① ［师旷］春秋时代晋国乐师，目盲，精于辨音。
② 周瑜妻小乔与孙策妻大乔是姐妹，故有此说。
③ 一本作"安能动我心哉"后有"况今时章句腐儒，欲以一面之词，等闲来此说我乎？"语意太露，故不录。
④ 此文另一本作：大丈夫处世兮立功名，功名即立兮王业成。王业成兮四海清，四海清兮天下太平，天下太平兮吾将醉，吾将醉兮舞霜剑。

瑜又睡着。干伏于床上，将近四更，只听得有人入帐，唤曰：“都督醒否？”周瑜梦中做忽觉之状，故问那人曰：“床上睡着何人？”答曰：“都督请子翼同寝，何故忘却？”瑜懊悔曰：“吾平日未尝饮醉，昨日醉后失事，不知可曾说甚言语？”那人曰：“江北有人到此。”瑜喝：“低声！”便唤：“子翼。”蒋干只装睡着。瑜潜出帐。干窃听之，只闻有人在外曰：“张、蔡二都督道：‘急切不得下手……’”后面言语颇低，听不真实。少顷，瑜入帐，又唤：“子翼！”蒋干只是不应，蒙头假睡。瑜亦解衣就寝。干寻思：“周瑜是个精细人，天明寻书不见，必然害我。”睡至五更，干起唤周瑜；瑜却睡着。干戴上巾帻，潜步出帐，唤了小童，径出辕门。军士问：“先生那里去？”干曰：“吾在此恐误都督事，权且告别。”军士亦不阻挡。

干下船，飞棹回见曹操。操问：“子翼干事若何？”干曰：“周瑜雅量高致，非言词所能动也。”操怒曰：“事又不济，反为所笑！”干曰：“虽不能说周瑜，却与丞相打听得一件事。乞退左右。”干取出书信，将上项事逐一说与曹操。操大怒曰：“二贼如此无礼耶！”即便唤蔡瑁、张允到帐下。操曰：“我欲使汝二人进兵。”瑁曰：“军尚未曾练熟，不可轻进。”操怒曰：“军若练熟，吾首级献于周郎矣！”蔡、张二人不知其意，惊慌不能回答。操喝武士推出斩之。须臾，献头帐下，操方省悟曰：“吾中计矣！”后人有诗叹曰：

曹操奸雄不可当，一时诡计中周郎。蔡张卖主求生计，谁料今朝剑下亡！

众将见杀了张、蔡二人，入问其故。操虽心知中计，却不肯认错，乃谓众将曰：“二人怠慢军法，吾故斩之。”众皆嗟呀不已。操于众将内选毛玠、于禁为水军都督，以代蔡、张二人之职。

细作探知，报过江东。周瑜大喜曰：“吾所患者，此二人耳。今既剿除，吾无忧矣。”肃曰：“都督用兵如此，何愁曹贼不破乎！”瑜曰：“吾料诸将不知此计，独有诸葛亮识见胜我，想此谋亦不能瞒也。子敬试以言挑之，看他知也不知，便当回报。”正是：还将反间成功事，去试从旁冷眼人。未知肃去问孔明还是如何，且看下文分解。

经典选读 4-1

蒲松龄：聂小倩

4. 曹雪芹

作者简介 4-4

曹雪芹

红楼梦①（节选）

且说黛玉自那日弃舟登岸时，便有荣国府打发了轿子并拉行李的车辆久候了。这林黛玉常听得母亲说过，他外祖母家与别家不同。他近日所见的这几个三等仆妇，吃穿用度，已是不凡了，何况今至其家。因此步步留心，时时在意，不肯轻易多说一句话，多行一步路，惟恐被人耻笑了他去。自上了轿，进入城中，从纱窗向外瞧了一瞧，其街市之繁华，人烟之阜盛，自与别处不同。又行了半日，忽见街北蹲着两个大石狮子，三间兽头大门，门前列坐着十来个华冠丽服之人。正门却不开，只有东西两

① 节选自曹雪芹，高鹗．红楼梦［M］．北京：人民文学出版社，1996.

角门有人出入。正门之上有一匾，匾上大书“敕造[1]宁国府”五个大字。黛玉想道：这必是外祖之长房了。想着，又往西行，不多远，照样也是三间大门，方是荣国府了。却不进正门，只进了西边角门。那轿夫抬进去，走了一射之地[2]，将转弯时，便歇下退出去了。后面的婆子们已都下了轿，赶上前来。另换了三四个衣帽周全十七八岁的小厮上来，复抬起轿子。众婆子步下围随至一垂花门[3]前落下。众小厮退出，众婆子上来打起轿帘，扶黛玉下轿。林黛玉扶着婆子的手，进了垂花门，两边是抄手游廊[4]，当中是穿堂[5]，当地放着一个紫檀架子大理石的大插屏[6]。转过插屏，小小的三间厅，厅后就是后面的正房大院。正面五间上房，皆雕梁画栋，两边穿山游廊[7]厢房，挂着各色鹦鹉、画眉等鸟雀。台矶之上，坐着几个穿红着绿的丫头，一见他们来了，便忙都笑迎上来，说：“刚才老太太还念呢，可巧就来了。”于是三四人争着打起帘笼，一面听得人回话：“林姑娘到了。”

黛玉方进入房时，只见两个人搀着一位鬓发如银的老母迎上来，黛玉便知是他外祖母。方欲拜见时，早被他外祖母一把搂入怀中，心肝儿肉叫着大哭起来。当下地下侍立之人，无不掩面涕泣，黛玉也哭个不住。一时众人慢慢解劝住了，黛玉方拜见了外祖母。——此即冷子兴所云之史氏太君，贾赦贾政之母也。当下贾母一一指与黛玉：“这是你大舅母；这是你二舅母；这是你先珠大哥的媳妇珠大嫂子。”黛玉一一拜见过。贾母又说：“请姑娘们来。今日远客才来，可以不必上学去了。”众人答应了一声，便去了两个。

不一时，只见三个奶嬷嬷并五六个丫鬟，簇拥着三个姊妹来了。第一个肌肤微丰，合中身材，腮凝新荔，鼻腻鹅脂，温柔沉默，观之可亲。第二个削肩细腰，长挑身材，鸭蛋脸面，俊眼修眉，顾盼神飞，文彩精华，见之忘俗。第三个身量未足，形容尚小。其钗环裙袄，三人皆是一样的妆饰。黛玉忙起身迎上来见礼，互相厮认过，大家归了坐。丫鬟们斟上茶来。不过说些黛玉之母如何得病，如何请医服药，如何送死发丧。不免贾母又伤感起来，因说：“我这些儿女，所疼者独有你母，今日一旦先舍我而去，连面也不能一见，今见了你，我怎不伤心！”说着，搂了黛玉在怀，又呜咽起来。众人忙都宽慰解释，方略略止住。

众人见黛玉年貌虽小，其举止言谈不俗，身体面庞虽怯弱不胜，却有一段自然的风流[8]态度[9]，便知他有不足之症[10]。因问：“常服何药，如何不急为疗治？”黛玉道：“我自来是如此，从会吃饮食时便吃药，到今日未断，请了多少名医修方配药，皆不见效。那一年我三岁时，听得说来了一个癞头和尚，说要化我去出家，我父母固是不从。他又说：‘既舍不得他，只怕他的病一生也不能好的了。若要好时，除非从此以后总不许见哭声；除父母之外，凡有外姓亲友之人，一概不见，方可平安了此一

---

① ［敕造］奉皇帝之命建造。敕，本来是自上命下的用语，南北朝以前，通用于长官对下属、长辈对晚辈，以后作为皇帝发布诏令的专称。
② ［一射之地］就是一箭之地，大约一百五十步。
③ ［垂花门］旧时富家宅院，进入大门之后，内院院门一般有雕刻的垂花倒悬于门额两侧，门上边盖有宫殿式的小屋顶，称垂花门。
④ ［抄手游廊］院门内两侧环抱的走廊。
⑤ ［穿堂］宅院中，坐落在前后两个院落之间可以穿行的厅堂。
⑥ ［大插屏］放在穿堂中的大屏风，除作装饰外，还可以遮蔽视线，以免进入穿堂就直见正房。
⑦ ［穿山游廊］从山墙开门接起的游廊。山，指山墙；房子两侧的墙，形状如山，俗称山墙。
⑧ ［风流］风韵。
⑨ ［态度］言行举止所表现的神态。
⑩ ［不足之症］中医病症的名称。由身体虚弱引起，如脾胃虚弱，叫中气不足；气血虚弱，叫正气不足。

世。’疯疯癫癫，说了这些不经[①]之谈，也没人理他。如今还是吃人参养荣丸。”贾母道：“正好，我这里正配丸药呢。叫他们多配一料就是了。”

一语未了，只听后院中有人笑声，说：“我来迟了，不曾迎接远客！”黛玉纳罕道：“这些人个个皆敛声屏气，恭肃严整如此，这来者系谁，这样放诞[②]无礼？”心下想时，只见一群媳妇丫鬟围拥着一个人从后房门进来。这个人打扮与众姑娘不同，彩绣辉煌，恍若神妃仙子：头上戴着金丝八宝攒珠髻[③]，绾着朝阳五凤挂珠钗[④]；项上带着赤金盘螭璎珞圈[⑤]；裙边系着豆绿宫绦，双衡比目玫瑰佩[⑥]；身上穿着缕金百蝶穿花大红洋缎窄裉袄[⑦]，外罩五彩刻丝石青银鼠褂[⑧]；下着翡翠撒花洋绉裙[⑨]。一双丹凤三角眼[⑩]，两弯柳叶吊梢眉[⑪]，身量苗条，体格风骚[⑫]，粉面含春威不露，丹唇未启笑先闻。黛玉连忙起身接见。贾母笑道：“你不认得他。他是我们这里有名的一个泼皮破落户儿[⑬]，南省俗谓作‘辣子’，你只叫他‘凤辣子’就是了。”黛玉正不知以何称呼，只见众姊妹都忙告诉他道：“这是琏嫂子。”黛玉虽不识，也曾听见母亲说过，大舅贾赦之子贾琏，娶的就是二舅母王氏之内侄女，自幼假充男儿教养的，学名王熙凤。黛玉忙陪笑见礼，以“嫂”呼之。这熙凤携着黛玉的手，上下细细打谅[⑭]了一回，仍送至贾母身边坐下，因笑道：“天下真有这样标致的人物，我今儿才算见了！况且这通身的气派，竟不像老祖宗的外孙女儿，竟是个嫡亲的孙女，怨不得老祖宗天天口头心头一时不忘。只可怜我这妹妹这样命苦，怎么姑妈偏就去世了！”说着，便用帕拭泪。贾母笑道：“我才好了，你倒来招我。你妹妹远路才来，身子又弱，也才劝住了，快再休提前话。”这熙凤听了，忙转悲为喜道：“正是呢！我一见了妹妹，一心都在他身上了，又是喜欢，又是伤心，竟忘记了老祖宗。该打，该打！”又忙携黛玉之手，问：“妹妹几岁了？可也上过学？现吃什么药？在这里不要想家，想要什么吃的、什么玩的，只管告诉我；丫头老婆们不好了也只管告诉我。”一面又问婆子们：“林姑娘的行李东西可搬进来了？带了几个人来？你们赶早打扫两间下房，让他们去歇歇。”

说话时，已摆了茶果上来。熙凤亲为捧茶捧果。又见二舅母问他：“月钱[⑮]放过了不曾？”熙凤道：“月钱已放完了。才刚带着人到后楼上找缎子，找了这半日，也并没有见昨日太太说的那样的，想是太太记错了？”王夫人道：“有没有，什么要紧。”因又说道：“该随手拿出两个来给你这妹妹去裁衣裳的，等晚上想着叫人再去拿罢，可

---

① ［不经］不合常理，近乎妄诞。

② ［放诞］放纵不守规范。

③ ［金丝八宝攒珠髻］用金丝穿绕珍珠和镶嵌八宝（玛瑙、碧玉之类）制成的珠花发髻。攒，凑聚。用金丝或银丝把珍珠穿扭成各种花样叫“攒珠花”。

④ ［朝阳五凤挂珠钗］一种长钗，样子是一支钗上分出五股，每股一支凤凰，口衔一串珍珠。

⑤ ［赤金盘螭（chī）璎珞圈］螭，古代传说中的无角龙。璎珞，联缀起来的珠玉。圈，项圈。

⑥ ［双衡比目玫瑰佩］衡，佩玉上部的小横杠，用以系饰物。比目玫瑰佩，用玫瑰色的玉片雕琢成的双鱼形的玉佩。比目，鱼名，传说这种鱼成双而行。

⑦ ［缕金百蝶穿花大红洋缎窄裉（kèn）袄］指在大红洋缎的衣面上用金线绣成百蝶穿花图案的紧身袄。裉，上衣前后两幅在腋下合缝的部分。

⑧ ［五彩刻丝石青银鼠褂］石青色的衣面上有各种彩色刻丝、衣里是银鼠皮的褂子。刻丝，在丝织品上用丝平织成的图案，与凸出的绣花不同。石青，淡灰青色。银鼠，又名白鼠、石鼠。

⑨ ［翡翠撒花洋绉裙］翡翠，翠绿色。撒花，在绸缎上用散碎小花点组成的花样或图案。洋绉，极薄而软的平纹春绸，微带自然皱纹。

⑩ ［丹凤三角眼］眼角向上微翘，俗称丹凤眼。

⑪ ［柳叶吊梢眉］形容眉梢斜飞入鬓的样子。

⑫ ［风骚］这里指姿容俏丽。

⑬ ［泼皮破落户儿］原指没有正当生活来源的无赖。这里形容凤姐泼辣，是戏谑的称谓。

⑭ ［打谅］打量。

⑮ ［月钱］封建社会的富户大家每月按等级发给家中人等供零用的钱。

别忘了。”熙凤道：“这倒是我先料着了，知道妹妹不过这两日到的，我已预备下了，等太太回去过了目好送来。”王夫人一笑，点头不语。

当下茶果已撤，贾母命两个老嬷嬷带了黛玉去见两个母舅。时贾赦之妻邢氏忙亦起身，笑回道：“我带了外甥女过去，倒也便宜[①]。”贾母笑道：“正是呢，你也去罢，不必过来了。”邢夫人答应了一声“是”字，遂带了黛玉与王夫人作辞，大家送至穿堂前……

一语未了，只听外面一阵脚步响，丫鬟进来笑道：“宝玉来了！”黛玉心中正疑惑着：“这个宝玉，不知是怎生个惫懒[②]人物，懵懂顽童？”——倒不见那蠢物也罢了。心中想着，忽见丫鬟话未报完，已进来了一位年轻的公子：头上戴着束发嵌宝紫金冠[③]，齐眉勒着二龙抢珠金抹额[④]；穿一件二色金百蝶穿花大红箭袖[⑤]，束着五彩丝攒花结长穗宫绦[⑥]，外罩石青起花八团倭缎排穗褂[⑦]；登着青缎粉底小朝靴[⑧]。面若中秋之月，色如春晓之花，鬓若刀裁，眉如墨画，面如桃瓣，目若秋波。虽怒时而若笑，即瞋视而有情。项上金螭璎珞，又有一根五色丝绦，系着一块美玉。黛玉一见，便吃一大惊，心下想道：“好生奇怪，倒像在那里见过一般，何等眼熟到如此！”只见这宝玉向贾母请了安[⑨]，贾母便命：“去见你娘来。”宝玉即转身去了。一时回来，再看已换了冠带：头上周围一转的短发，都结成小辫，红丝结束，共攒至顶中胎发，总编一根大辫，黑亮如漆，从顶至梢，一串四颗大珠，用金八宝坠角[⑩]；身上穿着银红撒花半旧大袄，仍旧带着项圈、宝玉、寄名锁[⑪]、护身符[⑫]等物；下面半露松花撒花绫裤腿，锦边弹墨袜，厚底大红鞋。越显得面如敷粉，唇若施脂；转盼多情，语言常笑。天然一段风骚，全在眉梢；平生万种情思，悉堆眼角。看其外貌最是极好，却难知其底细。后人有《西江月》二词[⑬]，批宝玉极恰，其词曰：

无故寻愁觅恨，有时似傻如狂。纵然生得好皮囊[⑭]，腹内原来草莽。潦倒不通世务，愚顽怕读文章。行为偏僻[⑮]性乖张[⑯]，那管世人诽谤！

富贵不知乐业，贫穷难耐凄凉。可怜辜负好韶光[⑰]，于国于家无望。天下无能第一，古今不肖无双。寄言纨袴与膏粱：莫效此儿形状！[⑱]

---

① ［便（biàn）宜］这里是方便的意思。

② ［惫（bèi）懒］涎皮赖脸的意思。

③ ［嵌宝紫金冠］把头发束扎在顶部的一种髻冠，上面插戴各种饰物或镶嵌珠玉。

④ ［二龙抢珠金抹额］二龙抢珠，抹额上装饰的图案。抹额，围扎在额前，用以压发、束额。

⑤ ［二色金百蝶穿花大红箭袖］用两色金线绣成的百蝶穿花图案的大红窄袖衣服。箭袖，原为便于射箭穿的窄袖衣服，这里指男子穿的一种服式。

⑥ ［五彩丝攒花结长穗宫绦（tāo）］五彩丝攒花结，用五彩丝攒聚成花朵的结子，指绦带上的装饰花样。长穗宫绦，指系在腰间的绦带。长穗，是绦带端部下垂的穗子。

⑦ ［石青起花八团倭缎排穗褂］团，圆形团花。倭缎，又称东洋缎。排穗，排缀在衣服下面边缘的彩穗。

⑧ ［青缎粉底小朝靴］指黑色缎面、白色厚底、半高筒的靴子。青缎，黑色的缎子。朝靴，古代百官穿的“乌皮履”。

⑨ ［请了安］请安，即问安。清代的请安礼节是，男子打千，女子双手扶左膝，右腿微屈，往下蹲身，口称“请某人安”。

⑩ ［坠角］用于朝珠、床帐等下端起下垂作用的小装饰品，这里指辫子梢部所坠的饰物。

⑪ ［寄名锁］旧时怕幼儿夭亡，给寺院或道观一定财物，让幼儿当“寄名”弟子，并在幼儿的项下系一小金锁，名“寄名锁”。

⑫ ［护身符］是从道观领来的一种符箓，带在身上，避祸免灾。

⑬ ［《西江月》二词］这两首词用似贬实褒、寓褒于贬的手法揭示了贾宝玉的性格。西江月，词牌名。

⑭ ［皮囊］一作“皮袋”，指人的躯壳。佛教认为人的灵魂不死不灭，人的肉体只是为灵魂提供暂时住所，犹如皮口袋。

⑮ ［偏僻］偏激，不端正。

⑯ ［乖张］偏执，不驯顺，与众不同。

⑰ ［可怜辜负好韶光］可惜白浪费了大好时光。可怜，这里是可惜的意思。辜负，也写作孤负，本意是背负、对不起，这里有浪费的意思。

⑱ ［寄言纨袴与膏粱：莫效此儿形状］赠言公子哥儿一句话：可别学这孩子的坏样子。寄言，赠言。膏粱，肥肉精米，这里借指富贵子弟。

贾母因笑道："外客未见，就脱了衣裳，还不去见你妹妹！"宝玉早已看见多了一个姊妹，便料定是林姑妈之女，忙来作揖。厮见毕归坐，细看形容，与众各别：两弯似蹙非蹙罥烟眉[①]，一双似喜非喜含情目。态生两靥之愁，娇袭一身之病[②]。泪光点点，娇喘微微。闲静时如姣花照水，行动处似弱柳扶风。心较比干多一窍，病如西子胜三分[③]。宝玉看罢，因笑道："这个妹妹我曾见过的。"贾母笑道："可又是胡说，你又何曾见过他？"宝玉笑道："虽然未曾见过他，然我看着面善，心里就算是旧相识，今日只作远别重逢，亦未为不可。"贾母笑道："更好，更好，若如此，更相和睦了。"宝玉便走近黛玉身边坐下，又细细打量一番，因问："妹妹可曾读书？"黛玉道："不曾读，只上了一年学，些须[④]认得几个字。"宝玉又道："妹妹尊名是那两个字？"黛玉便说了名。宝玉又问表字。黛玉道："无字。"宝玉笑道："我送妹妹一妙字，莫若'颦颦'二字极妙。"探春便问何出。宝玉道："《古今人物通考》[⑤]上说：'西方有石名黛，可代画眉之墨。'况这林妹妹眉尖若蹙，用取这两个字，岂不两妙！"探春笑道："只恐又是你的杜撰。"宝玉笑道："除《四书》外，杜撰的太多，偏只我是杜撰不成？"又问黛玉："可也有玉没有？"众人不解其语，黛玉便忖度着因他有玉，故问我有也无，因答道："我没有那个。想来那玉是一件罕物，岂能人人有的。"宝玉听了，登时发作起痴狂病来，摘下那玉，就狠命摔去，骂道："什么罕物，连人之高低不择，还说'通灵'不'通灵'呢！我也不要这劳什子了！"吓的众人一拥争去拾玉。贾母急的搂了宝玉道："孽障！你生气，要打骂人容易，何苦摔那命根子！"宝玉满面泪痕泣道："家里姐姐妹妹都没有，单我有，我说没趣；如今来了这们一个神仙似的妹妹也没有，可知这不是个好东西。"贾母忙哄他道："你这妹妹原有这个来的，因你姑妈去世时，舍不得你妹妹，无法处，遂将他的玉带了去了：一则全殉葬之礼，尽你妹妹之孝心；二则你姑妈之灵，亦可权作见了女儿之意。因此他只说没有这个，不便自己夸张之意。你如今怎比得他？还不好生慎重带上，仔细你娘知道了。"说着，便向丫鬟手中接来，亲与他带上。宝玉听如此说，想一想大有情理，也就不生别论了。

当下，奶娘来请问黛玉之房舍。贾母说："今将宝玉挪出来，同我在套间[⑥]暖阁儿[⑦]里，把你林姑娘暂安置碧纱橱[⑧]里。等过了残冬，春天再与他们收拾房屋，另作一番安置罢。"宝玉道："好祖宗，我就在碧纱橱外的床上很妥当，何必又出来闹的老祖宗不得安静。"贾母想了一想说："也罢了。"每人一个奶娘并一个丫头照管，余者在外间上夜听唤。一面早有熙凤命人送了一顶藕合色花帐，并几件锦被缎褥之类。

黛玉只带了两个人来：一个是自幼奶娘王嬷嬷，一个是十岁的小丫头，亦是自幼

---

① ［罥烟眉］形容眉毛像一抹轻烟。罥，缠绕。

② ［态生两靥（yè）之愁，娇袭一身之病］意思是妩媚的风韵生于含愁的面容，娇怯的情态出于孱弱的病体。态，情态，风韵。靥，面颊上的酒窝。袭，承继，由……而来。

③ ［心较比干多一窍，病如西子胜三分］意思是，林黛玉聪明颖悟，病弱娇美胜过西施。比干，商（殷）朝纣王的叔父。《史记·殷本纪》载：纣王淫乱，"比干曰：'为人臣者，不得不以死争。'迺（乃）强谏纣。纣怒曰：'吾闻圣人心有七窍。'剖比干，观其心"。古人认为心窍越多越有智慧。

④ ［些须］一点儿。

⑤ ［《古今人物通考》］从下文来看，可能是宝玉的杜撰。

⑥ ［套间］与正房相连的两侧房间。

⑦ ［暖阁儿］是指在套间内再隔断为小房间，内设炕褥，两边安有隔扇，上边有一横眉，形成床帐的样子，称"暖阁"。

⑧ ［碧纱橱里］碧纱橱是清朝建筑内檐装修中隔断的一种，也称隔扇门、格门。清朝《装修作则例》中写作"隔扇碧纱橱"。用以隔断开间，中间两扇可以开关。格心多灯笼框式样，灯笼心上常糊以纸，纸上画花或题字；宫殿或富贵人家常在隔心处安装玻璃或糊各色纱，所以叫"碧纱橱"，俗称"格扇"。这里的"碧纱橱里"，是指以碧纱橱隔开的里间。

随身的，名唤作雪雁。贾母见雪雁甚小，一团孩气，王嬷嬷又极老，料黛玉皆不遂心省力的，便将自己身边的一个二等丫头，名唤鹦哥者与了黛玉。外亦如迎春等例，每人除自幼乳母外，另有四个教引嬷嬷①，除贴身掌管钗钏盥沐两个丫鬟外，另有五六个洒扫房屋来往使役的小丫鬟。当下，王嬷嬷与鹦哥陪侍黛玉在碧纱橱内。宝玉之乳母李嬷嬷，并大丫鬟名唤袭人者，陪侍在外面大床上。

第一单元小结

1.“小说”一词，最早见于《庄子·外物》，指不同于正言、大道的琐屑之言。诸子中，“小说家”被列于末位。《隋书·经籍志》编录的小说类有《燕丹子》《世说》等25部。鲁迅《古小说钩沉》收集、校勘古小说《青史子》等36种，最为完善。

魏晋南北朝是小说创作的第一个繁荣期，有志怪（记神仙鬼怪）、志人（记人）两类。志怪小说以干宝的《搜神记》为代表，其他如曹丕的《列异传》、张华的《博物志》、王嘉的《拾遗记》、陶潜的《搜神后记》、吴均的《续齐谐记》等，都记录有关于神仙鬼怪的故事。志人小说数量颇多，成就最高的是南朝刘义庆的《世说新语》。

2.真正的小说创作，是唐代传奇和“变文”。唐传奇开始超越实录，进入虚构，塑造了形形色色的人物形象。早期传奇如《古镜记》《白猿传》《游仙窟》，内容仍带有“志怪”色彩，到了中唐，传奇创作达到高潮，作者辈出，优秀短篇很多，而且出现了小说集。沈既济的《枕中记》、李公佐的《南柯太守传》写“黄粱一梦”和“南柯一梦”，颇有警世劝人之意；而白行简的《李娃传》、元稹的《莺莺传》、蒋防的《霍小玉传》等，则写了一群不同阶层、不同命运、性格鲜明的女性形象，一个个光彩照人，感人至深。

唐传奇中另一分支是侠义小说，如李公佐的《谢小娥传》、袁郊的《红线》、裴铏的《昆仑奴》《聂隐娘》和至今难定作者的《虬髯客传》。红线、聂隐娘、虬髯客都是行踪飘忽、武艺超群的侠客。侠义小说开了后世武侠小说的先声。

唐人自编的小说集中，牛僧孺的《玄怪录》、李复言的《续玄怪录》、裴铏的《传奇》水平最高。

唐代的“变文”，一种是宣讲佛教故事的（如《大目乾连冥间救母变文》等），一种是讲民间故事的（如《孟姜女变文》等），变文说唱结合，很受世俗百姓的欢迎，也是后世说唱文学的起源。

3.宋代小说最大的特点是“白话小说”取得重大成就。唐以前的小说都是用文言文写成的，宋代小说由于服务对象主要是市民，多半又是“说话人”（如后代之说书人）的话本或拟话本，通俗易懂，对于繁荣小说创作和小说的推广，起了很大作用。短篇的如《碾玉观音》《错斩崔宁》，长篇的如《新编五代史平话》《宣和遗事》《大唐三藏取经诗话》，对后代影响甚大，其故事和章回体为后世的长篇历史小说奠定了

---

① ［教引嬷嬷］清朝皇子一落生，就有保姆、乳母各八人；断乳后，增“谙达”（满语，伙伴、朋友的意思，这里指陪伴并负有教导责任的人），“凡饮食、言语、行步、礼节皆教之”（见《清稗类钞》）。贵族家庭的“教引嬷嬷”，职务与皇宫的“谙达”相似。

基础。

4.明代城市经济进一步繁荣，市民阶层对“小说杂书”的需求刺激了文人对小说创作的热情，于是在宋元话本的基础上，出现了章回体的长篇巨作，从元、明之交的《三国演义》《水浒传》开始，神魔小说、讲史小说、言情小说数量越来越多，质量越来越好，明代中期出现的吴承恩的《西游记》，使明代长篇小说创作达到顶峰。明清两代的短篇小说创作也有很高成就，从明初的“三灯”开其端（瞿佑《剪灯新话》、李昌祺《剪灯余话》、邵景詹《觅灯因话》），到冯梦龙（1574—1646年，长州——今江苏吴县人）的“三言”（《喻世明言》《警世通言》《醒世恒言》）取得巨大成就，其中的一些短篇如《蒋兴哥重会珍珠衫》《卖油郎独占花魁女》《杜十娘怒沉百宝箱》对后世小说和戏剧的发展和繁荣也有深远的影响。冯梦龙之后致力于通俗文学创作的是凌蒙初（1580—1644年，湖州人），他的“二拍”（《拍案惊奇》《二刻拍案惊奇》）共收录他创作的白话小说80篇。堪与“三言”“二拍”并列的是湮没多年、近年才从韩国首尔大学发现的明末杭州人陆人龙的《型世言》，其从名人传记、野史笔记中取材，加上使用虚构、铺叙的手法，呈现了一幅幅明末的民情民俗图。

清代短篇小说成就最杰出的是蒲松龄的《聊斋志异》，“用传奇法而以志怪”的短篇小说近500篇，皆以优美流畅的文言写成。这些小说多叙狐鬼妖魅而近似人间实情。以离奇荒诞的情节，犀利辛辣的语言讽刺、抨击黑暗腐朽的社会现实，发泄作者胸中的愤懑，表达其美好理想（如恋爱自由等），是其最大的艺术特色。

5.罗贯中曾参加元末由张士诚发起的起义。入明后从事历史小说的创作。他以正史《三国志》为重要依据，广泛吸取历代民间传说和宋元以来话本的成果，以创造性的劳动编写成历史小说《三国演义》，达到了我国历史小说的最高成就。《三国演义》艺术地再现了从汉末三分到归晋一统将近一个世纪的历史，其中风云变幻的政局和惊心动魄的战争都得到淋漓尽致的刻画，其结构曲折惊险，情节跌宕起伏，描写的上百个人物七分真实，三分虚构，富有传奇色彩，个个形象生动，跃然纸上，曹操、诸葛亮、刘备、关羽、张飞、周瑜、赵云等，都成了家喻户晓的人物，在日本、韩国、朝鲜、越南等国也广为流传。

同是元末明初人的施耐庵根据宋代史籍记载和《宣和遗事》话本等民间故事的情节，经过大胆想象和虚构，描写了108个不同出身、不同职业、不同性格特征的人物被“逼上梁山”的生动情节，深刻地揭露了宋代政治腐败、官逼民反的主题。《水浒传》以官逼民反这个线索把武松、宋江、鲁智深、林冲等人物的故事联缀起来，构成史诗式的巨著。《水浒传》刻画人物形象主要着力于写人物的语言和行动，并且用的是经过提炼、加工的口语，群众喜闻乐见，对后世影响很大。

曹雪芹的《红楼梦》是其一生心血的结晶，他对此书“披阅十载，增删五次”，以他丰厚的文化积淀、复杂的生活经历和天才的文学艺术修养，参照其家族的兴衰，创作了我国古代文学中最伟大的享誉世界的长篇小说《红楼梦》。《红楼梦》中写了700多个人物，形象鲜明的不下百个，有些人物虽一闪而过（如向贾雨村介绍“护官符”的门子），但也能给读者留下深刻的印象。曹雪芹尤其善于刻画年轻女性的形象，对她们微妙复杂、敏感多变的心理状态和情感世界写得入木三分，而且对不同环境下女性的个性也写得千变万化、栩栩如生。男主人公贾宝玉更是一个中国文学史上之前从未出现过的青年男性形象。《红楼梦》以宝黛爱情悲剧为线索，波澜起伏地描写了贾、史、王、薛四大封建家族的兴衰史，生动地指出了封建社会必然灭亡的命运。

《红楼梦》的结构宏大而严谨，大故事中套小故事，小故事相互关联，纵横交错，正如大观园一样，单看一个个亭、台、楼、榭是美的，整体看宏伟辉煌，是一个完美的园林。《红楼梦》的语言极富特色，不光生动细腻、精美流畅，而且符合人物身份、性格，作者代人物拟的诗词、文章也无不个性鲜明，精妙绝伦。《红楼梦》还是封建社会生活的百科全书，涉及政治、经济、文学、艺术、医药、用具，无不鲜活、真实。

《红楼梦》之后，清代的长篇小说有《歧路灯》《镜花缘》《三侠五义》《官场现形记》《二十年目睹之怪现状》《老残游记》《孽海花》等，清末又有贪梦道人的《彭公案》和佚名的《施公案》等所谓"公案小说"等。总之，清代小说创作十分繁荣，也有很大成就，但这些作品与《红楼梦》相比，则不可同日而语了。

小贴士 · 延伸阅读篇目

1. 干宝：《搜神记》；2. 刘义庆：《世说新语》；3. 李朝威：《柳毅传》；4. 李公佐：《南柯太守传》；5. 元稹：《莺莺传》；6. 裴铏：《聂隐娘》；7. 袁郊：《红线》；8. 清平山堂话本：《快嘴李翠莲记》；9. 冯梦龙：《蒋兴哥重会珍珠衫》《金玉奴棒打薄情郎》《杜十娘怒沉百宝箱》；10. 凌蒙初：《转运汉遇巧洞庭红 波斯胡指破鼍龙壳》《小道人一着饶天下 女棋童两局注终身》；11. 罗贯中：《三国演义》；12. 施耐庵：《水浒传》；13. 吴承恩：《西游记》；14. 兰陵笑笑生：《金瓶梅》（人民文学出版社"洁本"）；15. 曹雪芹：《红楼梦》；16. 李汝珍：《镜花缘》；17. 石玉昆：《三侠五义》；18. 刘鹗：《老残游记》；19. 蒲松龄：《聊斋志异》；20. 吴敬梓：《儒林外史》。

第二单元　中国现当代小说

学习目标

1. 了解中国现当代小说创作繁荣的情况及主要作家、作品。

2. 理解毛泽东《在延安文艺座谈会上的讲话》对中国现当代文学特别是小说创作的作用。

3. 掌握本单元所选两位著名作家的生平和两篇作品的思想内容、艺术特色。

4. 培养学生的审美意识。

1.鲁　迅

风　波[①]

临河的土场上，太阳渐渐的收了他通黄的光线了。场边靠河的乌桕树[②]叶，干巴巴的才喘过气来，几个花脚蚊子在下面哼着飞舞。面河的农家的烟突里，逐渐减少了炊烟，女人孩子们都在自己门口的土场上泼些水，放下小桌子和矮凳；人知道，这已经是晚饭时候了。

老人男人坐在矮凳上，摇着大芭蕉扇闲谈，孩子飞也似的跑，或者蹲在乌桕树下赌玩石子。女人端出乌黑的蒸干菜和松花黄的米饭，热蓬蓬冒烟。河里驶过文人的酒船，文豪见了，大发诗兴，说，“无思无虑，这真是田家乐呵！”

但文豪的话有些不合事实，就因为他们没有听到九斤老太的话。这时候，九斤老太正在大怒，拿破芭蕉扇敲着凳脚说：

“我活到七十九岁了，活够了，不愿意眼见这些败家相，——还是死的好。立刻就要吃饭了，还吃炒豆子，吃穷了一家子！”

伊的曾孙女儿六斤捏着一把豆，正从对面跑来，见这情形，便直奔河边，藏在乌桕树后，伸出双丫角的小头，大声说，“这老不死的！”

九斤老太虽然高寿，耳朵却还不很聋，但也没有听到孩子的话，仍旧自己说，“这真是一代不如一代！”

这村庄的习惯有点特别，女人生下孩子，多喜欢用秤称了轻重，便用斤数当作小名。九斤老太自从庆祝了五十大寿以后，便渐渐的变了不平家，常说伊年青的时候，天气没有现在这般热，豆子也没有现在这般硬：总之现在的时世是不对了。何况六斤比伊的曾祖，少了三斤，比伊父亲七斤，又少了一斤，这真是一条颠扑不破的实例。所以伊又用劲说，“这真是一代不如一代！”

伊的儿媳[③]七斤嫂子正捧着饭篮走到桌边，便将饭篮在桌上一摔，愤愤的说，“你老人家又这么说了。六斤生下来的时候，不是六斤五两么？你家的秤又是私秤，加重称，十八两秤；用了准十六，我们的六斤该有七斤多哩。我想便是太公和公公，也不见得正是九斤八斤十足，用的秤也许是十四两……”

“一代不如一代！”

七斤嫂还没有答话，忽然看见七斤从小巷口转出，便移了方向，对他嚷道，“你这死尸怎么这时候才回来，死到那里去了！不管人家等着你开饭！”

七斤虽然住在农村，却早有些飞黄腾达的意思。从他的祖父到他，三代不捏锄头柄了；他也照例的帮人撑着航船，每日一回，早晨从鲁镇进城，傍晚又回到鲁镇，因此很知道些时事：例如什么地方，雷公劈死了蜈蚣精；什么地方，闺女生了一个夜叉

---

① 本篇写作时间，据《鲁迅日记》，应为1920年8月5日，最初发表于1920年9月《新青年》第八卷第一号。后由作者编入小说集《呐喊》。

② ［乌桕（jiù）树］一种落叶乔木，多生长于我国南方。

③ ［儿媳］从上下文来看，儿媳应为孙媳。

之类。他在村人里面，的确已经是一名出场人物了。但夏天吃饭不点灯，却还守着农家习惯，所以回家太迟，是该骂的。

七斤一手捏着象牙嘴白铜斗六尺多长的湘妃竹[①]烟管，低着头，慢慢地走来，坐在矮凳上。六斤也趁势溜出，坐在他身边，叫他爹爹。七斤没有应。

“一代不如一代！”九斤老太说。

七斤慢慢地抬起头来，叹一口气说，“皇帝坐了龙庭了[②]。”

七斤嫂呆了一刻，忽而恍然大悟的道，“这可好了，这不是又要皇恩大赦了么！”

七斤又叹一口气，说：“我没有辫子。”

“皇帝要辫子么？”

“皇帝要辫子。”

“你怎么知道呢？”七斤嫂有些着急，赶忙的问。

“咸亨酒店里的人，都说要的。”

七斤嫂这时从直觉上觉得事情似乎有些不妙了，因为咸亨酒店是消息灵通的所在。伊一转眼瞥见七斤的光头，便忍不住动怒，怪他恨他怨他；忽然又绝望起来，装好一碗饭，搡[③]在七斤的面前道，“还是赶快吃你的饭罢！哭丧着脸，就会长出辫子来么？”

太阳收尽了他最末的光线了，水面暗暗地回复过凉气来；土场上一片碗筷声响，人人的脊梁上又都吐出汗粒。七斤嫂吃完三碗饭，偶然抬起头，心坎里便禁不住突突地发跳。伊透过乌桕叶，看见又矮又胖的赵七爷正从独木桥上走来，而且穿着宝蓝色竹布的长衫。

赵七爷是邻村茂源酒店的主人，又是这三十里方圆以内的唯一的出色人物兼学问家；因为有学问，所以又有些遗老[④]的臭味。他有十多本金圣叹批评的《三国志》[⑤]，时常坐着一个字一个字的读；他不但能说出五虎将[⑥]姓名，甚而至于还知道黄忠表字[⑦]汉升和马超表字孟起。革命以后，他便将辫子盘在顶上，象道士一般；常常叹息说，倘若赵子龙在世，天下便不会乱到这地步了。七斤嫂眼睛好，早望见今天的赵七爷已经不是道士，却变成光滑头皮，乌黑发顶；伊便知道这一定是皇帝坐了龙庭，而且一定须有辫子，而且七斤一定是非常危险。因为赵七爷的这件竹布长衫，轻易是不常穿的，三年以来，只穿过两次；一次是和他呕气的麻子阿四病了的时候，一次是曾经砸烂他酒店的鲁大爷死了的时候；现在是第三次了，这一定又是于他有庆，于他的仇家有殃了。

七斤嫂记得，两年前七斤喝醉了酒，曾经骂过赵七爷是“贱胎”，所以这时便立刻直觉到七斤的危险，心坎里突突地发起跳来。

---

① ［湘妃竹］一种有斑纹的竹子。

② ［皇帝坐了龙庭了］指已被辛亥革命推翻的清朝宣统皇帝溥仪在封建军阀张勋的扶持下于1917年7月1日重新登上皇位一事。但这一复辟丑剧仅演了12天就被迫收场，张勋本人也避入荷兰公使馆。

③ ［搡（sǎng）］原意是用力推。这里读音如suǎng，绍兴一带方言，是把东西用力一放，表示生气和责怪的意思。

④ ［遗老］旧时指改朝换代后仍然效忠于前朝的人。后来一般指思想顽固保守，虽经时代变革，但仍然留恋旧时代和旧制度的人。

⑤ ［《三国志》］这里指《三国演义》，元末明初罗贯中所著。清代康熙年间，毛宗岗假托明末清初金圣叹的名义作过改编和批注。这里说“他有十多本金圣叹批评的《三国志》”，是对赵七爷假充“有学问”的讽刺说法。

⑥ ［“五虎将”］指《三国演义》中的关羽、张飞、赵子龙、马超、黄忠。

⑦ ［表字］即字，根据人名的字义另取的别名。

赵七爷一路走来，坐着吃饭的人都站起身，拿筷子点着自己的饭碗说："七爷，请在我们这里用饭！"七爷也一路点头，说道"请请"，却一径[①]走到七斤家的桌旁。七斤们连忙招呼，七爷也微笑着说"请请"，一面细细的研究他们的饭菜。

"好香的干菜，——听到了风声了么？"赵七爷站在七斤的后面七斤嫂的对面说。

"皇帝坐了龙庭了。"七斤说。

七斤嫂看着七爷的脸，竭力陪笑道，"皇帝已经坐了龙庭，几时皇恩大赦呢？"

"皇恩大赦？——大赦是慢慢的总要大赦罢。"七爷说到这里，声色忽然严厉起来，"但是你家七斤的辫子呢，辫子？这倒是要紧的事。你们知道：长毛[②]时候，留发不留头，留头不留发，……"

七斤和他的女人没有读过书，不很懂得这古典的奥妙，便觉得有学问的七爷这么说，事情自然非常重大，无可挽回，便仿佛受了死刑宣告似的，耳朵里嗡的一声，再也说不出一句话。

"一代不如一代，——"九斤老太正在不平，趁这机会，便对赵七爷说，"现在的长毛，只是剪人家的辫子，僧不僧，道不道的。从前的长毛，这样的么？我活到七十九岁了，活够了。从前的长毛是——整匹的红缎子裹头，拖下去，拖下去，一直拖到脚跟；王爷是黄缎子，拖下去，黄缎子；红缎子，黄缎子，——我活够了，七十九岁了。"

七斤嫂站起身，自言自语的说，"这怎么好呢？这样的一班老小，都靠他养活的人，……"

赵七爷摇头道，"那也没法。没有辫子，该当何罪，书上都一条一条明明白白写着的。不管他家里有些什么人。"

七斤嫂听到书上写着，可真是完全绝望了；自己急得没法，便忽然又恨到七斤。伊用筷子指着他的鼻尖说，"这死尸自作自受！造反的时候，我本来说，不要撑船了，不要上城了。他偏要死进城去，滚进城去，进城便被人剪去了辫子。从前是绢光乌黑的辫子，现在弄得僧不僧道不道的。这囚徒自作自受，带累了我们又怎么说呢？这活死尸的囚徒……"

村人看见赵七爷到村，都赶紧吃完饭，聚在七斤家饭桌的周围。七斤自己知道是出场人物，被女人当大众这样辱骂，很不雅观，便只得抬起头，慢慢地说道：

"你今天说现成话，那时你……"

"你这活死尸的囚徒……"

看客中间，八一嫂是心肠最好的人，抱着伊的两周岁的遗腹子[③]，正在七斤嫂身边看热闹；这时过意不去，连忙解劝说，"七斤嫂，算了罢。人不是神仙，谁知道未来事呢？便是七斤嫂，那时不也说，没有辫子倒也没有什么丑么？况且衙门里的大老爷也没有告示……"

七斤嫂没有听完，两个耳朵早通红了；便将筷子转过向来，指着八一嫂的鼻子，说，"阿呀，这是什么话呵！八一嫂，我自己看来倒还是一个人，会说出这样昏诞胡

---

① ［一径］一直。

② ［长毛］清初统治者强迫人民剃去前脑上的头发，把留在后脑的头发编成辫子。太平天国革命时，起义军为了反抗清朝统治，都去辫蓄发，因此被称为"长毛"。

③ ［遗腹子］妇人已怀孕而丈夫死后所生的孩子。

涂话么？那时我是，整整哭了三天，谁都看见；连六斤这小鬼也都哭……”六斤刚吃完一大碗饭，拿了空碗，伸手去嚷着要添。七斤嫂正没好气，便用筷子在伊的双丫角中间，直扎下去，大喝道，“谁要你来多嘴！你这偷汉的小寡妇！”

扑的一声，六斤手里的空碗落在地上了，恰巧又碰着一块砖角，立刻破成一个很大的缺口。七斤直跳起来，检起破碗，合上了检查一回，也喝道，“入娘的！”一巴掌打倒了六斤。六斤躺着哭，九斤老太拉了伊的手，连说着“一代不如一代”，一同走了。

八一嫂也发怒，大声说，“七斤嫂，你‘恨棒打人’……”

赵七爷本来是笑着旁观的；但自从八一嫂说了“衙门里的大老爷没有告示”这话以后，却有些生气了。这时他已经绕出桌旁，接着说，“‘恨棒打人’，算什么呢。大兵是就要到的。你可知道，这回保驾的是张大帅[①]，张大帅就是燕人张翼德的后代，他一支丈八蛇矛，就有万夫不当之勇，谁能抵挡他，”他两手同时捏起空拳，仿佛握着无形的蛇矛模样，向八一嫂抢进几步道，“你能抵挡他么！”

八一嫂正气得抱着孩子发抖，忽然见赵七爷满脸油汗，瞪着眼，对准伊冲过来，便十分害怕，不敢说完话，回身走了。赵七爷也跟着走去，众人一面怪八一嫂多事，一面让开路，几个剪过辫子重新留起的便赶快躲在人丛后面，怕他看见。赵七爷也不细心察访，通过人丛，忽然转入乌桕树后，说道“你能抵挡他么！”跨上独木桥，扬长去了。

村人们呆呆站着，心里计算，都觉得自己确乎抵不住张翼德，因此也决定七斤便要没有性命。七斤既然犯了皇法，想起他往常对人谈论城中的新闻的时候，就不该含着长烟管显出那般骄傲模样，所以对于七斤的犯法，也觉得有些畅快。他们也仿佛想发些议论，却又觉得没有什么议论可发。嗡嗡的一阵乱嚷，蚊子都撞过赤膊身子，闯到乌桕树下去做市；他们也就慢慢地走散回家，关上门去睡觉。七斤嫂咕哝着，也收了家伙和桌子矮凳回家，关上门睡觉了。

七斤将破碗拿回家里，坐在门槛上吸烟；但非常忧愁，忘却了吸烟，象牙嘴六尺多长湘妃竹烟管的白铜斗里的火光，渐渐发黑了。他心里但觉得事情似乎十分危急，也想想些方法，想些计划，但总是非常模糊，贯穿不得：“辫子呢辫子？丈八蛇矛。一代不如一代！皇帝坐龙庭。破的碗须得上城去钉好。谁能抵挡他？书上一条一条写着。入娘的！……”

第二日清晨，七斤依旧从鲁镇撑航船进城，傍晚回到鲁镇，又拿着六尺多长的湘妃竹烟管和一个饭碗回村。他在晚饭席上，对九斤老太说，这碗是在城内钉合的，因为缺口大，所以要十六个铜钉，三文一个，一总用了四十八文小钱。

九斤老太很不高兴的说，“一代不如一代，我是活够了。三文钱一个钉；从前的钉，这样的么？从前的钉是……我活了七十九岁了，——”

此后七斤虽然是照例日日进城，但家景总有些黯淡[②]，村人大抵回避着，不再来听他从城内得来的新闻。七斤嫂也没有好声气，还时常叫他“囚徒”。

过了十多日，七斤从城内回家，看见他的女人非常高兴，问他说，“你在城里可

---

① ［张大帅］指张勋，当时北洋军阀之一，原为清朝军官。
② ［黯淡］同“暗淡”。

听到些什么？”

“没有听到些什么？”

“皇帝坐了龙庭没有呢？”

“他们没有说。”

“咸亨酒店里也没有人说么？”

“也没人说。”

“我想皇帝一定是不坐龙庭了。我今天走过赵七爷的店前，看见他又坐着念书了，辫子又盘在顶上了，也没有穿长衫。”

“……”

“你想，不坐龙庭了罢？”

经典选读4-2

巴金：家（节选）

“我想，不坐了罢。”

现在的七斤，七斤嫂和村人又都早给他相当的尊敬，相当的待遇了。到夏天，他们仍旧在自家门口的土场上吃饭；大家见了，都笑嘻嘻的招呼。九斤老太早已做过八十大寿，仍然不平而且康健。六斤的双丫角，已经变成一支大辫子了；伊虽然新近裹脚，却还能帮同七斤嫂做事，捧着十八个[①]铜钉的饭碗，在土场上一瘸一拐的往来。

一九二〇年十月

作者简介4-5

茹志鹃

2.茹志鹃

百合花

一九四六年的中秋。

这天打海岸的部队决定晚上总攻。我们文工团创作室的几个同志，就由主攻团的团长分派到各个战斗连去帮助工作。大概因为我是个女同志吧，团长对我抓了半天后脑勺，最后才叫一个通讯员送我到前沿包扎所去。

包扎所就包扎所吧！反正不叫我进保险箱就行。我背上背包，跟通讯员走了。

早上下过一阵小雨，现在虽放了晴，路上还是滑得很，两边地里的秋庄稼，却给雨水冲洗得青翠水绿，珠烁晶莹。空气里也带有一股清鲜湿润的香味。要不是敌人的冷炮，在间歇地盲目地轰响着，我真以为我们是去赶集的呢！

通讯员撒开大步，一直走在我前面。一开始他就把我撩下几丈远。我的脚烂了，路又滑，怎么努力也赶不上他。我想喊他等等我，却又怕他笑我胆小害怕；不叫他，我又真怕一个人摸不到那个包扎所。我开始对这个通讯员生起气来。

嗳！说也怪，他背后好像长了眼睛似的，倒自动在路边站下了。但脸还是朝着前面，没看我一眼。等我紧走慢赶地快要走近他时，他又蹬蹬蹬地自个儿向前走了，一下又把我摔下几丈远。我实在没力气赶了，索性一个人在后面慢慢晃。不过这一次还好，他没让我撩得太远。但也不让我走近，总和我保持着丈把远的距离。我走快，他

---

① ［捧着十八个］这里的“十八个”应是“十六个”，作者在1926年11月23日致李霁野的信中曾说：“六斤家里只有一个钉过的碗，钉是十六或十八，我也记不清了。总之两数之一是错的，请改成一律。”

在前面大踏步向前；我走慢，他在前面就摇摇摆摆。奇怪的是，我从没见他回头看我一次，我不禁对这通讯员发生了兴趣。

刚才在团部我没注意看他，现在从背后看去，只看到他是高挑挑的个子，块头不大，但从他那副厚实实的肩膀看来，是个挺棒的小伙，他穿了一身洗淡了的黄军装，绑腿直打到膝盖上。肩上的步枪筒里，稀疏地插了几根树枝，这要说是伪装，倒不如算作装饰点缀。

没有赶上他，但双脚胀痛得像火烧似的。我向他提出了休息一会后，自己便在做田界的石头上坐了下来。他也在远远的一块石头上坐下，把枪横搁在腿上，背向着我，好像没我这个人似的。凭经验，我晓得这一定又因为我是个女同志的缘故。女同志下连队，就有这些困难。我着恼地带着一种反抗情绪走过去，面对着他坐下来。这时，我看见他那张十分年轻稚气的圆脸，顶多有十八岁。他见我挨他坐下，立即张惶起来，好像他身边埋下了一颗定时炸弹，局促不安，掉过脸去不好，不掉过去又不行，想站起来又不好意思。我拼命忍住笑，随便地问他是哪里人。他没回答，脸涨得像个关公，讷讷半晌，才说清自己是天目山人。原来他还是我的同乡呢！

“在家时你干什么？”

“帮人拖毛竹。”

我朝他宽宽的两肩望了一下，立即在我眼前出现了一片绿雾似的竹海，海中间，一条窄窄的石级山道，盘旋而上。一个肩膀宽宽的小伙，肩上垫了一块老蓝布，扛了几枝青竹，竹梢长长的拖在他后面，刮打得石级哗哗作响……这是我多么熟悉的故乡生活啊！我立刻对这位同乡，越加亲热起来。

我又问：

“你多大了？”

“十九。”

“参加革命几年了？”

“一年。”

“你怎么参加革命的？”我问到这里自己觉得这不像是谈话，倒有些像审讯。不过我还是禁不住地要问。

“大军北撤时我自己跟来的。”①

“家里还有什么人呢？”

“娘，爹，弟弟妹妹，还有一个姑姑也住在我家里。”

“你还没娶媳妇吧？”

“……”他飞红了脸，更加忸怩起来，两只手不停地数摸着腰皮带上的扣眼。半晌他才低下了头，憨憨地笑了一下，摇了摇头。我还想问他有没有对象，但看到他这样子，只得把嘴里的话，又咽了下去。

两人闷坐了一会，他开始抬头看看天，又掉过来扫了我一眼，意思是在催我动身。

当我站起来要走的时候，我看见他摘了帽子，偷偷地在用毛巾拭汗。这是我的不

---

① 指1945年8月日本投降后，共产党领导的新四军为了全国人民实现和平的愿望，忍痛撤出江南至苏北根据地一带。

是，人家走路都没出一滴汗，为了我跟他说话，却害他出了这一头大汗，这都怪我了。

我们到包扎所，已是下午两点钟了。这里离前沿有三里路，包扎所设在一个小学里，大小六个房子组成品字形，中间一块空地长了许多野草，显然，小学已有多时不开课了。我们到时屋里已有几个卫生员在弄着纱布棉花，满地上都是用砖头垫起来的门板，算作病床。

我们刚到不久，来了一个乡干部，他眼睛熬得通红，用一片硬拍纸插在额前的破毡帽下，低低地遮在眼睛前面挡光。他一肩背枪，一肩挂了一杆秤；左手挎了一篮鸡蛋，右手提了一口大锅，呼哧呼哧地走来。他一边放东西，一边对我们又抱歉又诉苦，一边还喘息地喝着水，同时还从怀里掏出一包饭来嚼着。我只见他迅速地做着这一切。他说的什么我就没大听清。好像是说什么被子的事，要我们自己去借。我问清了卫生员，原来因为部队上的被子还没发下来，但伤员流了血，非常怕冷，所以就得向老百姓去借。哪怕有一二十条棉絮也好。我这时正愁工作插不上手，便自告奋勇讨了这件差事，怕来不及就顺便也请了我那位同乡，请他帮我动员几家再走。他踌躇了一下，便和我一起去了。

我们先到附近一个村子，进村后他向东，我往西，分头去动员。不一会，我已写了三张借条出去，借到两条棉絮，一条被子，手里抱得满满的，心里十分高兴，正准备送回去再来借时，看见通讯员从对面走来，两手还是空空的。

“怎么，没借到？”我觉得这里老百姓觉悟高，又很开通，怎么会没有借到呢？我有点惊奇地问。

“女同志，你去借吧……老百姓死封建……”

“哪一家？你带我去。”我估计一定是他说话不对，说崩了。借不到被子事小，得罪了老百姓影响可不好。我叫他带我去看看。但他执拗地低着头，像钉在地上似的，不肯挪步，我走近他，低声地把群众影响的话对他说了。他听了，果然就松松爽爽地带我走了。

我们走进老乡的院子里，只见堂屋里静静的，里面一间房门上，垂着一块蓝布红额的门帘，门框两边还贴着鲜红的对联。我们只得站在外面向里“大姐、大嫂”地喊，喊了几声，不见有人应，但响动是有了。一会，门帘一挑，露出一个年轻媳妇来。这媳妇长得很好看，高高的鼻梁，弯弯的眉，额前一溜蓬松松的刘海。穿的虽是粗布，倒都是新的。我看她头上已硬挠挠地挽了髻，便大嫂长大嫂短地向她道歉，说刚才这个同志来，说话不好别见怪等等。她听着，脸扭向里面，尽咬着嘴唇笑。我说完了，她也不作声，还是低头咬着嘴唇，好像忍了一肚子的笑料没笑完。这一来，我倒有些尴尬了，下面的话怎么说呢！我看通讯员站在一边，眼睛一眨不眨地看着我，好像在看连长做示范动作似的。我只好硬了头皮，讪讪地向她开口借被子了，接着还对她说了一遍共产党的部队，打仗是为了老百姓的道理。这一次，她不笑了，一边听着，一边不断向房里瞅着。我说完了，她看看我，看看通讯员，好像在掂量我刚才那些话的斤两。半晌，她转身进去抱被子了。

通讯员乘这机会，颇不服气地对我说道：

“我刚才也是说的这几句话，她就是不借，你看怪吧！……”

我赶忙白了他一眼，不叫他再说。可是来不及了，那个媳妇抱了被子，已经在房门口了。被子一拿出来。我方才明白她刚才为什么不肯借的道理。这原来是一条里外全新的新花被子，被面是假洋缎的，枣红底，上面撒满白色百合花。她好像是在故意气通讯员，把被子朝我面前一送，说："抱去吧。"

我手里已捧满了被子，就一努嘴，叫通讯员来拿。没想到他竟扬起脸，装作没看见。我只好开口叫他，他这才绷了脸，垂着眼皮，上去接过被子，慌慌张张地转身就走。不想他一步还没有走出去，就听见"嘶"的一声，衣服挂住了门钩，在肩膀处，挂下一片布来，口子撕得不小。那媳妇一面笑着，一面赶忙找针拿线，要给他缝上。通讯员却高低不肯，挟了被子就走。

刚走出门不远，就有人告诉我们，刚才那位年轻媳妇，是刚过门三天的新娘子，这条被子就是她惟一的嫁妆。我听了，心里便有些过意不去，通讯员也皱起了眉，默默地看着手里的被子。我想他听了这样的话一定会有同感吧！果然，他一边走，一边跟我嘟哝起来了。

"我们不了解情况，把人家结婚被子也借来了，多不合适呀！……"我忍不住想给他开个玩笑，便故作严肃地说："是呀！也许她为了这条被子，在做姑娘时，不知起早熬夜，多干了多少零活，才积起了做被子的钱，或许她曾为了这条花被，睡不着觉呢。可是还有人骂她死封建……"

他听到这里，突然站住脚，呆了一会，说：

"那！……那我们送回去吧！"

"已经借来了，再送回去，倒叫她多心。"我看他那副认真、为难的样子，又好笑，又觉得可爱。不知怎么的，我已从心底爱上了这个傻乎乎的小同乡。

他听我这么说，也似乎有理，考虑了一下，便下了决心似地说：

"好，算了。用了给她好好洗洗。"他决定以后，就把我抱着的被子，统统抓过去，左一条、右一条地披挂在自己肩上，大踏步地走了。

回到包扎所以后，我就让他回团部去。他精神顿时活泼起来了，向我敬了礼就跑了。走不几步，他又想起了什么，在自己挂包里掏了一阵，摸出两个馒头，朝我扬了扬，顺手放在路边石头上，说：

"给你开饭啦！"说完就脚不点地地走了。我走过去拿起那两个干硬的馒头，看见他背的枪筒里不知在什么时候又多了一枝野菊花，跟那些树枝一起，在他耳边抖抖地颤动着。

他已走远了，但还见他肩上撕挂下来的布片，在风里一飘一飘。我真后悔没给他缝上再走。现在，至少他要裸露一晚上的肩膀了。

包扎所的工作人员很少。乡干部动员了几个妇女，帮我们打水，烧锅，做些零碎活。那位新媳妇也来了。她还是那样，笑眯眯地抿着嘴，偶然从眼角上看我一眼，但她时不时地东张西望，好像在找什么。后来她到底问我说：

"那位同志弟到哪里去了？"我告诉她同志弟不是这里的，他现在到前沿去了。她不好意思地笑了一下说："刚才借被子，他可受我的气了！"说完又抿了嘴笑着，动手把借来的几十条被子、棉絮，整整齐齐地分铺在门板上、桌子上（两张课桌拼起来，就是一张床）。我看见她把自己那条白百合花的新被，铺在外面屋檐下的一块门板上。

天黑了，天边涌起一轮满月。我们的总攻还没发起。敌人照例是忌怕夜晚的，在地上烧起一堆堆的野火，又盲目地轰炸，照明弹也一个接一个地升起，好像在月亮下面点了无数盏的汽油灯，把地面的一切都赤裸裸地暴露出来了。在这样一个“白夜”里来攻击，有多困难，要付出多大的代价哪！我连那一轮皎洁的月亮，也憎恶起来了。

乡干部又来了，慰劳了我们几个家做的干菜月饼。原来今天是中秋节了。

啊，中秋节，在我的故乡，现在一定又是家家门前放一张竹茶几，上面供一副香烛，几碟瓜果月饼。孩子们急切地盼那炷香快些焚尽，好早些分摊给月亮娘娘享用过的东西。他们在茶几旁边跳着唱着：“月亮堂堂，敲锣买糖……”或是唱着：“月亮嬷嬷，照你照我……”我想到这里，又想起我那个小同乡，那个掮毛竹的小伙，也许，几年以前，他还唱过这些歌吧！……我咬了一口美味的家做月饼，想起那个小同乡大概现在正趴在工事里，也许在团指挥所，或者是在那些弯弯曲曲的交通沟里走着哩！……

一会儿，我们的炮响了，天空划过几颗红色的信号弹，攻击开始了。不久，断断续续地有几个伤员下来，包扎所的空气立即紧张起来。

我拿着小本子，去登记他们的姓名、单位，轻伤的问问，重伤的就得拉开他们的符号，或是翻看他们的衣襟。我拉开一个重彩号的符号时，“通讯员”三个字使我突然打了个寒战，心跳起来。我定了下神才看到符号上写着×营的字样。啊！不是，我的同乡他是团部的通讯员。但我又莫名其妙地想问问谁，战地上会不会漏掉伤员。通讯员在战斗时，除了送信，还干什么——我不知道自己为什么要问这些没意思的问题。

战斗开始后的几十分钟里，一切顺利，伤员一次次带下来的消息，都是我们突破第一道鹿砦，第二道铁丝网，占领敌人前沿工事打进街了。但到这里，消息忽然停顿了，下来的伤员，只是简单地回答说：“在打。”或是“在街上巷战。”但从他们满身泥泞，极度疲乏的神色上，甚至从那些似乎刚从泥里掘出来的担架上，大家明白，前面在进行着一场什么样的战斗。

包扎所的担架不够了，好几个重彩号不能及时送后方医院，耽搁下来。我不能解除他们任何痛苦，只得带着那些妇女，给他们拭脸洗手，能吃得的喂他们吃一点，带着背包的，就给他们换一件干净衣裳，有些还得解开他们的衣服，给他们拭洗身上的污泥血迹。

做这种工作，我当然没什么，可那些妇女又羞又怕，就是放不开手来，大家都要抢着去烧锅，特别是那新媳妇。我跟她说了半天，她才红了脸，同意了。不过只答应做我的下手。

前面的枪声，已响得稀落了。感觉上似乎天快亮了，其实还只是半夜。外边月亮很明，也比平日悬得高。前面又下来一个重伤员。屋里铺位都满了，我就把这位重伤员安排在屋檐下的那块门板上。担架员把伤员抬上门板，但还围在床边不肯走。一个上了年纪的担架员，大概把我当做医生了，一把抓住我的膀子说：“大夫，你可无论如何要想办法治好这位同志呀！你治好他，我……我们全体担架队员给你挂匾……”他说话的时候，我发现其他的几个担架员也都睁大了眼盯着我，似乎我点一点头，这伤员就立即会好了似的。我心想给他们解释一下，只见新媳妇端着水站在床前，短促地“啊”了一声。我急拨开他们上前一看，我看见了一张十分年轻稚气的圆脸，原来棕红的脸色，现已变得灰黄。他安详地合着眼，军装的肩头上，露着那个大洞，一片布还挂在那里。

“这都是为了我们，……”那个担架员负罪地说道，“我们十多副担架挤在一个小巷子里，准备往前运动，这位同志走在我们后面，可谁知道狗日的反动派不知从哪个屋顶上撂下颗手榴弹来，手榴弹就在我们人缝里冒着烟乱转，这时这位同志叫我们快趴下，他自己就一下扑在那个东西……”

新媳妇又短促地“啊”了一声。我强忍着眼泪，给那些担架员说了些话，打发他们走了。我回转身看见新媳妇已轻轻移过一盏油灯，解开他的衣服，她刚才那种忸怩羞涩已经完全消失，只是庄严而虔诚地给他拭着身子，这位高大而又年轻的小通讯员无声地躺在那里……我猛然醒悟地跳起身，磕磕绊绊地跑去找医生，等我和医生拿了针药赶来，新媳妇正侧着身子坐在他旁边。

她低着头，正一针一针地在缝他衣肩上那个破洞。医生听了听通讯员的心脏，默默地站起身说：“不用打针了。”我过去一摸，果然手都冰冷了。新媳妇却像什么也没看见，什么也没听到。依然拿着针，细细地、密密地缝着那个破洞。我实在看不下去了，低声地说：

“不要缝了。”她却对我异样地瞟了一眼，低下头，还是一针一针地缝。我想拉开她，我想推开这沉重的氛围，我想看见他坐起来，看见他羞涩的笑。但我无意中碰到了身边一个什么东西，伸手一摸，是他给我开的饭，两个干硬的馒头……

卫生员让人抬了一口棺材来，动手揭掉他身上的被子，要把他放进棺材去。新媳妇这时脸发白，劈手夺过被子，狠狠地瞪了他们一眼。自己动手把半条被子平展展地铺在棺材底，半条盖在他身上。卫生员为难地说：“被子……是借老百姓的。”

“是我的——”她气汹汹地嚷了半句，就扭过脸去。在月光下，我看见她眼里晶莹发亮，我也看见那条枣红底色上洒满白色百合花的被子，这象征纯洁与感情的花，盖上了这位平常的、拖毛竹的青年人的脸。

作品赏析4-2

《百合花》的艺术特色

第二单元小结

1.“五四”运动以后，在反帝反封建的大旗指引下，小说创作也很繁荣，出现了一些著名的作家和作品，如叶圣陶的《倪焕之》，鲁迅的《彷徨》、《呐喊》和《故事新编》，茅盾的《子夜》、《蚀》、《腐蚀》（三部曲），巴金的“激流三部曲”《家》、《春》、《秋》和《寒夜》、《憩园》以及张爱玲的《金锁记》，钱锺书的《围城》，沈从文的《边城》等，都深刻地反映了那个时代社会生活的方方面面和形形色色的人物。还有通俗文学中言情小说大师张恨水的《啼笑因缘》《金粉世家》《八十一梦》等和平江不肖生的《江湖奇侠传》，周瘦鹃、还珠楼主、白羽、郑证因、王度庐等的武侠小说也十分流行。

2.在毛泽东《在延安文艺座谈会上的讲话》的指引下，中华人民共和国成立后，小说创作高潮迭起，出现了很多群众喜闻乐见的反映社会主义建设的作家作品，最著名的有赵树理的中短篇《三里湾》《小二黑结婚》《李有才板话》，孙犁的短篇小说《荷花淀》，孔厥、袁静的长篇小说《新儿女英雄传》，而20世纪50年代后期和60年代涌现的长篇小说，柳青的《创业史》，梁斌的《红旗谱》，曲波的《林海雪原》，杨沫的《青春之歌》，吴强的《红日》和罗广斌、杨益言的《红岩》，姚雪垠的《李自成》(第一部)、茹志鹃的《高高的白杨树》等，塑造了一批新时代的革命英雄传奇人物形象和历史人物形象，影响了整整一代人的思想和生活。

香港作家金庸、梁羽生，台湾作家古龙等人创作的大量新武侠小说受到青年读者的热烈欢迎。

当代的小说创作内容丰富多彩，形式多种多样，汪曾祺的小说集追求诗化和散文化的结合，风格独特；马原、苏童、格非等为“先锋小说”作家；张承志、韩少功、王安忆、李杭育等为“寻根小说”作家；刘心武、卢新华等人为“伤痕小说”作家；蒋子龙等人为“改革小说”作家；张贤亮、古华、高晓声、谌容、邓友梅、陆文夫、冯骥才、贾平凹、陈忠宾、梁晓声、宗璞等一大批作家也有着较大的影响。

3.近些年来，国内涌现出不少70后、80后作家的作品。随着改革开放的日益深入、传媒技术的创新和普及，网络文学特别是网络小说如雨后春笋般异军突起，很多年轻作家创作了内容丰富、写作方法多样的长篇小说和短篇小说，有反映现实生活和个人经历的，有穿越历史的，其中不少作家和作品，如韩寒、郭敬明以及“网络文学十佳优秀作品”等，曾经在青年读者中有较大的影响。

小贴士·延伸阅读篇目

1.叶圣陶：《倪焕之》；2.鲁迅：《呐喊》《故事新编》；3.茅盾：《子夜》；4.巴金：《家》；5.张爱玲：《金锁记》；6.钱锺书：《围城》；7.沈从文：《边城》；8.张恨水：《啼笑因缘》；9.赵树理：《小二黑结婚》；10.孙犁：《荷花淀》；11.柳青：《创业史》；12.梁斌：《红旗谱》；13.曲波：《林海雪原》；14.杨沫：《青春之歌》；15.吴强：《红日》；16.罗广斌、杨益言：《红岩》；17.金庸：《射雕英雄传》；18.苏童：《妻妾成群》；19.格非：《山河入梦》；20.王安忆：《长恨歌》；21.茹志鹃：《高高的白杨树》；22.陆文夫：《美食家》；23.贾平凹：《废都》；24.陈忠实：《白鹿原》；25.严歌苓：《陆犯焉识》《天浴》《芳华》。

第三单元　外国小说

学习目标

1. 了解外国小说创作简况及其代表性作家作品。

2. 了解巴尔扎克、托尔斯泰、契诃夫的生平和成就。

3. 掌握巴尔扎克《高老头》、托尔斯泰《安娜·卡列尼娜》的故事梗概、主要人物形象及其对世界文学的影响。

4. 培养学生的审美意识。

作者简介 4-6

巴尔扎克

1.巴尔扎克

高老头[1]（节选）

……

“啊！是你，亲爱的孩子，”高老头认出了欧也纳。

“你好些吗？”大学生拿着他的手问。

“好一些。刚才我的脑袋好似夹在钳子里，现在松一点儿了。你可曾看见我的女儿？她们马上要来了，一知道我害病，会立刻赶来的。从前在于西安街，她们服侍过我多少回！天哪！我真想把屋子收拾干净，好招待她们。有个年轻人把我的泥炭烧完了。”

欧也纳说：“我听见克利斯朵夫的声音，他替你搬木柴来，就是那个年轻人给你送来的。”

“好吧！可是拿什么付账呢？我一个钱都没有了，孩子。我把一切都给了，一切。我变成叫花子了。至少那件金线衫好看吗？（啊唷！我痛！）谢谢你，克利斯朵夫。上帝会报答你的，孩子；我啊，我什么都没有了！”

欧也纳凑着男佣人的耳朵说：“我不会教你和西尔维白忙的。”

“克利斯朵夫，是不是我两个女儿告诉你就要来了？你再去一次，我给你五法郎。对她们说我觉得不好，我临死之前还想拥抱她们，再看她们一次。你这样去说吧，可是别过分吓了她们。”

克利斯朵夫看见欧也纳对他递了个眼色，便动身了。

“她们要来了，”老人又说，“我知道她们的脾气。好但斐纳，我死了，她要怎样地伤心呀！还有娜齐也是的。我不愿意死，因为不愿意让她们哭。我的好欧也纳，死，死就是再也看不见她们。在那个世界里，我要闷得发慌哩。看不见孩子，做父亲的等于入了地狱；自从她们结了婚，我就尝着这个味道。我的天堂是于西安街。嗳！喂，倘使我进了天堂，我的灵魂还能回到她们身边吗？听说有这种事情，可是真的？我现在清清楚楚看见她们在于西安街的模样。她们一早下楼，说：爸爸，你早。我把她们抱在膝上，用种种花样逗她们玩儿，跟她们淘气。她们也跟我亲热一阵。我们天天一块儿吃中饭，一块儿吃晚饭，总之那时我是父亲，看着孩子直乐。在于西安街，她们不跟我讲嘴，一点不懂人事，她们很爱我。天哪！干嘛她们要长大呢？（哎唷！我痛啊；头里在抽。）啊！啊！对不起，孩子们！我痛死了；要不是真痛，我不会叫的，你们早已把我训练得不怕痛苦了。上帝呀！只消我能握着她们的手，我就不觉得痛啦。你想她们会来吗？克利斯朵夫蠢极了！我该自己去的。他倒有福气看到她们。你昨天去了跳舞会，你告诉我呀，她们怎么样？她们一点不知道我病了，可不是？要

---

① 《高老头》是《人间喜剧》中的一部重要作品，书的主人公高老头是一个竭尽全力让女儿享受上流社会生活的人，对自己却刻薄、吝啬到极点。选入本书时有删节。本文描写的是高老头临死前的情节，节选自巴尔扎克. 高老头［M］. 傅雷，译. 北京：人民文学出版社，1987.

不她们不肯去跳舞了，可怜的孩子们！噢！我再也不愿意害病了。她们还少不了我呢。她们的财产遭了危险，又是落在怎样的丈夫手里！把我治好呀，治好呀！（噢！我多难过！哟！哟！哟！）你瞧，非把我医好不行，她们需要钱，我知道到哪儿去挣。我要上奥特赛去做淀粉。我才精明呢，会赚他几百万。（哦呀！我痛死了！）”

高里奥不出声了，仿佛集中全身的精力熬着痛苦。

“她们在这儿，我不会叫苦了，干嘛还要叫苦呢？”

他迷迷糊糊昏沉了好久。克利斯朵夫回来，拉斯蒂涅以为高老头睡熟了，让佣人高声回报他出差的情形。

“先生，我先上伯爵夫人家，可没法跟她说话，她和丈夫有要紧事儿。我再三央求，特·雷斯多先生亲自出来对我说：高里奥先生快死了是不是？哎，再好没有。我有事，要太太待在家里。事情完了，她会走的。——他似乎很生气，这位先生。我正要出来，太太从一扇我看不见的门里走到穿堂，告诉我：克利斯朵夫，你对我父亲说，我同丈夫正在商量事情，不能来。那是有关我孩子们生死的问题。但等事情一完，我就去看他。——说到男爵夫人吧，又是另外一桩事儿！我没有见到她，不能跟她说话。老妈子说：‘啊！太太今儿早上五点一刻才从跳舞会回来；中午以前叫醒她，一定要挨骂的。等会她打铃叫我，我会告诉她，说她父亲的病更重了。’报告一件坏消息，不会嫌太晚的。——我再三央求也没用。哎，是呀，我也要求见男爵，他不在家。”

“一个也不来，”拉斯蒂涅嚷道，“让我写信给她们。”

“一个也不来，”老人坐起来接着说，“她们有事，她们在睡觉，她们不会来的。我早知道了。直要临死才知道女儿是什么东西！唉！朋友，你别结婚，别生孩子！你给他们生命，他们给你死。你带他们到世界上来，他们把你从世界上赶出去。她们不会来的！我已经知道了十年。有时我心里这么想，只是不敢相信。”

他每只眼中冒出一颗眼泪，滚在鲜红的眼皮边上，不掉下来。

“唉！倘若我有钱，倘若我留着家私，没有把财产给她们，她们就会来，会用她们的亲吻来舐我的脸！我可以住在一所公馆里，有漂亮的屋子，有我的仆人，生着火；她们都要哭做一团，还有她们的丈夫，她们的孩子。这一切我都可以到手。现在可什么都没有。钱能买到一切，买到女儿。啊！我的钱到哪儿去了？倘若我还有财产留下，她们会来伺候我，招呼我；我可以听到她们，看到她们。啊！欧也纳，亲爱的孩子，我唯一的孩子，我宁可给人家遗弃，宁可做个倒霉鬼！倒霉鬼有人爱，至少那是真正的爱！啊，不，我要有钱，那我可以看到她们了。唉，谁知道？她们两个的心都像石头一样。我把所有的爱在她们身上用尽了，她们对我不能再有爱了。做父亲的应该永远有钱，应该拉紧儿女的缰绳，像对付狡猾的马一样。我却向她们下跪。该死的东西！她们十年来对我的行为，现在到了顶点。你不知道她们刚结婚的时候对我怎样地奉承体贴！（噢！我痛得像受毒刑一样！）我才给了她们每人八十万，她们和她们的丈夫都不敢怠慢我。我受到好款待：好爸爸，上这儿来；好爸爸，往那儿去。她们家永远有我的一份刀叉。我同她们的丈夫一块儿吃饭，他们对我很恭敬，看我手头还有一些呢。为什么？因为我生意的底细，我一句没提。一个给了女儿八十万的人是应该奉承的。他们对我那么周到，体贴，那是为我的钱啊。世界并不美。我看到了，我！她们陪我坐着车上戏院，我在她们的晚会里爱待多久就待多久。她们承认是我的女儿，承认我是她们的父亲。我还有我的聪明呢，嗨，什么都没逃过我的眼睛。我什么都感觉到，我的心碎了。我明明看到那是假情假意，可是没有办法。在她们家，我就不像在这儿饭桌上那么自在。我什么话都不会说。有些漂亮人物咬着我女婿的耳朵问：

——那位先生是谁啊？

——他是财神，他有钱。

——啊，原来如此！

"人家这么说着，恭恭敬敬瞧着我，就像恭恭敬敬瞧着钱一样。即使我有时叫他们发窘，我也补赎了我的过失。再说，谁又是十全的呢？（哎唷！我的脑袋简直是块烂疮！）我这时的痛苦是临死以前的痛苦，亲爱的欧也纳先生，可是比起当年娜齐第一次瞪着我给我的难受，眼前的痛苦算不了什么。那时她瞪我一眼，因为我说错了话，丢了她的脸；唉，她那一眼把我全身的血管都割破了。我很想懂得交际场中的规矩；可是我只懂得一样：我在世界上是多余的。第二天我上但斐纳家去找安慰，不料又闹了笑话，惹她冒火。我为此急疯了。八天工夫我不知道怎么办。我不敢去看她们，怕受埋怨。这样，我便进不了女儿的大门。哦！我的上帝！既然我吃的苦，受的难，你全知道，既然我受的千刀万剐，使我头发变白，身子磨坏的伤，你都记在账上，干嘛今日还要我受这个罪？就算太爱她们是我的罪过，我受的刑罚也足够补赎了。我对她们的慈爱，她们都狠狠地报复了，像刽子手一般把我上过毒刑了。唉！做老子的多蠢！我太爱她们了，每次都回头去迁就她们，好像赌棍离不开赌场。我的嗜好，我的情妇，我的一切，便是两个女儿，她们俩想要一点儿装饰品什么的，老妈子告诉了我，我就去买来送给她们，巴望得到些好款待！可是她们看了我在人前的态度，照样来一番教训。而且等不到第二天！喝，她们为着我脸红了。这是给儿女受好教育的报应。我活了这把年纪，可不能再上学校啦。（我痛死了，天哪！医生呀！医生呀！把我脑袋劈开来，也许会好些。）我的女儿呀，我的女儿呀，娜齐，但斐纳！我要看她们。叫警察去找她们来，抓她们来！法律应该帮我的，天性，民法，都应该帮我。我要抗议。把父亲踩在脚下，国家不要亡了吗？这是很明白的。社会，世界，都是靠父道做轴心的；儿女不孝父亲，不要天翻地覆吗？哦，看到她们，听到她们，不管她们说些什么，只要听见她们的声音，尤其但斐纳，我就不觉得痛苦。等她们来了，你叫她们别那么冷冷地瞧我。啊！我的好朋友，欧也纳先生，看到她们眼中的金光变得像铅一样不灰不白，你真不知道是什么味儿。自从她们的眼睛对我不放光辉之后，我老在这儿过冬天；只有苦水给我吞，我也就吞下了！我活着就是为受委屈，受侮辱。她们给我一点儿可怜的、小小的、可耻的快乐，代价是教我受种种的羞辱，我都受了，因为我太爱她们了。老子偷偷摸摸地看女儿！听见过没有？我把一辈子的生命给了她们，她们今天连一小时都不给我！我又饥又渴，心在发烧，她们不来纾解一下我的临终苦难。我觉得我要死了。什么叫作践踏父亲的尸首，难道她们不知道吗？天上还有一个上帝，他可不管我们做老子的愿不愿意，要替我们报仇的。噢！她们会来的！来啊，我的小心肝，你们来亲我呀；最后一个亲吻就是你们父亲的临终圣餐了，他会代你们求上帝，说你们一向孝顺，替你们辩护！归根结底，你们没有罪。朋友，她们是没有罪的！请你对大家都这么说，别为了我难为她们。一切都是我的错，是我纵容她们把我踩在脚下的。我就喜欢那样。这跟谁都不相干，人间的裁判，神明的裁判，都不相干。上帝要是为了我责罚她们，就不公平了。我不会做人，是我糊涂，自己放弃了权利。为她们我甚至堕落也甘心情愿！有什么办法！最美的天性，最优秀的灵魂，都免不了溺爱儿女。我是一个糊涂蛋，遭了报应，女儿七颠八倒的生活是我一手造成的，是我宠惯了她们。现在她们要寻欢作乐，正像她们从前要吃糖果。我一向对她们百依百顺。小姑娘想入非非的欲望，都给她们满足。十五岁就有了车！要什么有什么。罪过都在我一个人身上，为了爱她们而犯的罪。唉，她们的声音能够打开我的心房。我听见她们，她们在来啦。哦！一定的，她们要来的。法律也要人给父亲送终的，法律是支持我的。只要叫人跑一趟就行。我给车钱。你写信去告诉她们，说我还有几百万家私留给她们！我敢起誓。我可以上奥特赛去做高等面食。我有办法。计划中还有几百万好赚。哼，谁也没有想到。那不会像麦子和面粉一样在路上变坏的。嗳，嗳，淀粉哪，有几百万好赚啊！你告诉她们有几百万决不是扯谎。她们为贪心还是肯来的；我宁愿受骗，我要看到她们。我要我的女儿！是我把她们生下来的！她们是我的！”他一边说一边在床上挺起身子，给欧也纳看到一张白发凌乱的脸，竭力装出威吓的神气。

欧也纳说：“嗳，嗳，你睡下吧。我来写信给她们。等皮安训来了，她们要再不来，我就自个儿去。”

“她们再不来，”老人一边大哭一边接了一句，“我要死了，要气疯了，气死了！气已经上来了！现在我把我这一辈子都看清楚了。我上了当！她们不爱我，从来没有爱过我！这是明摆的了。她们这时不来是不会来的了。她们越拖，越不肯给我这个快乐。我知道她们。我的悲伤，我的痛苦，我的需要，她们从来没体会到一星半点，连我的死也没有想到；我的爱，我的温情，她们完全不了解。是的，她们把我糟蹋惯了，在她们眼里我所有的牺牲都一文不值。哪怕她们要挖掉我眼睛，我也会说：挖吧！我太傻了。她们以为天下的老子都像她们的一样。想不到你待人好一定要人知道！将来她们的孩子会替我报仇的。唉，来看我还是为她们自己啊。你去告诉她们，说她们临死要受到报应的。犯了这桩罪，等于犯了世界上所有的罪。去啊，去对她们说，不来送我的终是忤逆！不加上这一桩，她们的罪过已经数不清啦。你得像我一样地去叫：哎！娜齐！哎！但斐纳！父亲待你们多好，他在受难，你们来吧！——唉！一个都不来。难道我就像野狗一样地死吗？爱了一辈子的女儿，到头来反给女儿遗弃！简直是些下流东西，流氓婆；我恨她们，咒她们；我半夜里还要从棺材里爬起来咒她们。嗳，朋友，难道这能派我的不是吗？她们做人这样恶劣，是不是！我说什么？你不是告诉我但斐纳在这儿吗？还是她好。你是我的儿子，欧也纳。你，你得爱她，像她父亲一样地爱她。还有一个是遭了难。她们的财产呀！哦！上帝！我要死了，我太苦了！把我的脑袋割掉吧，留给我一颗心就行了。”

“克利斯朵夫，去找皮安训来，顺便替我雇辆车。”欧也纳嚷着。他被老人这些呼天抢地的哭诉吓坏了。

“老伯，我到你女儿家去把她们带来。”

“把她们抓来，抓来！叫警卫队，叫军队！”老人说着，对欧也纳瞪了一眼，闪出最后一道理性的光。“去告诉政府，告诉检察官，叫人替我带来！”

“你刚才咒过她们了。”

老人愣了一愣，说：“谁说的？你知道我是爱她们的，疼她们的！我看到她们，病就好啦……去吧，我的好邻居，好孩子，去吧，你是慈悲的；我要重重地谢你；可是我什么都没有，只能给你一个祝福，一个临死的人的祝福。啊！至少我要看到但斐纳，吩咐她代我报答你。那个不能来，就带这个来吧。告诉她，她要不来，你不爱她了。她多爱你，一定会来的。哟，我渴死了，五脏六腑都在烧！替我在头上放点儿什么吧。最好是女儿的手，那我就得救了，我觉得的……天哪！我死了，谁替她们挣钱呢？我要为她们上奥特赛去，上奥特赛做面条生意。”

欧也纳搀起病人，用左臂扶着，另一只手端给他一杯满满的药茶，说道：“你喝这个。”

“你一定要爱你的父母，”老人说着，有气无力地握着欧也纳的手。“你懂得吗，我要死了，不见她们一面就死了。永远口渴而没有水喝，这便是我十年来的生活。……两个女婿断送了我的女儿。是的，从她们出嫁之后，我就没有女儿。做老子的听着！你们得要求国会订一条结婚的法律！要是你们爱女儿，就不能把她们嫁人。女婿是毁坏女儿的坏蛋，他把一切都污辱了。再不要有结婚这回事！结婚抢走我们的女儿，教我们临死看不见女儿。为了父亲的死，应该订一条法律。真是可怕！报仇呀！报仇呀！是我女婿不准她们来的呀。杀死他们！杀雷斯多！杀纽沁根！他们是我的凶手！不还我女儿，就要他们的命！唉！完啦，我见不到她们的了！她们！娜齐，但斐纳，喂，来呀，爸爸出门啦[①]……”

“老伯，你静静吧，别生气，别多想。”

“看不见她们，这才是我的临终苦难！”

“你会看见的。”

“真的！”老人迷迷惘惘地叫起来。“噢！看到她们！我还会看到她们，听到她们的声音。那我死也死得快乐了。唉，是啊，我不想活了，我不稀罕活了，我痛得越来越厉害了。可是看到她们，碰到她们的衣衫，唉！只要她们的衣衫，衣衫，就这么一点儿要求！只消让我摸到她们的一点儿什么！让我抓一把她们的头发，……头发……”

他仿佛挨了一棍，脑袋往枕上倒下，双手在被单上乱抓，好像要抓女儿们的头发。

他又挣扎着说：“我祝福她们，祝福她们。”

然后他昏过去了。皮安训进来说：

“我碰到了克利斯朵夫，他替你雇车去了。”

他瞧了瞧病人，用力揭开他的眼皮，两个大学生只看到一只没有颜色的灰暗的眼睛。

“完啦，”皮安训说，“我看他不会醒的了。”

他按了按脉，摸索了一会，把手放在老头儿心口。

---

① ［“娜齐，但斐纳，喂，来呀，爸爸出门啦”］这是高老头在他的两个女儿幼年时出门前的告别语，这里有双关意味。“出门”也是“死”的意思。

“机器没有停；像他这样反而受罪，还是早点去的好！”

“对，我也这么想，”拉斯蒂涅回答。

“你怎么啦？脸色发白像死人一样。”

“朋友，我听他又哭又叫，说了一大堆。真有一个上帝！哦，是的，上帝是有的，他替我们预备着另外一个世界，一个好一点儿的世界。咱们这个太混账了。刚才的情形要不那么悲壮，我早哭死啦，我的心跟胃都给揪紧了。”

“喂，还得办好多事，哪儿来的钱呢？”

拉斯蒂涅掏出表来：

“你送当铺去。我路上不能耽搁，只怕赶不及。现在我等着克利斯朵夫，我身上一个钱都没有了，回来还得付车钱。”

……

两个医生走了，皮安训说：

“来，欧也纳，拿出勇气来！咱们替他换上一件白衬衫，换一条褥单。你叫西尔维拿了床单来帮我们。”

欧也纳下楼，看见伏盖太太正帮着西尔维摆刀叉。拉斯蒂涅才说了几句，寡妇就迎上来，装着一副又和善又难看的神气，活现出一个满腹猜疑的老板娘，既不愿损失金钱，又不敢得罪主顾。

“亲爱的欧也纳先生，你和我一样知道高老头没有钱了。把被单拿给一个正在翻眼睛的人，不是白送吗？另外还得牺牲一条做他入殓的尸衣。你们已经欠我一百四十四法郎，加上四十法郎被单，以及旁的零星杂费，跟等会儿西尔维要给你们的蜡烛，至少也得二百法郎；我一个寡妇怎受得了这样一笔损失？天啊！你也得凭凭良心，欧也纳先生。自从晦气星进了我的门，五天工夫我已经损失得够了。我愿意花三十法郎打发这好家伙归天，像你们说的。这种事还要叫我的房客不愉快。只要不花钱，我愿意送他进医院。总之你替我想想吧，我的铺子要紧，那是我的，我的性命呀。”

欧也纳赶紧奔上高里奥的屋子。

“皮安训，押了表的钱呢？”

“在桌子上，还剩三百六十多法郎。欠的账已经还清。当票压在钱下面。”

“喂，太太，”拉斯蒂涅愤愤地奔下楼梯，说道：“来算账。高里奥先生在府上不会耽久了，而我……”

“是的，他只能两脚向前地出去的了，可怜的人，”她一边说一边数着二百法郎，神气之间有点高兴，又有点惆怅。

“快点儿吧，”拉斯蒂涅催她。

“西尔维，拿出褥单来，到上面去给两位先生帮忙。”

“别忘了，西尔维，”伏盖太太凑着欧也纳的耳朵说，“她两晚没有睡觉了。”

欧也纳刚转身，老寡妇立刻奔向厨娘，咬着她耳朵吩咐：

“你找第七号褥单，那条旧翻新的。反正给死人用总是够好的了。”

欧也纳已经在楼梯上跨上几步，没有听见房东的话。

皮安训说：“来，咱们替他穿衬衫，你把他扶着。”

欧也纳站在床头扶着快死的人，让皮安训脱下衬衫。老人做了个手势，仿佛要保护胸口的什么东西，同时哼哼唧唧，发出些不成音的哀号，犹如野兽表示极大的痛苦。

“哦！哦！”皮安训说。“他要一根头发练子和一个小小胸章，刚才咱们做灸拿掉的。可怜的人，给他挂上。喂，在壁炉架上面。”

欧也纳拿来一条淡黄带灰的头发编成的练子，准是高里奥太太的头发。胸章的一面刻着：阿娜斯大齐；另外一面刻着：但斐纳。这是他永远贴在心头的心影。胸章里面藏着极细的头发卷，大概是女儿们极小的时候剪下来的。发辫挂上他的脖子，胸章一碰到胸脯，老人便心满意足地长叹一声，教人听了毛骨悚然。他的感觉这样振动了一下，似乎往那个神秘的区域，发出同情和接受同情的中心，隐没了。抽搐的脸上有一种病态的快乐的表情。思想消灭了，情感还存在，还在发出这种可怕的光彩，两个大学生看着大为感动，涌出几颗热泪掉在病人身上，使他快乐得直叫：

“噢！娜齐，但斐纳！”

“他还活着呢，”皮安训说。

“活着有什么用？”西尔维说。

作品赏析4-3
拉斯蒂涅和高里奥形象浅析

“受罪啰！”拉斯蒂涅回答。

皮安训向欧也纳递了个眼色，教他跟自己一样蹲下身子，把胳膊抄到病人腿肚子下面，两个隔着床做着同样的动作，托住病人的背。西尔维站在旁边，但等他们抬起身子，抽换被单。高里奥大概误会了刚才的眼泪，使出最后一些气力伸出手来，在床的两边碰到两个大学生的脑袋，拼命抓着他们的头发，轻轻地叫了声：“啊！我的儿哪！”整个灵魂都在这两句里面，而灵魂也随着这两句呓语飞逝了。

经典选读4-3
莫泊桑：羊脂球（节选）

“可怜可爱的人哪，”西尔维说，她也被这声哀叹感动了。这声哀叹，表示那伟大的父爱受了又惨又无心的欺骗，最后激动了一下。

这个父亲的最后一声叹息还是快乐的叹息。这叹息说明了他的一生，他还是骗了自己。大家恭恭敬敬把高老头放在破床上。从这个时候起，喜怒哀乐的意识消灭了，只有生与死的搏斗还在他脸上印着痛苦的标记。整个的毁灭不过是时间问题了。

作者简介4-7
托尔斯泰

2. 托尔斯泰

安娜·卡列尼娜[①]（节选）

伏伦斯基和吉娣跳了几曲华尔兹舞。跳完了，吉娣跑到母亲跟前，同诺德斯顿伯爵夫人才说了几句话，伏伦斯基又跑来邀她跳第一圈卡德里尔舞。在跳卡德里尔舞时，没有说过什么很重要的事。他们只是随随便便地谈起科尔松夫妇，伏伦斯基戏称他们是四十岁的孩子，还谈到设计中的人民剧院。只有一次谈话触及了吉娣很敏感的问题，那就是伏伦斯基问到列文的情况，问她列文是不是也来参加舞会了，又说他很喜欢列文。不过，吉娣对跳四人对舞的卡德里尔舞并无多大兴趣，只是应付应付而

① 本文节选自托尔斯泰. 安娜·卡列尼娜［M］. 赵学桥，等译. 北京：九州图书出版社，1996.

已。她心情激动地等待着跳玛祖卡舞。在她看来，只有在跳玛祖卡舞时才能断定一切。在跳卡德里尔舞时，他并没有邀请她跳玛祖卡舞，这一点倒没有使她感到不安。她确信，她一定会像在前几次的舞会上一样，同他一起跳玛祖卡舞。因此先后有五个男子来邀请她时，她都找借口拒绝了，说她已经同别人约好了。整个舞会，直到最后一曲卡德里尔舞，对吉娣来说，都是一个声色俱妙、动作欢快、令人陶醉的梦境。她尽情地跳着，只在她感到太疲倦，不得不要求歇一歇时才停下。在跳最后一曲卡德里尔四人舞时，有一个令人讨厌的青年邀她同跳，她又无法拒绝，这时她发现，和她面对面同跳的是伏伦斯基和安娜。自从舞会开始以来，她同安娜一直不在一块。这时，她突然发现，安娜看上去完全是另一副神态，这使她大出意料。吉娣体会出，那是一种由于成功而得意的神态，这种神态她司空见惯。她看得出来，由于安娜不同凡响使人为之倾倒，她自己也深深地陶醉了。吉娣懂得这种感受，知道它的表现，现在又在安娜身上看到了。她看到了她眼睛中闪烁的光辉，小嘴上情不自禁地洋溢出来的幸福的笑容，激动的心情，还有她那撩人的风韵，充分的自信和她那轻盈的舞姿。

“是谁呢？”她暗暗地问自己，“是某一个人还是所有的人？”

同她一起跳舞的青年没把话说完就被打断了，再也接不起茬来，显得很尴尬。吉娣没有理他。科尔松斯基得意洋洋，神气十足，一会儿大喊，要他们围成一圈；一会儿大叫，要他们排成一排。吉娣表面上服从他那专断的口令，眼睛在观察着，心情越来越沉重了。

“不！使她陶醉的不是众人的倾倒，而是某一个人拜倒在她的石榴裙下。那个人是谁呢？难道是他吗？”每一次他同安娜说话时，安娜就快活得眼睛放光，嘴上露出幸福的笑容。她似乎在极力掩饰她欢乐的心情，不让它流露出来，可是又自然而然地在脸上表现出来了。“但他是怎么想的呢？”吉娣望着他，一阵恐惧袭上心头。吉娣在安娜脸上那面镜子里看得明明白白的东西，在他的身上看到了。他那一向沉着坚定的风度哪去了？脸上泰然自若的神情哪去了？每次他转向她时，他总是微垂脑袋，仿佛想在她跟前跪下来似的，目光里饱含谦恭和惶恐的神色。他的眼神每次都似乎在说，“我不想叫您伤心。我只希望救救我自己，可是我不知道该怎么办。”这种神色，吉娣以前从来没有在他的脸上见到过。

伏伦斯基和安娜谈到彼此的朋友，谈的尽是无关紧要的零星琐事，但在吉娣看来，似乎他们的每一句话都和他们命运攸关，也与她命运攸关。奇怪的是，尽管他们确确实实谈的只是什么伊凡·伊凡诺维奇的法语讲得多么可笑，什么叶列茨吉姑娘本来可以找一个更好一点的对象，这些话对他们来说有着特殊的意义，吉娣感觉到了，他们也感觉到了。整个舞会，整个世界，都笼罩着一层迷雾，吉娣的心里也迷雾重重。只是由于她受过严格的教育，有教养，才使她能够自持自控，才使她能够照规行事，保持分寸——跳舞、答问、谈话、甚至微笑。

但是，玛祖卡舞开始之前，当人们搬开椅子，有几对舞伴从小房间来到大厅时，一阵恐惧袭来，吉娣完全绝望了。原先她回绝过五个人的邀请，此刻玛祖卡舞开始了，她却没有舞伴。甚至连别人邀她的希望也不存在了，因为她在社交界功成名就，谁也想不到竟然至今无人邀她共舞。她本来可以对母亲说她身体不舒服，要回家去，但她没有勇气这样做。

她觉得自己彻底完了。

她走到小会客室的尽头，颓然倒在安乐椅上。轻如罗纱的裙子犹如一团云雾，环绕着她的纤纤细腰。一条白嫩细小的少女胳膊无力地垂下来，一直垂到裙褶里。另一只手拿着扇子，急促地扇着涨得通红的脸。尽管外表上看来，她就像一只美丽的蝴蝶停歇在草叶上，随时准备张开绚丽多彩的翅膀飞走，她的内心被可怕的绝望揪得发痛。

“也许是我误会了，也许根本不是那么一回事？”

她再一次回想起刚才看到的一切。

“吉娣，你怎么啦？”诺德斯顿伯爵夫人问，不声不响地走到她跟前，“我不明白。”

吉娣的嘴唇直哆嗦，很快站了起来。

“吉娣，你不是在跳玛祖卡吗？”

“不，不！”吉娣声音发抖，两眼含泪。

“他当着我的面邀她跳玛祖卡舞。”诺德斯顿伯爵夫人说。她知道，吉娣明白她说的“他”和“她”指的是谁。“她说，‘您怎么不同谢尔巴茨基公爵小姐跳呢？’”

“哦，我毫不在乎。”吉娣回答说。

除了她自己，谁也不明白她的心境。谁也不知道，就在前几天，她拒绝了一个也许她心里爱着的男子的求婚，她之所以拒绝，正是因为她心里信任了另一个男子。

诺德斯顿伯爵夫人原打算陪同科尔松斯基跳玛祖卡舞，这时走到他跟前，要他邀吉娣一起跳。

吉娣跳了第一圈，幸亏她不必多说话，因为科尔松斯基一直在忙于奔走，给舞会发号施令。伏伦斯基和安娜几乎就坐在她的对面。她锐利的目光，穿过大厅，一下子看到了他们两人。当大家成双成对翩翩起舞时，她又就近看到了他俩。她越看越相信她的不幸已成定局。她看到他们兴致勃勃，神情专注，整个拥挤的舞厅仿佛只有他们两个似的。从伏伦斯基一向坚定镇静的脸上，她看到了一种困惑和驯服的表情，就像一条聪明的小狗感到自己有罪一样。这使吉娣非常吃惊。

安娜微笑着，她的微笑在他的脸上反映出来了。她若有所思，他神情严肃。一种超自然的力量把吉娣的目光引到了安娜的脸上。安娜身着黑色衣裙，朴素自然，是迷人的；她丰满的臂膀，戴着手镯，是迷人的；她挂着珍珠串的颈脖是迷人的；她蓬松的卷发是迷人的；她手脚伶俐，动作轻盈，是迷人的；她面容甜美，生气勃勃，是迷人的；但是，在她的迷人中有某种可怕的东西，残忍的东西。

吉娣越是盯着，越是赞赏，也就越感到痛苦，她感到心力交瘁，无法自持，彻底垮了。当伏伦斯基跳玛祖卡舞撞上她时，她起初竟并没有认出他来。她变化太大了。

“舞会多精彩！”他对她说，目的是想说点什么。

“是啊。”她回答说。

玛祖卡舞跳了一半，大家重复着伏伦斯基想出的新花样时，安娜走到圈子中央，选了两个男人，还有两个女人——其中包括吉娣——和她待在一起。当吉娣走到她跟前时，诚惶诚恐地看了她一眼。安娜眯着眼睛，看着她，微笑着，拉着她的手。但安娜发现，对于她的微笑，吉娣脸上的反应只有绝望和惊讶。于是，她转过身去，同另外那个女人高兴地谈起话来。

“不错，”吉娣暗自思忖，“她身上有一种奇怪的东西，魔鬼般的媚人的东西。”

安娜不想留下吃夜宵，但主人极力地劝说她改变主意。

“千万别走，我亲爱的夫人。”说着，科尔松斯基挽起了她裸露的手臂，“我突发奇想，来一曲科迪里亚舞怎么样？那才来劲呢！”

他缓缓地移动脚步，想把她拉过去，主人赞许地微笑着。

“不，我不能久留了。”安娜微微一笑，说。但尽管她面带笑容，科尔松斯基和主人从她坚决的语气中看出，她是不会留下来的。

“不啦，谢谢你们的好意。”安娜说着，回头看着身边的伏伦斯基，“照这样，我今晚在莫斯科跳得比在彼得堡整个冬天还多呢。我在动身回彼得堡以前还要休息一下。”

“明天您一定要走吗？”伏伦斯基问。

“一定，我想一定得走。”安娜回答说，仿佛对他大胆的询问感到吃惊。

她说话时，眼睛里和微笑中有一种难以控制，微微抖动的光辉，使他全身热血沸腾，像火烧似的。

3. 契诃夫

作者简介 4-8

契诃夫

一个文官的死①

在一个挺好的傍晚，有一个也挺好的庶务官，名叫伊万·德米特里奇·切尔维亚科夫②，坐在戏院正厅第二排，举起望远镜，看《哥纳维勒的钟》③。他一面看戏，一面感到心旷神怡。可是忽然间……在小说里常常可以遇到这个“可是忽然间”。作者们是对的：生活里充满多少意外的事啊！可是忽然间，他的脸皱起来，眼珠往上翻，呼吸停住……他取下眼睛上的望远镜，低下头去，于是……啊嚏！！！诸位看得明白，他打了个喷嚏。不管是谁，也不管是在什么地方，打喷嚏总归是不犯禁的。农民固然打喷嚏，警察局长也一样打喷嚏，就连三品文官偶尔也要打喷嚏。大家都打喷嚏。切尔维亚科夫一点也不慌，拿出小手绢来擦了擦脸，照有礼貌的人的样子往四下里瞧一眼，看看他的喷嚏搅扰别人没有。可是这一看不要紧，他心慌了。他看见坐在他前边，也就是正厅第一排的一个小老头正用手套使劲擦他的秃顶和脖子，嘴里嘟嘟哝哝。切尔维亚科夫认出小老头是在交通部任职的文职将军④布里兹扎洛夫。

“我把唾沫星子喷在他身上了！”切尔维亚科夫暗想。“他不是我的上司，是别处的长官，可是这仍然有点不合适。应当赔个罪才是。”

切尔维亚科夫就嗽一下喉咙，把身子向前探出去，凑着将军的耳根小声说：

---

① 《一个文官的死》是契诃夫早期短篇小说的代表作之一，也是世界著名的短篇小说。本文选自契诃夫．契诃夫小说选［M］．朱逸森，译．北京：人民文学出版社，1992．

② ［伊万·德米特里奇·切尔维亚科夫］这个姓可意译为“蛆”。

③ ［《哥纳维勒的钟》］一出三幕小歌剧。

④ ［文职将军］帝俄的文官，相当于三品或四品文官。

“对不起，大人，我把唾沫星子溅在您身上了……我是出于无心……”

“没关系，没关系……”

“请您看在上帝面上原谅我。我本来……我不是有意这样！”

“哎，您好好坐着，劳驾！让我听戏！”

切尔维亚科夫心慌意乱，傻头傻脑地微笑，开始看舞台上。他在看戏，可是他再也感觉不到心旷神怡了。他开始惶惶不安，定不下心来。到休息时间，他走到布里兹扎洛夫跟前，在他身旁走了一忽儿，压下胆怯的心情，叽叽咕咕说：

“我把唾沫星子溅在您身上了，大人……请您原谅……我本来……不是要……”

“哎，够了……我已经忘了，您却说个没完！”将军说，不耐烦地撇了撇下嘴唇。

“他忘了，可是他眼睛里有一道凶光啊，”切尔维亚科夫暗想，怀疑地瞧着将军。“他连话都不想说。应当对他解释一下，说我完全是无意的……说这是自然的规律，要不然他就会认为我是有意啐他了。现在他不这么想，可是过后他会这么想的！”

切尔维亚科夫回到家里，就把他的失态告诉他的妻子。他觉得妻子对待所发生的这件事似乎过于轻率。她先是吓一跳，可是后来听明白布里兹扎洛夫是“在别处工作”的，就放心了。

“不过你还是去一趟，赔个不是的好，”她说。“他会认为你在大庭广众之下举动不得体！”

“说的就是啊！我已经赔过不是了，可是不知怎么，他那样子有点古怪……他连一句合情合理的话也没说。不过那时候也没有工夫细谈。”

第二天，切尔维亚科夫穿上新制服，理了发，到布里兹扎洛夫那儿去解释……他走进将军的接待室，看见那儿有很多人请托各种事情，将军本人夹在他们当中，开始听取各种请求。将军问过几个请托事情的人以后，就抬起眼睛看着切尔维亚科夫。

“昨天，大人，要是您记得的话，在‘乐园[①]’里，”庶务官开始报告说，“我打了个喷嚏，而且……无意中溅您一身唾沫星子……请您原……”

“简直是胡闹……上帝才知道是怎么回事！您有什么事要我效劳吗？”将军扭过脸去对下一个请托事情的人说。

“他话都不愿意说！”切尔维亚科夫暗想，脸色发白。“这是说，他生气了……不行，这种事不能就这样丢开了事……我要对他解释一下……”

等到将军同最后一个请托事情的人谈完话，举步往内室走去，切尔维亚科夫就走过去跟在他身后，叽叽咕咕说：

“大人！倘使我斗胆搅扰大人，那我可以说，纯粹是出于懊悔的心情！……这不是故意的，您要知道才好！”

将军做出一副要哭的脸相，摇了摇手。

“您简直是在开玩笑，先生！”他说着，走进内室去，关上身后的门。

“这怎么会是开玩笑呢？”切尔维亚科夫暗想。“根本连一点开玩笑的意思也没有啊！他是将军，可是竟然不懂！既是这样，我也不想再给这个摆架子的人赔罪了！去他的！我给他写封信就是，反正我不想来了！真的，我不想来了！”

---

① ［乐园］帝俄时代夏季露天花园和剧院常用的名字。

切尔维亚科夫这样想着，走回家去。那封给将军的信，他却没有写成。他想了又想，怎么也想不出这封信该怎样写才对。他只好第二天亲自去解释。

"我昨天来打搅大人，"他等到将军抬起问询的眼睛瞧着他，就叽叽咕咕说，"并不是像您听说的那样为了开玩笑。我是来道歉的，因为我打喷嚏，溅了您一身唾沫星子……至于开玩笑，我想都没想过。我敢开玩笑吗？如果我们居然开玩笑，那么结果我们对大人物就……没一点敬意了……"

"滚出去!!"将军脸色发青，周身打抖，突然大叫一声。

"什么?"切尔维亚科夫低声问道，吓得愣住了。

"滚出去!!"将军顿着脚，又说一遍。

切尔维亚科夫肚子里似乎有个什么东西掉下去了。他什么也看不见，什么也听不见，退到门口，走出去，到了街上，慢腾腾地走着……他信步走到家里，没脱掉制服，往长沙发上一躺，就此……死了。

思政探究4-1

如何正确处理上下级关系?

第三单元小结

1.外国文学中，小说创作是起步比较晚的，14世纪的著名人文主义作家薄伽丘（1313—1375年）的短篇小说《十日谈》是著名作品，它由10个青年（7个女青年，3个男青年）用了10天时间讲述的100个故事组成，强烈地反映了反封建反教会的精神，描写了从宫廷到市井的广阔社会生活，被称为欧洲第一部现实主义作品。

2.18世纪英国的文学成就从诗歌转成了小说，从笛福、理查生到菲尔丁，他们的小说逐步为近代长篇小说的繁荣打下了基础。浪漫主义文学兴起后，雨果在1831年出版长篇小说《巴黎圣母院》，后来创作了著名长篇小说《悲惨世界》，它通过冉阿让一生的悲剧命运，反映了19世纪30年代前后法国的社会生活和斗争，再现了下层人民的悲惨生活和命运，揭露了资产阶级法律的残酷和虚伪，表达了作者的人道主义思想。

3.19世纪西方现实主义创作因其有强烈的揭露批判性质而被称为批判现实主义，其奠基人是司汤达（1783—1842年）和巴尔扎克（1799—1850年）。司汤达因长篇小说《红与黑》而成名，小说反映了当时的法国王政复辟时期贵族社会的生活和矛盾。巴尔扎克则以其长篇系列小说《人间喜剧》，全面而深刻地反映了当时的法国社会，塑造了一系列性格鲜明的人物形象（如高老头、欧也妮·葛朗台、贝姨、邦斯舅舅等），获得了崇高的声誉，并对世界文学产生了深远影响。

英国的批判现实主义作家以狄更斯为代表（其主要创作有长篇小说《双城记》等），其他重要作家有哈代（1840—1928年，代表作有长篇小说《德伯家的苔丝》等）和萧伯纳（1856—1950年，主要代表作有小说《业余社会主义者》和《黑女求神记》）。

俄国的批判现实主义小说创作起步稍晚但成绩卓著，果戈理是俄国批判现实主义文学的奠基人。他1842年出版的小说集《彼得堡故事》是其重要作品，其中的《狂人日记》《外套》等都是写"小人物"的名篇。同年《死魂灵》第一卷出版，立即

"震撼了整个俄罗斯"，有力地嘲讽和鞭挞了俄国专制农奴制的腐朽、庸俗、黑暗、反动的现实。小说中描写了一系列俄国地主的丑陋形象，其中泼留希金是世界文学史上著名的守财奴形象。果戈理用真实自然的笔法，集中地描写了守财奴的特征：贪婪、吝啬、保守、没落和腐败。果戈理融幽默、夸张、尖刻于一体的创作风格，使其讽刺小说取得了杰出的艺术成就，从而奠定了他作为世界级艺术大师的基础，这也成为以他为首的"自然派"创作的特征。

屠格涅夫（1818—1883年）、陀思妥耶夫斯基（1821—1881年）、列夫·托尔斯泰（1828—1910年）和契诃夫（1860—1904年）为俄国小说争得了崇高的地位。托尔斯泰的代表作是《战争与和平》、《安娜·卡列尼娜》和《复活》。前两部长篇小说以其博大精深、风格独特而成为世界小说史的巅峰之作，后者则体现了作者对其一生精神探索的总结，表现出强烈的民主倾向和社会批判倾向。他自己追求道德完善、博爱，不以暴力抗恶的思想在《复活》中也得到全面集中的反映。托尔斯泰是继果戈理之后俄国最伟大的作家，他的三部长篇小说已成为世界小说史上的经典作品，对世界文学的创作起到巨大的作用。

19世纪美国小说创作也获得了丰硕的成果，其中最优秀的作家马克·吐温（1835—1910年）以其一系列优秀讽刺小说揭穿了"美国天堂"的幻梦。

4.20世纪的西方小说创作流派纷呈，作家辈出，影响较大的著名作家有英国的高尔斯华绥（1867—1933年）、毛姆（1874—1965年）、劳伦斯（1885—1930年），法国的罗曼·罗兰（1866—1944年），德国的托马斯·曼（1875—1955年），奥地利的斯蒂芬·茨威格（1881—1942年），美国的德莱赛（1871—1945年）、海明威（1899—1961年）等。

俄国由于十月革命成功，社会主义现实主义产生了广泛而深刻的影响，高尔基（1868—1936年，主要作品有《母亲》《童年》《在人间》《我的大学》等）、肖洛霍夫（1905—1982年，主要作品有《静静的顿河》《被开垦的处女地》）和奥斯特洛夫斯基（1904—1936年，主要作品有《钢铁是怎样炼成的》等）的成就最为突出，都是具有世界影响的作家。

5.本书节选的《高老头》的一段文字，主要是主人公高里奥的"临终哭嚎"，是作者刻画高老头形象的重点笔墨。高老头是个通晓资本主义发财经，却不懂得人生哲学的资产者的悲剧典型。作者细腻地描写了他对两个女儿的那种"父爱的基督"般的感情，并对照着写了两个女儿在榨干他的金钱进入上流社会后到他临死前也不肯来看他一眼的冷漠和无情。所以，"临终哭嚎"被誉为控诉金钱罪恶的"千古绝唱"。

6.托尔斯泰对大场面的描写极为擅长。本书所选情节，表面上看是写贵族小姐吉娣为求偶造势，实际上是通过吉娣在一场盛大舞会上的所见、所闻、所思，对全书主人公安娜·卡列尼娜的美丽、高雅、乐观、朝气勃勃的形象进行精细的侧面描写，从而对她厌弃冷酷庸俗、自私自利的官僚丈夫卡列宁，倾心军官伏伦斯基交代了主客观原因。

7.《一个文官的死》以其精练的语言，辛辣地讽刺了机关衙门里小官吏在长官面前谨小慎微、战战兢兢、卑微琐碎的奴才性格，抨击了封建官僚等级制度对人格的扼杀。

小贴士·延伸阅读篇目

1.薄伽丘（意）：《十日谈》；2.塞万提斯（西班牙）：《堂吉诃德》；3.雨果（法）：《巴黎圣母院》《悲惨世界》；4.司汤达（法）：《红与黑》；5.巴尔扎克（法）：《高老头》；6.狄更斯（英）：《双城记》；7.果戈理（俄）：《死魂灵》；8.马克·吐温（美）：《败坏了赫德莱堡的人》；9.左拉（法）：《陪衬人》；10.莫泊桑（法）：《项链》《漂亮朋友》；11.哈代（英）：《德伯家的苔丝》；12.屠格涅夫（俄）：《贵族之家》；13.托尔斯泰（俄）：《安娜·卡列尼娜》；14.契珂夫（俄）：《套中人》；15.罗曼·罗兰（法）：《约翰·克利斯朵夫》；16.劳伦斯（英）：《虹》；17.托马斯·曼（德）：《中短篇小说选》；18.高尔基（苏联）：《母亲》《我的大学》；19.肖洛霍夫（苏联）：《静静的顿河》；20.奥斯特洛夫斯基（苏联）：《钢铁是怎样炼成的》；21.茨威格（奥地利）：《看不见的收获》；22.卡夫卡（奥地利）：《变形记》；23.海明威（美）：《老人与海》；24.加西亚·马尔克斯（哥伦比亚）：《一个长翅膀的老头》；25.阿拉伯民间故事：《一千零一夜》；26.普列姆·昌德（印）：《可番布》；27.川端康成（日）：《伊豆的舞女》；28.加缪（法）：《局外人》；29.石黑一雄（英）：《被掩埋的巨人》。

主要参考书目

[1] 游国恩. 中国文学史 [M]. 北京：人民文学出版社，1981.

[2] 余冠英. 诗经选 [M]. 北京：人民文学出版社，1979.

[3] 王夫之. 楚辞通释 [M]. 上海：上海人民出版社，1975.

[4] 北京大学中国文学史教研室. 两汉文学史参考资料 [M]. 北京：中华书局，1980.

[5] 王运熙. 乐府诗研究论文集 [M]. 北京：作家出版社，1957.

[6] 刘勰. 文心雕龙全译 [M]. 龙必锟，注. 贵阳：贵州人民出版社，1996.

[7] 郭绍虞. 沧浪诗话校释 [M]. 北京：人民文学出版社，1961.

[8] 钟嵘. 诗品全译 [M]. 徐达，注. 贵阳：贵州人民出版社，1994.

[9] 萧涤非. 唐诗鉴赏辞典 [M]. 上海：上海辞书出版社，1983.

[10] 贺新辉. 宋词鉴赏辞典 [M]. 北京：北京燕山出版社，1987.

[11] 王国维. 新订《人间词话》[M]. 上海：华东师范大学出版社，1994.

[12] 章培恒，骆玉明. 中国文学史 [M]. 上海：复旦大学出版社，1997.

[13] 钱仲联. 元明清诗鉴赏辞典 [M]. 上海：上海辞书出版社，1997.

[14] 陆侃如，冯沅君. 中国诗史 [M]. 北京：作家出版社，1957.

[15] 郭志刚，孙中. 中国现代文学史 [M]. 北京：高等教育出版社，1998.

[16] 何仲生，项晓. 欧美现代文学史 [M]. 上海：复旦大学出版社，2002.

[17] 公木. 新诗鉴赏词典 [M]. 上海：上海辞书出版社，1991.

[18] 杨周翰，吴达元，赵梦蕤. 欧洲文学史 [M]. 北京：人民文学出版社，1981.

[19] 辛迪. 20世纪中国新诗 [M]. 上海：汉语大辞典出版社，1997.

[20] 吴楚材，吴调侯. 古文观止 [M]. 北京：中华书局，1978.

[21] 杨伯峻. 论语译注 [M]. 北京：中华书局，1982.

[22] 杨伯峻. 孟子译注 [M]. 北京：中华书局，1981.

[23] 王夫之. 庄子解 [M]. 北京：中华书局，1981.

[24] 王夫之. 春秋左传集解 [M]. 上海：上海人民出版社，1977.

[25] 刘向. 战国策全译 [M]. 王守谦，等注，贵阳：贵州人民出版社，1994.

[26] 胡怀琛. 古文笔法百篇 [M]. 长沙：湖南人民出版社，1984.

[27] 吴功正. 古文鉴赏辞典 [M]. 南京：江苏文艺出版社，1987.

[28] 蔡元培，等. 中国新文学大系导论集 [M]. 上海：上海书局，1940.

[29] 季羡林.《世界散文精华》序 [M]. 南京：江苏文艺出版社，1994.

[30] 郑克鲁．外国文学史［M］．北京：高等教育出版社，1999．
[31] 鲁迅．中国小说史略［M］．香港：三联书店（香港）有限公司，1958．
[32] 石昌渝．中国小说源流论［M］．北京：三联书店，1994．
[33] 朱寨．中国当代文学思潮史［M］．北京：人民文学出版社，1987．
[34] 李文禄，张朝柯．外国文学知识丛书［M］．沈阳：辽宁大学出版社，2001．
[35] 曹靖华．俄国文学史［M］．北京：人民文学出版社，1989．
[36] 郭沫若．沫若剧作选［M］．北京：人民文学出版社，1978．
[37] 中华书局编辑部．曹操集［M］．北京：中华书局，1974．
[38] 王家骧，臧永清．中外名人演说辞大观［M］．沈阳：春风文艺出版社，1992．
[39] 王光祖，黄会林，李亦中．影视艺术教程［M］．北京：高等教育出版社，1992．
[40] 许南明，富澜，崔君衍．电影艺术词典［M］．北京：中国电影出版社，1987．
[41] 郑雪来．世界电影鉴赏辞典［M］．福州：福建教育出版社，1991．
[42] 李亦中，吕晓明．中国电影卷——电影一百年名作丛书［M］．上海：华东师范大学出版社，1993．
[43] 郭沫若．中国史稿［M］．北京：人民出版社，1979．
[44] 中国科学院文学研究所．中国文学史［M］．北京：人民文学出版社，1962．
[45] 余冠英，等．中国文学史［M］．北京：人民文学出版社，1962．
[46] 冰心．插图本中国文学史［M］．北京：中国和平出版社，1995．
[47] 隋树森．古代散文选（三册）［M］．北京：人民教育出版社，1963—1980．
[48] 陈五云，李殿根，章开解．高中古诗文背诵篇目串讲［M］．上海：上海世纪出版集团，上海教育出版社，2001．
[49] 北京大学中文系，等．中国现代文学史参考资料（五种）．［M］．上海：上海教育出版社，1979．
[50] 邓魁英．中国古代文学作品选［M］．北京：北京师范大学出版社，1987．
[51] 陈谦豫．历代名篇选读［M］．上海：上海古籍出版社，1981．
[52] 张庚，郭汉城．中国戏曲通史［M］．北京：中国戏剧出版社，1980．
[53] 王季思．元杂剧选注［M］．北京：人民出版社，1980．
[54] 陈惇，刘建军．外国文学作品选［M］．上海：华东师范大学出版社，1999．
[55] 瞿蜕园．汉魏六朝赋选［M］．上海：上海古籍出版社，1964．
[56] 徐中玉，徐振雄．高级中学语文课本［M］．上海：上海教育出版社，1997．
[57] 巴金，冰心．20世纪中国散文英华［M］．上海：复旦大学出版社，1997—1999．
[58] 陈志坚．历代古文精粹［M］．北京：北京燕山出版社，2007．
[59] 吴士余．行走文坛［M］．上海：上海文化出版社，2009．
[60] 刘小川．品中国文人［M］．上海：上海文艺出版社，2008．
[61] 郑克鲁．20世纪欧美文学史［M］．北京：北京大学出版社，2014．
[62] 袁行霈．中国文学史［M］．3版．北京：高等教育出版社，2020．
[63] 刘勇，邹红．中国现代文学史［M］．3版．北京：北京师范大学出版社，2021．
[64] 钱理群，温儒敏，吴福辉．中国现代文学三十年（修订本）［M］．北京：北京大学出版社，2021．